Matthias Göritz

Parker

Matthias Göritz

Parker

Roman

C.H.Beck

Umschlaggestaltung: Geviert, Grafik & Typografie, Andrea Hollerieth
Umschlagabbildung: plainpicture / neue bildanstalt / allgoewer
Satz: Fotosatz Amann, Memmingen
Druck und Bindung: Pustet, Regensburg
Gedruckt auf säurefreiem, alterungsbeständigem Papier
(hergestellt aus chlorfrei gebleichtem Zellstoff)
Printed in Germany
ISBN 978 3 406 70063 7

www.chbeck.de

«Was hülfe es dem Menschen, so er die ganze Welt gewönne und nähme doch Schaden an seiner Seele?»

Matthäus 16,26

Für Silke

Teil I

Die gefrorene Katze

Kapitel 1

Sonntag, London

Es war schon die dritte Bombendrohung in Heathrow in diesem Jahr, dabei war es erst Januar. Das nächste Mal würde er über Frankfurt fliegen, vermutlich nicht Business. Sein Flug war verspätet gewesen, und er hatte sich gleich in den Abflugbereich begeben müssen. Seit Stunden saß er nun vor dem Kaffeekiosk auf einem der lilafarbenen Hartschalensitze, die, schaute er sie lang genug an, über dem gefleckten hellbraunen Terrazzoboden zu schweben schienen. Auf die Terrace Lounge der BA, wo es frische Räucherlachsschnitten und Champagner vorm Kaffee gab, hatte er sich gefreut. Trotz der überhitzten Abflughalle war ihm kalt. Er überlegte, ob er sich in einem der Shops einen Pullover kaufen sollte, entschied sich aber dagegen. Keine unnötigen Ausgaben.

Er klappte den Laptop auf und schrieb an Herrn Hwang, um ihn daran zu erinnern, dass sie doch nun bald einen festen Termin für seine Gastprofessur in Korea vereinbaren könnten. Die Frau fiel ihm erst auf, als Parker seine Suche nach Informationen über die Klettenberg-Bank, die ihn im nächsten Monat buchen wollte, beendete und die Maske schloss. Sie hatte sich ihm schräg gegenüber gesetzt, wippte ungeduldig mit ihren spitzen, am Schaft mit falschem Fell besetzten Stiefeln. Er lächelte, sie nahm ihr Handy vom Ohr und lächelte zurück. Ihr Haar hatte die gleiche, zwischen Braun, Blond und Dunkel changierende Farbe wie das Kunstfell an den Stiefeln. Er stand auf, ließ seinen Cappuccino stehen, packte den Laptop in die Tasche und folgte dem Schild Richtung Herrentoilette.

Vor einer der Kabinen hatte sich eine Pfütze gebildet, die er weiträumig umkurvte, bevor er sich an das Urinal in der Ecke stellte. Automatisch sprang die Spülung an. Wie tief die Urinale aus der Wand ragten, aufgerissene weiße Fischmäuler, als hielten sie geheime Verbindungen zu einer glucksenden Welt, in der ein Jonas, vom Himmel träumend, direkt in den Röhren unter dem Sieb mit dem Pinkelstein hauste. Parker ging den Gang am Kondomautomaten vorbei, stoppte am Waschbecken, entlockte dem Seifenspender flaumfederartigen Schaum, dann wandte er sich dem Trockner zu, der einen heißen Wind über die immer noch seifenbeschichteten Lebenslinien seiner Hand blies, ihn an Wüste und Gerbereien denken ließ.

Parker war müde.
Als er wieder in die Halle trat, war die Frau verschwunden. Auf dem Tablet schob er sein geplantes Seminarprogramm hin und her. Wie er anfangen würde, wusste er. Die Teilnehmer waren zum Großteil Juristen.

Wenn ein schwacher, aber tapferer Mann einen kräftigen,
aber feigen Mann
zusammengeschlagen und ihm seinen Mantel
oder sonst etwas geraubt hat,
und er wird deswegen vor Gericht gebracht,
dann dürfen beide Parteien nicht die Wahrheit sagen.
Vielmehr muss der Feige behaupten,
der Tapfere habe ihn nicht allein, sondern ihn
mit anderen zusammen verprügelt,
der Tapfere aber muss seinerseits nachweisen,
dass sie beide allein waren;
ansonsten muss er folgendes Argument verwenden:
Wie hätte ich, so, wie ich bin, es wagen können,
einen Mann, wie er es ist, anzugreifen?

Platon hatte dieses Gerichtsszenario in seinen Phaidros-Dialog aufgenommen, als Kritik an den Sophisten, als Persiflage auf die unlauteren Mittel der Rhetorik. Parker musste lächeln. Wenn plötzlich alles gleich plausibel war, hatte die Wahrheit keine Chance mehr.

«Last call for passengers departing to Hamburg, please proceed to gate B16 immediately.»

Er stieg in den Zubringerbus, holte den Laptop heraus und schaute noch einmal durch seine Mails. Seine Augen brannten. Mr Zongo Maurice aus Nigeria schickte Grüße und bot die unfassbare Summe von zehneinhalb Millionen US-Dollar an, wenn, ja wenn. Parker stellte den Flugmodus ein, verließ den Bus, stieg die Gangway empor und ließ sich neben einer älteren Dame im Pelz in die Polster sinken. Die Frau räusperte sich, ließ ihr Reisenecessaire aufschnappen und feilte sich die Nägel. Sie hörte auf und sah Parker unter ihrem grünen Lidschatten heraus an.

Die leise Stimme der Flugbegleitung weckte ihn. Die Boeing befand sich im Sinkflug. Es begann schon wieder zu dämmern. Er hatte fast den ganzen Tag lang nur künstliche Nacht gehabt, endlose Stunden erst halb im Liegen, dann im Sitzen. Links blinkten die Lichter der Villen von Blankenese auf. Die Maschine neigte sich in die Landeschleife, auf der rechten Seite erhaschte Parker einen Blick auf den Hafen.

Er hievte den großen Rollkoffer und die Kabinentasche ins Taxi. «Hauptbahnhof», war seine kurze Ansage gewesen. Die Lederbezüge der S-Klasse waren eiskalt. Parker fragte sich, wie sich Kleinunternehmer so teure Schlitten leisten konnten, der Wertverlust musste riesig sein. Der Fahrer, stilecht mit Elbsegler in schwarzer Cabanjacke und grauem Backenbart, tippte die Klimafunktion auf seinem Kontrollschirm an.

«Büschen kalt heute, nech.»

Ihre Blicke begegneten sich kurz im Rückspiegel. Parker schauderte. Hoffentlich wurde er nicht krank. Er zog den Mantel enger, mongolisches Kaschmir, aber sehr leicht. Und sein Reiseanzug war auch zu dünn für das Wetter. Aus den Kopfstützen vor ihm traf ihn ein Schwall warmer Luft. Der Taxifahrer lächelte. Dann konzentrierte er sich auf die Fahrt. Rübenkamp, am Gewerbemischgebiet vorbei, durch den Stadtpark. In Harvestehude sah Parker Eis auf der Alster. Es kam ihm so vor, als hätte der Mann zu ihm gesagt: «Sie hat man ja lang nicht gesehen.» Mit einem zeitverzögerten «Wo warn Sie denn?» hinterhergeschoben. Und irgendwie hörte er ihn ‹Meista› sagen. ‹Meista› oder ‹Digga›. Er schüttelte den Gedanken schnell ab. Das hatte man davon, wenn man im Flugzeug nicht schlief. Beim Ausladen des Gepäcks half ihm der Fahrer nicht, zündete sich eine Zigarette an, während Parker die Taschenschlaufen über die Teleskopstange des Koffergriffs zog und das schwere Gepäck vorsichtig kippte. Er gab kein Trinkgeld.

Im Abteil saßen Parker ab Neumünster zwei Männer gegenüber, vielleicht Versicherungsvertreter oder mittlere Bankangestellte. Graue Konfektionsanzüge mit Bundfalten und Umschlag, ein Schnitt, der eigentlich dazu gemacht war, den Blick auf schmale Taillen und gutes Schuhwerk zu lenken, beides hier fehl am Platz, stattdessen Hüftspeckwülste und kurze stämmige Beine über Kaufhaustretern; die beiden trugen gemusterte Krawatten, mit Rennwagen und Kornblumen, der Verkäufer ihres Herrenmodenhauses hatte ihnen womöglich gesagt, sie würden das Erscheinungsbild «auflockern». Vielleicht war das sogar jeweils an «die Gattin» gerichtet gewesen, die ihre Männer beraten musste, da sie nicht in der Lage waren, selbst für sich zu entscheiden. Auch jetzt saßen sie nicht einfach nur still und für sich da. Sie sahen nicht dem Tag zu, wie er Abend wurde, die langsam vom Dunkel verschluckte Landschaft, die Sterne oder auch nur die mintfarbenen Sitze

des ehemaligen Interregios. Sie redeten miteinander, als hielten sie sich für die Dauer der Zugfahrt aneinander fest.
Der Ältere fuhr sich mit der linken Hand in Abständen immer wieder in die Jacketttasche. Wahrscheinlich ein Raucher.
«Weißt du», begann er, «Hallmann hat Leukämie.»
Parker stutzte, das hätte er nicht erwartet.
«Nein!»
«Hja.»
Beide pressten die Lippen zusammen und nickten sich zu, wobei ihre Seehundschnauzer leicht zitterten.
«Besser als Aids», antwortete der Jüngere nach einer Pause. Wieder nickten sie, strichen sich Hosenbeine und Hemden glatt, lockerten die Krawatten.
Parker war irritiert.
«War ein guter Mann.»
«Hat er nicht die Einspielergebnisse vorausgesagt?»
«Ja, hat er. Ist fast befördert worden dafür.»
«Stimmt, ich erinnere mich. War er danach nicht bei den Risikofonds?»
«Ja, in Wegeners Gruppe!»
«Ziemliche Karriere.»
«Ziemlich.»
«Hat aber auch gearbeitet wie ein Affe.»
«Tja, kann man so sagen.»
«Hat zweimal den Osterbonus gekriegt!»
«Is ma nich wahr. Zweimal, wirklich?»
«Ja, nich. Zweimal.»
Sie nickten einander zu, als würde ihnen in diesem Moment klar, dass sich der zweimalige Osterbonus in Rauch auflöste. Es war schön, wieder Deutsch zu hören, vor allem diesen trockenen, bedächtigen Singsang der Norddeutschen.
«Iss ma schon büschen traurich.»
Er stand auf, prüfte die Lage seines Rollkoffers auf der Gepäckablage, nahm seine Laptoptasche und ging auf die Toilette.

Parker öffnete das geriffelte Klappfenster, und kalte Luft strömte in die Kabine. Das Stationsschild war nicht zu erkennen. Erst beim Anfahren, als das Licht der Abteilleuchte darauf fiel, konnte er es lesen: *Wrist*.
Als er auf seinen Platz zurückkam, waren die Sitze leer. Sein Koffer war unberührt. Für den Rest der Fahrt starrte Parker aus dem Fenster.

Ihr Körper glänzte in der Sonne. Lichtfäden drangen durch die Gardine ihrer kleinen Wohnung, legten sich wie dünne Finger auf ihre Seite, schienen über die schlanke Taille, die Beine, den einen, auf der Decke wippenden Fuß zu streichen. Ein dunkler, lächelnder Engel im Sonnenlicht.
Neela war einfach mitgegangen. Es war keine drei Stunden her, dass er sie vor ihrem Büro im Metropolitan Museum abgefangen hatte. Sie waren bei gleißend hellem Sonnenschein in der Hitze des Septembersommers nach Norden in Richtung der *Rambles* geschlendert, aber nah an der Straße geblieben. Ein leichter Wind fuhr durch die gelben, roten, orangefarbenen Blätter. Parker blickte hoch. Blätter. Wie bunte Fische im Meer. Der Central Park leuchtete.
«Brauchst du künstliche Wildnis, um mich zu küssen?», hatte sie gesagt und ihn angestrahlt. Sie hatte sich mit einer Hand an seiner Schulter festgehalten, ein Paar Sneakers aus der Handtasche gezogen und gegen die Gucci-Pumps getauscht. Dann waren sie gelaufen. An der Mauer am Conservatory Garden kamen sie wieder aus dem Wald und seiner dunklen Kühle heraus. Machten Rast. Parker suchte nach einer abgeschiedenen Ecke.
«Igitt.» Neela trat eine Snapplesflasche ohne Deckel aus dem Weg und schüttelte angewidert ihre Wildlederpumas. Reste von Eistee waren ihr auf die Füße getropft. «Die räumen nie richtig auf!»
Auf der anderen Seite des Gartens, hinter den Heckenrosen,

sammelten drei Latinos mit Piken und Abfallzangen Papiermüll in grüne Säcke. Parker bückte sich, hob die Flasche auf und stapfte zum nächsten der Männer.

Parker ging zu Neela zurück, die es sich auf ihrem Pashminaschal gemütlich gemacht hatte. Er setzte sich und lehnte sich an die Gartenmauer, die von der Nachmittagssonne aufgewärmt war. Neela schmiegte sich an ihn, den Kopf an seine Schulter gebettet. So saßen sie schon eine Weile, als vor ihnen ein Hochzeitspaar auftauchte, er im grauen Frack mit Schwalbenschwanz, sie bis auf den Schleier ganz in Weiß, mit einem Fotografen auf Motivsuche.

«Brautpaare kommen oft her», sagte Neela.

Er zog sie noch fester an sich, streichelte über die feinen Härchen auf ihrem Unterarm. Er wollte etwas sagen, aber sie sah zu ihm hoch, legte einen Finger auf seine Lippen und zog ihn zu sich. «Im Himmel geschlossen …», flüsterte sie ihm ins Ohr. Alles um sie herum verschmolz miteinander. Das Brautpaar, das vom Fotografen immer wieder in ein anderes Licht, vor ein anderes Motiv gerückt wurde, der Geruch ihrer Haut, das frisch gemähte Gras, trockenes Laub, die Sonne auf der kleinen Kuppel des Rondells, ihre Lippen, die sich plötzlich berührten. Er hörte, wie ihr Atem schneller ging, fühlte, wie sich ihr Mund unter seinem öffnete. Ihre Zungen. Wie Schlangen. Als würden sie etwas abstreifen, altes Leben, alte Haut. Zwei Menschen, die plötzlich die gleiche Sprache sprachen, ohne etwas zu sagen. Als sie aufhörten, sich zu küssen, hatten die Abendschatten der Magnolienbäume an der Westseite sie fast erreicht. Das Paar mit dem Fotografen war noch da, nein, es war jetzt ein anderes Paar, zwei Männer, beide in Weiß, der Fotograf eine Frau. Und lachend hatte Neela ihn hochgezogen. «Zu mir?»

Die Hotelhalle war schlicht. Beton und dunkelbraunes Holz. Kein Messing, wie er es von einer Hafenstadt wie Kiel erwartet hätte. Schon vor einem Jahr hatte ihn das gewundert. Stattdessen Designershops, Calvin Klein, Hugo Boss, Donna Karan. Angenehm künstliche Düfte und eine Orchidee auf dem Rezeptionsbrett. Die Boutiquen hatten gerade für die Nacht geschlossen. Ein verhutzeltes Männchen bohnerte den Raum vor den Fahrstuhltüren mit seinem Reinigungswagen. Wie immer, wenn Parker übermüdet von irgendeinem Flughafen, einer Zugreise, einem Taxi in irgendeinem Hotel ankam, hätte er sich gerne noch etwas gekauft. Einen Gürtel vielleicht. Oder eine schöne Creme. Er unterschrieb den Meldezettel, reichte dem Nachtportier seine Kreditkarte, den Reisepass und fragte nach einem Zimmer mit Blick.

Der Mann lächelte ihn an. Dann tippte er in seinen Computer.

«Herr Parker. Sie waren schon einmal bei uns?»

Parker nickte.

«Sie sind über den Anwaltsverband eingebucht?»

Mit Schwung zog der Nachtportier Parkers Karte durch das Lesegerät neben der Tastatur.

«Genau. Sie müssten eine Kostenübernahmebestätigung vorliegen haben.»

Der Mann sah vom Schirm hoch. Verwunderung spiegelte sich in den hochgezogenen Augenbrauen.

«Kostenübernahme, genau!»

Der Portier zog die Visa-Karte das zweite Mal durch den Schlitz und runzelte die Stirn.

«Herr Parker, ich fürchte, ich bekomme hier keine Freigabe.»

«Versuchen Sie es noch mal!»

Der Mann schüttelte den Kopf.

«Wenn ich das mache, und es klappt nicht, ist Ihre Karte automatisch gesperrt. Hätten Sie eine andere?»

Parker zog seine Brieftasche absichtlich umständlich aus der Innentasche des Mantels und legte den Mantel offen über den Tresen. Saks, Fifth Avenue.

Er reichte dem Portier die grüne American Express und eine

Diners Club. Der Mann nahm Diners Club. Wieder zog er die Karte durch. Wieder nichts. Parker fing an zu schwitzen. Noch einmal. Nichts. Der Portier zuckte mit den Schultern und gab ihm die Karte zurück.

«Das kann am System liegen – wir probieren es am besten morgen noch mal!»

Dann schaltete er die Zimmerkarte frei, erklärte Parker Frühstückszeiten und die Öffnungszeiten für Sauna, Fitnessraum und Pool, bedauerte, sagen zu müssen, dass die Saunaanlage leider im Moment nicht in Betrieb sei, ein Fehler in der Heizanlage, der sicher die Woche über behoben werde, und wünschte ihm einen guten Aufenthalt.

Kiel war nicht Hamburg. Die tausend blinkenden Lichter des Hamburger Hafens, die einen nachts mit ihrem Funkeln betrunken machten, die Kais an den Landungsbrücken, das schaumige Wasser der Elbe und über allem das Dauergeräusch der im Dunst schwebenden Kräne jenseits der Docks, das alles gab es hier auch – ein paar Nummern kleiner. Draußen schneite es wild. Der Autolärm der vierspurigen Andreas-Gayk-Straße drang gedämpft zu ihm in den 7. Stock hoch. Parker mochte Schnee. Schnee gab allem Ruhe. Seufzend zog er sich erst die Schuhe, dann die Strümpfe aus. Er genoss den Teppich, er hatte das Gefühl, bis zu den Knöcheln darin zu versinken. Parker zupfte mit den Zehen an der Wolle. Er schloss kurz die Augen. Der Geruch alten Holzes, Ledersessel am Schreibtisch, Schnittblumen, der Teppich, ein angenehmes Raumgefühl, das ohne Kunstdüfte auskam. Er stützte sich auf das Fensterbrett, sein Gesicht nah an der Scheibe. Durch die Doppelverglasung der Thermopenscheibe konnte er die Kälte spüren, eine krallige Kälte, die seine Stirn umfasste und ihm dann wie eine sanfte, bestimmende Hand über den Schädel strich. Dann öffnete er wieder die Augen und streckte sich. Er sah auf eines der Geschäftshäuser auf der gegenüberliegenden Seite, die ihn wegen des Backsteins an Kasernen erinnerten. Die Fassade verkündete in Fünfzigerjahre-Leuchtbuchstaben «Nordwest-Lotto Schleswig-Holstein». Über den Dächern leuchteten die beiden Schornsteine der Schwedenfähre rot, und auf dem Oberdeck war das Rettungsboot blau angestrahlt. Das ganze Schiff tauchte im milchigen Schneelicht auf wie eine Erscheinung. Parker öffnete das Fenster, sog kurz die Luft ein, dann schloss er es wieder. Die dicken Flocken waren in kleinere, härtere Kristalle übergegangen, die schneller und in größeren Abständen zu Boden fielen. Kälte, die man nicht mit dem Mund hätte auffangen wollen.

Parker öffnete sein Reisegepäck. Er holte den Laptop heraus und setzte sich aufs Bett. Hwang hatte noch nicht geantwortet. Wie spät war es jetzt in Korea? Korean Standard Time, plus neun Stunden? Dann würde Hwang wohl jetzt schlafen. Die Hausverwaltung der Silver Towers wies ihn höflich darauf hin, dass die Dezembermiete noch offen sei, und hatte den 22. Januar als letztmöglichen Übergabetermin festgelegt. Wie stellten die sich das vor? Er schrieb gleich ans Department, er könne gern noch ein Semester bleiben, darüber hätten sie doch gesprochen – auch für Einführungskurse stehe er zur Verfügung, vielleicht könne man ihm ja eine andere Wohnung in den Towers geben? Zur Not ginge für den Übergang auch ein Zimmer für Doktoranden der NYU. Mehr Zongo-Mails kamen in den Papierkorb. *Dear Ladies and Sirs*. Die Regierung von Südsudan bot interessierten Firmen ihren Fuhrpark und landwirtschaftliche Geräte als Sicherheit für Kredite an. Seine Bank schickte *security alerts* und den aktuellen Kontostand, er solle sich unmittelbar mit Catlin, seiner Bankberaterin, in Verbindung setzen, sonst würde sein Konto geschlossen. Parker atmete einmal tief durch. Vielleicht sollte er morgen auch noch mal sein altes College anrufen, Bard, sich entschuldigen, sagen, er wäre auch zu etwas Kleinerem bereit. Er hatte eine Woche Zeit. Eine Woche, um alles zu regeln. Eine Woche für den Neuanfang.

Als er gerade den Koffer auf den Polsterhocker neben dem Spiegelschrank hieven wollte, klingelte das Zimmertelefon. Parker stellte den Koffer wieder hin und hob ab.
«Mensch, wo warst du? Wir haben schon gedacht, du sitzt auf irgendeinem eingeschneiten Rollfeld fest. Das war ein ganz enges Höschen. Gerade haben sie Hamburg geschlossen, ein halber Meter Schnee in nicht einmal einer Stunde, vereiste Tragflächen, und schon geht gar nichts mehr. Ist alles okay bei dir? Ich hab dir fünf Mal auf die Mailbox gesprochen, hattest du keinen Empfang?»
«Eberhard, danke, dass du anrufst. Nein, ich habe einfach mein Handy noch nicht eingeschaltet, ich bin gerade noch an einem Text, ich hätte mich auch gleich noch gemeldet.»
Parker musste unwillkürlich grinsen. Jansen war im Pensionsalter, distinguiert mit ausrasiertem Bart, in Kaschmirjacke, meist gelber Krawatte und Cordhose, Typ Landedelmann und nur vom Allerfeinsten – bis er den Mund aufmachte: Dann kam ein Schwall jovialer Plattitüden heraus, als hätte sich Negerkalle als Old-School-Gentleman verkleidet.
«Macht nichts, alter Junge, macht nichts, keine Limits – nichts mit Kindern, nichts mit Tieren, nichts mit Drogen. Hab mir schon so was gedacht. Komm erst mal an! Hast du unseren Willkommensgruß schon gesehen?»
Parker klemmte sich den Hörer unter das Kinn und sah sich um. Er nahm die in feines Papier gewickelte Flasche vom Schreibtisch und riss vorsichtig mit den Zähnen eine Stelle über dem Etikett frei.
«Ein Pomerol! Das ist sehr aufmerksam von euch!»
«Ach, papperlapapp, quatsch nicht so Fernsehzeugs! Ist ein 95er! Sinnlich, samtig, hat Heidrun dir ausgesucht, ich soll dir sagen, dass du diese Woche zum Essen kommen sollst, wie gefallen dir die Blumen?»
Eberhards Frau hatte er also nicht nur den Wein, sondern auch die drei weißen Lilien zu verdanken, die er beim Be-

treten des Zimmers in der blauen Vase auf dem Couchtisch registriert hatte.

«Ich liebe Lilien! Sag ihr bitte schönen Dank, und dass ich gern komme!»

«Gibt es etwas, was du nicht isst? Ich warne dich, wenn du sagst, ‹Fleisch›, kannst du gleich wieder nach Hause fahren.»

«Nein, ich liebe Braten.» Parker versuchte sich zu erinnern, was sie im letzten Jahr gehabt hatten, wusste es aber einfach nicht mehr.

«Es gibt Reh. Oder Huhn.»

«Noch bess…»

Eberhard schnitt ihm das Wort ab: «Hör mal, hast du noch Energie? Ich muss dir heute Abend unbedingt noch jemanden vorstellen, ja? Schlafen ist für Loser. Okay, ich lass dir in einer halben Stunde ein Taxi schicken mit der genauen Adresse. *Lass dich überraschen …*» Er sang es wie Rudi Carrell, «*doll!*… und am besten ziehst du Abendgarderobe an, auf jeden Fall was Dunkles, bis gleich!»

Selbst das Knacken in der Leitung klang enthusiastisch.

Das Taxi war ein alter 300er, Baureihe W 124, unverwüstlich, wie ihm der Fahrer versicherte. Danach hätten die damals, wie hieß der Manager, der das verbockt hatte, Shrimp? Schrempp, ja, von Chrysler, die hätten diese E-Klasse mit den vier Kugelscheinwerfern und den Wülsten gebaut, sahen aus wie Plattfische und waren so billig gemacht, die sehe man heute kaum noch, auch bei Kollegen nicht, Riesenprobleme mit Rost! Die alten Es, er wies auf den Tacho, «über 300 000. Erster Motor, keine Probleme, zweimal ein Marderschaden, sonst nichts! Nichts! Wenn Islamabad nicht so weit wär, ich tät glatt hinfahren und den Wagen an meine Familie verkaufen. Der macht noch mal 200 000. Ja, das sage ich Ihnen, ein paarmal kommt der noch um die Welt.» Der Fahrer steuerte den Wagen durch den Schnee, als litte das erklärte Meisterwerk deutscher Ingenieurskunst an Schluckbeschwerden. Parker hielt sich mit einer Hand am Griff über der Tür fest. Der Jacketthaken bohrte sich in seinen Ballen.

«Ist Ihnen nicht gut?»

«Nein, nein, alles bestens!»

«Ja, nur: Diese Baureihe neigt zum Schlingern. Der einzige Nachteil. Ich hätte Gewicht in den Kofferraum laden müssen, mein Bruder hat mir das gesagt, aber heute Morgen sah alles noch ganz normal aus, kein Schnee, wissen Sie, und jetzt?»

Der Pakistani drehte sich zu Parker um, der ihm schnell zunickte, damit der Fahrer sich wieder auf die Straße konzentrierte.

«Ja, nicht wahr?», sagte der Fahrer. «Weiße Scheiße, wie Seife.»

Nach einer Fahrt, die Parker eher wie das Torkeln eines Betrunkenen vorkam und bei der ihnen nur durch ein Wunder ein Unfall erspart geblieben war, setzte ihn das Taxi vor dem Jachtklub ab.

Eberhard lotste ihn durch den Raum. «Lass dich mal ansehen!», hatte er begeistert gestrahlt, nachdem Parker durch die große Glastür in den mit Marmor ausgelegten Vorraum des Jachtklubs getreten war. Seinen Smoking hatte Parker nicht eingepackt, der Armani würde es auch tun, immerhin hatte Parker sich eine Fliege gebunden und auch die Lackschuhe poliert. Er hatte den Mantel abgegeben und sich nervös die Manschetten aus den Ärmeln gezogen. Den richtigen Eindruck machen. Er hatte erst morgen mit der ersten Begegnung gerechnet.

Eberhard war auf ihn zugeeilt, hatte ihn an die Brust gedrückt und hielt ihn nun auf Armlänge von sich. «Du hast zugelegt!» Eberhard klopfte ihm leicht auf den Bauch. «Nur Muskeln und Samenstränge. Siehst gut aus!» Parker fühlte sich wie in den

Händen eines dicken Tanzmeisters, als Novize, der geführt, gedreht, vorgestellt wird, den Damen im Glitzerkleid, mit oder ohne Nerzstola, Champagnerflöte unter dem Arm, den Herren im ausgemotteten Smoking oder stilecht in weißen Hosen und Marineblazer. Die Stimmung war, was man im Norden vornehm zurückhaltend ‹gediegen› nannte, mit dem gewissen Stolz, dass man sich vor den Porträts von Kaiser Wilhelm II., Hans Carl Rüdel und Otto Schlenzka einem der exklusivsten und angesehensten Klubs der Welt zugehörig fühlen durfte. Eine zufriedene Welt zwischen den gläsernen Schaukästen im Kaisersaal mit den prächtigen Pokalen und Trophäen, wo längst schon wieder die nächste Kieler Woche geplant wurde, das größte und, wie man hier fand, schönste Segelereignis überhaupt.

Parker winkte zwei Hostessen heran, die ihm nacheinander mit ihren alkoholbeladenen Tabletts ihre Aufwartung machten. Die eine trug Gläser mit Champagner, die zweite, scheinbar herrenexklusiv, denn sie sprach nur Männer an, Whiskey. Das Herrentablett sah interessant aus, hinter den Gläsern standen drei Flaschen in unterschiedlichen Schattierungen von Fenchel- bis Honigfarben, an der Seite des Tabletts balancierte die junge Frau zusätzlich eine kleine Karaffe mit Wasser. Hinter den dicken Tumblern stand eine Flasche Macallen, achtzehn Jahre. Hinter den Nosinggläsern mit Deckel in der Mitte ein Scapa, einundzwanzig Jahre, und links, in konischer Kleinstvase inmitten kleiner Gläser aus geschliffenem Kristall, ein, wie die junge Dame betonte, richtig alter Laphroig.
Die Bedienung war gut ausgesucht.
«Was dem Alten Fritz die langen Kerls, sind uns die jungen Deerns!»
«Das ist nicht zu übersehen.»
Parker fragte nach Wasser.
«Kostverächter!» Eberhard nahm vom Macallen. Parker ließ

sein Glas, nachdem er einen Schluck genommen hatte, auf einem Sideboard stehen. Sie gingen weiter.
Schließlich brach Eberhard mit dem untergehakten Parker in eine Gruppe von – für diesen Kreis – ungewöhnlich jungen Leuten ein. Parker schätzte den blonden Mann im weißen Dinnerjackett und der adrett gebundenen schmalen Fliege, der unzweifelhaft den Mittelpunkt der Unterhaltung bildete, auf Anfang vierzig. Schlank, leichter Teint, ein Seglertyp.
«Darf ich vorstellen? Das ist der Mann, der Ihnen die Rede für morgen geschrieben hat.» Eberhard stieß den Blonden vertraulich in die Seite, während er seine Pranke auf Parkers liegen ließ und ihn so eindrehte, dass er direkt vor dem Segler zum Stehen kam.
«Parker, nicht wahr?»
Eberhard löste jetzt seinen Griff von Parkers Schulter und hatte auch den Finger vom Jackett des anderen genommen, ein Überbrückungskabel, das seinen Zweck erfüllt zu haben schien. Beide musterten sich eindringlich.
«Herzlich willkommen in Kiel. Wie man hört, sind Sie ja wirklich viel unterwegs, da mag Ihnen unsere Stadt im ersten Moment sicher etwas klein vorkommen.»
Der Mann hatte eine tiefe, angenehme Stimme mit Hall, der an Sänger denken ließ.
«Ich war im letzten Jahr schon einmal kurz hier, Herr Mahler, hatte aber noch keine Gelegenheit …»
Mahler unterbrach ihn.
«Sie brauchen der Stadt keine Komplimente zu machen. Das alles ist nur ein Übergang. Wir», Mahler deutete auf die Frauen und Männer um ihn herum, die Parker und ihn aufmerksam musterten wie Mannschaftskollegen den Trainer und einen potenziellen Neuzugang, «haben noch viel vor.»
«So?» Parker fühlte auf einmal ein Kribbeln im Magen.
«Ja, aber darüber reden wir mal in Ruhe in den nächsten Tagen. Was Ihre Rede betrifft: schön, sehr schön sogar.» Par-

ker merkte, dass Mahler sich den Nachsatz eigentlich verkneifen wollte, sich dann aber doch dafür entschied, ihn auszusprechen. «Vielleicht insgesamt noch etwas konventionell.»
«So konventionell ist das gar nicht!» Parker kam sich auf einmal wieder vor wie in einer Magisterprüfung oder beim mündlichen Abitur. «Und wir wollen ja alle mitnehmen.»
«Da haben Sie vollkommen recht! Es war ja so eine Art ‹Blind Date›. Ihre Worte haben den Weg zu mir gefunden, ohne dass wir uns kannten. Die Rede ist gut geworden. Sie passt durchaus zu mir. Natürlich wollen wir alle mitnehmen, aber Sie werden ja selbst sehen. Wir müssen aus dem Normalen raus. Sehen Sie sich Frankreich an, da geht plötzlich was, Manuel Valls bei den Sozialisten oder Macron, der schert komplett aus diesem Raster aus. Auch wenn der vielleicht ein bisschen zu sehr an seinem Mutterfrauchen hängt. Wir brauchen so was – eine Erneuerung, die Überwindung der Rechts-Links-Blöcke, jemanden, der aufrüttelt, mehr Mut zur Debatte. Politik muss wieder sexy sein und am besten nicht gleich außerhalb des parlamentarischen Systems. Wir wollen alle einbeziehen, alle Gesellschaftsschichten, Altersgruppen, Richtungen. Das muss alles anders werden. ‹Im Norden geht's los.›» Mahler führte seine Hände auf Augenhöhe auseinander, Zeigefinger und Daumen in L-Form, als spannte er ein imaginäres Plakat auf. «Das ist hier zwar ein etwas konservatives Land und nicht die Speerspitze Deutschlands, aber die Leute haben was auf dem Kasten. Das Holsteiner Silicon Valley zum Beispiel – hier wird es bald mehr Gründungen von Softwarefirmen geben als irgendwo sonst.» Mahler hielt sich die Finger vor den Mund, als müsste er nachdenken. «Von meinen Freunden», er deutete auf Eberhard, «habe ich gehört, Sie waren bei Obamas erster Kampagne dabei?»
Parker nickte.
«Neue Kommunikationswege, soziale Medien, wir waren damals junge Leute, wir haben alles, was wir konnten, in die

Waagschale geworfen. Mikrospenden gesammelt, Schüler und Studenten als Wahlhelfer animiert. Das war organisierte Straßenpolitik.»

«Genau das brauchen wir auch.» Mahler fasste Parker fest am Arm. «Ich habe große Pläne mit Ihnen.»

Parker sah Mahler in die Augen. Dann lächelte er.

«Das könnte mir gefallen.»

«Gut. Ich möchte Sie an Bord haben. Und wir holen uns dann die Richtigen mit ins Boot.»

«Die Richtigen?» Erst jetzt fiel Parker auf, dass Mahler grüne Augen hatte, ein helles, an den Ausläufern der Retina in Grau übergehendes Meergrün. Grün, das einen unter den dunklen Brauen und den langen Wimpern anzog wie mit in der Strömung treibenden Armen aus Tang.

«Hast du ihm nichts gesagt?»

Eberhard sah wie ein kleiner Junge zu Boden und schüttelte den Kopf. Dann grinste er sie beide an: «Überraschung!»

Parker schaute Eberhard fragend an.

«Nun gut», sagte Mahler. Und dann zu Parker: «Kommen Sie morgen Abend zum Empfang?»

Parker sah, dass Mahlers Mundwinkel zuckten, als ob er noch etwas ganz anderes hätte hinzufügen wollen.

«Nennen Sie es, wenn Sie wollen, ‹Qualitätskontrolle›, immerhin halte ich unsere Rede – und danach sehen wir weiter. Sie werden mein Königsmacher. Ach, da ist ja der Minister, entschuldigt mich.»

Mahler drückte Parkers Hand doppelt so fest wie bei der Begrüßung. Dann lächelte er wieder, nickte Eberhard zu und ging zu der Gruppe um einen schlanken Mann mit vollem Haar.

«Landwirtschaft», flüsterte Eberhard.

Die Gruppe begrüßte den Neuankömmling freundlich und schloss den Kreis dann sofort wieder, während Mahler den Minister in ein Gespräch verwickelte.

«Na», sagte Eberhard und grinste Parker an, «hat er dich eingekauft?»
«Charisma hat er. Aber was genau soll ich für ihn tun? Das Gleiche wie bei Obama?»
«Ja, und viel mehr. Der Mann braucht einen Lotsen. Und einen, der ihm die Mannschaft zusammenstellt. Abteilung Attacke, Abteilung Rettungsboot. Ein paar Kandidaten dafür hab ich übrigens in dein Seminar eingeladen. Genauer sag ich dir das, wenn du zu uns zum Essen kommst.»

Eberhard hatte ihm angeboten, ihn am Hotel abzusetzen.
«Ich muss da sowieso vorbei!»
Sein M-Klasse-Mercedes geriet, trotz Allradantriebs, mehrfach ins Schlingern, bog aber schließlich sicher in die geräumte Auffahrt vor der Rezeption ein. Während der Fahrt hatte Parker das Bedürfnis gehabt, Eberhard zu fragen, wie denn das Ganze nun abgewickelt würde, wann es einen richtigen Vertrag mit Mahler gebe und wie genau die Konditionen denn aussähen, aber er war sich nicht sicher, ob alles schon feststand. Parker sprang durch den Schneematsch in die Lobby.
Der Mann an der Rezeption winkte ihm zu.
«Denken Sie noch an Ihre Kreditkarte? Kommen Sie doch gleich noch einmal herunter.»
«Selbstverständlich.»

Wieder im Zimmer, packte er die restlichen Dinge aus seinem Koffer aus, arrangierte die Hemden, Anzüge, Socken. Er verstaute die Schuhe, sie hatten sogar ein paar Schuhspanner aus Zedernholz im Schrank. Parker griff in den handgearbeiteten Koffer. Der beruhigende Geruch von Leder schlug ihm entgegen, er nahm ein weiteres der gefalteten und gebügelten Hemden heraus. Er schüttelte das dunkle Zegna, steckte für einen Moment die Nase in den Stoff und hängte es zum Etro-Sakko ins Bad. Die Feuchtigkeit würde über Nacht die Falten glätten. Dann stellte er Zahncreme, Rasierseife und seine beiden Lieblingsparfüms, He-Wood und Light Blue, auf die Ablage. Beide Flakons waren fast leer.

Er öffnete den Wein und genoss das volle Kirscharoma des Pomerol. Er ordnete noch seine Bücher und hängte die Hemden so auf, dass sie einen Abstand von exakt acht Zentimetern voneinander wahrten, sich aushingen, genau wie die Anzüge. Parkers kleine Karrierebibel. Er verstaute die Unterwäsche und Socken in den Schubladen, legte Mützen, Schals und Handschuhe zurecht, breitete im Bad sein Rasierzeug aus. Im Kopf ging er mögliche Ergänzungen seiner Toilette durch, die er sich zulegen müsste, er freute sich darauf, sich in den nächsten Tagen ein paar Schaufensterbummel zu gönnen, kleinere Einkäufe zu machen. Er rechnete die nötigen Kleinstausgaben von den Spesen und den Tagessätzen ab, die man ihm zahlte. Haushalten war wichtig. Er machte sich eine Notiz, zählte das Bargeld, das er noch hatte, teilte es in zwei Hälften, steckte die eine ins Portemonnaie zurück, die andere in einen Umschlag, dann schenkte er sich ein zweites Glas von Eberhards Weingabe ein und begann, Badewasser einzulassen. Während er sich auszog, dachte er daran, dass er sich ein Erkältungsbad oder irgendeine fein riechende Essenz zulegen sollte – Melisse vielleicht –, rein präventiv, denn er fühlte sich nicht mehr krank. Das tägliche Baden war das, worauf er sich unterwegs am meisten freute.

Er lag eine halbe Stunde lang im Wasser. Alle fünf Minuten ließ er heiß nachlaufen, wobei die Hälfte des neuen Wassers wieder ins Überlaufrohr gluckste. Er zog sich den flauschigen Hotelbademantel über und legte sich ins Bett. Mit schrumpeligen Fingern zappte er noch eine Weile durchs Spätprogramm und blieb dann an einem Stan-und-Ollie-Film hängen, in dem die beiden in einer schottischen Armee-Einheit nach Indien verschickt werden. Parker hatte den Film schon als Kind gesehen. Stan und Ollie brechen aus dem Gefängnis aus, um wegen einer Testamentseröffnung nach Schottland zu fahren. Stan soll eine Erbschaft in Empfang nehmen. Aber statt des erhofften Schlosses gibt es nur einen Dudelsack. Stan schlug gerade vor, dass sie doch als blinde Passagiere zurück nach Amerika reisen, sich beim Wärter für ihren Ausbruch entschuldigen, vielleicht sogar ihre alte Zelle wiederbekommen und dann dort friedlich ihre verbleibende Woche absitzen könnten. Ollies Blick, ein einziger Schrei nach Hilfe. Mittellos tauscht Stan ihre Mäntel gegen einen Fisch, den sie auf dem Drahtrost ihres Bettes im Hotel über einer Kerze braten, wobei sie einen Brand verursachen. Sie werden aus dem Hotel geworfen, haben keine Hosen mehr, wollen zum Schneider und schreiben sich aus Versehen als Rekruten des dritten Bataillons der kaledonischen Hochländer in die Armee ein. Immerhin: Jetzt haben sie Röcke, und beim Notar, Mister Mix, hinterlassen sie ihre Adresse, für alle Fälle, Gott schütze den König, auf Wiedersehen, Mister Mix, auf Wiedersehen, Mister Alan, auf Wiedersehen, Ollie, Wiedersehen. Wiedersehen. Der Globus dreht sich, noch bevor sie in Indien ankommen, schlief Parker ein.

Aus Parkers Archiven: Die neun Geheimnisse einer gelungenen Rede

Erste Lektion: Ganz gleich, ob Sie eine Rede halten, eine geschäftliche Präsentation vorbereiten oder nur eine kurze Ansprache halten: Auf der Bühne sind wir alle nackt. (Stellen Sie sich das nicht zu wörtlich vor.) Der Redner kommt am besten an, der uns als echter Mensch erscheint, der es schafft, uns von seinen Emotionen, seinen Träumen, seinen Vorstellungen zu überzeugen. Leidenschaft ist das Wichtigste. Sie steckt an. Sie inspiriert. Wenn Ihr Zuhörer merkt, dass Sie hinter der Sache stehen, über die Sie sprechen, dass Sie sich mit Ihrer ganzen Person dafür einsetzen und alles riskieren – dann wird man Ihnen zuhören, ganz egal, wie die Einstellung Ihres Publikums zu den Dingen ist, über die Sie sprechen. Mut heißt, bei sich selbst zu bleiben. Ganz und gar, auch in der Angst, mit allen Wünschen und Zweifeln. Wenn Ihnen das gelingt, in Ihrer Rede Präsenz zu erzeugen, dem Publikum das Gefühl zu geben, dass Sie mit Ihrer ganzen Persönlichkeit hinter dem stehen, was Sie sagen, dann werden Sie nicht scheitern.

Kapitel 2

Montag, Kiel

«Heißen Sie wirklich Parker, wie der Weintyp?»
«Hey, ja, dieser Punkte-Guru, richtig?», mischte eine heisere Stimme sich ein, «Matthew Parker wie der Weinknilch und – wie Spiderman.» Wilfried Steenbock schob sich und seinen Thermoskannenkaffee zwischen Parker und Frau Schneider.
«Peter», sagte Matthew.
«Was?», fragte Wilfried, rückte die Schirmmütze zurecht und pustete sich seine dünnen Haare aus dem Gesicht.

«Peter. Peter Parker ist Spiderman. Ich heiße Matthew.» Mit einem angedeuteten Lächeln in ihre Richtung stieß er wie unabsichtlich an Wilfrieds Kaffeebecher.
«Scheiße, Mann.» Wilfried beeilte sich, die gefährlich ins Schwappen geratene Flüssigkeit auszubalancieren. Er zog die Hüfte zurück wie ein Torero vor einem angreifenden Stier, während er gleichzeitig den Arm mit dem Becher durchstreckte.
Frau Schneider, Anneli, lachte. Parker sah sich um. Die meisten Seminarteilnehmer hatten sich um den improvisierten Kaffeetisch im Gang versammelt, schenkten sich aus großen Kannen ein oder bedienten sich beim Sprudel und den Keksen. Viele mussten bei Wilfrieds Kaffee-Slapstick-Einlage unwillkürlich grinsen. Anneli, Beate, Waltraud. Namen wie aus der Wirtschaftswunderzeit.

Anneli war mittelgroß und wirkte auf Parker eher zurückhaltend; in ein blaues Kostüm gekleidet, hätte sie als Hanseatin durchgehen können, aber ihre Haltung strahlte nichts Unterkühltes aus, eher schien eine Art ungezügelter Energie in ihr zu stecken, als könnte sie im nächsten Moment anfangen zu tanzen. Sie reichte Wilfried eine Serviette, was aber nur dazu führte, dass er den Kampf mit dem Kaffeebecher endgültig verlor. Eine dunkelbraune Lache breitete sich auf dem Boden des Schulflurs aus. Vielleicht war es kein Zufall, dass Menschen mit diesen Namen angehende Anwälte, Richter und Staatsanwälte waren. Prädestinationslehre à la Schleswig-Holstein. Wilfried tupfte mit der Serviette den Boden auf, Anneli half ihm, und auch Parker bückte sich zu den beiden herunter und unterdrückte ein Lächeln, als er fast mit der Stirn gegen die beiden stieß.
«Alles in Ordnung?»
«Ja, alles klar.»
Anneli wandte sich ihm wieder zu.

«Matthew Parker. Das ist ungewöhnlich, Matthew.» Sie schien über seinen Namen genauso nachzudenken wie er über ihren.

«Ja», antwortete er, «mein Vater war Engländer.»

«Und Jazzfan?»

In seiner Eingangsübung, die eigentlich eine Vorstellungsrunde gewesen war, hatte er vorbereitete Kärtchen an die Teilnehmer verteilt.

«Schreiben Sie Ihren Namen, Ihren Beruf, ein paar Stichworte zu Ihrer Person, Hobbys, ob Sie gern essen, ob Sie gern tanzen, alles, was wir in drei Minuten unbedingt über Sie wissen sollten, sowie Ihre Erwartungen an dieses Seminar auf. Und dann kommen Sie nach vorn.» Dabei hatte er aufs Pult geklopft, an das er sich gelehnt und von dem er sich dann wieder entfernt hatte. Ein Podest, das alle zuerst ganz klein machen würde. Er würde sie einen nach dem anderen aufrufen. Die Erste hatte er sich bereits ausgesucht, Anneli.

Sie zitterte nur ein wenig, machte ihre Sache gut. Er hatte sich seitlich an die Klassenzimmerwand gesetzt, weit genug entfernt, um diesen Moment der Preisgabe, der geballt auf die Rednerin gerichteten Aufmerksamkeit nicht zu früh wieder aufzulösen. Aber doch nah genug, um auch den vom Pult verdeckten Großteil ihres Körpers zu beobachten.

Die Beine verrieten alles. Stand ein Teilnehmer mit gekreuzten Beinen da oder wippte der oder die Rednerin beim Vortrag hin und her, deutete das auf erhöhte Anspannung, manchmal extreme Nervosität hin, die sich dann über die das Pult umklammernden Hände bis in die Gesichtsmuskulatur fortsetzen und sich – ein Fehler der Atmung – in schnell gehaspelten Sätzen ohne Pausen und Betonung Bahn brechen konnte. Ein Verhalten, das dem Publikum lediglich eine einzige Botschaft vermittelte: Ich will hier ganz schnell wieder weg.

Körpersprache trog nie.
Anneli machte fast alles richtig. Stand breitbeinig im Seemannsgang da und wurde so automatisch ruhiger. Sie fing auch nicht sofort an, sondern atmete erst einmal tief ein und sah in die Runde, holte sich Sicherheit. Dann, bei den Erwartungen ans Seminar, sah sie Parker an und verschluckte den Satz. Er stand auf, erlöste sie von ihrer Verkrampfung mit einem Nicken, berührte sie, bevor sie wieder auf ihren Platz verschwinden konnte, am Handgelenk, stellte sich neben sie und erklärte, dass man die Hände am besten flach aufs Pult lege und die Bauchatmung unterstütze. Er forderte alle Teilnehmer zum Aufstehen auf, legte sich die Hand auf den Unterbauch, beschrieb, wie man die Luft ins Zwerchfell einsog und so einen Luftvorrat ansammelte, den er, mit dem Hinweis, «die Sänger nennen das Stütze», in einem volltönenden «Lala» in den zugigen Klassenraum entließ.

Die Teilnehmer versuchten, es ihm nachzumachen. Die erste Erprobung der Zwerchfellatmung verlief meist erfolglos. Die eine Hälfte sog Luft ein und tastete herum, drückte hilflos auf die Bauchdecke, zuckte mit den Schultern. Die andere Hälfte des Seminars lächelte zufrieden. Sie hatten den Druckpunkt gefunden. Parker korrigierte der Reihe nach ihren Stand, die Armhaltung und führte die Hände seiner Seminarteilnehmer an die richtige Stelle. Eine Kakophonie von Lauten erfüllte den Raum. Die Angst vor dem drohenden Auftritt ließ nach. Eine, Anneli, hatte ja schon begonnen, und Parker hatte mit seiner Erklärung die ganze Nervosität in die erste Unterrichtssequenz verwandelt.

Er dankte Anneli und bat als Nächsten Wilfried ans Pult, was diesem augenblicklich Schweiß auf die Stirn trieb. Wilfried zog sich die Kappe noch weiter ins Gesicht. Nervös nestelte er an seinen Kärtchen herum, mischte sie neu, als wäre ihm die Reihenfolge noch nicht klar. Er fing dann mit «äh, ich bin, heiße, Wilfried» an, alles nach unten gesprochen, das Gesicht vor den Blicken der anderen durch seine Schirmmütze verborgen. Parker hatte sich nicht getäuscht, Wilfried war eine harte Nuss. Nachdem sich alle sechzehn Teilnehmer vorgestellt hatten und er sich die Namen, die Sitzpositionen, die Berufe, erste Schwächen und Stärken sowie Erwartungen an das Seminar notiert hatte, war es für Parker an der Zeit, die Karten auf den Tisch zu legen.

Er war selber nervös, wie immer. In den Einheiten am ersten Tag würde der Grundstein für den Erfolg des gesamten Seminars gelegt werden.

Neben einigen Bemerkungen zum Ablauf, dem einstimmig angenommenen Vorschlag, sich im Seminar mit Vornamen und Sie anzureden, gab er prägnante Stationen seines Lebens an, so ausgewählt, dass es nicht nach Angabe klang, aber doch das Gespräch in den Pausen tragen und, wie er hoffte, die Neugier der Teilnehmer in die richtige Richtung lenken würde. Anneli hatte sofort angebissen.

«Ja, Jazzfan war mein Vater auch, hat für BFBS, den Militärsender der Engländer, das Nachtprogramm gemacht. Schlafloser, der er war.»

«Dann haben Sie ja Glück gehabt, Matthew, dass er Sie nicht Charlie genannt hat.»

«Sie mögen Jazz?»

«Klar. Mein Vater ist auch Fan. Roscoe Mitchell zum Beispiel, kennen Sie den?»

Parker nickte.

«Ja? Wie schön! Bei Mitchell ist jeder Ton, jede Artikulation einzigartig – als würde er einen Raum bauen, nur aus Klängen! Das ist keine Musik zum Tanzen, aber die macht mich weich, wenn ich nachts einfach nur daliege und hinaushöre. Es sind so zerbrechliche Melodien, und dann verwandelt sich alles, das

ist wie Denken, aber nicht mit dem Kopf, sondern ganz aus dem Körper.»
«Aus dem Körper?»
«Ja. Finden Sie das komisch?»
Parker schüttelte den Kopf.
«Nein, überhaupt nicht. Ich mag es, wie Sie das beschreiben. Mein Vater mochte Mingus. Ich bin mit Musik aufgewachsen, vielleicht ...»
Er unterbrach sich.
«Ja?» Sie sah ihn über ihren Kaffeebecher an. Dann setzte sie noch mal an.
«Hier in Kiel gibt es einen richtig guten Jazzladen, das Monk's, nächsten Montag spielt das Stefon Harris Quartett, vielleicht ... Wie lange bleiben Sie denn?»

Parker bot gleich im Anschluss an das Seminar in Kiel am Montag und Dienstag in Frankfurt Individualtraining bei Fernsehauftritten für Manager der Bahn an. Die waren ganz schön verzweifelt an dem markigen Gewerkschafter der Lokführer. Die Bahn zahlte gut, nicht gut genug, aber für Parker zählte jetzt jede einfache Verdienststunde. Sollte es mit dem Kieler Job klappen, könnte man ja sehen.

Die Dreisätze gingen der Gruppe leicht von der Hand. Titel, Inhalt, Wertung, ein einfaches Denkmuster, das beliebige Themen gegliedert zur Darstellung brachte. Er hatte es sogar geschafft, Wilfried nach der Mittagspause seine Kopfbedeckung in geschlossenen Räumen auszureden, dafür hing der jetzt allerdings an ihm, als wären sie Freunde.

Nicht nur die Baseballkappe war es gewesen, die die Gruppe sofort gegen den schlaksigen Junganwalt eingenommen hatte. Viele kannten ihn schon. Er hatte sich auf einen der Eckplätze gesetzt, eigentlich untypisch für einen «Verklemmten», als den ihn Matthew zunächst eingestuft hatte. Er hatte ihn irgendwo in der Mitte erwartet oder links vom Lehrertisch sitzend, im toten Winkel. An den Ecken saßen Parkers Erfahrung nach Menschen mit übersteigertem Selbstbewusstsein, «Troublemaker». Denen ging es meistens zu langsam, oder sie fanden alles zu verschult, die fragten, wenn man ihnen nicht gleich von Anfang an entweder durch spezielles Lob oder durch harte Kritik den Wind aus den Segeln nahm, irgendwann, was denn das Ganze solle, sie hätten sich da etwas ganz anderes vorgestellt. Das machte schlechte Stimmung. Man durfte sich nicht durch die anfängliche Angst der Teilnehmer im Seminar täuschen lassen: Hier herrschte Krieg – und die Fronten konnten sich schnell gegen den Dozenten richten.

Wie immer am ersten Tag baute er am späten Nachmittag zur Auflockerung auf die Fünfsatzübung. Geübt werden sollten spontane Dialektik mit vorbereiteten Argumenten, Teamwork beim Brainstorming und schnelle Bezugnahme auf den Gegner in einer Podiumsdiskussion, wo Pro und Kontra klar definiert waren. Sein Paradethema für diesen Abschluss war «Hunde in der Stadt – Segen oder Fluch?».

Der erste Seminartag war gut gelaufen, der Schulungsraum am Abend mit Energie aufgeladen gewesen. Die alten Heizungsrohre, die einen Anstrich vertragen konnten, die Tische, an denen sich alle zunächst wieder wie Schulkinder vorgekommen waren angesichts der eingeritzten Liebespfeile, spritzenden Eicheln, Cora geht mit Jens, den Kritzelponys und Hakenkreuzen. Es war ihm schon letztes Mal merkwürdig vorgekommen, dass der Anwaltsverband so viel Geld für ihn ausgab und er den Kurs dann in diesem Ambiente gab. Vielleicht reizte die Schäbigkeit der Schulräume Juristen. Im Laufe des Tages hatten sie diese Umgebung vergessen, es war ihr Raum geworden, nicht mehr der Klassenraum einer Unter- oder Mittelstufe.

Parker verabschiedete sich von jedem Teilnehmer an der Tür mit Handschlag.

Den Weg ins Hotel ging er zu Fuß zurück, eine Schlitterpartie. Als er die Einkaufszone erreicht hatte, überfiel ihn der Schnee, ein Kommando bösartiger Engel aus dunklen Gewitterwolken. Desperadostimmung rieselte in die Einkaufszone. Billigketten und ab und an ein Reformhaus. Plötzlich vermisste er New York. Er zog sich die Mütze tiefer in die Stirn und steckte die Hände in die Taschen. Trotz der Handschuhe und des Kaschmirmantels, den er vor drei Wochen im großen Housing Works Thrift Shop gekauft hatte, zog ihm die Kälte in die Knochen. Seit einem Monat kaufte er wieder secondhand. Na und? Bald würde es wieder besser werden. Immerhin konnte man sich da sagen, dass man Geld ausgab, das Leuten zugutekam, die nichts mehr hatten. Er war früher gern mit Neela bei Bloomingdale's gewesen, hatte ihr beim großen Brown Bag Sale die Taschen gehalten, war auch mit zu Saks oder Barneys gegangen und erst recht zu Bergdorf-Goodman. Sie hatte ihm die Lust am Einkaufen beigebracht. Er mochte es, wenn sie sich für eine halbe Stunde trennten, ihre Frauen- und Männerabteilungen durchstreiften und sich danach die schönsten Röcke, Hosen, Anzüge zeigten, er vor der Kabine auf sie wartete und sie dann die Verwandlung demonstrierte, die ein Fürstenberg-Kleid oder ein Missoni-Schal bewirken konnte. Das grelle Licht aus einer Budnikowsky-Filiale bereitete ihm Kopfschmerzen.

Am Schwarzen Brett der Nikolaikirche annoncierte ein Sportgeschäft seine baldige Schließung, Ausverkauf, bis zu 70 Prozent reduziert. Parker ging über die Rollstuhlfahrerrampe in den Laden und sah sich um. Seine Laufschuhe hatte er im Gepäck, war aber mindestens ein halbes Jahr nicht mehr regelmäßig joggen gegangen, jetzt ging sowieso nur das Laufband im Hotel, draußen hätte man Langlaufski gebraucht. Er kaufte sich einen stacheligen Gummiball, mit dem man Hand und Unterarmmuskulatur trainierte. «Stimuliert das Chi», murmelte der Verkäufer. Konnte man auch im Flugzeug machen.

Beim Verlassen des Geschäfts entdeckte er in einer Nische eine Wand voller Fußbälle. Auslaufmodelle. Er kaufte einen auf lächerliche fünf Euro reduzierten Roteiro, die Marke der nun schon ewig zurückliegenden Weltmeisterschaft in Japan und Korea, vor der Kasse jonglierte er ein wenig mit dem Ball, was ihm die Bewunderung einer Gruppe Zehnjähriger einbrachte, die sich von den Schlittschuhen abwandten, um ihm zuzusehen. Er ließ die Pille gerade über die Schulter laufen, der Kaschmirmantel war nicht ideal, aber er konnte sie doch elegant mit dem linken Fuß annehmen, immerhin, er brachte den Roteiro auf seinem Spann zum Liegen, hielt das Bein einen Moment lang ruhig durchgestreckt, schnippte den Ball dann gerade hoch, deutete einen Pass auf einen der Jungen an, fing die Kugel aber stattdessen mit der Hacke. Sein Lieblingstrick. Er hatte das früher in Altona auf den Bolzplätzen geübt und oft Leute abgezockt.

«Das geht aber nicht. Sie müssen schon mit Ihrem Spielzeug rausgehen, wenn Sie es benutzen wollen», murrte ihn die Frau an der zweiten Kasse an. Sie hatte einen leichten Flaum über der Lippe. Spielzeug! Er schnippte den Ball über den Kopf, fing ihn mit der Hand auf und sagte:
«Hier, Gnädigste. Einmal abrechnen und einpacken, bitte.»
Mit Damenbärten soll man nicht streiten.
Die fünf Euro konnte er sich noch leisten.

Korea. Das war das andere Angebot, das ihm jetzt blieb. Die Leute an Bard hatte er zu lange, über sieben Jahre lang, hingehalten und die an der NYU wohl auch; das wurde nichts mehr.

In Bard hatte er vor seiner Abreise noch mit der neuen Dekanin gesprochen, die ließ sich seine alten Evaluationsbögen geben und meinte nur trocken, seine beste Zeit sei wohl vorbei.

Herr Hwang hatte vor fünfeinhalb Monaten angerufen. Die Nummer kam von seiner Agentin, über die alle Anfragen liefen. Hwang hatte ihn gefragt, ob er sich vorstellen könne, für ein Jahr an der National University in Seoul zu unterrichten, er sei sehr gefragt bei ihnen, man habe sein Buch und seine Auftritte mit höchstem Interesse verfolgt, auch seien seine Firmenseminare, er kenne zufällig ein paar der Executives von Starbucks, ja legendär. Wieder Asien, das gefiel ihm. Man würde da sicher auch noch ein attraktives Paket schnüren können, ein Training für Manager bei Kia oder Khumo, Hyundai oder Samsung? Parker hatte gefragt, ob man sein Engagement nicht erst einmal auf ein Semester beschränken könne. Das hätte ihm Zeit gegeben. Zeit, über Neela hinwegzukommen oder es vielleicht doch noch einmal zu versuchen. Aber das hatte er Hwang natürlich nicht mitgeteilt, der ihm versicherte, er würde sein Möglichstes tun, auch wenn nur ein Semester bei ihnen aus anstellungsrechtlichen Gründen nicht üblich wäre. Er wollte aber bald wieder anrufen. Dann war das Kieler Angebot gekommen, und er hatte von Hwang nichts mehr gehört. Allmählich wurde es eng.

Er stapfte mit seinem silbernen Ball, der im Laternenlicht einer Mondscheibe glich, durch den Schnee. Seoul wäre wenigstens weit genug weg. Er fühlte sich roh, ganz aufgerissen, als hätte er sich einen seelischen Wolf gelaufen. Jede Sekunde schoss ihm irgendwas durch den Kopf. Es würde guttun, mit dem Ball draußen noch etwas zu tingeln. Vor der Hoteltür, im Schnee.

Es war wieder kälter geworden. Von der Rezeption aus winkte der Portier. Derselbe wie gestern. Kreditkarte. Das hatte er vergessen. Parker drehte sich hinter die Koniferen und wartete, bis ein Gast an den Tresen kam. Sein Atem schlug ihm als feine Eiskruste zurück auf den Mund. Dann schlüpfte er schnell durch die Seitentür und huschte an der Wand entlang zu den Fahrstühlen. Auf dem Anrufbeantworter fand er eine Nachricht von der Rezeption und eine von Eberhard vor: «Hole dich gegen halb acht ab. Wir gehen zum Neujahrsempfang! Erfolgskontrolle.»

Das hatte er völlig vergessen. Er legte den Ball und den kugeligen Gummi-Handtrainer auf die Kommode, duschte sich rasch und zog ein frisches Hemd an, während er seine gebrauchte Unterwäsche in den Wäschebeutel stopfte. Morgen wäre noch früh genug, um sie dem Zimmermädchen zum Waschen mitzugeben. Er stellte den Wecker in seinem Handy auf eine halbe Stunde ein, legte sich im flauschigen Hotelbademantel aufs Bett, knipste das Licht aus, atmete tief, zählte die Pausen und konzentrierte sich auf eine flackernde Kerze am Strand. Um Viertel nach sieben brummte sein Weckton, und er warf sich in Schale. Er wählte den blauen Zileri, das Prada-Hemd und die Paul-Smith-Krawatte. Das Einstecktuch zupfte er erst lang vorm Spiegel zurecht, dann ließ er es weg. Was hatte er neulich im *Esquire* gelesen? Der neue Trend hieß Understatement. Dann nahm er den Lift und wartete in den Ledersesseln hinter den gewaltigen, wie eine grüne Wand gefrorener Schlangen aufragenden Schwiegermutterzungen blickgeschützt vor der Rezeption auf Eberhard.

Sein Kieler Freund erschien kurz vor acht, den Autoschlüssel hielt er in der Hand wie ein Ringreiter seine Lanze. Sein eckiges Haupt mit dem silbergrauen Bart zuckte durch den Raum, der Kopf einer Schildkröte – nur dass nichts an Eberhard

Jansen langsam war. Parker winkte und ging schnell auf ihn zu.
«Ich steh im Halteverbot.» Eberhard grinste. Sie umarmten sich. «Haben sie dich also am ersten Tag noch nicht aufgefressen.»
Parker lächelte. Als sie in Eberhards gewaltigen Mercedes-SUV eingestiegen waren und er den Motor angelassen hatte, knuffte er Parker noch mal an die Schulter. «Es ist schön, dass du da bist.»

Einen älteren Mann als Mentor hatte Parker schon einmal gehabt. Gleich nachdem er in einer Nacht-und-Nebel-Aktion ans College gekommen war, hatte ihn ein alter Englischprofessor, Peter Souryan, unter seine Fittiche genommen. Souryan hatte in den Sechzigern Erfolg mit einem Familienroman gehabt, das Massaker an den Armeniern 1918 kam darin vor, ebenso die anschließende Emigrationsgeschichte, die sexuellen Irrungen und Wirrungen seines Vaters und Großvaters, ganz schön scharf, so eine Art Philip Roth' «Portnoys Beschwerden» auf Amerikanisch-Armenisch, auch beim Völkermord wurde gewichst – Souryan war da ganz offen, er erzählte alles, locker und lächelnd, es war schließlich seine Geschichte, die Geschichte seiner Familie, ein bisschen übertrieben vielleicht, wie er augenzwinkernd hinzugefügt hatte, ein bisschen. Sie freundeten sich schnell miteinander an, saßen im Faculty Dining Room nebeneinander, das ‹loudmouth› Souryan führte ihn ein, und da er ein alter Harvard-Mann war, lernte Parker bald die wichtigsten Köpfe am College kennen, zumindest waren sie, jeder für sich, nach eigener Auffassung Primus inter Pares. Nachdem er Neela kennengelernt hatte, hatte Parker erst herumgedruckst, sich bedeckt halten wollen, von wegen Studentin und so, aber sein Mentor hatte ihn beruhigt: Doktorandinnen im Kuratorenprogramm würden nicht zählen, die seien Elite, das gehe, Souryan lud sie sofort gemeinsam zu sich ein. Souryans Frau unterrichtete am Brooklyn College Mathematik, sie arbeitete abwechselnd an Formsprachen mathematischer Serien wie der Fibonacci-Reihe oder unterhielt ihre Meisterklasse mit neuesten Erkenntnissen zur unendlichen Zahlen-Harmonie und der Zahl Pi. Ambitioniert, engagiert, voll beschäftigt, aber sie kam für diesen Abend extra nach Annandale. Die vier scherzten gleich miteinander, als würden sie sich schon ewig kennen, das alte Paar und das junge. Souryan hatte sofort einen Narren an Neela gefressen, so wie er auch einen an Parker gefressen zu haben schien. Und er lud sie ein, in den kommenden Herbstferien in sein Sommerhaus zu fahren – sie könnten es volle zwei Wochen haben, er wüsste doch noch, er zwinkerte Parker zu, man hätte als junger Kollege nicht so viel Geld, und obwohl er, Parker, sich ja mit seinen Anzügen und Krawatten und dem richtigen Halten des Bestecks hier am Provinzcollege gebärde wie ein echter Europäer, also kultiviert, und auch im Nadelstreifen aussähe wie ein Wall-Street-Banker, na ja.

«Diejenigen, die aussehen wie Millionäre, sind es meist nicht», hatte der alte Mann ihm ins Gesicht gezwinkert und dabei leicht spöttisch den Mund verzogen. Matthew wusste, dass der armenisch-amerikanische Autor nur zwei Bücher in seinem Leben veröffentlicht hatte, ebenden Schlüsselroman über seine Familie und einen Essayband über Shakespeare, aber das hatte gereicht, um ihm eine Lebensstelle am College zu erhalten und auch um sich in den späten Sechzigern, als es noch günstig war, auf Nantucket ein Haus zu kaufen und ein schönes Stück Land dazu. Das Grundstück musste jetzt Millionen wert sein, und Parker, der an sich heruntersah, der leicht geänderte Missoni-Anzug aus seinem Lieblings-Consignment-Store in New York, Tokyo 7, nicht wirklich passgenau, aber stylisch, blickte auf den Armenier in seinen verwaschenen Khakis und dem verkrumpelten blauen Blazer; nun ja. Stil und Geld passten auch nicht immer zusammen. Aber Souryan fing

an zu lachen, schlug Parker auf die Schulter und sah dabei Neela an.
«Look at him, he is so sweet, everybody loves him, I tell you, he'd get away with murder.»

Ende der Ausfahrt. Eberhard hievte sich aus dem Wagen und schnaufte zufrieden. Auch er hatte manchmal etwas übertrieben Aggressives, als würden ihm die Worte nur so aus dem Mund hopsen und als müsste er sie sich dann erst einmal ansehen, um zu begreifen, was er eigentlich gesagt hatte.
«Na, der Anfang ist jedenfalls gemacht, mein Lieber! Willkommen in der zukünftigen alten Heimat!»
Parker hatte von der Fahrt durch die schneeumtosten Straßen nichts mitbekommen, so sehr war er in seine Erinnerungen vertieft gewesen. Eberhard. Ein gutes Herz. Und ein feiner, nicht leicht unter der rauen Schale zu entdeckender Stil.
Es war wohl kein Zufall, dass Parker an Souryan hatte denken müssen.

Der Saal war, trotz des Wetters, rappelvoll. Der Industrie- und Handelskammer schien es nicht schlecht zu gehen, weiß bezogene Stehtische, massenweise Blumengestecke und die hübschen Damen vom Catering schenkten Champagner aus.
«Der Norden taut auf», flüsterte Eberhard ihm zu und zeigte auf eine Dreiergruppe Männer in Smokings, die gerade gleichzeitig einer besonders hübschen Bedienung auf den Po starrten.

Dann wurde das Licht im Saal gedimmt. Eine Spur zu dunkel, schließlich war man nicht im Kino. Ein feister Mann im grauen Anzug und mit gelber Krawatte trat an das Rednerpult und mühte sich mit den Mikrophonen ab. Es gab eine Rückkopplung. Wenigstens sonderte der Mann kein ‹Hören Sie mich, eins-zwei-drei› mit Klopfen gegen das Mikro oder andere lächerliche Verlegenheitsgesten ab. Man sah ihn aber unter dem Spotlicht schwitzen. Eine gespannte, feindselige Stimmung breitete sich aus. Die fremde Angst macht Menschen zu Bestien. Wenn jemand am Pult nicht besser war als man selbst, dann hielt man ihn automatisch für schlechter – für viel schlechter, und das war die Hölle. Plötzlich stand der Mann da vorn vor einer Meute, die ihn für einen Versager hielt, für lächerlich.

Der feiste Mann kam noch einmal davon, er stellte den eigentlichen Redner ja auch nur vor. Und das machte er, trotz der Schweißperlen und des hilflosen, nervösen Augenzwinkerns, gar nicht schlecht. Kurz und knapp, mit einer einladenden Geste zum Schluss, als er vom Podium abtrat.
«Begrüßen wir nun unseren Mann in Kiel, ach, unsere Hoffnung für Schleswig-Holstein und bald auch für mehr: die Zukunft – und nicht nur die seiner Partei –, willkommen, Hans-Christian Mahler.»

Mahler, der geschickt im Halbschatten neben dem Podium gestanden hatte, wartete den Applaus nicht ab. Er bedankte sich mit einem Händedruck für die Begrüßung und fing gleich, nachdem er sich ans Pult gestellt hatte, frei an zu sprechen:

«Meine sehr verehrten Damen und Herren», Mahler machte eine Pause und schien alle im Raum gleichzeitig anzusehen. «Zukunft ist ein gutes Stichwort. Wer wünscht sich die nicht? Das neue Jahr ist gerade mal zwei Wochen alt. Vorbei die Zeit der Rückblicke. Die wichtigen Ereignisse des Vorjahres sind an uns vorbeigeflimmert. Wir haben noch einmal der Stars der letzten Jahre gedacht, von Löw bis Merkel, vom Euro bis zum Öl. Die Frauenfußballnationalmannschaft hat es in Kanada nicht ganz geschafft, aber die Handballherren, die gerade in Krakau spielen, werden uns, da bin ich mir sicher, mit einem

Wintermärchen überraschen. Klimawandel und Nichtraucherschutzgesetz waren meine Favoriten als Wörter des Jahres. Und zumindest die x-undzwanzigste Knutomanie, oder wie hieß der letzte Pausenbär im Blätterwald des Boulevards, hat uns weitgehend verschont, wer weiß, was als Nächstes kommt? Ein niedlicher Zwergwal?»

Die Leute lachten. Er hatte das Eis schon gebrochen.

«Wir beginnen mit Ausblicken: Es wird ein interessantes Jahr werden, ein Jahr mit Landtagswahlen in Niedersachsen, Hamburg, Bayern und Hessen, ein Olympiajahr, ein Jahr mit dem aufregenden Rennen um den Einzug ins Weiße Haus. Trump gegen Clinton, das ist zumindest meine Prognose, und das wird nicht ohne. Hier in Deutschland dürften wir wohl vor allem gespannt darauf blicken, ob sich die positive wirtschaftliche Entwicklung der letzten Jahre fortsetzt. Ob wir Europa meistern, wenn die Briten aussteigen, ob wir die Flüchtlingskrise wirklich so einfach bewältigen mit einem ‹Wir schaffen das›, das sind die Fragen der Stunde. Die sind alle wichtiger als der Fußball, auch wenn wir es sportlich schon schaffen könnten, diesmal die Herren in Paris. Der Sommer wirkt allerdings gerade sehr fern.»

Blickkontakt, gewinnendes Lächeln. Mahler hatte sein Publikum. Die Pause war richtig, ein Moment Reflexion, dann änderte er seine Tonlage, machte inhaltlich einen Sprung, wurde ernst.

«‹Nicht die Politik ist unser Schicksal, sondern die Wirtschaft.› Dieses Zitat stammt nicht aus einer aktuellen Debatte um den Standort Deutschland, sondern von Walther Rathenau (1867–1922), einer der herausragenden Persönlichkeiten in der Geschichte der deutschen Demokratie.

Nun ist ‹Schicksal› sicher ein großes Wort. Suggeriert es doch die Abhängigkeit von höheren Mächten. Sollen wir uns die Vorstandsetagen als Olymp und die Aufsichtsräte als kleine Götter vorstellen? Das ist sicher nicht, was Rathenau meinte. Im Gegenteil. Er sah bereits in den schwierigen Jahren der Weimarer Republik genau, welche Bedeutung der Ökonomie als einer staatsunabhängigen Kraft für die Entwicklung eines funktionierenden Gemeinwesens zukommt. Und welche Bedeutung dabei gerade der Mittelstand hat.»

Mahlers Diktion war fein. Die Modulierung der Worte, der einzelnen Sinnabschnitte, nicht zu betont, sondern flüssig, man glaubte, einem Musikstück zu lauschen.

«Nur eine gesunde ökonomische Basis garantiert gesellschaftliche Stabilität. Breiter Wohlstand, der gerechte Zugang zu Bildung und Ausbildung, eine Belohnung des Leistungsprinzips und das Gefühl der Teilhabe an etwas, das in die Zukunft weist, sind tragende Säulen der Demokratie.
Wo Angst regiert, regiert bald der Terror.
Diese schreckliche Erfahrung machen die Leute nicht nur in Syrien oder in der Türkei, die haben wir, unsere Großeltern, in Deutschland – auch hier in Kiel – mit dem Nationalsozialismus gemacht.»

Mahler hatte ihn jetzt bemerkt. In der kurzen Pause, in der er den Blick wieder über die Menge schweifen ließ, gekonnt, weil es nicht gekünstelt wirkte, sondern als ob er wirklich jeden Einzelnen von ihnen persönlich ansprechen wollte, nickte Mahler Parker kurz zu.

«Was damals richtig war, ist heute, in der globalisierten Gesellschaft des 21. Jahrhunderts, aktueller denn je: Wie die deutsche Gesellschaft der Zukunft aussehen wird, ob es uns ge-

lingt, Arbeit und Wohlstand zu erhalten, wird davon abhängen, wie wir uns gemeinsam dem zunehmenden internationalen Wettbewerbsdruck stellen – und ob wir all die Hilfesuchenden auch wirtschaftlich integrieren können.
Es waren schon immer mittelständische Unternehmen, die Deutschland im europäischen und auch im globalen Vergleich ausgezeichnet haben. Ja, mehr noch: Weder in Westeuropa, Japan, China noch in den USA findet man vergleichbare Verhältnisse. Der Mittelstand ist ein regelrecht deutsches Phänomen.»

Parker hätte sich an dieser trockenen Stelle vielleicht einen mitreißenderen Ton gewünscht. Aber Mahler konnte vor den silbergrauen Wirtschaftskapitänen und ihren in Dubai oder dem Oman gebräunten Gattinnen natürlich auch nicht trommeln wie ein Fußballcoach. Trotzdem. Die Tore des Gehirns aufstoßen, den Nagel einschlagen. Hammerartig, auf den Kopf. Parker würde ihm das noch beibringen, die Feinheiten. Er war gespannt, ob Mahler sich korrigieren ließ. Vom Rückgrat der deutschen Wirtschaft ging es ins Zahlenmaterial. Zum Mittelstand als Garant für Stabilität und Zukunftssicherung, zur Angst vorm Abschied vom deutschen Arbeitsmarkt, der Produktionsverlagerung ins Ausland, die Schlagworte vom schleichenden Verschwinden des deutschen Know-how. Zur Angst vor Stillstand und Reformstau. Parker sah sich um. Die Leute nickten zustimmend. Das war ihr Leben, das waren Probleme, die sie ansprachen. Mahler nahm die Sätze vom Blatt mit den Augen auf und sprach sie in den Saal wie Gedanken, die er sich gerade erst gemacht hatte – und die er ihnen zur gemeinsamen Erwägung vorlegte. Seine Gestik passte, bis auf die Locke, die ihm immer wieder in die Stirn fiel und die Mahler dann wieder zurückstrich. Das sah zu jugendlich aus, zu eitel. Man müsste, besonders in Fernsehdebatten, darauf achten, dass er das nicht machte. Vielleicht wäre ein anderer Haarschnitt keine schlechte Idee. Kürzer, römischer, ohne Scheitel. Im Verbund mit dem teuren Jackett konnte die Locke sonst unsympathisch wirken. Es fehlte nur noch das Wappen am blauen Blazer, dann könnte Mahler auch als Abziehbild einer Elitefamilie durchgehen. Nicht gut als Sozialdemokrat.

Mahler sprach über Finanzierungsprobleme, die Lohnkostenfalle, in der Deutschland stecke; er lockte und beruhigte sie aber auch alle mit der Bekräftigung, der Mittelstand sei besonders innovativ, und das nicht bloß auf technische Art. Beispiele aus der Geschichte wechselten sich ab. Er erzählte von den Siemens und den Borsigs aus der Gründerzeit – kleinen Unternehmern, die ihre Betriebe zu Weltmarken aufgebaut hatten. Obwohl Parker die Rede ja kannte – er hatte sie geschrieben –, war er gebannt. Immer wieder sah er ins Publikum, auch das folgte dem Rat ihres Kandidaten:

«Es ist ja nicht verboten, zu wachsen.»

Parker war überrascht von dem Schwung und dem Witz, den Mahler in die Details brachte, wie er immer wieder genau auf den Punkt kam. Selbst Floskeln wie die von der besonderen Flexibilität des Mittelstands kamen präzise und hörten sich neu an. Weil man ihm abnahm, dass er sie mit Erfahrung unterfüttern konnte.

«Ich möchte Ihnen dafür ein Beispiel geben.
Jedes fünfte Unternehmen wird heute von einer Frau geleitet, 2001/02 waren es gerade einmal 14 Prozent. Die Frau im Chefsessel, die Unternehmerin, gewinnt im Mittelstand an Bedeutung. Der Trend zur Dienstleistungsgesellschaft fördert diese Veränderung. Während die Politik noch auf Maßnahmen setzt, die Frauen zur Selbständigkeit anregen, hat die tatsächliche Entwicklung im Mittelstand die Frauenpolitik überholt und

Fakten geschaffen. Einmal mehr stellt der Mittelstand so seine Flexibilität unter Beweis.
Meinen Damen und Herren, aus all dem wird deutlich: Der Mittelstand ist die eigentliche Kraftquelle Deutschlands.»

Das hatte Mahler zu sehr als Appellsatz gesprochen, es wirkte schon fast wie der Schluss, dabei war es nur ein weiteres Resümee, aber Mahler machte gleich weiter, pries den Mittelstand als Einstellung, ja als Lebensweise, beschrieb, was es für einen Unternehmer heiße, sein Leben mit dem zu verschmelzen, was man da tat, er lobte den Mut, den Einsatz, mit dem jemand eine Firma aufbaute, er beschrieb, wie die ganze Belegschaft, die ganze Familie hinter einem stehen müsste und dass man ja schließlich als Mittelständler für seine Belegschaft verantwortlich sei, so wie der Kapitän für sein Schiff. Das könne man auch nicht einfach im Stich lassen, wenn es mal stürmisch werde. Parker merkte, wie er unbewusst mitwippte, die Argumente und Themenschleifen mit dem ganzen Körper von einer Seite zur anderen schob, sie so wieder vor sich sah, in den Raum gelegt wie die Schrittfolgen von Tänzern, Markierungen, Drehungen, Sentenzen, er sprach innerlich mit.

«Erfolg ist für den Mittelständler nicht bloß eine Sache der Kapitalvermehrung – bei den gegenwärtigen Zinsen wäre es sowieso fast leichter, sein Geld sehr konservativ in Aktienportfolios oder auf Sparkonten anzulegen! – Nein, Erfolg ist die Freude, etwas aufzubauen!»

Die Halle war angefüllt mit Energie. Parker spürte, wie Eberhard neben ihm vergnügt sein kleines Rede-Ballett verfolgt hatte und in sich hineinkicherte. Sie hatten ihn an der Angel. Nachhaltigkeit. Investition in die Zukunft. Familienunternehmen als stolze Zeichen des Erfolgs in einer angeblich kalten

Welt der Wirtschaft. Es war Parker leichtgefallen, sich in Unternehmer zu versetzen, die etwas aufbauen wollten, die einen Traum hatten, für den sie alles gaben, wie Boxer: einmal öfter wieder aufstehen als zu Boden gehen. Und das im harten, globalen Wettbewerb. China hatte Deutschland längst auf Platz vier der größten Handelsmächte verdrängt. Der große Boom herrschte in Asien. Parker wusste das ja aus eigener Erfahrung. Aber das traditionelle «Made in Germany» bedeutete immer noch viel. Qualitätsbewusstsein, Fachwissen, Sachkompetenz. Strategien im Wettbewerb, mit denen sich durch die Globalisierung selbst neue Chancen eröffneten, zum Beispiel eine vernetzte Produktion. Parker und Mahler hatten ihr Publikum einmal um die ganze Welt geführt. Parker sah, wie das kurze Stirnrunzeln einiger Zuhörer an den Stehtischen wieder der Zustimmung wich, als Mahler von der Anpassungsfähigkeit und dem Engagement erzählte, mit denen ein kleineres Unternehmen, das sich auf die Fertigung von Werkzeugmaschinen spezialisiert hatte, schnell und präzise auf die Anforderungen spezieller Produktionsbedingungen reagierte, wobei eine ganz alte Tugend des Handwerks zum Tragen kam, die des Tüftelns. Die Fähigkeit, kreativ mit Problemen umzugehen, mit bürgerlichen Tugenden: Fleiß und Gemeinschaftssinn. Das waren die Werte einer sozialen, demokratischen Gesellschaft. Mahler bog auf die Zielgerade ein. Parker war gespannt. Jetzt kam ein krasser Themenwechsel, für den Mahler wirklich eine Brücke brauchte, die auch nur emotional herzustellen war. Mahler hielt inne, nickte kurz und dämpfte den enthusiastischen Ton, zu dem er sich in seinem Loblied auf die unternehmerische Kultur aufgeschwungen hatte.

«Zum Schluss möchte ich Sie bitten, mir noch den kurzen Blick auf ein scheinbar völlig anderes Thema zu gestatten:
Immer wieder lesen und hören wir dieser Tage von Jugendkriminalität, brutalen Prügeleien in Städten, in U- und S-

Bahnen, auf öffentlichen Plätzen. Auch die sexuellen Übergriffe von Männern aus dem Maghreb in der Silvesternacht in Köln, in Hamburg und in anderen Großstädten haben uns erschüttert. Vielleicht müssen auch wir hierzulande bald von Bombenanschlägen und Terrorangriffen berichten. Es sind erschreckende Nachrichten.

Die politische Debatte erschöpft sich dabei oft im Für und Wider von Erziehungscamps, mehr staatlicher Überwachung und härteren Strafen. Im Kontext der Flüchtlingskrise kommen dann noch latenter Rassismus und die Angst vor Islamisierung dazu, die ein Thema wie innere Sicherheit sofort zum Tummelplatz von Extremisten machen. Wer nutzt das aus? Die Menschenfänger vom braunen Rand, so unselige Figuren wie die verkappten Hetzer von der Pegida und der AfD. Wollen wir uns in diese Kloake begeben? Ich sage Nein: Das dürfen wir nicht! Die eigentlichen Ursachen für Migration, Unzufriedenheit und Radikalisierung zur Gewalt fallen dabei unter den Tisch. Die Frustration junger Menschen, scheinbar keine Zukunft zu haben, macht sie anfällig, den Weg der Zerstörung zu wählen. Ich glaube, hier sollte man ansetzen.

Man muss gerade Jugendlichen beibringen, deutschen und nichtdeutschen, die wir in unserem Land aufnehmen, Vertrauen in die eigene Zukunft zu entwickeln.

Wir müssen alle ein Beispiel dafür geben.

Wir müssen zeigen, dass man sein persönliches Schicksal sehr wohl selbst in der Hand hat. Dass es sich lohnt, zu lernen, zu arbeiten, etwas aufzubauen.

Dies kann ganz konkret durch Ausbildung geschehen.

Und durch Vermittlung der Werte, für die der Mittelstand steht.

Risikobereitschaft. Neugier. Verantwortung.

Soziale Sicherheit hängt von Erfolgen ab. Erfolge erringt man, sie werden nicht verschenkt. Wir müssen gemeinsam an diesem Erfolg arbeiten, wenn Demokratie weiter eine Chance

haben soll gegen völkischen Populismus und den neuen hetzerischen Hang zu Fake News.
Die wirtschaftlichen Prognosen für das neue Jahr sehen gut aus. Sie in Fakten zu verwandeln, ist das Ziel. Und wieder wird es der Mittelstand sein, dem dabei als Kraftquelle entscheidende Bedeutung zukommt.
Damit diese Quelle nicht versiegt, müssen wir die Rahmenbedingungen für die Entwicklung des Mittelstandes weiter verbessern. Gelingt uns das, ist mir vor der Zukunft nicht bange.
Ich danke Ihnen für Ihre Aufmerksamkeit, und ich wünsche Ihnen ein gutes und erfolgreiches neues Jahr!»

Der Saal applaudierte begeistert. Einige stampften sogar rhythmisch, wie nach einem Konzert. Eberhard hatte recht gehabt. Mahler war auf der Bühne eine Macht. Noch nicht perfekt, aber er war hoch eingestiegen und hatte sich trotzdem noch gesteigert, war immer sicherer geworden, mit wenigen Hängern. Mahler gewann das Publikum mit einfachen Mitteln, die leichte Selbstironie könnte man ausbauen. Er schien aber vor allem begriffen zu haben, dass nicht so sehr das, was man sagte, zählte, sondern das Wie. Parker schämte sich plötzlich, dass er ihm eine so sichere Rede geschrieben hatte, bei der man wenig falsch machen, aber eben auch nicht richtig glänzen konnte. Wie deutsches Fernsehen. Aber er hatte Mahler ja noch nicht gekannt, nicht als Person, nur Ausschnitte aus dem Netz, und da hatte Parker sich für etwas Bodenständiges entschieden, better safe than sorry. Das nächste Mal würden sie etwas riskieren. Mahler hatte Präsenz, er hatte das Publikum vom ersten Moment an nicht mehr vor sich, sondern bei sich gehabt. Er gehörte einfach dorthin. Auf die Bühne. Ein Mann, von dem sich die Alten nicht bedroht und die Jungen sich verstanden fühlten. Frauen kriegte er sowieso. Parker hatte die Frauen fast alle lächeln sehen. Viele hatten sich sogar unbewusst an den Armen gestreichelt, die Lippen geöffnet. Mahlers Auftritt hatte elektrisiert. So was hatte Parker lange nicht mehr erlebt. Obama in Bestform, aber der war oft zu intellektuell rübergekommen. «Make no mistake», das sagte er mindestens genauso häufig wie der zweite Bush, nur eben nicht so lauernd und geifernd wie George W., der – die Imitation eines Gila-Monsters – immer halb über dem Rednerpult lag, die giftige Echse aus der texanischen Wüste. Obama stand aufrecht, mit erhobenem Zeigefinger, wie ein Schulmeister. Parker hatte Obamas Spindoktor darauf angesprochen, der hatte zugehört, doch die freundliche Kühle, das gefrorene Lächeln hatte Parker genau so gedeutet, wie es wohl gemeint war: Halt dich aus dem Spiel der Großen raus, mein Kleiner, das machen die Big Boys unter sich aus, warte noch ein paar Jahre, bis du an der Reihe bist. Hier, bei Mahler, wäre er an der Reihe.

Parker hatte damals, als er für Obama gearbeitet hatte, viel schlucken müssen. Vor allem, dass jemand, der auch nicht älter war als er, Jon Favreau, Obamas Reden schrieb; die Reden waren brillant, trafen genau den hohen Stil, den Obama bevorzugte, mit dem er sich in die Tradition eines Martin Luther King oder eines Abraham Lincoln einschrieb. Er, Obama, der Außenseiter, der Schwarze, kenianischer Vater, so ein richtiger Underdog, nie in der Pole-Position, aber jemand, der sich von Anfang an benahm wie ein Staatsmann. Was Parker besonders an Obama bewundert hatte, war, dass er seine schönen, großen Hände öffnete, dass er es mühelos schaffte, sich in die Fußstapfen der Großen zu stellen, Kennedy in Berlin und dessen ‹Ich bin ein Berliner› nutzte und vor Hunderttausenden an der Siegessäule – das Brandenburger Tor hatte man ihm bei seinem ersten Deutschlandauftritt vor der Wahl leider nicht zugestanden – mit einem einzigen Satz, mit seinen Händen, seinem ernsten Blick und den präzise modulierten Alliterationen ganze Kontinente zu verbinden vermochte, alle Hoff-

nungen und Ängste. Es gelang ihm, ein ‹Wir› zu schaffen, diese ‹Yes we can›-Attitüde auszuweiten, damals hatte das alle, nun fast alle, begeistert. Wie hatte es im Skript geheißen?
«Während wir hier sprechen, lassen Autos in Boston und Fabriken in Beijing die Eiskappen in der Arktis schmelzen, schrumpfen die Küstenlinien in den Atlantik und bringen Dürre über die Farmen von Kansas bis Kenia.»
Die Welt miteinander verbinden. Ein echtes Wir.

Mahler schüttelte noch eine halbe Stunde nach dem Ende der Rede Hände, wurde von immer neuen Grüppchen umstanden und hatte kaum bemerkt, dass Eberhard und Parker am Rand warteten und ihn beobachteten. ‹Ein Wunderkind›, die Phrase hatte Parker einige der versammelten Wirtschaftsleute im Vorbeigehen beifällig murmeln hören, oft fügten sie ‹großartig› oder ‹richtige Feuerschleuder›, ‹schöne Rede› oder mit noch mehr norddeutschem Understatement einfach ‹guter Mann, kann was› an. Nachdem Mahler sich von seinen letzten Gratulanten verabschiedet hatte, ging er auf sie beide zu und zog Parker beiseite. Mahler fing sofort an, als würde er bloß das Gespräch wieder aufnehmen, das sie gestern unterbrochen hatten. Er war aufgekratzt.
«Wissen Sie, warum ich den Genossen beigetreten bin?»
Parker schüttelte den Kopf; Mahler roch verschwitzt, sein Parfüm war zu süß und zu aufdringlich, das blaue *Gucci pour homme II*. Holz war schon gut, aber Parker sah ihn mehr als Mann für *Sauvage*. Kopfnote: saftige Bergamotte.
Dann sagte er: «Karriereweg leichter – weil die keinen wie Sie in den Reihen haben?»
Mahler riss verdutzt die Augen auf.
Parker fuhr fort: «Jung, von der ganzen Art her eher international ausgerichtet, elegant, ehrgeizig, kommt bei der Jugend gut an, dabei mit guten Kontakten in die Wirtschaft?»
Mahler grinste.

«Gute Analyse! Vom Hintergrund, könnte man sagen, passe ich nicht. Rote Blume auf schwärzestem Boden. Was glauben Sie, wie mir mein Vater die Hölle heiß gemacht hat, als ich mit vierzehn den Jusos beigetreten bin. ‹Geh doch gleich rüber.› Der nannte das zeitlebens ‹die Zone›.»

«Ist Ihr Vater …?» Aber Mahler unterbrach ihn.

«Vielleicht hat mich gerade das für die Partei attraktiv gemacht. Der Sohn vom Fleischbaron. Wissen Sie, wie viele Schweinemast- und Geflügelbetriebe mein Vater zwischen Vechta, Oldenburg, Paderborn und Osnabrück betreibt? Das Bermudadreieck für ethisch unkorrekte Ernährung. Glauben Sie mir. Aber für die Partei war ich gerade deswegen interessant. Ich meine: kein Stallgeruch – außer richtigem Mist. Kann von Vorteil sein. Die Sozialdemokraten sind ja immerhin die älteste Partei Deutschlands, und als Schröder an die Macht kam, mit seinen Brioni-Anzügen und den Cohibas, da haben die Leute auch erst mal geschluckt. Und Schröders kleiner Machtklub – die Wirtschaftsgrößen von damals, die kennen mich.»

«Ist abgewählt worden, ich erinnere mich, wie er betrunken oder auf Koks nach seiner Nichtwahl in der Elefantenrunde gesessen hat …»

«Ach, alter Tobak, und was der damals intus hatte, wissen wir ja bis heute nicht. Ich bin auch kein Schröder-Fan, wirklich nicht. Er hat sein wahres Gesicht gezeigt, als er bei Gazprom unterschrieben hat – aber Sie müssen zugeben: Schröder hat viel erreicht! Die Hartz-Reformen, die Agenda 2010, das waren keine kleinen Sachen, die retten uns jetzt den Hintern, wenn Europa kracht. Vielleicht schaffen wir es ja noch, das Ruder herumzureißen, aber dazu brauchen wir Einsatz und Ideen. Aber wieder zu uns. Ich bin nicht in der Gefahr, dass jede Splitterfraktion gleich aufschreit: Oh, der schon wieder, ah, ein Zögling von der oder dem! Ich bin nicht abgestanden, keine Notlösung, kein Kompromisskandidat, sondern einer, auf den sich viele einigen können. Das ist wichtig für uns. Wir können uns nicht ewig hinter der Kanzlerin verstecken. Wir sind doch auch Regierungspartei – aber wo bleibt bei uns das Profil? Ich sage Ihnen, wenn wir nicht aufpassen, dann war es das mit der SPD als Volkspartei. Und mit der CDU vielleicht auch. Bei dem Wind von rechts. Aber gut, für mich erst mal Kiel und gern auch als zweiter Mann unter Albig, aber was dann kommt ...»

Er machte eine abwägende, offene Geste mit der rechten Hand.

«Mal sehen. Nein, mich nehmen selbst die Gegner ernst und sehen mich nicht bloß als Konkurrenz, sondern als Gesprächspartner. Wissen Sie, wir sind in der Zeit der kleinen Alternativen, wo niemand sich ans traditionelle Parteiensystem halten will oder kann. Das führt zu Extremen. Entweder Sie treten ganz aus und machen einen auf wild, dann geht's nach links, oder Sie spielen auf ‹heile, heile Segen›, dann frisch auf nach rechts. Oder Sie treten mit Kompromissen an. Aber ich biete etwas ganz anderes, etwas Frisches, Aufrüttelndes, plus die nötige Kompetenz. Und die Wirtschaft, die dankt's.»

«Das hat man gesehen», sagte Parker.

Mahler machte eine abwinkende Bewegung. «Das war nichts. Aber wir können doch den Schwarzen, Blauen, Gelben, Grünen – was hat die Linke eigentlich für eine Farbe? – nicht auch noch das überlassen, oder?»

Mahler zwinkerte verschwörerisch.

«Ihre Rede war gut. Sie passte zum Anlass, sie passte zu mir. Eberhard hat nicht zu viel versprochen. Sie dürfen die Leute hier nicht unterschätzen. Kleinunternehmer, Großbauern. Kriselnde Betriebe aus dem Schiffsbau. Ein paar Innovatoren. Investoren aus dem Baltikum. Aber stolz sind sie trotzdem, auch wenn sie in Deutschlands Armutsflecken leben.»

«Ich dachte, das sei Meckpomm?»

Mahler lachte und zog Parker am Arm.

«Sehen Sie sich um. Kiel ist noch nicht das neue Rostock, stimmt. Aber wenn Sie aufs Land gehen … wer will denn hierbleiben?»
«Ich dachte immer, dass von allen Deutschen die Schleswig-Holsteiner in ihrer Heimat am glücklichsten seien.»
Mahler summte ein Werbe-Jingle. «Ja, aber nicht halb so glücklich wie die Dänen. ‹Wat de Buer nit kennt, dat fret er nich› … mag schon sein, aber Umfragen lügen. Die Jugend geht weg, nach Hamburg. Die haben noch Wachstumsmärkte. Und genau da steckt auch unsere Chance. Seit Jahrzehnten haben viele das immer wieder versucht mit dieser Idee von einem Nordstaat; da wären dann Bremen, Niedersachsen, Hamburg, Schleswig-Holstein und Meckpomm vertreten. Hat sich aber nie durchgesetzt. Vor allem die Hamburger wären ja auch verrückt, wenn sie den ganzen Strukturwandel mitfinanzieren müssten. Aber wenn wir denen unsere neue Wachstumsidee richtig pitchen …»
«Das neue Silicon Valley?»
Mahler nickte gedankenverloren.
«Wir werden bald Partnerstädte. Kiel, San Francisco und die ganze Bay Area. Dann gibt es hier bald wieder was, das Investoren einlädt. Niedersachsen hat sich unter Schröder und seinen Jüngern ja auch gut erholt. Okay, nicht das Wendland, ‹Atomtod macht Wangen rot›, aber sonst? Wir, Sie und ich, könnten das anpacken. Mit Kraft, Schnauze – und den richtigen Kontakten. Es geht gar nicht darum, unbedingt alles zu schaffen.»
«Sie wollen deutschlandweit Aufmerksamkeit.»
«Richtig.» Mahler nickte. Er hielt einen Moment lang inne, ließ seinen Blick über die Kieler Gesellschaft schweifen und nahm einen Schluck aus seiner Flöte. Er sah, dass Parker ihn beobachtete.
«Ist kein Sekt. Ist Apfelsaftschorle, selbst gemixt, hat mein Personenschützer immer dabei. Hat nur die Farbe heut Abend

nicht ganz getroffen, etwas zu dunkel. Wissen Sie, das ist ein Vorteil, wenn alles denkt, der ist ja genau wie wir, der gönnt sich auch mal einen Schluck zur Entspannung. Da entspannt man sich selbst gleich. Und dann unterschätzen sie mich. Die Wirtschaftsbosse, die Presse und die ‹Freunde› aus der Partei. Das ist gut so. Man glaubt, ich sei lenkbar. Bin ich auch, aber nur solange es in meine Richtung geht.»

Parker fragte sich einen Moment lang, ob Mahler gestern im Jachtklub dann auch bloß ein Fremdgemisch in sein dickes Glas getan hatte, ob der Hüne im grauen Nadelstreifen sein Personenschützer gewesen war oder ob er am Macallen einfach nur genippt und das Glas dann irgendwo abgestellt hatte. Als lenkbar erscheinen, um selber zu lenken. Eine gute Strategie.

«Und die Partei?»

Mahler zuckte mit den Schultern.

«Auch hier oben immer wieder für eine Schlappe gut. Heide Simonis, die Abstimmungspleite bei der Ministerwahl.»

«Deshalb müssen wir größer denken.» Mahler lächelte.

«Ich war auch nicht lange bei den Jusos. Im Nachwuchs versauern heißt Abstellgleis. In Schleswig-Holstein bleiben …»

Er sah Parker an und fuhr fort: «Sie müssen nach oben greifen, wenn Sie wachsen wollen.»

Parker musste an Lamarck denken. Dessen Evolutionstheorie hatte so ausgesehen, dass sich Giraffen nach Nahrung in die höher gelegenen Bereiche der Bäume strecken und sich so über Generationen die Länge des Halses verlängert. Mahler hatte recht. «Verbindet Sie denn nichts mit der Partei? Wie überzeugen Sie denn Ihre Genossinnen und Genossen?»

«Mit Offenheit. Mit Moderne. Jetzt glauben Sie, ich sei bloß Karrierist, oder? Oh ja, das bin ich auch. Bin ich gerne. Aber ich stehe für Jugend. Für Zukunft. Wir müssen die jungen Leute kriegen, die wollen sich wieder einmischen, die wollen gefragt werden, die wollen etwas tun. Wir müssen Programme

schaffen, Plattformen, in denen es um etwas geht, in denen sich schon Schüler einbinden können, wo sie mitentscheiden, miterleben, was es heißt, Verantwortung zu haben, an etwas zu arbeiten, was ja schließlich auch ihre Zukunft bestimmt. Bürgerplattformen. Und nicht nur online. Was meine Partei nie verstanden hat – und ich bin mir fast sicher, die meisten anderen auch nicht –, ist, dass es gar nicht mehr so sehr um feste Profile geht, christlich, grün, liberal – es geht um Haltungen und vor allem um Werte. Und die sind nicht mehr einfach nur konservativ oder sozial. Nicht christlich oder grün, rechtstaatlich oder freidemokratisch oder so. Wir dürfen nicht vergessen, was wir alle erreicht haben, ich meine den Rechtsstaat, die Grundordnung, unsere Idee von Deutschland und Europa, das alles muss offener werden, erfahrbarer, es muss wieder diskutiert werden – junge Leute mit den gestandenen, damit es nicht eng wird. Das, was wir tun, darf keine Elitenveranstaltung bleiben. Und das war unsere Politik zu lange: eng und festgelegt, wie eine Reihenhaussiedlung mit festen Prozentzahlenschnitten. Mit Befriedigung der Parteibasis, leere Gesten. Aber weder Quoten noch Regeln, noch gute Wünsche bringen uns weiter. Die Scheiß-AfDler und die Linken beackern den Rand. Diese Sehnsucht nach einfachen Wahrheiten, dieser Umschlag von Frustration in Gewalt. Verdammt. Wir brauchen etwas Handfestes, ein sich aus der Bevölkerung, aus kleinen Kreisen von Leuten heraus entwickelndes Experiment. Neu und frisch – und trotzdem gut vernetzt, alles andere bleibt naiv. Das ist etwas, was wir von Macron lernen können. Wie man alle Register zieht. Da drüben, sehen Sie den alten Mann?»
Er deutete auf einen großen, massigen Mann, der etwas eingesunken in seinem grauen Anzug gerade mit einer Riege der alten Garde plauderte.
«Alt würd ich den nicht nennen, der kann doch höchstens sechzig …»
«Dreiundsiebzig. War selbst mal das junge Pferd im Stall, in

den Achtzigern. Voss. Auf den hätte jeder gesetzt. Aber der hat nicht durchgehalten, wollte lieber sein eigenes Ding machen, hat hingeschmissen, als es schwierig wurde, hat der Partei nicht mehr vertraut, dann machte der so eine merkwürdige Unternehmensgemeinschaft auf, mit Arbeiterbeteiligung, das Land umkrempeln von unten und so, eine Art kapitalistisch-sozialutopische Revolution auf der Spur von Robert Owen, ist ganz schön in die Hose gegangen. Na, das war eh eine beschissene Geschäftsidee: Entenfarm im großen Stil.»

«Und was macht er jetzt?»

Mahler zuckte mit den Schultern.

«Ist wieder hochgekommen. Sehen Sie den kleinen Türken da neben ihm? Ja, den Jungen, das ist sein Finanzier. Die haben wieder was ausgeheckt. Kühlsysteme, Fleischverpackung und neuerdings Halal-Fertiggerichte, produziert in Flensburg und in irgend so einer Brachengemeinde in Brandenburg, hoch gefördertes Gelände auf der ehemaligen Zonengrenze, machen sie wahrscheinlich nur, weil die Zuschüsse stimmen. Aber kommen Sie, die Geschichte von Voss erzähle ich Ihnen irgendwann einmal später. Sie ist interessant, und er ist spendabel.»

Sie bahnten sich den Weg zwischen Kellnern und Hostessen hindurch, Mahler schüttelte Hände, lächelte, machte Kurzkonversation, suchte unaufdringlich nach Körperkontakt – Parker fand ihn auch dabei sehr professionell –, dann traten sie hinter der Bar auf einen kleinen Balkon hinaus, der direkt auf die Förde führte. Hier waren sie allein, kurz abgeschirmt von dem Trubel.

Ein Heizpilz glühte in voller Stärke und machte das Draußenstehen gerade noch erträglich.

«Ja, wirklich erzählen wollte ich Ihnen, warum es mich hierherverschlagen hat. Zu den Roten. Otto Wels. Sie erinnern sich?»

«Stammt der aus Kiel?»

«Nein.» Mahler lachte. «Berliner. Wie ich, bis ich zwölf war, aber erzählen Sie's keinem. Als ‹Reingeschmeckter› kommt man bei den Dickköpfen aus Holstein und dem Dänenadel aus Schleswig nicht weit. Offiziell stamme ich aus Elmshorn, Bismarckschüler, Lawn Tennis Club, da war ich tatsächlich mal ein paar Jahre. Daher kenne ich auch den Voss.»

Mahler und Parker wandten sich für einen Augenblick vom glitzernden Fördelicht ab und suchten nochmals nach dem massigen Mann. Aber der Tisch, an dem dieser mit seinem türkischen Partner gestanden hatte, war leer. Die Party löste sich langsam auf.

«Der Wels war mutig. Ein Mann aus der zweiten Reihe, Tapezierer zuerst, na ja, aber er hat mit Legien zusammen den Generalstreik organisiert gegen den Kapp-Putsch, war ansonsten ganz brav, kein Hitzkopf, keine übergroßen Forderungen. Aber 1933, am 23. März, als schon die Schergen der SA im Saal der Krolloper auf die nächsten Genossen warteten, um sie nach der Sitzung – der letzten freien Sitzung des Reichstags! – in die Gefängnisse zu führen? Dieser kleine Mann mit Schnurrbart steht auf und geht ans Rednerpult und schmettert: ‹Unsere Freiheit und unser Leben könnt ihr uns nehmen, aber unsere Ehre nicht.› Hören Sie sich das mal an, es gibt wie durch ein Wunder eine Tonaufnahme. Alle Genossen, auch die, die schon vor der Sitzung vor Angst in die Kloschüsseln gebeichtet hatten, nahmen sich zusammen und stimmten gegen das scheiß Ermächtigungsgesetz. Alle! Und nur wegen dem Wels. So ein Mut in letzter Sekunde. Vergeblich. Aber eine Geste. Und die richtige Geste zählt manchmal mehr als alles Geschiebe und Geschachere hinter den Kulissen. Wels' Sätze, seine Warnung, sein Beispiel – das war die letzte freie Rede vor der dunklen Zeit –, und deshalb bin ich Sozialdemokrat!»

«Hieß das nicht ‹Gesetz zur Beseitigung der Not von Volk und Reich›?»

«Schöner Versprecher! ‹Behebung›. Sie kennen sich aber aus, mein Lieber, Geschichte, gefällt mir! Ist mein Steckenpferd.

Die Geschichte. Hab ich drin promoviert. Es liegt aber nicht alles in dem, wo wir herkommen. Sondern auch darin, wo wir hinwollen.»

Parker zitterte in seinem Anzug. Auch wenn sie vom Wind geschützt waren durch den Glasanbau neben sich und die Scheiben genau wie der Heizpilz etwas Wärme abstrahlten, nach weiteren fünf Minuten wäre man Eismann. Mahler schienen die Minusgrade nichts auszumachen, er redete einfach weiter, mit ausgestreckten Armen, sein ganzer Körper schien immer noch unter Spannung zu stehen. Parker war fast neidisch auf Mahlers Energie.

«Kiel ist nicht schlecht, wenn Sie etwas Großes vorhaben. Wenig Konkurrenz, gutes Experimentierfeld. Haben die Grünen ja auch begriffen, aber der junge Riese ...»

Mahler hob seine Apfelsaftschorle im Sektglas in Richtung des blonden Hünen im Wollpullover, den Parker von gestern schon kannte, nur hatte er da noch Jackett getragen. Der Hüne wurde auch noch von einer Menschentraube umstanden und winkte ihnen süffisant durch die Scheibe zurück.

«Habeck, nicht wahr?»

Mahler musterte Parker genauer.

«Sie haben also schon angefangen, sich einzuarbeiten. Der hat jetzt zwei Trümpfe: Flüchtlinge und Landwirtschaft. Sie gefallen mir! Lassen Sie uns morgen zusammen lunchen. Nur kurz, ich weiß, Sie haben wenig Zeit, aber die Woche, die Sie auf jeden Fall erst mal hier sind, möchte ich nutzen, um Sie kennenzulernen. Bitte, kommen Sie!»

Parker nickte. Mahler fasste ihn dankend am Unterarm.

«Ich will weiter, nach Brüssel oder Berlin, Leute wie wir dürfen nicht in der Provinz versauern. Wie hieß das in Ihrem Buch? ‹Kein Ort kann dich zu etwas machen, das du nicht bist›? Richtig! Denn den Ort, an dem man sein kann, was man ist, an dem man sich entfalten kann, den muss man finden. Kommen Sie, gehen wir wieder rein, Sie frieren, es schneit auch schon wieder, wahrscheinlich ist es doch zu eisig hier draußen für eine gute Unterhaltung.»

Mahler und Parker gingen an drei jungen Frauen vorbei, alle blond und gleich gestylt, auf Pumps im Cocktailkleid, Pailletensaum und mit Baguettetäschchen unter dem Arm. Wie Spielerfrauen, dachte Parker, als die drei den beiden zulächelten und weiter Richtung Ausgang trippelten. Sie stellten sich zu Eberhard an die Bar, der grinsend den Frauen hinterhernickte: «Geschwader-Pinkeln. Na, versteht ihr euch?»

Aus Parkers Archiven: Die neun Geheimnisse einer gelungenen Rede

Lektion 2: Geschichten sind Daten mit einer Seele. Mit Geschichten erreicht man Menschen. Nicht mit Fakten oder Argumenten allein. Man muss den Worten vertrauen – man muss sie ernst nehmen, Ihre Zuhörer müssen glauben, dass Sie ein Mensch sind, dem etwas an anderen liegt. Geschichten vermitteln den Eindruck von Intimität. Ich erzähle dir etwas, das heißt auch: Du kannst auf mich zählen. Geschichten sind der Schlüssel, mit denen man die Tür in die Herzen seiner Zuhörer öffnet. Wir alle leben in Geschichten – wenn jemand uns seine erzählt, dann folgen wir ihr, gemeinsam.

Bleiben Sie bei sich. Dann werden Sie Ihr Publikum gewinnen: wenn Sie es mitnehmen auf eine persönliche, ganz und gar eigene Reise.

Kapitel 3

Dienstag, Kiel

Immer noch tobte Schnee über der Stadt, das Gestöber hielt den roten Backsteinbauten unter den grünen Kupferdächern, den kasernenartigen Hochwalmdächern und den grauen, öden Kästen der Fußgängerzone die absurd verzaubernde Schönheit des Weiß entgegen. Als wären die Schneewehen nachwachsende Blätter aus handgeschöpftem Papier, als könnte man in Kiel eine neue, noch unbekannte Zukunft in die Straßen schreiben. Weiterhin sei polare Kälte im Anzug, hatte der Radiowecker verraten. Die Heimat- und Wohnungslosen, die sich zu dieser Zeit über die Abluftschächte hinter den Bars und Restaurants, an Brückenpfeiler oder in Hauseingänge kauerten, in alte, gammlige Schlafsäcke gehüllt, unter unzähligen

Lagen aus Pappe, dazu Zeitungspapier in den Pullover gestopft, die Kapuze über den verfilzten Schädel geschlagen, als hielte nur das die blinden Träume und die vernichtete Existenz wenigstens notdürftig nach dieser nun fast überstandenen Nacht noch zusammen, obwohl niemand wusste, warum man das überhaupt machen sollte: weiterleben. Ebendiese Gestalten, denen normalerweise niemand auch nur einen weiteren Gedanken schenkte, sie kamen Parker plötzlich vor wie bloß gekippte Seiten seiner eigenen Existenz. Wenn es mit dem Schnee und dem Eis so weiterging, würden die Obdachlosen erfrieren. Kill, Kill, Kill, Kill, Kill the Poor, die dritte Single von den Dead Kennedys, Parker erinnerte sich, dass sein Vater die mal im Studio gehabt hatte, sie hatten vorm Mikro gefurzt und gesoffen, obskure Anekdoten ausgetauscht, da hatte einer im Sender einen makabren Humor gehabt, dass er das nicht gleich abstellte. Aber es war so etwas wie Sergeant-Major Parkers Markenzeichen geworden, das Interview mit der besonderen Note.

Parker haute auf den Wecker und drehte sich noch einmal um. Fünf Uhr. Heute konnte er es sich leisten, erst um sechs aufzustehen. Alles war vorbereitet. Er könnte schwimmen gehen. Oder aufs Laufband. Einfach ein bisschen was für den Körper tun oder in Ruhe frühstücken und Zeitung lesen. Vielleicht fiel ihm ja ein Artikel mit aktuellem Thema in die Hände, mit dem er die Diskussionsübung am Nachmittag anheizen konnte. Die Gruppe konnte Anregung gebrauchen. Er fragte sich wieder, wen ihm Eberhard und Mahler da eigentlich ausgesucht hatten und ob nicht auch er von den Teilnehmern auf Herz und Nieren geprüft wurde. Krude Mischung aus frisch ausstudierten Juristen, jungen Medienvertretern und aufstrebenden Anwälten; Zukünftige Wahlkampfberater? Pressesprecher? Politstrategen? Ein Pool an Talenten, falls er mit dem bisherigen Personal, das Mahler ihm vorstellen würde, vielleicht nicht zufrieden war. Er würde sie beobachten; wenn Mahler wirklich ganz nach oben wollte, dann würden sie sich noch eine Menge Profis ins Boot holen müssen. Aber Vor-Ort-Material war erst mal nicht schlecht.

Er gähnte. Die Müdigkeit steckte ihm wie flüssiges Blei in den Knochen, und er hatte das Gefühl, sein Körper würde am liebsten ganz und gar in die Matratze einsinken. Er blieb noch liegen, schaute immer wieder auf das Display des Radioweckers: 5:55 Uhr. Das hatte er als Kind morgens auch oft gemacht. Besonders, wenn sein Vater nicht nach Haus gekommen war und er seine Mutter durch die dünne Wand ihrer Wohnung in Altona die ganze Nacht über hatte heulen hören. Wie ein in eine Falle geratenes Tier.

Er stand schließlich auf und ließ sich in einer fließenden Bewegung erst in den Sonnengruß, dann in einen halben Kopfstand gegen die Wand neben der Badezimmertür sinken. Die Kopfschmerzen und das graue Gefühl hinter den Augen ließen schlagartig nach. Yoga half gegen alles. Dann setzte er sich an den Schreibtisch.

Sprechen ist eine Suche.

Das hatte diese Dichterin mit dem Clownsgesicht gesagt, Ann Lauterbach, die er über Souryan am Bard College kennengelernt hatte. Sie hatte ihn beeindruckt, als sie nach ihrer Lesung im Faculty-Seminar auf die Frage nach ihrer Poetik einfach geantwortet hatte, sie bräuchte keine Poetik – sie bräuchte ein Leben. Er klappte den Laptop zu, packte seine Sachen; heute kein Blog; und E-Mails auch erst am Abend; er würde direkt nach Sport und Dusche vom Frühstück aus ins Seminar gehen.

In der Schule, die im nebligen Schneelicht unter den alten gelben Birnen der Hoflaterne wie ein gestrandeter Backsteinwal leuchtete, schippte der Hausmeister gerade die Wege frei. Eine gute Woche hatte er noch, bevor ihn die Kids wieder mit Schneebällen traktierten, er Trinkpuddings und Klatschbrötchen oder das pseudogesunde Zeugs, das es neuerdings gab, an die ‹Bestien›, die seine kleine Welt beschmutzten, verkaufen musste. Parker lächelte. Hausmeister ändern sich nie. Der Schipper nickte der Autoritätsperson, für die er Parker vermutlich hielt, denn er durfte ja hier sein, außerhalb der Unterrichtszeit, in seiner Schule, unterwürfig zu, stellte die Schneeschaufel an die Torwand, kramte in seinem grauen Kittel nach dem richtigen Schlüssel, schüttelte dann den Kopf und führte Parker die Kellertreppe hinunter in sein kleines Kabuff. Das war fast eine Sympathiebekundung. Schunkellieder der Liebe schepperten aus dem antiken Kofferradio, eine billige Kaffeemaschine würgte gerade die letzte Portion aus der Wasserdüse, der Hausmeister deutete auf die schon in seinem dicken, schwarzen Becher mit Darth-Vader-Maskenaufdruck dampfende Brühe und fragte: «Wollen Sie auch einen?» Parker schüttelte den Kopf. Der Kaffee roch scharf und verbrannt. Die Tasse hatte zusätzlich zu dem Helm eine Beschriftung, wahrscheinlich ein halb als Jux, halb aus Respekt dargebrachtes Abiturjahrgangsabschiedsgeschenk: «May the Horst be with you». Der Hausmeister – Parker nannte ihn bei sich auch schon ‹den Horst› – öffnete seinen Schlüsselkasten, hielt Parker den bartenreichen, glänzenden Sicherheitsschlüssel hin, übergab ihn aber noch nicht, sondern sagte erst einmal: «Der kost paar Tausend Euro!» Parker sagte, er werde gut darauf aufpassen, und bedankte sich, dass er, Horst, ja gestern schon alles so gut hergerichtet, auf- und wieder abgeschlossen, die Geräte im Vorbereitungsraum zur Verfügung gestellt, kurz, das gemacht habe, was es ihm, Parker, überhaupt erst ermöglichen würde, hier dieses Seminar erfolgreich zu geben, er, Horst, habe ja bemerkt, was für Leute das seien, eben, ja, richtig schönen Dank auch, und er entschuldige sich noch einmal dafür, dass er ihn nicht gestern schon aufgesucht habe, um sich zu bedanken. Horst gab ein befriedigtes Grunzen von sich, die Star-Wars-Tasse hatte ungerührt weitergedampft, und dann war der Hausmeister mit Parker im Schlepptau die Treppe wieder hinaufgeschlurft. Er beobachtete, wie Parker ohne Probleme den Seminarraum aufschloss, sah sich um, die Stühle waren hochgestellt, der Raum frisch geputzt. Der Horst nickte zufrieden und wandte sich dann, nachdem er Parker den Schlüssel endlich offiziell überlassen konnte, wieder augenscheinlich wichtigeren Dingen zu. Parker richtete sich ein. Kurz vor dem Seminar ging er noch einmal austreten.

Mahlers Fahrer holte ihn vor der Schulhofeinfahrt ab, ein schwarzer Audi, der trotz Allrad öfter aus der Spur geriet. Der Vormittag war gut gelaufen, Dreisatzübungen, Argumente mit Charme. Sogar sein Beispiel aus Wesels *Juristischer Weltkunde* hatten sie gefressen. Dass die Formulierung ‹Deutsch ist die Sprache des Rechts› nicht automatisch zur klarsten Verwendung von Stil- und Redemitteln im Paragraphenwald führte und man sich oft im Abstrakten verlor, zwischen Tatbeständen, Sachverhalten, Rechtsfolgen und dem überhaupt erst einmal notwendigen Feststellen des Gerichtstands. Zwar hatte Gisela, die Assessorin am Landgericht Itzehoe, beanstandet, dann solle er doch mal vorschlagen, wie man das besser sagte, aber da hatte er, auch ohne Quellenangabe, mit altdeutschem Recht gekontert: Das gebe es schon, da heiße es nämlich im altdeutschen Recht schön klar und einfach: ‹Wo der Esel sich wälzt, da muss er Haare lassen.› So hatte sich Parker bestens gelaunt auf den Weg gemacht.
Im eleganten Fischrestaurant im obersten Stock des aus matten und klaren Glasfronten strukturierten Scandinavia-Hochhauses wartete Mahler bereits auf ihn. Er sah gut aus, ein zwei-

reihiger Glencheck-Anzug in Steingrau und ein hellblaues Hemd, das seine Gesichtsfarbe betonte. Mahler stand auf und wies Parker den Platz ihm gegenüber an. Die Bedienung, ein junges Mädchen im Schulalter, lächelte ihm zu, als sie die Karten brachte. Mahler wirkte gelöst, fast entspannt. Ein Weltmann, schoss es Parker durch den Kopf, oder hieß es ein Mann von Welt? Mahler machte den Eindruck des Weltgewandten, ohne dass es auch nur die kleinsten Anzeichen von Anstrengung gab, als hätte man ihm das als Geschenk in die Wiege gelegt. Und gleichzeitig fühlte man sich in seiner Nähe auch so. Weltmännisch. Sie saßen am Fenster zum Hörn. Die Boote unter ihnen dümpelten an den Stellen, wo die Eisschicht aufgebrochen war, in Schneemänteln auf dem Wasser, wie hölzerne Schwäne, auch wenn man hier oben, in der flüsterwarmen Luft des Restaurants, nichts von draußen hörte. Parker kam Hölderlin in den Sinn, ‹im Winde klirren die Fahnen›.

Sie aßen Salat und dann Seezunge. Mahler hatte zwei Flaschen Ramlösa bestellt; Mineralwasser, keinen Wein. Das Ambiente, zurückhaltend und hell skandinavisch, gefiel Parker, es war anders als die in ihrer Holzverkleidung vor Gemütlichkeit nur so triefenden Restaurants in der Nähe des Schwedenkais, in denen Parker im letzten Jahr gegessen hatte. Das Essen war leicht, und das Restaurant lag nicht weit vom Hotel. Sie hatten sich gut unterhalten, über Reisen, Fußball und Politik. Mahler war gleich deutlich geworden.
«Was haben wir denn für ein Land – Europa zerfällt, die Briten werden gehen, wissen Sie, die sind fast alle verkappte Nationalisten, trauern ihrem Empire nach. Ein kaputtes Angeberland», schnaubte er, als sie über die Griechen-, Banken-, Katalanen-, Schotten-, Ungarn-, Flüchtlings-, Brexitkrise sprachen.
«Und hier?», hatte Parker gefragt.
«Ein Aufgeberland. Eines, das sich eigentlich längst damit abgefunden hat, dass man die Welt nicht besser machen kann,

das die Demontage Europas zulässt und stattdessen von globaler Mülltrennung träumt. Wir erleben doch hier bei uns einen schleichenden Umbau in die Zweitklassigkeit – noch schlimmer: diese Augen-zu-und-durch-Mentalität. ‹Wir schaffen das! Wir schaffen das!› Ja, eure Scheinheiligkeit, Augen zu und durch! Aber was schaffen wir? Das hat sich niemand überlegt. Daran mag auch keiner denken. Wir wollen uns angeblich um alles kümmern, aber dann von der Welt nicht weiter belästigt werden. Blind in die Flüchtlingskrise, blind in die Eurokrise, blind in den Untergang.»

«Angeber. Aufgeber. Oho.» Parker beugte sich über den Tisch und legte seinen Zeigefinger auf den schlecht gebügelten Knick in der Tischdecke. «Da haben wir wohl beide einen wunden Punkt.»

«Nein. Ich bin es nur leid, meine Zeit und mein Leben zu verschwenden. Es muss endlich wieder eine klare Perspektive geben. Und Leute, die sich engagieren.»

«Sie erwähnten gestern Ihren Vater.»

«Meinen Vater?» Mahler lächelte gequält. «Dem wäre es lieber gewesen, ich hätte Betriebswirtschaft oder Landwirtschaft oder seinetwegen auch Jura, Philosophie, Kunstgeschichte studiert, ganz egal – Hauptsache, ich hätte den Betrieb übernommen. Alles hat er versucht, meinen Fußballverein gesponsert, als ich siebzehn war, nur um sich mit mir auf die Ehrentribüne zu setzen, *Glück auf, Schalke. Blau und Weiß, wie lieb ich dich*. Und Autos, Mädchen, Ferien in St. Moritz, ich hatte alles, aber …»

«Aber das, was Sie wirklich wollten, das hatten Sie nicht.»

Mahlers Blick wirkte nach innen gekehrt. Er war auf einmal weit weg. Weg von Kiel, weg von diesem fein gedeckten Tisch über der Förde mit seinem strahlenden Eishimmel.

«Hat man das jemals? Selbst wenn man wegläuft, die Familie wird man niemals ganz los.»

Parker kam es so vor, als wolle Mahler noch fortfahren, dann zog dieser aber die Schultern hoch, straffte sich, sah Parker direkt an und hob die Augenbrauen, als wollte er sagen: Was unterscheidet uns also? Parker lächelte leicht und nickte. So konnte man ehrlich sein. «Mein Vater war beides – ein Wundermann und ein Dreckschwein. Er ist abgehauen, als ich noch ein Junge war. Wir sind früher zum HSV, weil sein Heros, Keegan, da mal gespielt hat.»

«Mighty Mouse?»

Parker nickte. «Hat mir ein Fanshirt mit Unterschrift besorgt. Hrubeschs, Kaltz' und Magaths auch. Mein Vater war DJ, der konnte das.»

«Die Geste ist schon gut.»

«Ja, aber Sie wissen, wie das mit Gesten ist – sie verkommen irgendwann zum Ersatz.»

Er fand es gut, dass Mahler sagte, sie sollten ihr erstes Essen nicht künstlich ausdehnen, es nicht zerreden. Parker war versucht gewesen, ihm von Neela zu erzählen, beließ es dann aber doch bei Andeutungen, dass es bei dem vielen Reisen nicht möglich sei, eine gute Beziehung zu führen. Ja, sagte Mahler. Das verstehe er. Sie hatten ihren Moment gehabt. Sie waren beide eine Weile still, Mahler schob sein Glas Wasser am Stiel zwischen den Fingern hin und her.

«Nun, an eine an Familienwerten orientierte Kampagne haben wir eh nicht gedacht.»

Sie wechselten zu Anekdoten, die Parker aus dem Obama-Lager erzählte, ein Wahlkampf, wie Mahler betonte, den er bewundert habe wie keinen zuvor. Parker schwächte ab, dass er niemals richtigen Zugang zum Kandidaten erhalten und auch nicht zu seinen engsten Beratern gezählt habe.

Mahler winkte ab. «Da hat er was verpasst!» Sie tranken ihr Wasser. Für einen Moment schienen beide nur ihren Gedanken nachzuhängen. Parker sah sich in den Bars auch abends noch Pep-Talks halten, woran Mahler dachte, wusste er nicht.

«Im chinesischen Horoskop bin ich Hahn», sagte Mahler. «Wissen Sie, was das heißt?»
Parker schüttelte den Kopf.
«Der Hahn ist der Herrscher über seinen Misthaufen. Er hat seinen Kreis, über den er wacht, den er ordnet, der auf ihn hört.»
«Und das», Parker blickte sich um, das elegante Restaurant, der offene Blick auf das Stadtzentrum mit der Skyline und der Nikolaikirche am Westufer, «ist Ihr Misthaufen?»
Die rechteckige Hafenaufschüttung im Germaniahafen unmittelbar unter ihnen war voll verschneiter Boote und Markierungstonnen, auf der kleinen Klappbrücke für Fußgänger herrschte trotz der Kälte reger Betrieb, und am Ostufer, die Förde hinauf, ragten die Portalkräne der Howaldtswerke wie überdimensionierte Büroklammern oder Gestalt gewordene graue Verwandte der wandernden Tore von Klee in den Himmel.
«Niemand hat gesagt, dass der Kreis immer gleich groß bleiben muss. Politik ändert sich nicht wesentlich mit der Größe des Verwaltungsbezirks. Der gleiche Typ Leute, die gleichen Intrigen, der gleiche Betrieb, nur müssen Sie dann irgendwann nicht mehr vor Kaninchenzüchtern sprechen oder Patenkompanien beim Zapfenstreich begleiten.»
Parker nickte. «Dann gibt es Minister und Staatspräsidenten.»
«Es kommt darauf an, auf wen man sich einlässt und mit wem man etwas erreichen kann. Und ich möchte mit Ihnen bereden, welchen Kreis Sie uns möglich machen können», fuhr Mahler fort. «Kein Hahn ist gern allein. Diese Silicon-Valley-Geschichte hier bei uns – können Sie die richtig groß machen?»
Parker lächelte. «Das könnte man versuchen.»
«Ich habe das Gefühl, wir verstehen uns.»
Als die junge Bedienung den Tisch abräumen wollte, fasste Mahler sie bei der Hand.
«Bringen Sie uns doch noch was Süßes.»

«Sehr gern. Wir hätten Pannacotta mit Himbeeren.»
Er strahlte sie an. Der oberste Knopf ihrer Bluse war geöffnet.
«Das ist genau, was ich mag.» Mahler blickte zu Parker. «Sie auch?»
Das junge Mädchen, dessen Hand Mahler immer noch festhielt, sah Parker aufmerksam an. Parker schüttelte den Kopf.
«Oh, schade.»

Mahler löffelte die Reste seiner Pannacotta und bestellte noch einen Kaffee. Als die junge Kellnerin ihn brachte, fragte er nach der Rechnung und deutete mit seiner Tasse nach draußen.
«Das ist einer der schönsten Plätze in der Stadt. Man sieht ‹De Hörn› und die Förde. Von hier aus geht es in die Ostsee. Sie sehen die Werften, die Fähranleger, die Rüstungsschmiede. Alles, was Kiel ausmacht. Alles, was es zu bieten hat. Bis auf die Schmiede.»
«Die Schmiede?»
«Mein kleines Hauptquartier! Das lernen Sie noch kennen. Da kommt jeder, der hier wichtig ist, irgendwann mal vorbei.»
Mahler lächelte in sich hinein, trank seinen Espresso aus und tupfte sich mit der weichen Leinenserviette den Mund ab.
«Ich mag Sie. Ich hab Ihren Aufsatz über *Worte, die wirklich hängen bleiben* gelesen. Das war frech! Und frisch. Und wie hieß der andere Essay, den Sie auch in Ihr Buch aufgenommen haben? *Loaded Speech*? Ich weiß, was Sie geleistet haben. Für Obamas Kampagne und auch sonst. Sie sollen aus mir jemanden machen, an dem man politisch nicht mehr vorbeikann. Olaf Scholz ist ja toll – aber auf Bundesebene zu trocken. Wir brauchen ein Markenzeichen, wir müssen erkennbar, wir müssen sexy sein – Anti-Establishment für die Jungen und die von der Straße –, aber verlässlich genug für die Banken. Und natürlich auch das Parteiestablishment. Aber keine Bange, da hab ich ja …»

«Ihren Vater.»
Mahler zuckte mit den Achseln. «Zu irgendwas muss der gut sein. Wir brauchen neue, frische Gesichter – und Sie suchen mir die! Coachen und casten! Langfristig brauchen wir aber auch als Gesamtpartei ein neues Profil, wir müssen weg von der Kumpelromantik aus Duisburg und mehr anzubieten haben als Solidarität mit den Werftlern aus Kiel, wir haben heute doch ganz andere Probleme. Das sind Bilder aus den Gründerzeiten der SPD, das ist passé – aber ganz als Außenseiter, wie Macron das jetzt scheinbar macht, das geht bei uns nicht, ich brauche jemanden, der mich durch die Institutionen lotst. Twittern, Reden, Formen – alles Ihr Gebiet.»
Mahler legte sein Besteck auf den Teller.
«Sie sind bei allen beliebt. Ihr Unterricht soll hervorragend sein.»
«Ach, das ...»
«Nein, lassen Sie mich ausreden, Komplimente müssen auch sein. Sonst bringt alles nichts. Besonders eine angehende Staatsanwältin schwärmt von Ihnen ...»
Anneli? Sie kannten sich? Natürlich. Mahler zwinkerte ihm zu.
«Ja, sie ist ...»
Parker konnte den Satz nicht vollenden.
«Schön, klug und überaus talentiert. Mehr und anders als die meisten Menschen, die ihr begegnen, vermuten. Hat sie Ihnen schon von Afrika erzählt? Sie war jahrelang da, hat gearbeitet, erst in Südafrika als unabhängige Beobachterin für die EU in der Wahrheitskommission und dann im Kongo.» Mahler sprach nicht weiter, eine seltsame Mischung aus Begeisterung, Bewunderung und, ja, vielleicht Verlangen huschte über sein Gesicht. Oder war es Eifersucht? Parker konnte den Blick nicht deuten, den Mahler ihm zuwarf, wenn er von Anneli sprach. Dann entspannte sich Mahlers Miene wieder, ein Ruck schien durch seinen Körper zu gehen.
«Nun, das wird sie bestimmt tun. Ich muss leider wieder los,

eine Sitzung. Aber ich wollte, dass wir uns gleich wiedersehen, sagen Sie mir, wann Sie wieder Zeit haben. Ich möchte Sie natürlich nicht überfallen, aber ich habe immer daran geglaubt, dass man seinen Gefühlen folgen muss.»

«Krieg der Sterne?»

Mahler sog den Atem ein, rollte die Leinenserviette zusammen, fuchtelte mit ihr herum wie mit einem Lichtschwert und stieß dann ein dunkles ‹Ich spüre eine Erschütterung in der Macht› hervor. Parker musste lachen. Dann versuchte er, sich zu fassen.

«Ihre Ideen sind gut. Ich muss mich einarbeiten und noch Ihr Team sehen.»

Mahler nickte.

«Ich kann Ihnen morgen oder übermorgen gleich einige vorstellen, wenn Sie kurzfristig zu mir in den Landtag kommen mögen. Gleiche Zeit, Ihre Mittagspause, ich schicke Ihnen eine SMS. Und zwei sind ja bei Ihnen im Seminar.»

Parker wollte fragen, wer, aber Mahler winkte ab.

«Sie kommen schon drauf – und wen Sie noch rekrutieren möchten, tun Sie sich keinen Zwang an, genau dafür haben wir Sie ja eingeladen!»

«Wenn Ihr Team auch so gut ist wie das hier …» Parker deutete auf sie beide, das Restaurant, den Ausblick, «dann …»

«Dann? Bin ich denn nicht gut genug? Bin ich nicht Ihr Mann?»

Mahler zog einen theatralischen Schmollmund.

«Sie fischen.» Parker wurde ernst.

Mahler hielt verdutzt inne, grinste und legte die Serviette ab.

«Und Sie zieren sich. Künstlich.»

«Ich weiß. Aber ich danke Ihnen für die Einladung. Und … ich freue mich auf Kiel.»

Wer waren die beiden Leute aus Mahlers Team, die er in seinem Seminar hatte, Anneli? Und? Konnten die es ihm noch verderben?

Sie hatten sich freundschaftlich voneinander verabschiedet, fast wie alte Bekannte. Parker hatte sich nur einen kurzen Moment lang gefragt, ob das zu Mahlers Masche gehörte, jeden sofort wie einen engen Freund oder Partner zu behandeln. Es war auch egal, vor allem, weil das alles nicht im Mindesten gekünstelt wirkte. Damit konnte er arbeiten. Soziale Kompetenz. Angebotene Freundschaft. Es war auch kein Preistreiben gewesen, was Parker zum Schluss wieder in die Reserve getrieben hatte. Er hatte Angst. Es lief so gut. Er war Widerstände gewohnt, keinen Partner, der ihn sofort wollte. Sein Herz klopfte. Sie müssten jetzt die Vertragsdetails klären, möglichst bald.

Mahler hatte ihn zum Abschied umarmt und ihn noch für Samstagabend in die kleine Parteizentrale («wenn man das denn sagen kann, dass ich eine Partei in der Partei bin oder wenigstens eine Zentrale in ihr») eingeladen, da würde gefeiert, und da kämen auch einige der anderen Leute hin, die ihn auf seinem Weg begleiten würden. Er, Parker, würde sich wundern. Mahlers Selbstbewusstsein wirkte aufreizend, aber nicht aufgesetzt. «Sie werden diese Woche über gar nicht genug von mir bekommen!»
Parker hatte zugesagt.

Als Parker, einigermaßen aufgewühlt, wieder das Schulgebäude betrat, war noch niemand da. Geschlafen hatte er im Hotelzimmer nicht mehr; das Mittagessen hatte ihn in Hochstimmung versetzt. Mahlers Enthusiasmus hatte ihn angesteckt. Herr Hwang konnte ihn mal und die Leute an der NYU auch. Mit einer gewissen Vorfreude malte er sich in der restlichen Pause seinen Umzug nach Kiel aus. Mahler hatte ihm gleich nach ihrem Abschied eine SMS geschrieben, dass er ihm vielleicht eine Wohnung vermitteln könne, hell und aufgeräumt. Ihm war Parkers Freude an der Einrichtung des Restaurants nicht entgangen. Vielleicht könnte er sogar ein Loft in demselben Gebäude, in dem sie gegessen hatten, arrangieren, wenn ihm das gefiele. Er würde einen Freund anrufen, der war Makler, aber natürlich erst, wenn. Parker stellte sich vor, wie er jeden Morgen aus einem großen Bett in den ordentlich leeren Räumen hinter den Glaswänden aufwachen würde, von der Sonne gekitzelt, mit Möwengeschrei, das Wasser vor sich, ganz nah, fast mit den Händen greifbar, das Gefühl von Meer, der Wind und der Horizont. Vielleicht war seine letzte Reserviertheit auch nur der Versuch gewesen, sich noch nicht zu sehr darauf zu freuen. Aber hing es jetzt nicht nur noch von ihm ab? Oder wartete Mahler noch auf die abschließenden Berichte seiner eingeschleusten Teilnehmer? Erfolgskontrolle? Er verscheuchte die Gedanken, das Seminar ging gleich weiter. ‹Der Horst› war nicht aufgetaucht, als Parker durch den Schulflur ging; seine Absätze hallten durch das alte Gewölbe aus der Gründerzeit. In die Nischen waren trockene Brunnen mit Nymphenstatuen eingelassen. Große Ölporträts vom Kaiser und vom Eisernen Kanzler hingen hoch an den Wänden im Treppenhaus. Aus dem Keller schallte Volksmusik, die Türen waren aufgesperrt, er brauchte es nicht einmal selbst zu tun, er steckte den teuren Schlüssel vom Hausmeister wieder weg. Er streckte sich noch einen Augenblick auf der Yoga-Matte aus, die er im Vorbereitungsraum hinter dem Spind gefunden hatte, machte sich leer, stellte den Timer seines Handys auf sechzehn Minuten und schloss die Augen. Er ließ seine Gedanken um eine Kerzenflamme kreisen. Als die Teilnehmer pünktlich um drei den Klassenraum betraten, fing er mit Stimmübungen an, erst im Stehen, dann, den Raum erkundend, im Gehen.

«Wie findet man das richtige Wort, den Satz, der passt, und nicht bloß die Phrase? Das ist gar nicht so einfach. Zu originell – und schon ist man zu nah an der Dichtung oder an der Lüge.» Den ganzen Nachmittag über fragte sich Parker, welche seiner Seminarteilnehmer bereits zu Mahlers Team gehörten.

Am Abend saß Parker in seinem Hotelzimmer und zappte durchs Programm. Bei einer Wissenschaftssendung blieb er hängen. Mit der Rechten zerknüllte er den Zettel, den jemand unter seiner Tür hindurchgeschoben hatte, eine Nachricht auf Hotelpapier, die ihn höflich an seine Kreditkarte erinnerte. Der Fernsehbeitrag beschrieb die neuronalen Zusammenhänge bei dem Ereignis, das man seit Jahrhunderten im Westen ‹Liebe› nannte, die Amygdala wurde aktiv, eigentlich ein Fluchtorgan. Das hatten die Dichter des Mittelalters auch schon gewusst, als sie ihre Jagd- und Liebeslieder verfassten. Er konzentrierte sich auf den Sprecher. Eine schöne, tiefe Stimme. Ein Timbre fast wie bei Mahler. Die Oxytocin-Ausschüttung nach dem Orgasmus mache aus uns harmoniebedürftige, hormongesteuerte Wesen, zu Nestbau und Kuscheln bereit. Evolutionär gesehen, war die ‹Liebe› ein im Körper quasi chemisch gesteuertes, automatisch ablaufendes Fortpflanzungsprogramm. Parker warf den Papierball in den Korb unterm Schreibtisch und schaltete aus.

Sie hatte nicht angerufen. Er hatte Anneli beim Verlassen des Seminarraums einen Zettel mit seiner Handynummer zugesteckt. Unbeholfen, aber für ein direktes Ansprechen hatte er keine Gelegenheit gesehen; sie war als eine der Ersten, mit dem Arbeitsbuch unterm Arm, mit Wilfried und Helga, einer Gerichtsassessorin aus Kiel, nach Hause gegangen. Sie hatte überrascht ausgesehen, als sie den Zettel entgegennahm. Seine Handy- und seine Hotelzimmernummer. War das zu viel gewesen? Er hatte nicht sehr viel über sie im Internet gefunden. Keine Facebook-Adresse, kein Skype. Kein Twitter-Account. Abgesehen davon, dass sie länger in Afrika gewesen war, fand er ihre Studienorte und ein altes EU-Mitarbeiterprofil, das war's. Sie schien nicht besonders aktiv zu sein in den sozialen Medien. Keine Angaben, ob sie verheiratet war oder nicht. Parker war sich auf einmal nicht mal mehr sicher, ob ihre Pausengespräche wirklich Ansätze eines Flirts oder wenigstens von Interesse verraten hatten. Er war das erste Mal seit langer Zeit wieder nervös. Er fand sie attraktiv, merkte, wie sein Herz beim Gedanken an sie schneller klopfte. Und Mahler hielt offenbar viel von ihr. Im Spiegel überprüfte er den Sitz seines Anzugs. Vor nicht allzu langer Zeit war er um den Bauch herum etwas fülliger geworden. Es spannte. Die Hemden, die T-Shirts, vielleicht ein paar Kilo. Er strich den Stoff des blauen Prada glatt, drehte sich und zog den Bauch ein. Ja, so würde es gehen. Die Krawatte band er etwas länger, dann fiel das nicht auf.

Neela hatte er geliebt. Sie hatten sich in seinem zweiten Jahr als Gastprofessor am Bard College kennenglernt; ein Jahr nach dem Anschlag; sie war Graduate Student in der an das Museum angegliederten, selbst in New York City hoch gehandelten Abteilung für Kuratoren. Die zukünftigen Ausstellungsmacher, eine urbane Elite, die am Bard ausgebildet wurde, waren umschwärmt, älter als die restlichen Studenten, abgeschottet vom Kinderkram akademischer Grundausbildung, stattdessen arbeiteten sie an eigenen Konzepten, Kontakten, Konservierungsstrategien; und natürlich hatten sie Spaß. Neela wurde ihm von einem seiner Studenten vorgestellt, David, einem begabten Schlawiner, der immer nur das tat, was man von ihm verlangte, das zwar immer brillant, aber eben nie mehr. Parker war von seinen Studenten auf das Konzert einer deutschen Band, Mouse on Mars, ins Campus Center mitgeschleppt worden, züngelnder Elekrogrunge, ganz cool und manchmal sogar tanzbar, danach hing er mit der Band und einer Traube von weiteren Bard-Studenten, die sich in Schmuddelschick, alte Jeansröcke und Cowboystiefel, Holzfällerhemden, Fedoras

und schnürsenkellose Chucks geworfen hatten, in der alten Turnhalle ab. Die Turnhalle war Experimentierfeld für die Collegebands, freitags und samstags gab es hier Konzerte, und obwohl auf dem Campus Alkoholverbot herrschte, hielt sich niemand daran, die Campus Patrol machte immer einen weiten Bogen um das versteckt, halb im Wald gelegene, eigentlich abrissreife Gebäude hinter dem Rugbyfeld. Studenten organisierten Tanzpartys, lesbische Abende, Gender-Treffen, BDSM-Einführungen und Flagellationsstunden; es gab Christliche Mystik-, Jack-Kerouac-Erinnerungs- und sonst wie experimentelle, letztlich immer ins Orgiastische ausufernde Initiationsfeste, es war der Ritualplatz außerhalb der Schulwelt, der sich perfekt in das coole Bard-Image integrieren ließ – Ringelpiez mit Anfassen, geduldeter, geförderter Exzess. Und definitiv auf der ‹anderen Seite› der Legalität.
Professoren waren hier nicht gern gesehen – außer sie waren jung und verführbar. In gewisser Weise durfte man als «Lehrer» nicht auftauchen, weil man ja, sollte die Party nicht ins Stocken geraten, hier keiner war. Man war Körper. Das ging. Parker fand das toll.
«Neela», so hatte David die junge Frau vorgestellt, in seinem hölzern klingenden Deutsch, einer Sprache, die das Wesen mit den braunen Augen, dem schwarzen Haar und dem, zumindest in der dunkelorangefarbenen Beleuchtung der alten Turnhalle sehr hellen Teint offensichtlich nicht verstand.
«Sie ist die Schönste hier.»

Sie hatten mit den Musikern von Mouse on Mars herumgeflachst, ein paar Bier getrunken und dann in der Gruppe und später allein miteinander getanzt. Seltsamerweise war dies eine Nacht, in der nicht das übliche Aneinanderreiben der Geschlechtsteile im Vordergrund stand. Kein Ansager peitschte ein, kein Gruppenzwang-Ausziehen, kein Bierfassbesäufnis fand statt. Die Band war wohl ein bisschen enttäuscht oder doch müder von der Tour, als sie zunächst alle zugegeben hatten. Parker hatte von ihrem Sänger gehört, sie hätten in Chicago, Madison, St. Louis, Atlanta und Boston gespielt, ehe sie dann noch diesen eher außergewöhnlichen Gig «under the radar» angenommen hatten – ein Bard-Student habe sie einfach per Mail eingeladen, und sie hätten sich gesagt, hey, wenn wir da Fans haben und sowieso über New York zurückfliegen ... why not? Wie so viele Deutsche waren sie wegen der Amerikaner um sie herum dazu übergegangen, sich alle auf Englisch zu unterhalten – selbst wenn kein Muttersprachler in der Nähe war. Parker sah immer wieder zu Neela herüber. Sie tanzte wie eine verschlossene Blume. Den Kopf an die Decke gerichtet, sich mit langsamen Bewegungen der Arme drehend, die vollen Lippen leicht geöffnet, wenn das Licht sie berührte. An diesem Abend waren sie durch den Wald an den Fluss gegangen. Neela hatte die Hand ausgestreckt und ihn mitgezogen. Der Mond schien, tauchte das nächtliche Herbstlaub in fahles Licht. Parker war es, als wollte sie mit ihm sprechen, er selbst wusste nichts zu sagen, sie beide verband eine Art geheimes Einverständnis, seit sie aus der Musik und dem Knistern der tanzenden, dampfenden Körper ganz in die Nacht hinausgetreten waren. Sie unterhielten sich leise, ihre Schritte raschelten im Laub. Immer wieder stolperten sie über Baumwurzeln, die man trotz des Vollmonds nicht sah, es war ihnen egal. Als sie am Wasser standen, schien der Hudson zu glänzen. Dunkles Kupfer mit silbernem Schaum. Durch das Schwemmland und den Sumpf der Tivoli Bays erhob sich der Bahndamm, sie hörten einen Zug, der von weit her sein Warnsignal ausstieß. Es war kurz vor drei. «Der Nachtzug aus Montreal», sagte sie. Er sei um halb sechs in New York. Sie sahen still den silbernen Amtrak über den Bahndamm jagen, dann stieg sie ins Wasser, das ihr bis kurz über die Knöchel reichte. «Komm», sagte sie und streckte ihm ihre Hand entgegen. Das Wasser fühlte sich warm an, wärmer, als er es erwartet hatte.

Sie hatte Tuchschuhe an, er trug seine alten englischen Brogues aus dem Thrift Shop in Rhinebeck, aber das war ihm egal. Er wollte nur weiter mit ihr in dieses glänzende, dunkle Wasser unter dem riesigen Himmel laufen. «Es ist nicht tief», sagte sie, «wir haben Ebbe.»
Und wir Flut, dachte er. Einen Moment lang blickte er sich misstrauisch um, er hatte von Schnappschildkröten gelesen, die mit ihrem Geierschnabel auch locker durch Leder beißen konnten, aber dann sah er sie ein paar Schritte vor sich durch das flache Wasser der Bays waten, den Blick immer gerade aufs Ziel gerichtet, sich nur einmal umdrehend, um zu sehen, ob er noch mit ihr ging. Als sie sah, dass er kam, lächelte sie. Eine ungewöhnliche Wärme breitete sich in ihm aus. Sie waren eben nicht in der Unterwelt, sie gingen aufs Gegenteil zu. Der Bahndamm lag auf einer Art Insel. Sie zog sich an den Bohlen hoch, hatte das nasse Kleid hoch um die Hüfte gewickelt. Ihr Slip leuchtete hell über ihren dunklen Beinen, von denen das Wasser perlte. Sie streckte ihm die Hand entgegen, half ihm hoch. Sie setzten sich auf die Schienen.
«Bis um halb fünf kommt hier kein Zug mehr durch», sagte sie. Dann zogen sie beide ihre Schuhe aus und liefen auf der anderen Seite des Bahndamms tiefer auf die Insel. Nachdem sie einen kleinen lichten Kiefernhain durchquert hatten, stießen sie auf den Strand. Sie setzte sich in den Sand, Kiefernzapfen lagen um sie her, verströmten harzigen Waldgeruch, sie sah zu ihm hoch. «Komm, setz dich. Weiter können wir nicht mehr gehen.» Hinter der anderen Uferseite, weit jenseits des Flusses und doch so nah, dass er glaubte, sie berühren zu können, erhoben sich die Catskills. Noch im Dunkel majestätische, blaue Scherenschnitte. Sie zog ihn zu sich, und der erste Kuss war noch nicht einmal das Beste.

Mit ihr konnte er Körper sein, ganz darin aufgehen, was ihn gerade erregte, sie berühren, sie küssen, sie nehmen, genommen werden, sich spüren, ihr das sagen. Das war mehr als Sex gewesen, das hieß mit dem Körper eine Erzählung ausspinnen, dazu gemacht, alles andere zu vergessen. Nur da zu sein, ganz da. Aber dann hatten sich schleichend die Bilder von anderen darübergelegt. Er hatte sich dabei ertappt, dass die Gesten und die Worte, die er hörte, wenn er mit ihr schlief, nicht mehr nur ihre waren.

Parker schüttelte sich. Er knöpfte den Prada am Mittelknopf zu, morgen würde er Sport machen. Den Angsttraum vom in der Wohnung sitzenden Monstrum, das sich Filme, Bier und Fertiggerichte reinzog, als handelte es sich um die gerechte Strafe für ein verpfuschtes Leben, würde er sich ersparen. Seine Garderobe hatte er in den letzten Jahren, seitdem er dieses Nomadenleben führte, bereits mehrmals ändern lassen müssen. In die Anzüge, die ihm vor zehn Jahren gepasst hatten, Größe 98, kam er gar nicht mehr rein, möglich, dass er die 102er wieder tragen könnte. Vielleicht brauchte er nur einen Platz, wo er innehalten, sich wieder aufbauen könnte. Das Scandinavia sah so aus, als hätte es einen Fitnessraum.

Er wandte sich vom Spiegel ab und wählte Eberhards Nummer. Vor zwei Jahren hatten sie in der Business Class nebeneinandergesessen. Jansen war in ein Buch vertieft gewesen. In *sein* Buch vertieft, das erst bei einem angesagten New Yorker Kleinverlag unter dem Titel «FlexEcutives. Nomadology for the 21. Century» erschienen, dann verändert und erweitert bei einem Großen Haus wiederaufgelegt und bald in Frankreich, China und auch in einer von ihm selbst verfassten deutschen Version publiziert worden war. Ein Coaching-Buch mit kulturwissenschaftlichen Exkursionen. Der globale Nomade von heute, so eine von Parkers Thesen, hatte sich hinzugeben. Wissen musste dynamisch definiert werden, als eine körperliche und geistige Vernetzung. Das kam nicht aus dem Nichts.

Schon die zweite große Globalisierungswelle im 18. Jahrhundert hatte den Raum ungeheuer erweitert. Herder schrieb in seiner *Geschichte zur Bildung der Menschheit* von einer philosophischen Wut, mit der wir ‹Materialien aus aller Welt› sammeln. Aber der wirkliche Held der Expansionsgeschichte des Wissens war Georg Forster gewesen. Bevor er 1777, sehr jung, mit Kapitän Cook um die Welt gesegelt war, hatte er in einem großen kritischen Rundumschlag gegen die Schriftsteller und Philosophen geschrieben, die sich aus ihren Lehnsesseln und Lehrstühlen zu Richtern über die Welt aufwarfen, Reisetagebücher lobten oder verwarfen, hochkomplexe Systeme aus Buchstaben kreierten und dabei lautstark nach Tatsachen brüllten. Und die kriegten sie, Fakten, Fakten, Fakten! Ein vermischter Haufen loser Glieder, so nannte das Forster, aus dem sich dann beim besten Willen kein Ganzes mehr fügen wollte. Und noch schlimmer waren ihm die Mikrologen, die ihr Leben mit der Erforschung der Anatomie einer Mücke zubrachten, ‹aus der sich doch für Menschen und Vieh nicht die geringste Folge ziehen lässt›.
Was brauchte man also stattdessen? Erfahrungswissen. Ein Leben in Bewegung. Sammeln, Denken, Handeln, mit Geist und Körper. Man brauchte eine Einstellung, die nicht bloß aneinanderreihte, sondern vor Ort gemachte Beobachtungen in größere Zusammenhänge einordnete. Mobiles Wissen, nomadisches Wissen. Ein Denken aus der Bewegung, in der Bewegung. Wie hatte über hundertsiebzig Jahre später der New Yorker Dichter Frank O'Hara geschrieben? «Alles, was ich will, / ist grenzenlose Liebe.» War es nicht das, was die global vernetzte Welt von heute brauchte: grenzenlose Liebe für jedes unbekannte Land?

Für die Neuausgabe hatte sich Parker mit den Beastie Boys ablichten lassen, die als ehemalige Bard-Studenten jedem neuen Hot-Shot-Bard-Professor einen Tag in ihrem Leben ge-

währten; sie fuhren mit ihm auf ihrem «Monster II»-Speedboot im Hafen herum, auf dem Hudson von Hoboken bis zu den Chelsea Piers, dann hielt Parker – auf Vermittlung von Neela – einen Eröffnungsvortrag für eine Donald-Judd-Show im PS1 und zog dann mit den Gästen ins ehemalige CBGB auf der Bowery, wo der Varvatos Store gerade aufmachte und sein Verlag, zu Punkmusik zwischen überteuerter Möchtegern-Rockerkleidung, die Buchpremiere der erweiterten Fassung von «FlexEcutives» organisiert hatte. Ein voller Erfolg. Man kaufte ihn – und das Buch. Ein kurzer Wirbel, den er genossen hatte, außerdem konnte er seine Vortragshonorare anheben. Natürlich hatte ihm seine bescheidene Rolle während der ersten Obama-Kampagne in der liberalen New Yorker Literaturszene geholfen, seine Agentin hatte das immer wieder gestreut, aber die Obamania war während dessen zweiter Amtszeit längst abgeklungen und weitgehender Skepsis gewichen, das konnte es also nicht sein. Nomadomania? Genüssliches Sich-Einigeln zu Hause in Bett, im Sessel oder in der Badewanne und auf die Risikoreisen der anderen schauen, Marco Polo, Ibn Battuta, sich eigene Abenteuer ausdenken im Kopf?
«Das Produktive ist nicht sesshaft, sondern nomadisch.» Seit dem Erfolg liefen seine Kurse so gut, hatte er so viele internationale Kontakte, dass er allein davon schon leben konnte; sie flogen ihn sogar erster Klasse ein. Er verdiente mit dem Unterricht für Institutionen und private Unternehmen bald fünfmal so viel wie als Collegeprofessor, hielt sich Bard und die NYU, die ihm beide nochmals feste Stellen anboten, durch Blockseminare warm. Nomadisch, ja.

Alle fragten ihn, wieder und wieder, Lektor, Leser, die Presse, seine Agentin, wie weit er denn sei, aber nur weil man dran zieht, wächst Gras nicht schneller. Da war nichts gekommen, nichts Neues, nichts Ganzes. Nur massenhaft kurze Texte,

Momentaufnahmen. Stimmungsbeschreibungen über Teppichkonsistenzen, Wolkenformen, Krawattenmuster und ihren Bezug zur Firmenhierarchie. Und viel übers Essen; er veröffentlichte die Blogs, die *Huffington Post* zahlte gut, aber kein roter Faden schälte sich heraus. Kein Buch. Manchmal glaubte er, er habe sein Pulver verschossen. Auf jeden Fall war er müde, und in New York war er längst keine Meldung mehr. Eine der ‹toughen› Interviewerinnen der *Times* hatte ihn nach ihrem Gespräch in einem Kabelprogramm beiseitegenommen und ihm, ‹off the record›, den Rat gegeben, seine Karten jetzt auszuspielen und lieber fest unterzukommen. «Das nächste Mal, Honey, steigst du noch höher, oder du fällst. Und der Absturz ist wahrscheinlicher. Denn wer den ‹Golden Boy› vom Thron stößt, Hon, der gewinnt.» Sie hatte ihm zugezwinkert, und er hatte sie oft in seinen Träumen vor sich gesehen, wie sie mit ihrem Federhalter, für den sie berühmt war, weil sie ihn tatsächlich noch zum Schreiben benutzte, auf ihn einstach und ihn aufspießte, wie Kim Basinger ihre Opfer mit Eispickeln. Wenn man nichts lieferte, lieferte man sich auch nicht aus.

Auf der Erfolgswelle war ihm dann Neela entglitten.

Eberhard jedenfalls mochte das Buch. Er kannte es, wie Parker auf dem langen Flug nach Frankfurt feststellte, wo sie dank der Purserin unbegrenzt Single Malts tranken und etwas abgeschottet am Rand saßen – der Flug war nicht mal halb voll. Er kannte es sogar sehr gut; Eberhard hatte auch die erste Fassung gelesen. Und die «Extended Version» las er, wie er betonte, zum zweiten Mal. Er las enthusiastisch, stellte Parker aber sehr kritische Fragen, und der aus Eberhards Sicht ‹junge Autor› hatte ihm alles während des Flugs erstaunlich offen und gern beantwortet.
«Büschen starker Tobak, das mit der These, dass der Sündenfall der Menschheit die Aufgabe des Jäger-und-Sammler-Da-

seins war.» Parker hatte auf anthropologische Studien verwiesen, auf Jared Diamond, die Arbeiten von van Schaik und Michel zur evolutionshermeneutischen Lesart der Bibel, auf Rousseau – ‹mit dem Eigentum beginnt die Gewalt›. Der Nomade, so Parker, die Gruppe von umherziehenden Jägern und Sammlern, kannte kein Mein und Dein, sie war auf Kooperation angewiesen. Auf Respekt, auch zwischen Männern und Frauen – und in den Außenbeziehungen mit anderen Gruppen: auf Tausch. «Na, dann tauschen wir mal Kontakte», hatte Eberhard Jansen zum Abschluss gesagt, kurz vor der Landung, mit einem letzten Prosit, und ihn spontan zu einem außerordentlichen Seminar für den Folgemonat eingeladen. «Exklusiv!» Für Anwälte, angehende Richter und Staatsanwälte – alles Herren und Damen jüngeren Datums, aber, wie Jansen betonte, «schweren Kalibers». Die Neger-Kalle-Masche. Das erste Seminar in Kiel war so gut gelaufen, dass er jetzt, ein Jahr später, für den Wochenkurs das Doppelte bekam. Und der Kurs war ja nicht der eigentliche Grund für die erneute Einladung gewesen. Auf Jansen kam es an.
Eberhard meldete sich nach dem dritten Klingeln.

«Wie läuft es, mein Lieber, gut? Ja, hab schon gehört. Wenn du nicht zu uns kommst, bist du fürs nächste Jahr sofort wieder gebucht! Kleiner Scherz! Aber bitte nicht mehr ins Astor! Was willst du denn in dem abgewetzten Kasten? Na ja, die Bar ist ganz schön. Aber du wohnst dann hoffentlich längst richtig hier.»
Das wusste er also auch. Ob er Jansen wegen der Verträge ansprechen sollte?
«Hast du Mahler getroffen?»
Parker erzählte von ihrem Lunchtreffen, Eberhard fing an zu lachen.
«Ja, der weiß, wie man dich kriegt! Loft im Scandinavia! Die ganz große Brille! Nicht schlecht, nicht schlecht so 'n Zuhause.»

Sie verabredeten sich für den nächsten Abend, wenn das Seminar «über den Berg» war, wie Eberhard sich ausdrückte, seine Frau würde kochen. Da konnten sie alles in Ruhe besprechen. Parker freute sich plötzlich, sie würden eine von Eberhard für den Anlass aufgesparten Flaschen Burgunder trinken und zum abschließenden Scotch eine der Havannas rauchen, die Parker ihm letztes Jahr mitgebracht hatte. Heidrun, Jansens Frau, würde lachen und aus der Küche von dem vorzüglichen Wildragout oder von den selbst gemachten Klößen nachholen, die er im letzten Jahr so gelobt hatte. Was auch immer sie machten. Sie würden ihm das Gefühl geben, zu Hause zu sein, bei Freunden, ‹mi casa e su casa›, würde Jansen verschmitzt aus dem vierten Teil von Alien zitieren und Parker sich zu gleichen Teilen amüsiert und bedroht fühlen.

Als er mit Neela in eine gemeinsame Wohnung gezogen war und sie ihrer Familie gesagt hatte, dass sie es sich nicht mehr ausreden lassen würde, mit Matthew zusammen zu sein, von ihrer Mutter nicht, von ihrer Schwester nicht, die nie unter Ivy League datete, und von ihrem Vater, dem berühmten Neurologen, erst recht nicht, wurde er mit ihr fürs Wochenende ins große Haus der Familie in Westchester eingeladen. Sie hatten sich extra einen Leihwagen genommen, weil Parkers alter Mercedes wieder mal Macken hatte und in die Werkstatt musste. Als sie den Highway 9 am Hudson entlangrollten und sie ihm das zehnte Mal erzählte, dass es ein gutes Zeichen sei, dass sie sich jetzt endlich kennenlernen würden, ihre Familie habe ihre ‹boyfriends› sonst nie eingeladen, merkte Parker, wie nervös sie war. Das Haus lag am Ende einer Auffahrt aus weißen Kieseln in einer Gartenlandschaft, die wie eine Mischung aus Pferdekoppeln und Golfplatz gestaltet war. Sand, ein paar Oxer für Patty, die Schwester, die, wenn sie zu Hause war, gern eines der drei Pferde durch den Parcours ritt, dazu geschickt angelegte Hügel, die das Anwesen noch größer erscheinen ließen, als es war. Ein Diener nahm ihnen die Koffer ab, brachte sie in das Gästehaus neben dem Stall und fuhr dann den Kia auf den Parkplatz hinter das Dienstbotenhaus. Dr. Patel leitete seine eigene Klinik, hielt mehrere wertvolle medizinische Patente, seine Spezialgebiete waren rekonstruktive Chirurgie vertebraler Synapsen und Alzheimerprävention, und er unterrichtete auf dem Malinckrodt-Lehrstuhl an der Columbia.

Patel schien schon beim ersten Essen durch ihn hindurchzusehen, und Parker fühlte sich in dem im hellen Licht im Speisezimmer zur Südseite etwas zu glänzenden blauen Armani, den er für ihre erste Begegnung ausgewählt hatte, ausgestellt wie eines der aufgeschnittenen Tiere von Damien Hirst. Die Gespräche drehten sich um Pattys Partys in den Hamptons und die neuen Ampeln an den Ausfallstraßen, an denen man immer so furchtbar lange warten musste, nur weil sich ein paar Highschoolkids von der deutschen Schule dort letztes Jahr totgefahren hatten, furchtbar.

«Sind Sie nicht auch Deutscher, Mr Parker?», fragte Neelas Mutter, eine dürre, rubinbehangene New Yorkerin, die einmal sehr schön gewesen sein musste, nun aber den Fehler gemacht hatte, statt auf die Tennisbräune auf eine weitere Botox-Behandlung gesetzt zu haben.

«Halb und halb.»

«Ach, Jude?»

«Nein, Mama, Matthews Vater ist Engländer.»

«Oh. Ich verstehe.»

Dr. Patel sah auf seinen Teller und attackierte sein Straußensteak, das Neelas Mutter Parker detailliert anpries, es komme ganz frisch von der Wilson Farm drei Meilen weiter.

«Die laufen da frei übers Feld, da müssen Sie morgen unbedingt einmal hinfahren.»

Patel reagierte auf Parkers Konversationsversuche über Arbeit, wie schön sie's hier hätten, die letzten Nachrichten aus dem Irak und mögliche gemeinsame Bekannte von der Columbia nicht, aß immer schneller, zerkratzte das Porzellan mit seinem Besteck, zersäbelte das Vogelfleisch. Als er aufstand, noch vor dem Dessert, schlug er mit der Faust auf den Tisch und sagte etwas kehlig zischend in Urdu.

Danach war es still, und Neela weinte, bis ihre Mutter Parker vom Key-Lime Pie auftrug, mit Himbeere, «die müssen Sie einfach probieren, himmlisch, die sind von der Apple Farm».

Am nächsten Abend waren sie wieder gefahren.

«Ich liebe dich, Matt», hatte Neela gesagt, kurz bevor sie den Wagen abgaben. Und sie hatten sich in ihrer Wohnung endlich wieder in die Arme genommen und geküsst, was sie in den sechsundzwanzig Stunden in Westchester nicht getan hatten.

Aber irgendetwas war damals zwischen ihnen zerbrochen. Er hatte es nicht ausgehalten, dass ihm jemand so deutlich zeigte, dass er zu diesem Kreis der Unfehlbaren, Reichen, Großartigen nicht dazugehörte. Patel hatte ihm klargemacht, dass er für seine Tochter niemals gut genug wäre. Da konnten sein kleines Bard College, sein Mini-Buchtriumph, seine Helferrolle für den Präsidenten nicht mithalten. Er war einfach zu wenig. Zu unbedeutend. Matthew hatte sich selbst kasteit, sich gewunden, zerfleischt. Immer wieder kam ihm nach dem Westchester-Wochenende die höhnische Stimme seines eigenen Vaters ins Ohr. Wenn der betrunken gewesen war, hatte er in einem seiner rassistischen Anfälle über die Pakis, Inder, Chinks gewettert. Was hätte der wohl gesagt? Scheißghooks? Die Inder und Pakis und all das braune Gesocks, die Curryfresser. Hatte nicht sein Regiment, die 60th Rifles unter Metcalfe und Campbell, das war historisch belegt!, mit ihren neuen Enfield-Gewehren die Ghooks in Delhi damals in die Schranken gewiesen, diese Rhadjas und Mughals und Kastenfanatiker, die heute so überheblich mit ihren gelassenen Scheißfressen grinsten, und nur, wenn sie mit ordentlichen Briten zusammenträfen, hörten sie mit ihren singenden Sprachtiraden und ihren Computernasen auf, so zu tun, als ob sie was Besseres wären, das alles hätten die doch ohne Albion, ohne uns, die Zivilisationsbringer von der Insel, sowieso nie gehabt! Computer! Das war nicht Gandhi, das war Alan Turing! Vom Empire hätten die profitiert, vom Empire!, von Anfang an, und das Regiment, in dem er diente, jetzt das 9. Northhumberland, der Nachfolger des 60., die waren da aufgerieben worden, gekommen, um Ruhe und Frieden wiederherzustellen, jawohl, und gereicht hatten die paar ordentlichen Männer mit Gewehren, zwanzig Schuss die Minute, diese Enfields!, TaTack!, TaTack! Rule Britannia! Gegen die verfluchte, braune Masse! Allemal! Stalingrad, so hatten sich die Mughals das damals wohl vorgestellt, an jeder Ecke der Stadt ein Ghook mit Speer, Steinschlossgewehr oder Messer, aber nicht mit uns Briten, wir haben uns durchgehauen, durchgesäbelt, den Weg freigeschossen, jawohl, haben wir das, die Speerspitze der Zivilisation – und mein Sohn will so was zum Ficken? Er hätte die Stimme in sich gern zum Schweigen gebracht, aber sie kam immer wieder. Als hätte Dr. Patel sie wieder aus ihm herausgekitzelt. Als wäre er, Matthew, jetzt wieder der Sohn seines Vaters. Parker war das unter die Haut gegangen. Die offenkundige Ablehnung hatte ihn tief verletzt. Die Versicherung Neelas, das sei doch egal, sie sei doch jetzt seine Familie, hatte nicht ausgereicht. Sie waren trotzdem zusammengeblieben.

Er trat gegen den Fußball, der auf dem Boden vorm Bett lag, der Roteiro traf die Kante des Schreibtischs. Der Ball prallte ab, flog nach oben und knallte gegen die Scheibe. Für den Moment ein rotierender Mond vorm heraufziehenden Kieler Nachthimmel.

In der Bar saßen Profitrinker, die übliche Happy-Hour-Mischung aus Langzeitstudenten, gelangweilten Gattinnen und Geschäftsleuten, die sich die Boss- und Armani-Krawatten lockerten, froh, einen weiteren Tag überstanden zu haben, mit der Aussicht auf Abschlüsse. Parker wollte sich dieser Laune anschließen. Der Kellner musterte ihn neugierig, als er sich an einen Ecktisch mit Blick auf die Kaianlagen setzte. Er bestellte Martinis, gleich zwei. Neben ihm trank ein dicklicher Pole abwechselnd Wodka und Pils, griff sich nach jedem Schluck seufzend in den Schritt und schien sich zu ärgern. Parker verglich seine eigene Silhouette im Spiegel neben der Bar mit der seines Nachbarn. Besser. Viel besser. Noch verteilte sich alles gut auf seine eins neunzig. Parkers Vater war auch nicht klein gewesen, hatte aber eher eine breite, massige Gestalt, die später wie sein Gesicht von all den Exzessen aufgeschwemmt war. Sein Vater habe das alles nur aus Verzweiflung getan, so rumgehurt, wie seine Tante Maggie es nannte und zu erklären versuchte, wenn sie, wenn es ganz schlimm wurde, bei ihnen auf Notfallbesuch war und Matthews Mutter tröstete, mit dem guten Rat, dass sie sich einfach damit abfinden müsse, so kompensiere ihr Bruder eben. Sie hätten es in ihrer Kindheit auch nicht leicht gehabt. Matthew, damals fünf oder sechs, hatte in der Wohnung gelegen, meist hinter der Couch versteckt, unter dem Dschungel aus Immergrün, Orchideen und Kakteen, den seine Mutter auf der ausladenden Fensterbank angelegt hatte, und den beiden Frauen zugehört.

Jahr für Jahr wurde ihm klarer, dass diese Besuche von Tante Maggie aus Newport in Devonshire mehr von einer Rettungsaktion für den Bruder an sich hatten als von Zuneigung zu ihm oder seiner Mutter getragen waren. Sie rettete ihren Bruder, das Arschloch, den besoffenen Casanova, indem sie ihn bei dessen Frau anschwärzte, beschimpfte, zerlegte, erklärte – so brauchte Matthews Mutter das nicht zu tun, konnte aber auch keinen Hass entwickeln, der genug Energie entwickelt hätte, um den chronisch untreuen, trinkenden, kiffenden und koksenden Unterhaltungsoffizier tatsächlich zu verlassen. Die aufflackernde Wut, die Ausflüge mit dem kleinen Sohn, die sie für ein paar Tage an die See oder in eine Pension in die Berge weg von ihrem Ehemann führten, hatten nie ausgereicht. Sie waren immer wieder zurückgekehrt, hatten auf die weinerlichen Versprechungen des Mannes gehört, der sie doch liebte, wie er sagte, der Matthew über den Kopf gestreichelt und in die starken Arme genommen hatte, der versprochen hatte, sich zu bessern. Sie hatte wieder das Schöne und Gute in diesem Mann sehen wollen, die feinen Gesten. Das Bedürfnis nach Zuneigung, seine fast animalische Energie. Und irgendwann hatte seine Mutter dann einfach mitgemacht. Mit dem Trinken. Dem Spiel aus Nähe und Erlösung. So hielt die Ehe länger als erwartet. Nur der Effekt des Rausches war für beide anders gewesen.

Parker konnte sich noch an ein Fest für seine Eltern erinnern, hölzerne Hochzeit, das mit großem Aufwand im Sender gefeiert worden war, im SSVC Building auf der Queens Avenue in den Barracks des Regiments in der Lüneburger Heide. Die Stimmung in der Empfangshalle voller alter Panzer und Transportfahrzeuge, wo die Kollegen ihr ganzes Können aufbrachten, um einander auszustechen, war ausgelassen gewesen. Ein DJ-Battle, wie ihn die Welt noch nicht gesehen hatte, zumindest nicht die Welt hinter Munster. Man tanzte, trank, sang die Refrains der Songs mit, knutschte und fummelte; selbst der Junge bekam von der Bowle. Und sicher, da konnte man sehen, was andere an seinem Vater bewunderten. Colin Jazowski, der Parker sr. oft in seinem schnellen Datsun nach Hause brachte oder ihn abholte, wenn sich ihre Dienstzeiten überschnitten, hatte Matthew beiseitegenommen.
«Weißt du, Kleiner, dein Vater ist einer von den ganz Coolen. Glaubst du das?» Matthew versuchte, sich aus der Umarmung des schmächtigen Lieutenants zu befreien, aber der führte ihn, die Flasche Famous Grouse in der Rechten wie ein abgekoppeltes Mikrophon schwenkend, vor die Tür und zeigte auf eines der niedrigen Kompaniegebäude zwischen den Kiefern.
«Da war das.»

«War was?»
«Da hat dein Vater Benny Evans das Leben gerettet, Mann, und vielleicht noch ein paar Jungens mehr. Hat er dir das nie erzählt?»
Der Junge schüttelte den Kopf, und der Lieutenant nahm einen Schluck aus der Flasche.
«Was für eine Nacht! Wir hatten alle gedacht, der würde sich umbringen. Seine Freundin hat ihn sitzen lassen, verstehst du? Er steckt hier in Falling*bostel*», Lieutenant Jazowski betonte das Wort, als hielte er das niedersächsische Nest für eine Form durch die Luft übertragener Beulenpest, «und seine Freundin lässt sich von seinem besten Freund schwängern. Is' wahr! Keiner hat's mitgekriegt, wie die anrief. Und Evans hatte noch Wachdienst. Weißt du, was das heißt? Nachts in dieser Kälte rumzustehen, wenn der Nebel an dir hochkriecht, du bist allein, und alle um dich schlafen, da kann einem schon die Welt wegbrechen. Dann schwebst du über dem Abgrund. Und wenn du dann melancholisch wirst, hörst du diese Sterbensmusik, die zieht dich an, und du hast deine Waffe, und dann fragst du dich, wieso du überhaupt weitermachen sollst.»
Jazowski setzte wieder die Flasche an und schüttelte den Kopf. «Jedenfalls, dein Vater ist 'ne coole Sau! Er geht da rein, nachdem der Captain und der Stabsarzt vergeblich vor der Tür der Wachstube auf Evans eingeredet hatten. Benny meinte, er würde sie erschießen, wenn sie reinkämen, und dann Schluss machen, Schluss machen würde er auf jeden Fall. Aber den Parker wollte er sehen, der hatte gerade Nachtstunde, ‹Rockola›, irgendeins seiner verrückten Specials, wo die ganzen Pubies von Celle bis Altona in ihren Kellern hocken und die Sachen aufnehmen, weil das so geil ist, was er spielt. Mann, dein Vater ist hier so berühmt wie nur irgendwer, Kleiner. Und ich weiß noch, dass Benny sich dann mit deinem Vater unterhalten hat, wollte irgendwelche Lieder abgespielt kriegen und Grüße an sein Schwelltier zu Hause ausrichten, da dachten

wir, der will so ’n richtig melancholischen Abgang. Nur Angst hatten wir, dass er Parky da mitnimmt. Mann, wir haben Scharfschützen postiert, aber dazu war der zu clever, der Benny, kam aus Southhampton, weißt du, die sind da alle so. Kam nicht ans Fenster. Warten wir also. Stundenlang. Ich weiß noch, der Kommandant kam und hat uns zur Sau gemacht, dass wir Parker da reingelassen haben. War aber alles viel schlimmer. Benny hatte sich nämlich ’ne Granate besorgt, keine Ahnung, wo er die herhatte, haben danach alles umgekrempelt, aber gesagt hat er nichts und saß mit der kleinen, grünen Ananas auf dem Feldbett in der Ecke, den Zündsplint rausgezogen. Wenn der die Hand aufgemacht hätte, Puff, wären wir alle weg gewesen. Puff, *kaputt*.»

Das letzte Wort sagte er auf Deutsch. Wieder schüttelte der Lieutenant den Kopf. Dann sah er Matthew lange an, als wollte er die Ähnlichkeit zwischen ihm und seinem Vater überprüfen. Der Junge war sich nicht sicher gewesen, wie diese Prüfung ausfiel. Jazowski sprach weiter.

«Rohrkrepierer, keine Chance. Wir haben ein Lauschgerät angebracht, mussten ja wissen, was da geschah. Dachten, wir hätten ’ne Chance, deinen Vater rauszuhauen, wenn Benny durchdrehte. Wussten ja noch nichts von dem Eiermann. Aber dein Vater, Mann, der hat auf Benny eingeredet wie ’n verdammter Priester. Von wegen das Leben ist schön, und Liebe würde nicht vergehen, sie würde nur wandern. Wir haben alle mitgehört. Und geweint. Schließlich hat er ’ne Büroklammer genommen, die zurechtgebogen, dem Benny die Granate aus der Hand genommen und die Klammer provisorisch reingesteckt. Dann sind sie gemeinsam raus. Mann, der Chef hat gedacht, er träumt, als er Parker mit ’ner Granate da rauskommen sieht. Dein Vater is ’ne coole Sau. Ja, das is’ er. Der hat Leben gerettet. Verstehst du? Vergiss das nicht.»

Jazowski hatte sich inzwischen zum letzten Drittel der Flasche durchgetrunken und saß auf den Betonstufen des Eingangs. Der Junge ließ ihn noch eine Weile vor sich hin sinnieren und machte sich dann in das Sendegebäude auf, weil er Murphy, den Tontechniker, suchen wollte. Der hatte versprochen, ihm ein Cricketspiel von seinem Heimurlaub aus Yorkshire mitzubringen. Er ging die Treppe hoch, weg von der Party. Murphy hätte Nachtdienst haben sollen. Die Geschichte von Jazowski ging dem Jungen nicht aus dem Kopf, als er in der Sprecherkabine seines Vaters Licht sah. Die Gänge hier oben waren still, der Filzteppich schluckte die Schritte. Er sah die Lampe an der Sprechertheke brennen, wo sie sonst die eng beschriebenen Zettel für die Anmoderationen beleuchtete, die sein Vater nie benutzte. Meist improvisierte er, redete aus dem Augenblick heraus, wenn ihm gerade etwas eingefallen war, er brauchte wirklich nur Eckdaten, sein Gedächtnis war phänomenal. Er konnte einen ganzen Raum in Stimmung versetzen, einfach nur durch ein paar Sätze. Wahrscheinlich war es das, was den Leuten gefiel, er war der geborene Unterhalter, sein Flair war Lebendigkeit.
Die Lampe leuchtete, und Matthew trat aus dem Flur in den dunklen Tonraum. Er blickte durch die dicke Scheibe, die den Raum schalldicht abschloss, auf seinen Vater. Parker senior hatte eine Whiskeyflasche geöffnet und sah einen Stapel Notizen durch. Der Schein der Leselampe, die gefährlich nah an den Rand des Tresens gerückt war, teilte sein Gesicht in zwei Hälften. Schweiß glänzte auf seiner Stirn und seiner Oberlippe, er wirkte erschöpft. Matthew war sich sicher, dass er seinen Vater noch nie so müde gesehen hatte. Selbst seine Finger erschlafften, als er das Whiskeyglas neben dem Notizstapel abstellte, seine Hand glitt halb über die Kante des Tresens, die Finger hingen leblos ins halbdunkle Zimmer.

Dann hob sein Vater den Kopf. Er drehte sein Gesicht zum Fenster des Tonraums. Sein Blick war vom Whiskey verschleiert. Wie nach einer Mammutmoderation holte sein Vater Luft, sog Sauerstoff durch den von einem Dreitagebart eingerahmten Mund in die Lungen. Seine Augen schienen direkt auf Matthew zu ruhen, Bestätigung zu suchen, ja, würde Murphy mit einem Nicken sagen, das hast du gut gemacht. Aber der Tonraum war dunkel. Und das Einzige, was sein Vater hatte sehen können, war er selbst, gespiegelt in der Scheibe. Ein müder Mann, der zu lächeln versuchte, als hätte er die Anwesenheit seines Sohnes gespürt. Aber das Lächeln war nicht für Matthew gewesen. Und es war auch kein Lächeln. Es waren nur Lippen, die sich verzogen, eine unbewusste Bewegung, an der jemand hing, der nicht mehr ans Lächeln glaubte.

Neben Parker erzählte der dickliche Pole einer jungen Geschäftsfrau von den Mühen des Lebens, völlig uninteressantes Zeug, aber er hörte einfach nicht auf, und sie fragte immer wieder nach, sie hatte sich ja auch zu ihm gesetzt. Unaufdringlich hatte der Barmann die CD gewechselt, Sten Getz live im Café Montmartre, leiser Jazz. Parker sah auf sein Telefon. Kein Anruf von Anneli. Er winkte den Barmann heran, hielt ihm die Schlüsselkarte hin und sagte, das gehe aufs Zimmer. Der Barmann tippte die Zimmernummer in die Computerkasse, tippte noch mal, runzelte die Stirn.
«Entschuldigen Sie, Herr Parker, aber ich habe hier eine Notiz, dass Sie bitte Ihre Kreditkarte hinterlegen müssten, sonst können wir das nicht abrechnen.»
Parker seufzte, kippte den zweiten Martini und zahlte bar. Im Zimmer kontrollierte er seine Mails. Die dringende Bitte, sich bei der Hausverwaltung zu melden, ein paar Rechnungen und weitere Geldgewinnmails. Jansens verschoben die Essenseinladung auf den Donnerstag. Keine Nachricht von Hwang, dafür eine freundliche Erinnerung des Hotels. Man bedauere,

man habe vergeblich versucht, ihn zu erreichen, und er sei sicher beschäftigt, und es sei auch keine große Sache, doch sie bräuchten einen Kreditbeleg. Er wollte ihnen gerade wütend schreiben, das sei nicht der Fall, sie bräuchten gar nichts, sie hätten ja die Kostenübernahme, und dass es nicht gehe, seine Gäste so zu belehren, da pingten neue Mails im Postfach auf. Mahler hatte geschrieben, sich noch einmal bedankt und das Exposé eines Lofts weitergeleitet.
Zudem wurde Parker ein ganzes Paket angeboten:

> Dear Friend,
>
> I know that this mail will come to you as a surprise since we have not known or met before now, but please, I would like you to treat it like blood brother affair and with the urgency and secrecy it requires. I am Mr. Hassan Alwan Ali, an Audit staff of (C. B. N.) Central Bank of Nigeria.
>
> An investor (name with-held) died without naming any next of kin to his fund he deposited in my bank. The amount is $10.5M (Ten Million Five hundred Thousand Dollars) and banking regulation/ legislation in Nigeria demands that I should notify the fiscal authorities after three years.
>
> The above set of facts underscores my reason to seek your permission to have you stand in as the next of kin to the deceased.
>
> This fund will be approved and released in your favour as the next of kin if only you will adhere to my instruction and cooperate with me in one accord.

I have all the legal and banking details of the deceased client that will facilitate our putting you forward as the claimant/beneficiary of the funds and ultimately transfer of the $10.5M plus interest to any bank account nominated by you.

I am prepared to compensate you with a 35% share of the total funds for your efforts. The final details will be given upon receipt an affirmation of your desire to participate.

Please contact me immediately on (hassan_alwanali01@yahoo.com) if you are interested in my proposal to enable me not to start scouting for another foreign partner.

Thanks,
Mr. Hassan Alwan Ali

Aus Parkers Archiven: Rhetorik für Anfänger
Jede Redesituation besteht aus drei Komponenten: Redner – Thema – Zuhörer. Die Zuhörerschaft schaut entweder einem Spektakel zu, oder sie ist aufgefordert zu richten. Ist das Publikum aufgefordert, eine zukünftige Handlung zu beurteilen, nennt man das eine Beratung. Liegt die Aktion schon zurück, steht man im Prinzip vor Gericht.

Kapitel 4

Mittwoch, Kiel

«Stellen Sie sich eine Schabe vor. Sie ekeln sich? Sie wollen sie töten? Dann geht es Ihnen so wie Millionen anderer Menschen auch. Schaben sind Ungeziefer. Ihr Panzer, ihre nächtliche Aktivität, ihre langen Fühler, das riesige Herz und die Tatsache, dass sie uns im Falle eines Atomkriegs sogar überleben würden, machen sie in unserer Vorstellung zu den Monstern des Alltagslebens.
Nur Ratten dürften ähnliche Ekelgefühle hervorrufen.»
Wilfried blickte in die Runde. Die Baseballmütze war inzwischen zur Galionsfigur seines Tisches geworden, der von Papieren, einer Thermoskanne, zwei Pappbechern, Kaugummischachteln und einer halb ausgetrunkenen Flasche Cola light belegt war; Wilfried wirkte nervös, sah aber nicht mehr aus wie ein Goofy-Verschnitt. Er hatte jetzt etwas Entschlossenes, seine großen, runden Augen, die man sonst im Schatten der Kappe kaum sah, leuchteten grau. Er runzelte die hohe Stirn, machte eine Pause und stellte Blickkontakt mit dem Publikum her. Den nächsten Satz sprach er frei, ohne die vorgesehene Ordnung zu verlieren, blickte kurz aufs Pult, nahm die Stichworte von den Karteikarten auf und formulierte

dann, als würde er jetzt in ein Gespräch mit allen im Raum treten.

«Und dabei sind wir gar nicht so verschieden. Die Kakerlaken, die Ratten und wir. Haben Sie schon einmal lachende Ratten gesehen? Wenn man eine junge Ratte am Bauch kitzelt, geschieht das Gleiche wie beim Menschen: Sie kichert, allerdings auf ultrahohen Frequenzen. Sie verzieht ihre Lippen, die Gesichtsmuskulatur. Sie unterscheidet sich in ihrer Reaktion in nichts von einem durchgekitzelten Kleinkind, das vor Vergnügen quietscht. Evolutionswissenschaftler haben herausgefunden, dass die tiefer liegenden, stammesgeschichtlich älteren Hirnregionen bei allen Wirbeltieren gleich aufgebaut sind.»

Wilfried atmete tief ein und stellte sich etwas breiter auf in den Seemannsstand.

«Gleiche Regelkreise werden gereizt, dieselben Botenstoffe ausgeschüttet. Ja, die gleichen genetischen Schalter, die unsere Gehirnentwicklung steuern, sind sogar bei Fliegen und Krebsen aktiv. Wenn wir also annehmen, dass nur das menschliche Großhirn in der Lage ist Emotionen hervorzubringen, dann ist das in etwa so, als glaubten wir weiterhin, dass die Erde eine Scheibe sei und wir Menschen im Zentrum des Universums stehen.»

Wilfried sah auf, alle hörten aufmerksam zu.

«Wenn also alle Säugetiere das gleiche Verhalten zeigen – wieso sollten sie dann nicht auch ähnlich empfinden? Stimuliert man etwa die Hirnregion des sogenannten Nucleus accumbens durch Elektrizität, brechen menschliche Probanden in ungehemmtes Gelächter aus – und junge Ratten in ihre typisch fröhlichen Zirplaute.

Worin unterscheiden sich die Gefühle einer Ratte dann von unseren eigenen?»

Wieder setzte Wilfried gekonnt eine kurze Pause, ließ diese Frage im Raum hängen. Parker beobachtete die Teilnehmer. Wilfried hatte sie am Haken.

«Die traditionelle Antwort darauf ist: durch die Sprache. Ratten, Pantoffeltierchen, Kakerlaken – sie alle können nicht sprechen, sich nicht mitteilen. Sie verständigen sich nicht mit ihren Artgenossen über das, was sie fühlen. Oder?
Natürlich, man könnte einwenden, dass es auch nichtsprachliche Wege der Kommunikation gibt, etwa mithilfe von Gerüchen. Aber aufgrund des Körperaufbaus kann man Lebewesen wie das Wimperntierchen, das mit seinen Haarzellen zwar Objekte der Außenwelt wahrnimmt, aber nicht in der Lage ist, seine Beobachtung an andere Wimperntierchen weiterzugeben, von einer Diskussion über Mitteilung und Gefühl ausschließen.
Bei uns Menschen hat sich die Muskelmotorik – unser geschätzter Lehrer», dabei wies Wilfried auf Parker, der mit einem angedeuteten Kopfnicken antwortete, «hat uns den Aufbau des Sprechapparats und die Formung ausgepresster Luft zu Sprachlauten ja gerade gestern wunderbar erklärt –, bei uns Menschen hat die Entwicklung des Sprechapparats zu einer komplexen Weitergabe von Lauten über gewisse Entfernungen geführt. Unser Gehör ist übrigens aus den gleichen einfachen Haarzellen aufgebaut, wie wir sie bei den Wimpertierchen finden.
Wir alle kennen das Gefühl, dass uns unsere Katze anmaunzt, wenn sie Aufmerksamkeit will, dass uns der Hund anbellt, wenn er seine Freude über unser Wiedereintreffen ausdrücken will. Von Vögeln weiß man, dass sie bestimmte Warnrufe ausstoßen, wenn sich Feinde nähern. Die Spektrogramme von Affenschreien sind nicht so entfernt von dem eines menschlichen ‹Hallo›, wie wir vielleicht meinen. Man muss sogar annehmen, dass Affen über eine Form von Semantik verfügen: Es wurde beobachtet, wie eine Affenhorde nach bestimmten Warnschreien kollektiv auf den Boden blickte, als suchten sie eine Schlange. Bei einer anderen Sorte Schrei blickten sie in den Himmel.

Schade nur, dass dieselben Wissenschaftler noch keine Übersetzungsprogramme für die täglich aussterbenden Arten entwickelt haben, sonst hätte der letzte Gelbe Flussdelphin vielleicht der chinesischen Regierung ihren in den Huang Ho eingeleiteten Dreck vorgehalten oder die Wanderfalken von New York längst die Luftverschmutzung angeprangert.
Gefühle existieren vorsprachlich. Auch wir finden oft nicht die Möglichkeit, unser Innenleben adäquat auszudrücken.
Bedeutet das nicht, dass Tiere fundamentale Werte der Existenz fühlen – und nicht nur Affekte wie Hunger, Durst oder Schmerz empfinden und darauf reagieren?
Wenn wir wirklich begreifen wollen, welche Motive das Verhalten von Tieren und Menschen bestimmt, dann müssen wir ihre Gefühle verstehen.
Und bei der nächsten Ratte, die wir sehen – vielleicht lachen.»
Parker beobachtete Anneli. Ihre Augen glänzten vor Freude, sie schien stolz auf Wilfried zu sein. Eifersucht regte sich in Parker, klein, heiß und störend. Er konzentrierte sich wieder auf seinen Schüler.
«Und bei der nächsten aussterbenden Tierart den unhörbaren Schrei in Sprache übersetzen: Denn irgendjemand muss es tun – es ist unsere ethische Verpflichtung als Lebewesen.
Wenn Sie jetzt glauben, ich würde Sie hier zur Mülltrennung, zum Mitgefühl mit der Schöpfung, zum allgemeinen Ökoterrorismus auffordern oder die Abkürzung nehmen und Ihnen eine Mitgliedschaft bei Greenpeace empfehlen, sind Sie schief gewickelt. Das können Sie alles machen, und vieles davon ist sicher auch gut.
Ich weiß selbst, dass es naiv klingt, aber ich glaube, dass wir ein anderes Verhältnis zum Leben entwickeln müssen: eines, das vielleicht romantischer ist. Tiere, Landschaften, das Wetter. Das alles sind keine Automaten, keine in Tabellen durchkalkulierbaren Reiz-Reaktions-Mechanismen. Es ist eine lebende Wunderlandschaft, noch im kleinsten Detail uns ähnlich. Und

darauf zu bauen, wäre ein Gewinn für uns alle. Ich danke Ihnen.»

Für einen Moment war es still, dann klatschten alle. Micha, der Anwalt aus Rendsburg, rief sogar ‹Bravo.› Parker musste zugeben, dass Wilfried mit dem, was er gesagt und wie er es gesagt hatte, auch ihn berührt hatte. Ein beachtlicher Schritt vorwärts nach nur zwei Tagen. Wilfried machte auch nicht den Fehler, jetzt vom Pult aus zu grinsen. Es war, als erschiene ihnen Wilfried jetzt zum ersten Mal als Mensch und nicht bloß als Karikatur. Er stand einfach ruhig da, ein Kapitän, der sein Schiff sicher in den Hafen gebracht hatte.

In der *Palenke* war nichts los. Der Tag war gut gelaufen. Anneli und er hatten sich neugierig angesehen, aber zu einem Gespräch war es nicht gekommen. Unmittelbar nach Seminarschluss, um Viertel nach vier, hatte er einen Spaziergang gemacht.
Parker hatte einfach noch ein Bier trinken wollen, war die Holtenauer hoch, an einer Kneipe namens *Wubbke* vorbei, glaubte aber, gesehen zu haben, dass gerade einer seiner Seminarteilnehmer, Henning, der Mann vom Patentamt, mit Begleitung hineingegangen war. Parker war nicht nach reden. Also stapfte er weiter. Der Schneefall hatte im Dämmerlicht endlich aufgehört. Dafür war es nun aber noch kälter, kein Wunder, dass kaum jemand auf der Straße war.

Als er die Kneipentür aufstieß, die mit Konzertplakaten zugekleistert war, dachte er zuerst, er habe einen Fehler gemacht. Ein dicker Mann in kurzer Lederjacke mit Zigarette am Spielautomaten, hinten brachte eine Schülerband ihr Equipment auf die Bühne; leere Stühle; zwei junge Frauen beugten sich kichernd über ihre Colas. Der Wirt kam gerade aus der Küche und band sich die chiliverschmierte Schürze ab.

Ein Mann im Daunenparka, die Kapuze tief ins Gesicht gezogen, stapfte in die Kneipe, klopfte sich den Schnee von den Stiefeln. Er hatte einen Mann mit Schiebermütze im Schlepptau, groß wie der Bruder von Hagrid, er passte kaum durch die Tür. Rotes Haar fiel ihm auf die Schultern, ein langer Bart bedeckte die Brust. Ein Berg von einem Mann, der sich benahm, als ob er nicht wüsste, dass er ein Riese war. Parker fühlte sich, selbst an seinem Tisch, einige Meter entfernt, fast erdrückt.

Der Mann im Parka zog die dicken Motorradhandschuhe aus, die bis fast an die Ellenbogen reichten, und klopfte mit der ringüberladenen rechten Hand auf die Theke.

«Hier friert's einem noch's Dreckloch zu, dass man die Laus zum Eislauf in den Hintern lädt! Mach ma' Tass Kaff, Wirt, er!»

Sein Adlatus setzte die Mütze ab, sich auf den Barhocker, der bedrohlich knarzte, und hob zwei Finger, breit wie gigantische Fischstäbchen.

Der Wirt füllte zwei Tassen aus der großen Pumpkanne, legte zwei Sahnekapseln und Zucker auf die Untertasse vor den Riesen, und stellte den zweiten Kaffee schwarz vor den Beringten, der die Tasse hob, mit der anderen Hand die Kapuze zurückschob und die Tasse in zwei großen Schlucken lehrte.

«K. I. Z?», fragte er.

«Wetter.» Der Wirt schüttelte den Kopf und zeigte auf das Plakat hinter ihm, das ein Konzert für den Abend ankündigte und auf das jemand mit dickem Textmarker «Fällt aus» geschrieben hatte, dann trocknete er ein Glas ab. Der Beringte stieß einen Fluch aus. Parker glaubte, etwas wie ‹Arschkrähe, das ist das Werk vom alten Feind› zu verstehen, dann stürzte der Mann, der einen geforkten Spitzbart trug, wie eine Mischung aus Salman Rushdie und dem Teufel, Richtung Toiletten. Ein Hauch von kalter Luft hing noch im Gewebe. Der Wirt sah den Riesen betrübt an.

Der zuckte mit den Schultern: «Er luthert.» «Die Stimme des

Riesen war so sanft und zart, als würde er mit einem Kind sprechen und nicht zu dem handfesten, tätowierten Wirt mit Hufeisenbart. Hagrids Bruder blies auf seinen dampfenden Kaffee und fragte: «Spielen die nicht?»

«Jedenfalls nich hier.»

«Wird Feridun nicht gefallen.»

Der Wirt seufzte. «Uns auch nicht.»

«Wer sind die?» Der junge Mann deutete auf die jungen Leute, die im Hintergrund ihre Instrumente auspackten.

«*Dyer Sträetsch.*»

«Schulband?»

«Jup. Konnte so auf die Schnelle nix andres mehr finden.»

Sie schwiegen eine Weile. Der Beringte kam nicht von der Toilette zurück.

Parker trank sein Jever aus, zahlte und ging.

Brunswik gefiel ihm. Durch den Schlossgarten kam er im Bogen zurück auf die Dänische Straße. Warmes, orangefarbenes Licht fiel aus den exklusiven Boutiquen, Hutgeschäft, Herrenschneider, Juwelier, wenn er bald wieder Geld hätte …

An der Kilia, der Schutzgöttin, die den Stadtbrunnen zierte, hielt er kurz an. Komische Frau, dachte er. Geharnischt, mit miesepetrigem Blick auf den Lorbeerkranz in der ausgestreckten linken Hand, als könne sie sich nicht entscheiden, ob der nun eine noch zu verleihende Auszeichnung für die Kunst sei oder einfach nur dezentral entsorgt gehöre. Dazu ein Ruder in der Rechten, das aussah wie ein Spaten, und als Krönung eine Burg mit vier Türmen im Haar.

Um sechs saß Parker in der Raucherecke eines Cafés am Europaplatz, nicht weit vom Hotel entfernt. Parker war müde, sog den Schwefelgeruch des Streichholzkopfs ein, mit dem er sich gleich sein Abendzigarillo anzünden würde. Er hatte irgendwo gelesen, dass Schwefelduft, wenn man müde war, die Schwere des Körpers für einen Augenblick aufhob. Parker riss das Hölzchen an und atmete tief durch. Er zog an der Romeo y Julietta. Ammoniak, das die Nasenscheidewand attackierte. Ein heißer Rauchballon im Mund. Sein Kopf fühlte sich an, als würde er schweben. Er war zufrieden mit dem Tag. Auf dem Tablet scrollte er durch die Artikel, die ihm Mahlers Büro mit Grüßen weitergeleitet hatte. Die ersten Geräte hatten genau die Größe von akkadischen Tontafeln gehabt, auf denen die frühesten erhaltenen Schriftzeugnisse der Zivilisation verzeichnet waren, clever die Entwickler im Silicon Valley. Ein kleiner Ritz für die Keilschrift, ein großer Klick für die elektronische Revolution. Er las sich durch Zahlenmaterial, Statistiken, Reformvorhaben, Entwicklungsstrategien und Politaffären der letzten Jahre, die man ihm als Dossier über die Bedeutung des Flächenstaats Schleswig-Holstein und seiner Skandalrelevanz zusammengestellt hatte. Vieles kannte er schon. Engholm, Simonis, Barschels Badewanne. Aber was da über die SPD in Kiel zusammenkam, machte ihn stutzig. Eine ehemalige Oberbürgermeisterin hatte vor zwei Jahren ein Buch veröffentlicht und darin mit ihren Gegnern aufgeräumt. Intrigen, gegenseitige Beschuldigungen, Blockade des Wahlreformgesetzes, Mittäterschaftsvorwürfe nach allen Seiten, Steuerhinterziehung, Steuerbefreiung, das schien ein richtiger Politkrimi zu sein. Noch interessanter fand Parker die Reden, die die Oberbürgermeisterin gehalten hatte, kurz bevor sie abgetreten war. Sie hatte einem Kieler Arzt Steuerschulden in Millionenhöhe erlassen, ohne vorher die Finanzverwaltung zu informieren oder die Ratsversammlung einzubeziehen. Vielleicht ein handwerklicher, nachvollziehbarer Fehler, hatte es in einem Artikel danach verständnisvoll geheißen, aber dass sie selbst von sich und ihrem Mann – auch er ein Abgeordneter – immer, und wohl nur halb ironisch, als den ‹Clintons von der Förde› gesprochen hatte, kam als Bumerang zurück. Die Oberbürgermeisterin griff ihrerseits ihre Kritiker an: Das alles sei Symptom einer

Verrohung der öffentlichen Debatte, inszeniert von ‹testosterongesteuerten Politik- und Medientypen›, sie verwehre sich bewusst gegen das schäbige ‹Niedermachen›, gegen öffentliche und persönliche, ja allerpersönlichste Schädigungen im Zeichen des Wahlkampfs, die seien von ‹allerprimitivster, parteipolitischer Art›, das sei nicht schön und eigentlich ‹an Schäbigkeit nicht zu überbieten›. Sie habe doch um Vertrauen geworben, keine ‹Schützengrabenmentalität› gewollt, sondern nur das Beste für die Menschen, für die Stadt als politische Bürgerin, als Mensch. Gescheitert? Nein! Das sei sie nicht. Geschasst. Das sei sie. Geworden. Und dabei hätten sich doch Fachleute jahrelang mit dem Fall befasst, Steuerfachleute! Und gefunden an ihrem Vorgehen? Hätten die nichts! Und die CDU hätte an ihrer Stelle genauso entschieden, ein CDU-Oberbürgermeister, genauso, jawohl, und noch sei ja gar nicht bekannt, ob sie denn wirklich einen Fehler gemacht habe, aber wenn doch, dann ja, würde sie sich, natürlich ‹entschuldigen›. Das war doch Aktenlage! Die Aktenlage! Wie – hätte sie denn Kämmerern und Kollegen etwa nicht vertrauen sollen? Die Grundentscheidung mochte ja ein Fehler gewesen sein, ja, aber sie trete jetzt nicht zurück, weil sie etwas falsch gemacht habe, sondern wegen der persönlichen Angriffe und so weiter und so fort. Verständlich. Undurchsichtig. Und Parker dachte: Vorsicht. Kiel schien ein Haifischbecken zu sein.

Als er den dritten Cappuccino getrunken und das zweite Zigarillo, bis auf das fingernagellange letzte Stück aufgeraucht, in den Aschenbecher hatte fallen lassen, winkte er der Bedienung. Er zahlte, nahm seinen Mantel von der Stuhllehne und sah vor dem Fenster des Cafés Anneli vorbeigehen. Sie steuerte die Rolltreppe auf dem Holstenplatz an, die sie in das überdimensionierte Einkaufszentrum gegenüber dem Bus- und dem Eisenbahnbahnhof bringen würde. Hastig zog er sich den Mantel über und ging ihr hinterher. Es war ein Impuls; er hatte keinen Plan. Nachdem er die Rolltreppe mit großen Schritten auf die erste Ebene hochgeeilt und durch die Doppeltür in den Gang getreten war, sah er sie aus der Buchhandlung kommen. Sie steuerte das Kaufhaus an. Er konnte gerade noch erkennen, wie sie ein Buch in ihrer großen Lederhandtasche verschwinden ließ. Es kam ihm fast wie seines vor. Er trat in den Teeladen, damit sie ihn beim Überqueren der Passage nicht sah.

«Bitte, was darf es sein?», fragte ihn eine Frau im lilafarbenen Wollpullover hinter der Theke.
Ohne zu antworten, ging er wieder aus dem Laden und folgte Anneli in die Musikabteilung im zweiten Stock. Sie suchte sich CDs aus den Regalen und hielt sie mit dem Barcode unter ein Lesegerät. Sie zog ein Papiertaschentuch aus der Handtasche und reinigte die Muscheln der Plastikkopfhörer, bevor sie sie aufsetzte. Er stand zwei Reihen weiter in der Klassikabteilung und lugte über die Regale. Sie schaltete die Titel der ersten Scheibe schnell durch, die Musik schien ihr nicht zu gefallen, dann hielt sie eine weitere Hülle unter den Scanner. Von den drei CDs kaufte sie eine, er ließ sie zahlen und ging dann zur Kasse.

«Sagen Sie bitte, was für einen Titel hat die junge Frau da eben bei Ihnen gekauft?»
Der Verkäufer, der seinem Schild zufolge, das schief an seiner Weste hing, Herr Neumann hieß, sah Parker misstrauisch an.
«Die neue dEUS, wieso?»
«Haben Sie noch eine davon?»
«Nee, nur noch die alte. Kann Ihnen die neue bestellen, aber die alte ist besser.»
Der Verkäufer zwängte sich hinter der Kasse hervor und ging zielstrebig die Reihen entlang, kam mit der CD zurück und wollte wieder hinter seine Kasse. Parker hielt ihn zurück.

«Ich möchte erst reinhören.»
Herr Neumann seufzte. Parker schnappte sich die CD und ging zu demselben Abspielgerät, an dem vorher Anneli gestanden hatte. Herr Neumann beobachtete ihn, missbilligend, wie Parker schien. Herr Neumann war vielleicht zwanzig Jahre alt, womöglich jünger. Die Haare waren zu einer Freiheitsstatuenkrone hochgegelt, und er hatte die Akne an seinen Schläfen mit einem Abdeckstift übertupft, was ihm durch die leicht hellere Punktierung das Aussehen eines Reptilwesens aus einem Science-Fiction-Film verlieh. dEUS erwies sich als ironischer, mit Glamrock-Elementen durchsetzter, über der Basslinie schwebender Gittarrenrock. Eine belgische Gruppe, die auf Englisch sang.
Er kaufte das Album, nahm einen CD-Player mit Kopfhörern und Batterien aus dem Angebot dazu. Dann ging er durch die Sophienhofpassage auf die Fußgängerzone zurück, riss auf der Rolltreppe die Verpackung auf und fütterte den Sony mit Batterien und der CD, setzte sich den in grünem Camouflage leuchtenden Kopfhörer auf und gab sich der Musik hin. Sie gefiel ihm, war nicht berechenbar, Sein Vater musste an der Musik, die er auflegte, genau das so geliebt haben: Stimulanz, Rausch, ganz unter seiner Kontrolle, Herrscher über den Plattenteller, Herrscher über Gefühle. Härchenflimmern auf Haut, jene durch den ganzen Körper gehende Bewegung, einfach als Aufputschmittel oder Downer, ein Stimmungsmacher, besser als jede Tablette. Vielleicht hatte Anneli in den letzten Tagen die gleichen Songs gehört, die gleichen, melancholischen Melodien, als sie die alte CD dieser Gruppe noch einmal durchlaufen ließ.

In der Badewanne rauchte Parker noch ein Zigarillo. Er musste an die erste Zeit denken, in der er mit seinem Buch gereist war, nach Europa, Asien, durch die großen Städte der USA. Erfolg. Jetzt sollten diese Patels doch sehen, mit wem ihre ältere Tochter zusammen war! Nur kam er mit dem neuen Buch nicht weiter. Parker ließ heißes Wasser nach und schloss die Augen. Er dachte an Schanghai, an Lin, an den Moment, in dem es ihm zum ersten Mal richtig unheimlich geworden war, das Reisen, der Erfolg, dieser Drang, sich neu zu erfinden; wie lange war das jetzt her? Sechs, nein, acht Jahre. Mein Gott. Vielleicht war das der Moment gewesen, in dem er das erste Mal hätte merken sollen, dass er Gefühle hatte, die man nicht kontrollieren konnte; er sah den Morgen wieder vor sich, an dem er in der Fremde aufgewacht war, ganz und gar von der Zeit verschlungen, der Tageszeit, die überall auf der Welt so etwas wie ein ewiger Anfang war.

Es war damals heiß gewesen, graues, körniges Licht war durch das Fenster gedrungen. Der Raum hatte sich noch nicht wieder zu einem Zimmer zusammengefügt, einzelne Moleküle der Luft zirkelten umeinander, die Gegenstände krochen langsam aus tiefen Schatten hervor, ein Schrank, eine Lampe, ein Stuhl, ein Tisch, eine Kommode. Dinge, noch nicht klar konturiert, irgendwie auf molekularer Ebene noch der großen schwarzen Masse der Nacht verbunden. Er hatte nicht einschlafen können und sich stattdessen ganz früh einen Kaffee gemacht und aß jetzt die Reste des Sandwiches, das er zwei Tage zuvor am Flughafen in New York gekauft – und wegen der Maus nicht aufgegessen hatte.

Irgendwann in diesem wüsten Land zwischen vier und fünf, dem Land des Schlafs, in dem der Schlaflose leise in den Himmel schaut, an die Decke, in den Spiegel und nichts sieht als Leere, Mücken, die von innen gegen die Schädeldecke stoßen. Das Geräusch ihres Kreisens. Ein Krachen wie von Eiern, die auf den Boden schlagen, der plötzliche Verlust von oben und unten. Formlos dunkle Energie.

Parker drehte sich noch einmal um. Zur Geschichte der Schlaflosen gehört auch ihr Aufwand, unbedingt schlafen zu müssen, morgens in die graue Watte des Tages hinein aufzustehen, sich übers Gesicht zu streichen, dabei ein raschelndes, zorniges Geräusch zu verursachen, als bestünde die Haut, nach einer weiteren Nacht ohne Schlaf, aus Papier. Sie ziehen sich widerwillig an, nachdem sie eine ganze Weile (Stunden) damit verbracht haben, doch noch Ruhe zu finden. Die meisten haben ein, zwei Stunden in einem Zustand des unruhigen Wachwechsels verbracht, Matrose elf, zwei Glasen, Matrose acht, drei Glasen, irgendwelche Glasen, alles in die Brassen, Sturmgeläut. Das wollen sie nicht wahrhaben, diese Phasen unruhigen Halbschlafs, wie bei Delphinen, die lediglich ihre eine Hirnhälfte ausschalten und nachts weiter durch die unendlichen Weiten der Ozeane gleiten, mit ihren unergründlichen Sinnen und Organen, lediglich etwas heruntergefahren. Es waren wirklich erstaunliche Tiere. Sie hatten zum Beispiel dank des Blubbers, einer riesigen Fettmasse im Schädel, die sich schon beim Auftreffen kleinster Schallwellen verformte, eine Art Echolotsinn, mit dem sie Fischschwärme in Tiefen und über Entfernungen jagten, die sich ein Mensch gar nicht vorstellen kann. Der Schlaflose geht stattdessen hinaus. Er verlässt das Zimmer, das seine erneute Niederlage gesehen hat, Kaffee hat er sich aufgegossen, davon wird er noch müder, er weiß es, aber der Geruch und der Geschmack von Kaffee erzeugen ein Heimweh, das in dieser Trostlosigkeit des Morgens wie ein rettender Anker ist. Seine Frau, Freundin, Freund, Liebespartner, Sexsklave, Teddybär, Schlafbrille liegt noch im Bett, ein ungehörter Vorwurf an den Verlust des Gemeinsamen, als teilte man im gemeinsamen Bett durch den Schlaf etwas, das dieser Beziehung nun fehlt.

Parker seufzte. All das hatte er unzählige Male versucht, in seinem Blog zu beschreiben, aber selbst die Hälfte der Welt, der es regelmäßig aus Berufsgründen oder aus innerer Anspannung ebenso ging wie ihm, wollte das eigene Leid nicht noch durch den Versuch einer präzisen Beschreibung aufgerufen und verdoppelt sehen. Er drehte die Flasche Cola light zu, ohne daraus getrunken zu haben. Den Wasserkocher für den Kaffee, Pulverkaffee, würde er später anstellen. Auf die Dusche hatte er keine Lust.

Die Sonne war noch nicht auf-, der Mond noch nicht untergegangen, wie er mit einem kurzen Blick über die Dachterrasse feststellte. Immerhin hatte es aufgehört, zu regnen. Als er am Vortag ausgepackt hatte, hatte ihn Lin, die Assistentin, die man ihm zugeteilt hatte und die sowohl ein passables Deutsch als auch ausgezeichnet Englisch sprach, durch die verwirrenden Gässchen hinter der Mauer mit dem Wärterhäuschen geführt, aus dem er neugierig, aber nicht allzu lang von einem alten Mann mit Plastiksandalen angeblickt worden war, sie hatte ein altes, schmiedeeisernes Gitter aufgeschlossen, der kleine Garten war verlottert, kam unter den herumliegenden Schaufeln, dem Schlauch, den Plastikeimern nicht annähernd zur Geltung, war mit ihm in das große, weiß verputzte Haus getreten, Zwanziger, schoss es ihm durch den Kopf, dann durch einen dunklen Flur gegangen, von dem aus rechts und links Türen abgingen, aus denen Parker in großer Lautstärke Sportübertragungen und Stimmengewirr sowie Essensgerüche entgegenschlugen, die knarzende, dunkle Holztreppe hochgegangen, hatte das niedrige, für Schanghaier Verhältnisse aber riesige Apartment aufgeschlossen, ihm die Mappe mit Informationen, dem Handy mit der lokalen Telefonkarte, ihrer Businesscard und dem Wohnungsschlüssel in die Hand gedrückt, hatte «hier werden Sie wohnen, rufen Sie mich an, wenn Sie irgendetwas brauchen» gesagt, ihn leicht am Arm berührt und war dann mit einem Lächeln gegangen. Ganz allein hatte er einen Moment lang dagestanden, durchgeschwitzt, überhitzt den Geräuschen aus den Studentenwohnungen unten lauschend. Ja, hier würde er die nächsten Wochen wohnen. Nicht schlecht. Immerhin war China olympisch. Sie hatten an alles gedacht, einen gefüllten Kühlschrank, Badetücher, Teebeutel, etwas Obst und Konfekt, der muffige Geruch feuchten alten Holzes wurde durch die strategisch aufgestellten Blumen und Duftholzschalen überdeckt. Parker stellte sich vor, wie Lin das Apartment so ausgestattet, mit ihren schlanken, glänzend manikürten Fingern die nebeneinanderstehenden Betten überprüft, ein Kissen eingeschlagen, die Schalen und Blumen verteilt hatte. Schön war es, wirklich schön. Ein großer Kontrast zu der Betonwelt der Anfahrt. Die Maus hatte er dann ein paar Stunden später bemerkt.

Er stellte die Cola in den Kühlschrank, es war jetzt schon verflucht heiß. Irgendwie war das Plastik hier dünner, es raschelte fast unter den Fingerkuppen. Er würde Lin nachher fragen, ob sie das auch so wahrgenommen habe, sie hatte ihm erzählt, dass sie in Stanford studiert hatte, für zwei Jahre, ob die Flaschen in China für die großen Marken vielleicht alle in irgendeiner riesigen Fabrik auf dem Land produziert werden würden, Rote Fahne II oder etwas genauso Abstruses, und ob es da einen Grund für die Knittrigkeit gebe. Andere Weichmacher vielleicht, eine spezielle Kette von Polymeren? Lin würde es wissen, sie wusste immer alles. Das hatte er schon gemerkt.

Seit er vor zwei Tagen von New York aus über Frankfurt angereist war – ein Stopover, ein Arbeitsessen und eine kurze Verhandlung mit dem Personalchef einer großen Agentur, und er war mit einem lukrativen Termin für den nächsten Herbst versorgt –, hatte er nicht mehr geschlafen. Jedenfalls nicht richtig. Parker gähnte. Müde, als wäre dem Körper erst durch das Aufstehen die Erdenschwere bewusst geworden, setzte er sich in den Sessel am Fenster. Die Wohnung in der ehemaligen französischen Konzession war für Schanghaier Verhältnisse geradezu luxuriös.

Lin hatte ihn am Flughafen abgeholt, sie waren in den Maglev gestiegen, die von deutschen Ingenieuren auf Betonstelzen gebaute Magnetschwebebahn von Pudong.
«Eigentlich heißt er Cixuanfu, aber wir nennen ihn nur das tote Monster.»
Die Bahn sah faszinierend aus. Wie eine grauweiße Büroklammer, die sich an einem Schienendamm festhielt, eine elegante, technoide Version von Science-Fiction aus den Siebzigerjahren. Und Lin passte, mit ihrem schlanken Körper und den immer leicht lächelnden Mundwinkeln, recht gut dazu.
«Aber ein schnelles Monster! Dreizehn Minuten für dreizehn Kilometer. Fast vierhundert km/h!»
Lin zuckte mit den Achseln. Das hatten die deutschen Investoren wohl auch getan, als sie einsehen mussten, dass all die Kunst, die Ruhe, die Geschwindigkeit des Transrapid nichts waren im Vergleich zu den günstigeren Hochgeschwindigkeitszügen à la Shinkansen und TGV, die Chinesen hatten sich gegen die teutonische Lösung entschieden. Jetzt stand die Magnetbahn auf ihren 30 Kilometern, der Zielbahnhof war bewusst offen gelassen, man hatte gehofft, die Strecke wenigstens nach Nanking fortsetzen zu können. 1 Milliarde Euro hatte sie gekostet. Auch deutsches Steuergeld. Wer nicht wagt … Parker kannte das aus New York von den Leuten aus der Filmbranche. «Stupid German Money» nannten sie die Staatszuschüsse, die Hedgefonds für Kleinanleger, die in internationale Filmprojekte gepumpt wurden, die oft, neben einem deutschen Star in einer Nebenrolle, ein paar Schauplätzen in Bamberg oder Hamburg oder Dresden nichts, aber auch gar nichts mit Deutschland zu tun hatten – und meistens wurden diese Filme Flops. «Münchhausen», «Die drei Musketiere», «The Tourist». Wenigstens war es beim letzten ein

deutscher Regisseur gewesen und die neben New York, zweite deutsche Traumstadt, Venedig. Vielleicht hätte man lieber in Schanghai investieren sollen. In Filme, nicht in Züge. Die Stadt raste mit ihren riesigen, sich überkreuzenden Autobahntrassen, Wohnblocks, Lampen und zarten Miniparks, die wie Gärten wirkten, an ihm vorbei. Ein Blick auf die Geschwindigkeitsanzeige zeigte Parker, dass der Zug bloß schlappe dreihundert fuhr.

«Enttäuscht?» Lin sah ihn spöttisch an. «Die Betreiber sparen Strom. Der Zug rechnet sich einfach nicht.»

Am Bahnhof von Pudong hatten sie ein Taxi genommen, Parker schwitzte fürchterlich, als sie aus dem klimatisierten, fast leeren Terminal mit seinen Shops und Imbissständen herausgetreten waren. Er hatte wenig Gepäck, eine Laptoptasche und seine große Reisetasche aus Leder mit zwei Anzügen, Hemden, Gürtel, Unterwäsche, Rasierzeug und dem zweiten Paar Schuhen. In der französischen Konzession würde es alles geben, was er sonst noch brauchte.

Wie sich herausstellte, war die Internetverbindung im Haus alles andere als stabil. Aber das war nicht schlimm. Neela und er hatten vereinbart, sich diesmal nicht anzurufen. Die letzten Male, als er in Europa und anschließend in Kapstadt gewesen war, hatten sich ihre Gespräche per Skype oft so lang hingezogen, waren so zäh und voller Formeln und toter Floskeln gewesen, dass Parker immer öfter das Gefühl bekam, er hätte sie irgendwie verlassen, statt einfach nur auf Arbeit zu fahren, was er ja, wie jeder, tun musste, nur, dass es ihn halt um die halbe Welt führte, so what? Es wunderte ihn ja selbst. Vorträge, Seminare, Beraterhonorare, als wäre er auf einmal Experte für alles. Firmen luden ihn ein, Berufsverbände, kulturelle Institutionen. Und sie zahlten gut. Bloß das Gespräch über die Zeitzonen hinweg war schwierig. Und das hatte sie auch eingesehen. Vielleicht waren sie einfach nicht für Fernbeziehungen gemacht, hatte er ihr gesagt, ach, hatte sie dann erwidert, plötzlich aufgebracht, zustoßend, wie eine Viper, die, von einem sich nähernden Feind aufgescheucht, besser auf Angriff geht. Haben wir das jetzt, eine Fernbeziehung? Sie waren damals, nach dem Fiasko des Familienbesuchs bei den Patels, in ihrem kleinen Apartment in der Second Street zwischen Avenue A und First Avenue oft aneinandergeraten. Neela hatte ihn ignoriert, war oft allein ausgegangen, als trüge er die Schuld an ihrer familiären Isolation. Sie schliefen meistens ein, ohne sich anzufassen. Ein paarmal blieb sie auch weg. Neela erzählte gerade, sie habe von Russ und Daughters gegenüber Bagels geholt, nur schnell über die Houston, und dann aß sie ihm etwas vor, da hatte er etwas von ‹er müsse jetzt los› gesagt, irgendwie kämen sie jetzt nicht zusammen. Aber er wolle das mit ihr besprechen. Natürlich. Da war sie ausgeflippt.

Besprochen hatten sie es dann auch. Immer und immer wieder. Zwei Jahre lang. Immer wieder alles besprochen. Was sie sich wünschte, was er sich wünschte. Wann er unterwegs war (sehr oft), wann sie (eher selten). Ob man nicht auch einmal mitkommen konnte (nicht so gern). In diesen Gesprächen, so kam es Parker vor, waren ihre Wünsche langsam verloren gegangen. Erstickt traf es wohl eher. Diesmal, während er in Schanghai war, hatten sie sich geschworen, würde er sich jeden Tag mit einem Brief per E-Mail bei ihr melden, dann könnte sie sehen, dass er an sie dachte, und er, so dachte er bei sich selbst, könnte etwas festhalten von der Zeit hier, von dem, was er sah. Telefonieren machte den Abstand, machte die Zeitverschiebung ja eh nur größer mit seiner Illusion der Präsenz. Ja, hatte sie gesagt. Später, viel später, nachdem das mit Lin herausgekommen war und die vielen Male mit all den andern, hatte sie sich nach Spuren umgesehen, seinen Blog aus der Zeit gelesen, und das war ein Fehler, denn Neela sollte nicht merken, dass Parker auch einfach Teile seines Blogs kopiert, an sie geschickt und mit ‹Ich liebe Dich, ich vermisse Dich› unterzeichnet hatte. Als er beteuerte, es sei gerade andersherum gewesen, hatte sie ihm schon längst nicht mehr geglaubt.

Am ersten Abend war Lin nur mit ihm essen gegangen. Sie schlenderten durch das Viertel der alten französischen Konzession – Schanghai hatte hier noch etwas Beschauliches. Sie gingen an den vielen kleinen Gärten, den Parks, den Shops mit den Fake-Gucci-Kleidern und Handtaschenimitaten vorbei, stoppten in einem Teehaus, und Lin zeigte ihm die alte imposante Villa des Schriftstellerverbands, wo er am Wochenende zwei Vorträge halten würde.

Am nächsten Abend hatte Lin einen Qipao getragen. Sie erzählte in der Runde im Restaurant am Bund, zu dem der Leiter des Goethe-Instituts eingeladen hatte, davon, dass ihre Mutter das immer verboten hatte, aus ihrer Sicht sei der Qipao sexistisch. Kolonialkleidung, die die jungen Frauen in Schanghai, Kanton, Hongkong getragen hatten. Parker sah sie an, der ganze Tisch sah sie an. Ihr Kleid war am Hals hochgeschlossen, aus grüner Seide, und der enge Schnitt betonte ihren Busen. Die hohen seitlichen Schlitze gaben allerdings immer wieder atemberaubende Blicke auf ihre langen Beine frei, die, trotz der Hitze, in hauchfeinen Strümpfen steckten. Als sie sich setzten, Lin neben Parker, rutschte die Öffnung noch weiter hoch, und er sah, dass die Strümpfe mit dem angedeuteten Strumpfband selbstklebend waren.

Zu Parkers Vortrag im Goethe-Institut war nicht nur das übliche Expat-Publikum, die gut bezahlte Gemeinde der für zwei bis drei Jahre ins Ausland verschickten Wirtschafts- und Diplomatiefachkräfte, gekommen, dazu die chinesischen Studenten, die sich für deutsche Kultur interessierten, nein, der Saal war aus allen Nähten geplatzt, ein Fernsehsender hatte übertragen,

Parker war, Spätwirkung seines Buchs, das in Raubkopie längst auf Chinesisch vertrieben worden war, News. Der zufriedene Gastgeber brachte einen Trinkspruch aus, die chinesisch-deutschen Geschäftsfreunde, die ihn hierher eingeladen hatten, um ihren Mitarbeiterstab zu trimmen, erwiderten freundlich, und es entspannte sich ein kleines Festbankett; die Chinesen bestellten eifrig, Lin saß neben ihm, übersetzte, erklärte, was gerade aufgetragen wurde, die Chinesen nickten beifällig, als Parker alles, auch die Schlange und den Fisch mit ‹Stinkendem Tofu›, probierte. Die Schlange war gut, nur die Haut, auf der sie geröstet war, wollte ihm von der Textur her nicht schmecken, und der Fisch wäre ohne Stinkesoja auch besser gewesen. Parker trank zu viel, wie die Chinesen und die Deutschen, die endlich einmal Anlass sahen, sich selbst und ihren Stargast – was so eine einzelne Fernsehkamera mit Übertragungswagen doch bewirkte, – zu feiern, und so uferte das Bankett in dem extraengen Separee mit Blick auf den Fluss, die Uferpromenade und die nachts fast alienartigen Lichtkugeln, Türme und den in der gesättigten Luft fast unwirklichen Horizontschimmer Gang um Gang weiter aus.

«Das Gespräch ist nur ein Spiel wie jedes andere. Es geht um Träume, um Wünsche, um Begegnung, Bewegung. Sie könnten ebenso gut gleich miteinander tanzen, miteinander handeln, miteinander …aber es geht hier ja nicht um Sex, oder?», fragte er.
«Doch, darum geht es immer», antwortete ein drahtiger Mann um die fünfunddreißig mit kreisrundem Haarausfall, ein deutscher Gastdozent, der an der Fudan-Universität internationales Firmenrecht lehrte und seinen Vertrag schon zum vierten Mal verlängert und Parker erzählt hatte, er leide, wie so viele hier, unter dem asiatischen Fieber. Und naiv hatte Parker zurückgefragt, ob das sehr schlimm und nicht heilbar sei. Lin, deren bestrumpftes Bein ihm in den beengten Sitzverhältnis-

sen immer näher gekommen war, legte ihm ihre Hand auf den Schenkel, beugte sich vor und flüsterte Parker ins Ohr. «Er meint, dass er eine oder mehrere chinesische Freundinnen hat.» Parker fühlte, dass er rot wurde, lachte aber, wie die anderen, Chinesen, Ausländer, Frauen und Männer, die gespannt zugehört hatten, laut auf, und mit einer neuen Runde Reiswein, den sie schälchen- und gläserklirrend begrüßten, war die Zeit für weitere Schlüpfrigkeiten angebrochen, an die sich die meisten am nächsten Tag sowieso nicht erinnern würden. Lediglich einer der Gäste war früh gegangen, der Verkaufsleiter eines großen deutschen Küchenherstellers, der ohne Begleitung gekommen war, der Rest lachte, trank, hatte sich in Einzelgesprächen verfangen oder knutschte und fummelte mehr oder minder hemmungslos heimlich unter dem Tisch. Parker erzählte Lin und seinen Nachbarn von seinem allerersten Abend in Schanghai, zwei Jahre zuvor sei das gewesen, er habe Hunger gehabt und sei vollkommen überfordert gewesen. Aus Versehen war Parker damals, ebenso übermüdet wie jetzt, allein in ein Hot-Pot-Restaurant gegangen, hatte auf irgendwas auf der Plastikkarte gezeigt, um dann unter den interessierten Blicken der Kellner in ihren schlampig sitzenden weißen Hemden mit den zahlreichen Chilispritzern und Randabdrücken vom Balancieren der Töpfe aus den Chilimassen nach etwas Fleisch und Gemüse zu fischen, das ihm nicht den Mund verbrannte. Vergebens. Er hatte für einige Löffel tapfer durchgehalten, dann mit den Stäbchen die Hühnerteile abgekratzt, so gut er konnte, er hatte Hunger, wollte aber nicht im Feuer sterben. Die Kellner beobachteten ihn ausdruckslos, um diese Zeit, in diesem Regen war kein anderer Gast im ersten Stock gewesen.

«Ein schlechtes Zeichen», sagte Lin, als er ihr die Geschichte erzählte.

«Pilze bilden das menschliche Gehirn eigentlich genau ab. Ein wirres, brillant funktionierendes Muster von Verknüpfungen. Vielleicht haben sich Vegetarier zu allen Zeiten deshalb so zu diesen kleinen, großköpfigen Lebewesen hingezogen gefühlt? Sie schmecken den Wald. Und die Erde. Das Gedächtnis der Natur. Denn Pilze fressen ja alles, machen es sich zu eigen, stehen dann in ihren fahlen Leibern im Wald und warten darauf, dass jemand sie sammelt. Eigentlich müsste man meinen, die Pilze seien Botschafter von einem anderen Stern, ausgesandt, um hier auf der Erde Informationen zu sammeln. Na ja, und klein? Klein stimmt nicht. Im amerikanischen Bundesstaat Michigan gibt es einen Pilz, den Hallimasch, dessen Zellfäden sich so weit erstrecken und verkoppeln, dass er hundertfünfzigtausend Quadratmeter erfasst. Inoffiziell ist dieser Pilz das größte Lebewesen der Erde. Hundert Tonnen schwer, eintausendsechshundertfünfundsechzig Fußballfelder groß und tausendfünfhundert Jahre alt. Also … falls meine Ufo-Theorie nicht stimmen sollte: Glauben Sie an den Pilz. Das wär's. Wir sehen uns morgen.»

Lin stand in der Tür, um ihn abzuholen. Er hatte drei Minuten überzogen. Parker fing ihren Blick auf. Sie hatte seine letzten Sätze über Pilze gehört. Eigentlich ein ungewöhnlicher Schlussakkord für diese zweite Stunde am Nachmittag, aber es war gut gelaufen. Er bemerkte so etwas wie Stolz in Lins Gesicht, oder war es Bewunderung? Sie waren sich nähergekommen, viel näher, als er geglaubt hatte. Seit sie miteinander schliefen. Die Sprache der Körper ist auch nur eine Sprache. Auch nur ein Austausch von Emotionen, von elektrisch induzierten Blitzen, die diese Begegnung zwischen ihnen irgendwann in eine verblassende, schöne Erinnerung umwandeln würde. Jedenfalls hoffte er das. Er war froh, dass Neela und er sich darauf geeinigt hatten, nicht zu skypen.

Am nächsten Tag, nach dem großen Sturzregen, setzte Lin sich schon mittags ins Seminar. Die halbe Klasse, diesmal angehendes mittleres Management, die er auf Englisch in Rhetorik unterrichtete, drehte sich zu ihr. Er sah Lin an, sie lächelte.
«Lügen erkennt man im Gesicht. Das Zittern der Haut um die Augen, der konzentrierte Blick oder die angestrengte, gelassene Nichtfokussierung im Raum. Ein Mundzucken, ein Ausweichen. Selbst, wenn man über all die Jahre die Lüge geglaubt hat, die man sich und anderen erzählt. Im Grunde weiß man doch, dass es nicht die Wahrheit ist. Der Körper fühlt sich mit der Geschichte nicht wohl. Und doch ist es alles, was er will, eine Geschichte, ein Schutz, etwas, das ihn am Leben hält.»
Parker wartete einen Moment lang. Dann sah er sie alle der Reihe nach an. Er spürte, wie ihnen plötzlich hinter ihren scheinbar so sicheren Schlipsen und Hemdkragen, Kleidern, Lippenstiften, arroganten Brillengestellen, teuren Frisuren, all diesen Fassaden des Erfolgs, mulmig wurde. Sie fühlten sich angesprochen. Auch er fühlte sich angesprochen. Sie waren alle eingesperrt, in ihren Körpern, in ihren Geschichten, die sie für das Leben hielten. Aber war es das wirklich? Auch vor Parker begann sich plötzlich ein Abgrund aufzutun. Ein Strudel, der mitten in diesem alten, mit Edelhölzern verkleideten Raum plötzlich an ihm zog. Nichts Fassbares, bloß ein Gefühl, und das war viel schlimmer. Mit einem Mal war es ganz still im Raum, Parker hätte schwören können, dass sich vor ihnen allen plötzlich diese Falltür auftat, dieses Nichts, was unter der Oberfläche unserer Tage und unserer Träume lauert, dieser sanfte Verfall, der an uns zu zerren beginnt und erst die Kleidung, dann die Worte und schließlich das Fleisch von uns abreißt, bis nur noch die Knochen übrig bleiben, ein unmelodiöses, hohles Klappern. Auch ihm ging es so. Und das merkten sie. Er urteilte nicht, er hatte sie nur an den Rand geführt. Und er fühlte sich dort selbst nicht wohl. Unbehagen. Das war das Wort, das ihm vielleicht noch am angemessensten er-

schien, das war es, was sie jetzt alle empfanden. Gemeinsam. Als Gruppe. Und hier lag ihre Stärke. Hier lag der Grund, warum es bei all dem eben doch aufs Reden ankam. Dass man etwas Gemeinsames herstellen konnte, ein Erlebnis. Ein Gefühl, das, so unterschiedlich sie waren, doch in seiner Essenz bei ihnen allen gleich war. Etwas, das sie miteinander verband. Als er Lin ansah, errötete sie. Eine Weile zu lang. Dann löste er den Blick von ihr und fing das Ganze wieder locker mit einem Scherz auf. Anschließend machten sie eine Pause.
Was er ihnen verschwiegen hatte, dachte Parker, als er sich auf der Toilette vor dem blinden Metallspiegel kaltes Wasser übers Gesicht laufen ließ, war, dass man die Lüge nicht nur dort an dem unwillkürlichen, letztlich nicht zu kontrollierenden Muskelspiel erkennen konnte, dass das Innere eines Menschen nach außen trägt, wie die Saiten eines Musikinstruments die Klänge einer nicht durchdachten Melodie. Das Gesicht wurde irgendwann selbst zur Lüge.

Als Parker am Spätnachmittag nach Hause kam, dem Taxifahrer einen Geldschein in die Hand gedrückt und dem alten Mann im Wärterhäuschen, der wieder geräuschvoll an einer Art Pfeife sog, in die er eine Zigarette gesteckt hatte, zugenickt hatte, wunderte er sich wieder, wie er so empfinden konnte: zu Hause angekommen. Wie schnell er sich eine Wohnung in einer fremden Stadt und das Viertel, in dem sie lag, zu eigen machte. Er sah zunächst in den drei Fallen nach, die Lin ihm gegeben hatte, klassische, amerikanische Klappfallen, die chinesischen, sagte sie, seien nicht gut. Keine Maus. Gut. Oder: Nicht gut. Lin würde ihn in ein paar Stunden zum Abendessen abholen, ein Restaurant unweit vom Bund. Mäuse. Chinesen aßen bekanntlich alles, was Augen hatte.

Wenn es in Schanghai richtig regnet, dann denkt man an Sintflut. Innerhalb von Sekunden kleben Hemd, Sakko, Hose,

Mütze am Körper, bis man keine Grenze zwischen Haut, Stoff oder Körper mehr spürt.

Parker klappte den Laptop zu und zappte sich mit der Fernbedienung weiter durch die Schanghaier Nacht. Die Gewitternacht hatte ihn wirklich beeindruckt. Was hatte Lin gesagt? In einem alten Gedicht aus dem zweiten Jahrhundert vor Christus hatte der gefeierte Dichter Song Yu eine Hymne auf die Liebe zwischen dem König Chu Xiang und der Berggöttin Wu verfasst, in dem ein atemberaubendes Bild vorkam, das die chinesische Lyrik ungefähr so beschäftigte wie die europäische das Herz. Beim Abschied versprach die Göttin ihrem menschlichen Geliebten, in der Form von Wolken und Regen zu ihm zu kommen. Seitdem war das Bild von ‹Wolken und Regen› in der klassischen chinesischen Literatur das Bild für sexuelle Erfüllung, das selbst noch modernste Verse durchzuckte.

Ich höre den Regen
Ich bin Regen

Sie hatten gelacht, als sie, in ihren feinen Kleidern, beide in Seide wegen der Hitze, innerhalb von Sekunden und bevor sie sich unter irgendein Dach in irgendeinen Hauseingang hätten flüchten können, bis auf die Haut durchnässt waren. Parker hatte ihre Brüste gesehen, sie trug keinen BH, und das Dreieck ihrer Scham. Er hatte sie mitgezogen, unter einen Dachvorsprung vorm geschlossenen Eingang einer Bank, deren Geldautomaten hinter den bis auf den Boden reichenden Scheiben grell rot leuchteten. Sie hatten gelacht, dann hatten sie sich angesehen. Lin hatte gefröstelt. Er hatte sie an sich gezogen, sie hatte sich an seinen Körper geschmiegt, bis sie nicht mehr wussten, welches nasse Seidenstück seines, welches ihres war. Er hatte ihr den Regen aus dem Gesicht gestrichen, hatte etwas sagen wollen, was, wusste er nicht mehr. Sie hatte seinen Mund mit dem Finger berührt. Dann hatten sie sich geküsst. Als der schlimmste Regen aufgehört hatte, zog sie sich die Schuhe aus, sie rannten durch die Pfützen, die fast kleinen Teichen oder Sumpflöchern glichen, so schnell war der Regen gefallen, dass sich die gurgelnden Massen an den Kanalisationslöchern drängten, wieder zu seinem Apartment. Er hatte sie an den Fernseh-Olympioniken und ihren Instantnudeln vorbei in seine Wohnung gebracht, wie aus einem Impuls war sie auf dem zweiten Treppenabsatz in seine Arme gesprungen, und er hatte sie, selbst beim Aufschließen, bis zum Bett getragen. Ich berühre Deine Haut / Ich bin Dein. Später hatte sie dann gesagt: «Ich habe gar keine Wolken gesehen.» Und er hatte, als er ein weiteres Mal in sie eindrang, gedacht: ‹Das Gewitter hat es abgekürzt.›

«Charakter ist das, was man ist, wenn niemand zuschaut», dachte Parker am nächsten Abend, als er mit dem letzten Seminar fertig war. Er hatte schon gepackt und würde Lin später allein zum Abschied für ein Abendessen treffen. Vielleicht würde sie danach hier übernachten. Wenn jemand bei einem schlief, war das dann noch eine Affäre?

Zum Glück, hatte er damals gedacht, würde er am nächsten Morgen ja fliegen. Jedes Geheimnis verbraucht sich. Und diese Nähe hatte keine Konsequenz. Er zog sich aus, die Anzüge, selbst die aus Seide, gingen ihm bei dieser Hitze auf die Nerven. Dann machte er noch ein paar Sit-ups. Wie hatte Neela die immer genannt? Seine Pantherübungen. Er würde sie morgen vor dem Abflug nach Beijing aus dem Goethe-Institut anrufen. Oder besser, er würde Lin bitten, ihm eine Karte für sein amerikanisches Handy zu besorgen, damit er mit ihr telefonieren konnte vom Flughafen aus. Oder war das zu viel? Würde sie es merkwürdig finden, wenn er ihr sagte, dass er sie vermisste, wenn er sich nicht an ihre Verabredung hielt, nicht zu telefonieren? Das mit dem «Vermissen» sagte sie immer, wenn er sich nicht gleich meldete oder auch, wenn er sich meldete, es machte ihm, weil er sich meistens ganz und gar auf das Hier und Jetzt konzentrierte, fast immer ein schlechtes Gewissen. Und nun umgekehrt? Er könnte es mit der Langeweile auf dem Flughafen begründen, es wären dann ja noch vier Tage in Beijing, zwei Vorträge, nichts Schwieriges. Er hätte Zeit, sich Lin aus dem Kopf zu schlagen. Er hätte Zeit, sich wieder auf Neela zu freuen. Aber entgegen ihrer Absprache, jetzt doch eine Art Pseudokontakt aufzunehmen, zeigte das nicht, dass er in der Tat ein schlechtes Gewissen hatte? Und das nicht ohne Grund. Frauen haben für so etwas einen Extrasinn.

Mit Lin hatte es begonnen. Diese Sehnsucht, einfach an einem anderen Ort anzufangen, mit einer anderen Frau, mit einem anderen Leben. Er musste das schon vorher in sich gehabt haben, wie ein Programm, das sich dauernd abspulte. Vielleicht, dachte Parker und wusch sich das Shampoo aus den Haaren, sollte ich besser sagen: Mit Lin hatte es angefangen, aufzuhören. Aufzuhören, noch wie ein Spiel, wie ein Versehen, wie eine Masche auszusehen. Wenn es denn je eine Masche gewesen war, in der sich Parker weiter und weiter verheddert hatte. Ein Strickwerk, das er von seiner Form her längst nicht mehr überschaute. Er war hungrig gewesen, wie ein Tier, das einfach nicht aufhören konnte, zu trinken, zu schlafen, zu essen. Zu jagen. Sich auszuprobieren. Und was war falsch daran? Nichts? Aber was war dann mit Neela? Was war das, was sie ‹Liebe› nannten, was sie feierten wie etwas Großes, Unantastbares, Echtes, zumindest noch verbal und mit Gesten? Als er im Maglev zurück zum Flughafen gesessen hatte, den Geschmack von Lin noch im Mund, dieses wonnige Gefühl, wir könnten ebenso gut zusammen sein, hier oder anderswo, ein ganzes Leben gemeinsam leben, Sex haben, Kinder zeugen, da redete Parker sich ein, dass es ihm eben nur auf den Moment angekommen sei, in dem dieses Gefühl sich einstellte, eine Art Experiment mit sich selbst, dass er ein ganz anderes Leben mit einer ganz anderen Frau eben auch einfach haben konnte, hätte haben können, diese Möglichkeit, die andere Leute schwindeln machte und in ihm, wäre da nicht die Lüge gewesen, Hochgefühle auslöste. Einfach so. Draußen zogen Betonwüsten pfeilschnell neben den Autobahnen vorbei. Für den Bruchteil einer Sekunde hatte er geglaubt, eine Plastiktüte aufwirbeln zu sehen. Kein Baum war da gewesen, um sie zu fangen.

Die Erzählung, die man sich von sich selber machte. Was war wahr, was war wirklich? Vielleicht alles nur Schutz vor zu großen Gefühlen. Weiter und weiter reisen, als käme man so von sich weg. Oder er war wirklich, wie Lin gesagt hatte, einfach ein Arschloch. Parker stieg aus der Wanne, hüllte sich in den flauschigen Hotelbademantel und legte sich aufs Bett. Erinnerung ist eine Mottenfalle. Lockstoff und Kleber an allen drei Seiten. Je mehr sie einen anzieht, je weiter man sich in diese Pyramide hineinbegibt, desto eher klebt man an ihr fest. Wie gut wäre es, zu vergessen, jeden Tag immer wieder neu zu fühlen, nur das mitzunehmen, das man mitnehmen will. Eine Art Löschtaste, ja, das brauchte man, sonst dachte man immer weiter an die ungelebten Leben, die nicht erfüllten Lieben. Das eigene Glück, das Versagen. Als er aufstand, um vielleicht noch einmal in die Bar zu gehen, zeigte ihm die Lautfolge seines Smartphones das Eintreffen neuer Nachrichten an.

Aus Parkers Archiven: Die neun Geheimnisse einer gelungenen Rede

Lektion 3: Sie müssen nicht so lange üben, bis Sie aussehen, als würden Sie glauben, was Sie sagen, Sie müssen so lange üben, bis Sie es selbst glauben. Einer meiner alten Lehrer hat immer gesagt: Don't fake it till you make it. Fake it until you believe it. Seien Sie natürlich, das ist das höchste Ziel. Und das schwierigste: Ihre Rede klingt am besten, wenn man als Zuhörer das Gefühl hat, Sie hielten einen Plausch mit Ihrem besten Freund. Führen Sie Ihre Rede wie ein gutes Gespräch.

Kapitel 5

Donnerstag, Kiel

«Die Sprache der Hände ist die direkteste. Jemanden anzufassen, sie oder ihn zu berühren, gehört zu den wichtigsten Dingen, die man als Mensch tun kann.»

Die Affäre mit Lin war zu einer fixen Idee geworden. Er hatte Lin mehr vermisst, als er geglaubt hatte, vor allem nachdem sie ihm das Gleiche gestanden hatte. Schon im Flugzeug hatte er ein Ziehen im Magen verspürt, wie Hunger, wie eine Form von Entzug. Er war nicht schlau daraus geworden. Sie hatten sich weiter WhatsApp und E-Mail-Briefe geschrieben, sie hatte ihm Fotos von sich geschickt, beim Tanzen, am Strand, als Model auf einer Hochzeitskleidershow. Und er hatte geantwortet. Morgens ging er mit dem Laptop in eines seiner Cafés, sagte Lin über Skype Gute Nacht; von seinen Reisen hatte er ihr immer wieder Bilder geschickt, dieselben, die er auch Neela schickte, und, als Lin das Spiel begonnen hatte, andere, nur für sie. Dann kamen Berührungen vor den Bildschirmen dazu, im Hotelzimmer, im eigenen Bad, wenn Neela nicht da war, und dann war es verkrampft geworden, weil Lin bemerkt hatte, dass es ja, innerhalb von zwei Wochen, zweimal dasselbe Bad gewesen war, dieselbe Wanne, in der er lag, hatte er etwa ein Lieblingshotel? Und wann komme er denn wieder zu ihr? Sie habe ihrer Mutter schon von ihm erzählt, er sei gut aussehend und berühmt. Da hatte er sich geschämt. Neela hatte ihm gesagt, er sei auf einmal so distanziert, sie hätten es doch wieder geschafft, miteinander zu reden, und Parker hatte sich mit zu viel Arbeit herausgeredet, hatte dann Kurse verlegt, sich einen Flug gekauft, nach Schanghai.

Aber als er ohne Auftrag, ohne Glanz in die Stadt kam, nur wegen Lin, da wurde es hilflos. Sie hielten noch eine Weile aneinander fest, versuchten, ihre erste Zeit miteinander wiederzubeleben, dann kam, als er im Hotelzimmer auf sie wartete, das Aus. Den Abend zuvor hatte er ihre Wohnung das erste Mal gesehen, sie hatte gekocht, dieses kleine, schäbige Zimmer im Betonblock in den Außenbezirken, fast eine Stunde Fahrt mit dem Taxi, fast zwei mit der Bahn. Lin hatte den Raum mit bunten, elektrischen Lichterketten festlich geschmückt. Es hatte geschmeckt, kantonesische Küche, Rezepte ihrer Mutter, wie sie stolz berichtete, sie hatten sich geküsst, Pläne gemacht, nein, sie hatte Pläne gemacht, nach seinem Vermögen gefragt, nach seinen Möglichkeiten, sie war ja bald dreißig, und es wurde Zeit. Ihr Vater, erzählte sie, habe ihre Mutter verlassen, als sie noch ein Kind gewesen sei, er sei schon verheiratet gewesen, das sei ein emotionaler Schock gewesen, nie ganz von jemandem angenommen worden zu sein, das sei die Bürde, die sie mit sich herumschleppe, auch für ihre Mutter müsse sie finanziell sorgen, die habe ja nichts, und wenn sie sich jetzt auf einen Mann einlassen würde, dann richtig, sie wolle in drei Jahren Kinder. Ja. Er hatte Wege gefunden, diese Vorstellungen noch zu befördern, sich beinahe selbst darin wohlfühlen zu können, sich einzubilden, als sie an diesem Abend miteinander schliefen, in ihrem Bett, dass es so noch schöner sei, mit Kindern im Kopf. Aber sie hatte seine Zweifel, seine Angestrengtheit bemerkt. Und sie hatte selbst in der Nacht auch immer wieder nachgebohrt, wieso er kein Haus, keine Wohnung, kein Auto habe. Ihre E-Mail war hart gewesen. Hart und klar. Er hatte ihre Adresse sofort gelöscht. Alle Bilder. Alle Texte. In allen Accounts. So etwas würde ihm nicht wieder passieren. Sich so in Träumen zu verfangen. In eigenen und in fremden. Sie, Lin und er, hatten sich zum Abschied nicht einmal mehr die Hand gegeben.

«Die Sprache der Hände kann beschwichtigen, anklagen, beschwören, vernichten. Ihre Gesten und Gebärden. In ihnen steckt die Wahrheit, mit ihnen manifestiert sich die Lüge. Wenn eine Hundertschaft junger, lebenshungriger Menschen vor euch steht und ihr ihnen sagt: ‹Ich verspreche euch, ich gebe euch alles, was ihr wollt› – Messias? Rockstar? Nein – nicht wenn ihr, wie Richard Nixon damals in den Siebzigern, den Fehler macht, in der entscheidenden und überhaupt ersten vom Fernsehen übertragenen Präsidentschaftskandidatendebatte mit John F. Kennedy zwar gut vorbereitet zu sein, aber auszusehen wie ein Höhlenzombie. Nach Ansicht der Radiohörer hatte Kennedy die Debatte klar verloren. Aber diejenigen, die das Duell im Fernsehen verfolgt hatten, gaben dem entspannten, braun gebrannten jungen Politiker alle Punkte – Schein schlägt Sein, auch wenn es vermutlich zum Besten war.»

Parker machte eine Pause. Er war müde, hatte die Nacht wenig geschlafen.

«Aber Aussehen ist nicht alles. Beziehung ist alles. Wenn eine Kellnerin ihre Kunden leicht berührt, beim Auf- und Abdecken, nicht offensiv, nicht sexuell, sondern einfach freundschaftlich, ein kurzes Anfassen am Arm oder eine Berührung an der Schulter, dann bekommt sie in der Regel mehr Trinkgeld. Eine Studie der Universität Toronto hat das vor Kurzem ergeben. Und symbolisches Trinkgeld, Aufmerksamkeit, ist das Kapital des 21. Jahrhunderts.»

Parker stellte ihnen eine neue Aufgabe und nahm die Teilnehmer mit der Kamera auf. Sie diskutierten einzelne Gesten, etwa gereckte Fäuste, auf ihre Wirkung, versammelten sich danach in Kleingruppen vor den Laptops, die Parker aufgebaut hatte, besprachen, wann etwas zu wem passte, wann nicht.

«Ganz schön schwierig», sagte Wilfried. «Gibt es nicht einfach ein paar Sachen, die man einstreuen könnte, um souverän zu wirken? Einen Standardgestenkasten für Redner? Ich erinnere mich an unseren Rhetoriklehrer im Studium, und der hat immer das …»
Wilfried hielt die Hände vor die Brust, schloss sie zu einem Dach zusammen.
«Diese Raute. Macht die Merkel auch immer.»
Die meisten Seminarteilnehmer lachten. Die Merkelraute. Bei der Kanzlerin allerdings meistens vorm Bauch. Die war schon so allgegenwärtig, dass sie fast nicht mehr verwendbar war.
«Ja, die gibt es durchaus. Diese Geste, als zerschneide man die Luft, die geballte Faust, ihr kennt das eigentlich alles. Aber Obacht, oder möchtet ihr den Rest eures Lebens mit Listen im Kopf durch die Gegend laufen und nach jeder noch so kleinsten Bedeutung der Mimik, Gestik und Körperhaltung forschen?»
Wilfried zuckte mit den Schultern; er formte mit den Händen immer noch die Raute.

«Wenn man Gesten nicht mit seinem ganzen Leib verkörpert, wenn man nicht mit seiner Persönlichkeit dahintersteht, dann sollte man sie lieber nicht probieren. Das wirkt deplatziert.

Richtige Gestik entwickelt sich als Prozess, ihr macht vieles unwillkürlich richtig. Jetzt kommt es darauf an, das stärker zu machen, was man kann und wer man ist, und dann auszuprobieren, was, wie bei einem Schauspieler, eine Erweiterung der eigenen emotionalen Möglichkeiten beim Sprechen darstellt. Aber nur so, dass es passt, dass es zum Typ passt, dass es zu euch passt.»

Parker sah Wilfried an, dem erst jetzt bewusst wurde, dass er immer noch die Merkelgeste machte. Rasch ließ er die Hände sinken. Er wurde rot.

«Selbst die Gesten, die ihr normalerweise macht, werden euch gewollt und künstlich vorkommen, so ist das, wenn man sich etwas bewusst macht. Es geht darum, Automatismen einzustudieren. Beim Mannschaftssport wären das Laufwege. Taktikabläufe, auf die man sich blind verlassen kann. Aber wenn ich euch jetzt Listen bestimmter Mimik und Gesten mit der Erläuterung der gewünschten Wirkung vorsetze und wir sie dann durchproben – wäre das lächerlich. Es gibt sie, ich habe solche Beispiele dabei – und wir können uns nachher gern ein paar ansehen. Aber ihr müsst immer bedenken, dass es auf den Zusammenhang ankommt, darauf, dass alles, was man mit seinem Gesicht und seinem Körper, vor allem aber mit den Händen macht, irgendwann wieder so wie vorher aussehen muss, ganz natürlich, nur eben durch die bewusste Erfahrung, sich genauer beobachtet zu haben, angereichert.»

Die meisten nickten. Nur Wilfried sah wütend aus.

«Das ist doch sprachlicher Dünnschiss. Nuru-Virus oder so ...»

Wilfried hatte das leise zu Anneli gesagt, aber nicht leise genug, und vermutlich war das auch seine Absicht gewesen, denn einige grinsten verhalten. Anneli fing Parkers Blick auf. Alle warteten gespannt auf Parkers Reaktion.

«Noro ist das Virus, Nuru die Massage ...»

Parker entschloss sich, den ätzenden Witz zu entschärfen.

«… und ich bin der mit der Harfe voller Killerphrasen …»
Parker machte selbst die Raute, blickte von oben ernst auf seine Schäfchen herab, als hätte er ein Peter Ustinov'sches Doppelkinn und sehe aufs brennende Rom hinab.
«… Nero, der Brandstifter.»
Kaum jemand lachte und Wilfried erst recht nicht. Parker entließ sie in die Pause.

«Sie müssen ihn öfter loben.»
Parker war im Seminarraum geblieben, während die anderen in den Gängen ihren mitgebrachten Kaffee tranken oder auf dem Schulhof rauchten. Er blickte erschrocken vom Laptop auf, den er gerade wieder vom SDI-und SCAT-Kabelwust zu befreien suchte, er wollte den Projektor und die anderen Geräte gern für die nächsten Übungen aus dem Weg haben. Anneli stand in der Tür, und eben riss draußen die Wolkendecke auf, tauchte ihren Körper und ihr Gesicht in helles Licht.
«Wilfried?»
Sie nickte und kam näher. Parker richtete sich auf. Sie standen jetzt nah beieinander.
«Er bewundert Sie, wissen Sie? Und deshalb provoziert er Sie. Er will Ihre Aufmerksamkeit.»
«Ist mir aufgefallen.»
«Außerdem …» Ihr Zeigefinger zeichnete ein Smiley auf dem zugeklappten Laptop. Er folgte ihr mit dem Kopf. Bevor ihr Finger seine Hand berühren konnte, zog sie sie zurück und sah Parker in die Augen.
«… er liebt mich.»
«Was?»
«Schon immer. Seit der Schulzeit. Wilfried und ich sind immer wieder miteinander ausgegangen. Am Anfang des Studiums waren wir sogar mal ein Paar, haben zusammengelebt.»
«Und was ist dann passiert?»
«Ich bin nach Afrika gegangen.»

Sie sah aus dem Fenster und machte dann einen Schritt auf die bollernde Heizung zu, legte ihre Hände kurz auf die überheißen Rohre.

«Aber er hatte nichts damit zu tun.»

Sie drehte sich um, lehnte sich an den Sims, ohne die Heizungsrohre mit den Beinen zu berühren.

«Das ist alles lange her. Er bewundert Sie, weil …»

In diesem Moment betraten die ersten Seminarteilnehmer wieder den Raum. Anneli stieß sich vom Fensterbrett ab und ging an Parker vorbei zu ihrem Platz, ohne ihn anzusehen.

Um Viertel nach drei stand der Wagen auf dem Schulhof, genau wie verabredet. Er musste schon eine Weile dort gestanden haben, der fein rieselnde Schnee hatte den Wendekreis um die Sandsteinstatue einer gebuckelten Katze, die ganz unter Eis lag, bereits wieder zur Hälfte bedeckt. Parker verabschiedete sich von seinen Seminarteilnehmern, die neugierig auf den schwarzen A8 mit den dunklen Scheiben starrten. Mahlers Fahrer, den Parker ja schon kannte, stieg aus und öffnete für Parker den Fond. Er war versucht, sich beim Einsteigen umzudrehen, um nach Anneli zu sehen. Mahler begrüßte ihn ungeduldig.

«Fahr los! Wir müssen rechtzeitig am Campus sein, sonst sahnt Alberich das allein ab. Mistwetter, verfluchtes.»

«Alberich?» Parker befreite sich umständlich aus dem Mantel. Die Eiskristalle tauten in der warmen Luft des Audi.

«Albig! Der Scheißkerl hat mich erst die Arbeit machen lassen, den ganzen Lobbykram mit der Wirtschaft, den Sprung rüber nach Kalifornien hat aber dann er gemacht – als Leiter der ‹Mission› strategisches Bündnis. Er und Habeck. Hat uns machen lassen, unsere Expertise genutzt, unsere Ideen, und ist dann als Delegationsleiter mit dem Oberbürgermeister und Branchenvertretern nach San Francisco. Er hat die ganze Aufmerksamkeit gekriegt und dafür meine Kontakte genutzt und Habecks und mein Strategiepapier. Das hat niemand kommen sehen, Albig hat immer so getan, als würde er sich fürs Silicon Valley und die Partnerschaft mit der Bay Area gar nicht interessieren. Gerissener Hund. Und mich konnte er abschütteln, Parteidisziplin. Habeck nicht, der ist ja schon Minister. Ich mach die Arbeit, doch die Presse kriegt der Gnom.»

Mahler reichte Parker eine dicke Mappe.

«Hier, damit Sie auf dem Laufenden sind. Die Pläne für den IT-Campus. Schleswig-Holsteins Silicon Valley – die Zukunft, auf die wir warten, und Alberich sticht mit dem Spaten. Entschuldigen Sie mich, ich muss noch einige Telefonate erledigen.»

Für die nächsten zehn Minuten studierte Parker das Material. Sie schlichen durch die Stadt. Zwischen den Flocken glitzerte es verdächtig. Eiskristalle und vereinzelte Regentropfen, die beim Aufprall auf die Schneedecke Löcher ins Weiß rissen, eine nur scheinbare Verbesserung. Sie gefroren sofort und machten das Fahren zu einer Schlitterpartie. Selbst die Scheibenheizung des A8 kam gegen den Eisregen nicht an; kurz vor der Auffahrt zur Autobahn hielt der Fahrer an und rubbelte mit dem Eiskratzer erst mal ein Sichtloch in Vorderscheibe und Rückfenster.

«Auf der Autobahn wird es besser», versuchte der Fahrer Mahler zu beruhigen.

Aber nichts wurde besser; alle wollten raus aus dem verfluchten Wetter. Die Lichter der Straßenrandbeleuchtung, intensives Gelb, und die heißen, weißen Lichtspeere der Limousinen und Transportfahrzeuge waren durch den frischen Schnee und die Eiskristalle, die alles umgaben, so unfassbar hell, dass die Fahrt eher wie die Erkundung des Inneren einer Gletscherhöhle erschien. Ein Eintauchen in einen unendlich großen, langen Schlauch, durch den sich Blechtiere und ihre Parasiten, die Fahrer, hinter den hilflos winkenden Scheibenwischern voranschoben. Als wäre man gemeinsam auf einem langen, überhellen Transportband zwischen den Wolken.

Ein Lastzug hupte böse, vor ihnen war ein Ford Escort von der

Spur abgewichen und leicht ins Schleudern gekommen. Der Laster schlingerte bedenklich und wechselte auf ihre Seite, der Fahrer, Bernd, Bert, glaubte Parker, sich zu erinnern, bremste, ihr Wagen ruckte und bockte, vermied aber den Zusammenstoß mit dem Laster knapp. Mahler und Parker wurden nach vorn gezogen.

«Verflucht!», schimpfte Mahler. «Wofür bezahl ich euch! Pass gefälligst auf.»

Der Fahrer schwieg.

Danach war das schwarze Schlachtschiff mit Allrad ungerührt auf der linken Spur an den schleichenden, halb geweißten Autos vorbeigezogen. Schneeböen, Verwehungen am Straßenrand. Der Wind hatte Wellenmuster auf den Feldern hinterlassen. Mahler hielt das Telefon in der Hand, und Parker sah auf seiner Seite zum Fenster hinaus. Die Leere eines Flächenstaats. Kurz vor der Ausfahrt Melsdorf klappte Parker die Mappe zu und räusperte sich.

«Das ist beeindruckend.»

Mahler sah ihn an.

«So? Finden Sie?»

Parker nickte.

«Was für eine Schwäche hat Albig?»

«Seine Frau.»

«Liebt er sie?»

«Gerade nicht.»

«Das interessiert niemanden, fürchte ich. Hat er eine Geliebte?»

«Nein. Er will sich scheiden lassen, gleich nach der Wahl. Und er hält sie für dumm.»

«Das wird schwierig, das jemandem so zu stecken, dass daraus eine Geschichte wird.»

«Ich weiß.» Mahler seufzte. «Aber dafür will ich Sie ja auch holen, und das für verdammt viel Kohle, nicht wahr? Nur reden allein bringt's nicht!»

Will holen, nicht *habe geholt*.
«Ich werde es versuchen.»
Mahler runzelte die Stirn. Sie bogen in ein Industriegebiet ein. Hinter einer Polizeiabsperrung ging es auf ein großes, noch unbebautes Gelände. Der Audi wurde durchgewunken. Der Fahrer parkte den A8 neben den anderen dunklen Schlitten, anthrazitfarbenen 7er BMWs, schwarzen Mercedes S-Klasse, einem nachtblauen Volvo. Mahler und Parker stiegen aus. Ein Übertragungswagen vom NDR, vor dem leeren Feld ein rotes Band und ein Spaten. Zwei gelbe Bagger in der Ferne. Der Schnee fiel jetzt sanfter.
Mahler holte sich Gummistiefel aus dem Kofferraum und zog sie über die Schuhe, die Schäfte übers Hosenbein.
«Kanzler lieben Gummistiefel.» Seine Laune war immer noch schlecht, das sah man ihm an. Parker ging zum Übertragungswagen, stellte sich der Moderatorin und dem Aufnahmeleiter vor und machte Scherze über das Wetter.
Mahler stapfte in Richtung der Baustelle und stellte sich zu Habeck, der ihn freundlich begrüßte. Mahler wirkte trotz Gummistiefeln overdressed neben dem großen, freundlich für die Fotografen lächelnden Habeck in Rollkragenpullover und Seemannsjacke. Nervös trippelte eine junge Frau mit Klemmbrett durch den Schnee erst zu den beiden Politikern, dann kam sie zum Aufnahmeleiter.
«Wir können Herrn Albig nicht erreichen, wir wissen nur, dass er auf dem Weg hierher wohl einen Unfall hatte, was sollen wir tun?»
Parker stellte sich ihr vor, sie war die Pressesprecherin des Ministerpräsidenten.
Aufgelöst und vorsichtig ihre hohen Schuhe über das Eis bewegend, ging sie wieder weg. Die Moderatorin stapfte zitternd von einem Bein aufs andere.
«Wir können nicht ewig warten. Ich frier mir was ab.»
«Machen Sie doch die Aufnahme mit Habeck und Mahler, das

sind doch eh die beiden Architekten der Silicon-Valley-Initiative.»
Der NDR filmte einen gemeinsamen Spatenstich.
Danach machte Parker gleich noch ein Einzelinterview für Mahler mit dem Schleswig-Holstein-Magazin aus.

«Hier im Nordosten vor den Toren der Landeshauptstadt haben führende Politiker aus der Landeshauptstadt heute mit einem Spatenstich das Gelände für einen neuen IT-Campus eröffnet. Ein neues Silicon Valley soll es werden. Kooperationsparter ist auch die Albrecht-Universität. Unser Gast ist der stellvertretende Fraktionsvorsitzende der SPD, Hans-Christian Mahler. Herr Mahler, was erhofft sich die Politik von einem solchen Schritt?»
«Arbeitsplätze natürlich, aber noch wichtiger: Innovation. Es ist ein weiterer Schritt in die Zukunft. Wir werden eng mit Hamburg und Niedersachsen zusammenarbeiten, wir machen den Norden fit für die digitale Revolution, vergessen dabei aber auch unsere Kernthemen nicht: Entwicklung und Klimaschutz durch erneuerbare Energien.»
«Aber spielt das denn überhaupt eine Rolle in Zeiten, in denen die einfachen Leute Angst haben, von der Flüchtlingskrise überwältigt zu werden? Und wo jede, auch Ihre Partei Wähler an die AfD verliert?», fragte die Reporterin weiter.
«Man kann doch das Nationale nicht Leuten wie Höcke überlassen», begann Mahler, «genauso wenig Begriffe wie ‹Heimat› oder überhaupt das Nachdenken darüber, was es denn heute heißt, deutsch zu sein. Ein ‹Wesen des Deutschen› gibt es nicht, das ist Schwachsinn. Deutschsein, das hieß immer etwas anderes, da war die Idee, sich immer neu zu hinterfragen, auf der Suche zu sein. Wissen Sie, was Wagner gesagt hat?»
Die Reporterin schüttelte den Kopf. Hinter dem Kameramann ragte Habeck auf, runzelte die Stirn und fasste sich nachdenklich ans Kinn. Er hörte genau zu.

«Er sagte: ‹Deutsch sein heißt, eine Sache um ihrer selbst willen zu tun.› Das heißt. dass man mit Leidenschaft für das, was man macht, brennt. Und wir brennen für diese Idee: Zusammenarbeit mit dem Silicon Valley, die Entwicklung neuer Branchen, zum Beispiel die Technik neuronaler Interfaces oder die Vernetzung von Schaltkreisen und dem internationalen Schiffsverkehr. Da kommt was auf uns zu, wir Menschen werden im Datenaustausch immer mobiler. Und da wollen wir eine führende Rolle spielen, genauso wie in der Entwicklung der Speichertechnik für erneuerbare Energien. An Kiel kommt niemand vorbei.»
Die Moderatorin nickte zufrieden.

Im Hotel zog Parker sich um, der graue Scabal war vom Tag im überheizten Seminarraum und dann in Mahlers Audi völlig zerknittert. Er war schon dabei, die Nummer der Rezeption zu wählen, um den Anzug und das Hemd gleich abholen zu lassen und in die Reinigung zu geben, aber dann sah er die handgeschriebene Nachricht von gestern auf dem Schreibtisch liegen, er solle sich doch bitte an seine Kreditkarte erinnern, wie eine Drohung. Morgen müsste er mit Mahler endlich einen Vertrag machen. Hier oben galt auch ein Handschlag. Er duschte, hängte seine alten Sachen ins Bad und zog sich um. Sein schwarzer Corneliani spannte, obwohl er ihn erst vor Kurzem gekauft hatte, in 110, aber italienische Größen fielen meist ein paar Nummern kleiner aus; wenn er das Sakko nicht zuknöpfte, würde es gehen. Er nahm den Aufzug bis in die Tiefgarage, verließ das Hotel durch die Einfahrt und winkte auf der Straße ein Taxi heran. Er bat den Fahrer, kurz am Bahnhof anzuhalten, und kaufte für Eberhards Frau einen Strauß langstieliger Rosen. Das Taxi wendete und fuhr auf der Hörnbrücke über die Förde. Parker hatte den Mann, einen Schwarzafrikaner, gebeten, so zu fahren, dass sie am Scandinavia vorbeikämen und möglichst viel Wasser sähen. Als Parker über das eingefasste Eis über dem Hörn, der letzten Ausstülpung der Förde in die Stadt hinein, blickte, musste er unwillkürlich an einen Wurmfortsatz denken. Die Hörn war Kiels Blinddarm. Und wenn er das Mahlerpaket inklusive Wohnung bekam, dann würde er bald hier leben, ein Wortchirurg über den Wassern. Die vom Wind in die Bootsanlegestelle gewehten Eisschollen türmten sich wie auf einem Caspar-David-Friedrich-Gemälde. Er lächelte. Hieß das Bild nicht ‹Gescheiterte Hoffnung›? Zu viel Romantik. Er würde jetzt aus seinem Leben etwas machen.

Über Mittag, noch vorm Besuch des Gewerbegebiets, hatte er einen Besichtigungstermin mit dem Makler gehabt, den Mahler ihm vermittelt hatte, modernes Großstadtloft mit viel Himmel hatte es auf der Website geheißen. Und wirklich, schön war es, großzügig, hoch, hell und leer. Eine Wohnung für einen Neuanfang mit atemberaubendem Blick über das Wasser, den Hörn, und vom Schlafzimmer aus könnte er auf die Förde hinuntersehen. Ein Blick ins Offene. Nur das mit der ‹Großstadt› kam Parker etwas übertrieben vor. Provinz, das traf es bei Kiel wohl eher. Aber ein Ort mit kreativem Potenzial, einer, der von Aufbruch träumen ließ. Er hatte den Schlüssel behalten; Mahler hatte ihn angerufen, während der Makler seiner Firma mitteilte, dass sie dem ‹Kunden› die Wohnung ‹optionierten›.

«Ich wusste, die Aussicht würde Sie umhauen!» Mahler lachte wie ein kleiner Junge, dem ein besonderer Streich geglückt war. «Entscheiden wir uns bald. Und stehen Sie bitte pünktlich um Viertel nach drei im Hof.»

Mahler sagte noch etwas Unverständliches, als hätte er sich kurz umgedreht, um mit jemand anderem im Raum zu sprechen.

Parker schloss die Tür hinter dem Makler, trat an die Theke in der chromfunkelnden Küche und wechselte das Handy ans linke Ohr. Dann strich er mit der Hand über die blanke Arbeitsfläche und ließ den Blick wieder durch die Glasfront übers Wasser schweifen.
«Hören Sie», fuhr Mahler fort, «haben Sie morgen Mittag auch noch kurz Zeit? Könnten Sie zu mir in den Landtag kommen? Freitagnachmittags tagt mein Ausschuss, dann habe ich mein Team hier und würde euch gern miteinander bekannt machen. Es sind knapp zehn Minuten von Ihnen aus.»

Parker schloss die Wohnung ab, fuhr mit dem Fahrstuhl nach unten. Es fühlte sich an, als hätte er den Job. Direkt vorm Gebäude befand sich ein Taxistand.

Auf der abendlichen Fahrt über die Werftstraße und aus der Stadt heraus erfuhr er von N'Gomo, dem Taxifahrer, dass dieser hier am Weltwirtschaftsinstitut arbeiten wollte, sobald er sein Studium abgeschlossen hätte. Parker wünschte ihm viel Glück. Ein Geruch nach der Ostsee, so kam es Parker vor, schien ins Taxi zu wehen, diesige, vom Winterwind in die Ventilation hineingetragene Gischt, die die einsamen Hafenstraßen, die alten Wohnviertel und Dockanlagen unter Januarseenebel verschwinden ließ. Ein geheimnisvoller Anblick, die Containerkräne wie Urtiere aus dem Schleier auftauchen zu sehen, der Parker in seinem Kunstledersitz aufseufzen ließ. Es wurden weniger Hallen, mehr Wohnhäuser, dann Einfamilienhäuser mit Garten, in einigen ragten Schiffs- und Flaggenmasten auf, manchmal mit Wimpeln, von denen Parker nicht wusste, was sie bedeuteten. Als nach einer Viertelstunde Fahrt der Turm von Laboe in Sicht kam – ein großer, dem Meer entgegengebogener Finger, in seinem Inneren ein Mausoleum mit einer Ausstellung zur deutschen Marinehistorie, Flaggen und in einem Raum die Darstellung der Schlacht von Skagerrak, der einzigen, die die deutsche Kriegsflotte im Ersten Weltkrieg geschlagen hatte. Parker kam es so vor, als hätten sie sich durch die Zeit bewegt. Laboe, auch das U-Boot, in dem er damals eine Panikattacke bekommen hatte, kannte er von einem Schulausflug. Kurz vor dem Denkmal bog N'Gomo rechts ab, und an der dritten Querstraße, auf einem leicht hügeligen Anwesen, stand Eberhards Haus, ein großer Bungalow mit Reetdach, Terrassen, einer hohen Hecke und hell erleuchteten, die halbe Fläche des Hauses einnehmenden gläsernen Schiebetüren.

Parker bezahlte, gab N'Gomo ein ordentliches Trinkgeld und seine Karte, für alle Fälle. Der Afrikaner bedankte sich überschwänglich, und Parker begann, es fast zu bedauern, dass er seine Kontaktadresse freiwillig an jemanden abgegeben hatte, der gar nicht danach gefragt hatte. Für einen Augenblick stellte er sich vor, dass er demnächst noch mehr dieser merkwürdigen E-Mails erhalten würde, Mr Soto wants to speak to U!, Urgent, a well known Family from Uganda needs your help, Good businness proposal, do not delete! – dann fand er sich arrogant. Vielleicht würde N'Gomo ja irgendwann wirklich einen Weltwirtschaftsjob haben – er wollte es gerne glauben.

Als er vor der Haustür an der meerabgewandten Seite stand, hörte er durch das gekippte Fenster neben der Butzenscheibentür Bachs zweites Brandenburgisches Konzert, und er roch Bratenfleisch und dunkle Soße. Kam nicht ein leises Brutzeln aus der Küche, die, wie er sich aus dem letzten Jahr zu erinnern glaubte, gleich vom Flur abging?

Er klingelte einmal, und Bruno, der Haushund, ein Airdaleterrier, meldete sich in unerträglicher Lautstärke. Seit dem Vorfall bei den Patels fühlte er sich immer unwohl, wenn er bei fremden Leuten eingeladen war. Aber das war ja Unsinn,

Eberhard und seine Frau mochten ihn. Privaträume hatten an sich etwas von Umkleidekabinen. Man sah die Leute nackt, ihre Vorlieben, ihre Träume – oder das Gegenteil davon. Es waren Einblicke in die Seele. Und als Gast musste man auch immer etwas zeigen. Es würde um ihn gehen, Matthew, nicht nur um den Seminarleiter, sondern auch um den Privatmann.

Die Tür wurde geöffnet, und Eberhards herzliche Umarmung, «Ah, der Nomade!», die Parker zwang, den linken Arm in die Höhe zu strecken, um die Blumen zu retten, die er mitgebracht hatte, löste jeden Zweifel, jede Reserviertheit in Parker auf. Entwaffnend, das war das Wort. «Komm rein, komm rein», der Gastgeber lotste seinen Gast an die Garderobe, wo er ihm den überlangen Dolce-&-Gabbana-Mantel abnahm und ihn unter die Hutablage hängte, und dann ins Wohnzimmer.

Eberhard hielt den Mantel kurz mit beiden Händen ins Licht und musterte ihn.

«Schick!», sagte er zu Parker. «Kaschmir?» Parker nickte, der Hund schnupperte kurz an dem Gast, wedelte dann mit dem Schwanz und zog sich zufrieden durch die angelehnte Tür Richtung Küche zurück. Eberhard öffnete die Schiebetür ins angrenzende Esszimmer und rief seine Frau.

«Heidrun – Matthew ist hier!»

«Ich komme gleich», rief sie aus der Küche.

Nervös wickelte Parker die Blumen aus. Eberhard schien den Moment zu genießen. Als Heidrun den Raum betrat, glaubte Parker sich in eine andere Zeit versetzt. Sie trug ein schwarzes Kleid, das ihre schlanke Figur betonte. In der linken Hand hielt sie eine Schürze, mit der rechten spielte sie an ihrer Perlenkette, bevor sie Parker die Hand reichte.

«Die sind wunderschön. Woher wussten Sie, dass ich Rosen mag? Und noch dazu Königin Sophie!»

«Wir haben letztes Jahr über Blumen gesprochen. Und ich

hatte ja auch welche von Ihnen im Zimmer. Lilien. Vielen Dank!»

«Ja, wir haben über Blumen gesprochen und über Stillleben, das wissen Sie noch?» Sie sah ihn über den Strauß hinweg an. Ihre Wangen waren ein wenig gerötet.

«Es ist schön, dass Sie wieder bei uns sind. Das Essen ist gleich fertig. Es gibt Reh. Sie mögen doch Wild, oder?»

«Sehr.»

Eberhard nötigte ihn in den schweren Ledersessel und bot ihm einen Martini an.

Parker schüttelte den Kopf.

«Margaux?» Eberhard wirkte glücklich, als er die bereits geöffnete Flasche von der Anrichte nahm und Parker einschenkte. Als sie sich kennenlernten, hatten sich Parker und er erst über Rhone-Weine unterhalten, dann über Sauvignons aus Neuseeland. Das war mehr als Flugzeuggeplauder gewesen, denn als Parker dann für das erste Wochenseminar nach Kiel gekommen und am Ende in Eberhards Haus zu Gast gewesen war, hatte Jansen einen 74er Château Lafite für ihn geöffnet. Parker fühlte sich geehrt. Nicht wegen des sündhaften Preises. Nicht, weil der Wein etwas Besonderes war. Eberhard gab Parker das Gefühl, dass der Wein zu etwas Besonderem wurde, weil sie ihn miteinander teilten. An diesem Abend standen zwei Flaschen bereit.

«Der Krisenwein!» Eberhard sah ihm tief in die Augen und hob sein Glas.

«Krisenwein?» Parker war überrascht.

«Na, die Sache mit Neela ist dir ganz schön unter die Haut gegangen, oder?»

Parker bereute es einen Augenblick lang, Eberhard gestern am Telefon davon erzählt zu haben. Jansen deutete auf den Ring, den Parker am kleinen Finger trug, einen alten, silbernen Siegelring, auf dem ‹M und N› eingraviert war. Parker hatte ihn in ihrem ersten Jahr gemeinsam mit Neela auf einem

Flohmarkt am Prospect Park entdeckt, mit ihren Initialen darauf, und das als Zeichen gewertet.
«Art déco», hatte Neela gesagt, «schön.»
Der Ring, den er danach heimlich bei Tiffany's für Neela gekauft hatte, passte genau dazu, fraß sein gesamtes Guthaben auf. Angesteckt hatte er ihn ihr nie. «Nein, das ist vorbei.»
«Freut mich zu hören.» Eberhard sah ihn durchdringend an, ein wenig skeptisch, wie es Parker schien, und brachte dann das Gespräch auf ein anderes Thema. «Wo wohnst du denn jetzt?»
«In den Silvertowers. Ich hab eine Vertretungsprofessur an der NYU.»
Eberhard sah ihn an und klopfte ihm aufmunternd aufs Bein.
«Na, siehst du. Alle wollen wir dich. Hast du mein neues Modell gesehen?»
Parker sah auf den riesigen Schoner auf der Anrichte, der vordere Mast kleiner als der in der Schiffsmitte, fast einen Meter lang.
«Hast du den gebaut?»
«Nein, aber renoviert. Ist fast hundert Jahre alt, die *Atene*.»
Eberhard war aufgestanden, stellte sich neben das Schiff und deutete auf den Vordermast.
«Die Fock war kaputt und die Stagsegel vermodert. Ich hab die Klüver getauscht und noch ein bisschen was verbessert. Siehst du?»
Eberhard deutete auf das dreieckige Segel, das zwischen die Spitzen der beiden Masten gespannt war. «Ein Fischermann. Jetzt kann sie ganz hoch am Wind segeln.»
Eberhard setzte sich wieder.
«Puh, ist mir warm! Deine Towers brauchst du nicht mehr. Wir müssen bald mal alles vertraglich regeln», warf Jansen ein. «Wir sind uns doch einig! Mahler wird dich engagieren wollen!»

Es hatte also geklappt! Parker versuchte, sich die Freude nicht allzu sehr anmerken zu lassen. Ja, er würde seine Zelte in New York sofort abbrechen und hier in Kiel wieder aufschlagen; dann konnte seine restliche Miete da auch noch ein bisschen warten.

«Auf's Haus!» Eberhard leerte sein Glas und stand auf, um ihnen nachzuschenken. Er deutete auf den Ring, an dem Parker spielte.

«Du weißt, was man sagt? Wir können nichts aufgeben, wir können nur eine Sache durch eine andere Sache ersetzen.»

«Wer hat denn das verzapft? Frank Sinatra?»

«Nein, Sigmund Freud. Weißt du, man kann die Vergangenheit nicht mehr ändern, das geht nur mit der Zukunft. Lass uns ins Esszimmer gehen.»

Heidrun hatte prachtvoll eingedeckt, alte Leuchter ließen Silberschüsseln blitzen, der Dampf von Kastanienpüree und Pfeffersauce stieg auf, die Rehschlegel wurden mit den Hufen serviert. «Sie mag es französisch», flüsterte Eberhard.

«Für wen ist denn das vierte Gedeck?»

Der Gastgeber schmunzelte.

Sie hatten sich gerade gesetzt, als es an der Haustür klingelte. Eberhard und Heidrun lächelten beide und standen gleichzeitig auf.

«Ich mach schon. Spät kommt sie. Doch sie kommt.» Der Hausherr ging zur Tür, während seine Frau dem verdutzten Parker über den Tisch hinweg die Hand tätschelte.

«Und je später der Abend …», sagte Heidrun und zwinkerte Parker zu. Sie hörten ein fröhliches Lachen aus dem Flur, dann schob Jansen Anneli herein.

Das Essen war wunderbar, Jansen hatte die Musik gewechselt. «Mozart! Für Gott spielen die Engel Bach, aber wenn sie unter sich sind, spielen sie Mozart.» Parker nahm sich vor, keinen Nachschlag zu nehmen, aber das war bei Heidruns offener Art

einfach nicht möglich. «Ich seh doch, dass Sie noch mögen, Matthew, bitte. Morgen kriegt es der Hund.»
Parker grinste, als er Eberhards erschrockenes Gesicht und das schelmische Grinsen von Heidrun sah. «Kampf dem Verderb!»
Heidrun und Eberhard waren seit 1960 zusammen. Er hatte sie am Landesgericht in Kiel kennengelernt, als junger Anwalt bei der Staatsanwaltschaft, in seinem Assessorjahr. «Wissen Sie, er war damals schon so», sagte Heidrun.
«Hart wie ein Eber», zwinkerte Jansen Anneli über den Tisch hinweg zu. Heidrun schlug ihm spaßhaft auf den Arm. Dann erzählte sie weiter.
«Alte Beamtenfamilie, immer abwechselnd Dorfpfarrer und Richter.»
«Na, und du?», warf Eberhard ein und fügte zu Parker gewandt hinzu: «Sie ist eine Rantzau. Aber von der verwirrten Seite.»
«Verwirrt?» Parker wusste nicht, was er meinte, und Heidrun warf Eberhard einen Blick zu, mit dem sie ihn bat, das Thema nicht weiter zu verfolgen.
«Na, jedenfalls kochen Sie ausgezeichnet!», sagte Anneli. Heidrun lachte, und sie wechselten das Thema.
Die zweite Flasche Margaux war bereits zur Hälfte ausgetrunken, als Heidrun ihnen das Dessert brachte. Sie hatte sich beim Abtragen weder von Parker noch von Anneli oder ihrem Mann helfen lassen. Die Dessertschälchen mit einer sehr feinen Mokka-Creme balancierte sie auf einem leicht angelaufenen Silbertablett.
«Das ist wirklich ein richtiges Kunstwerk!», sagte Anneli.
«Ach was», wehrte Heidrun ab und stellte ihnen die Kristallschalen mit der Creme und den feinen Schaum- und Pralinéverzierungen hin.
«Deutscher Brotpudding ist das nicht!»
«Eberhard, hör doch auf!»
Sie fingen an zu löffeln.

«Das ist alles so köstlich, und eine Nachspeise wäre wirklich nicht auch noch nötig gewesen», sagte Parker und bedankte sich bei Heidrun für ihre Mühe.
«Na ja! ‹Wir haben keine Kunst›, sagt der Balinese, ‹wir tun alles so gut, wie wir können.› Weißt du», wandte sich Eberhard an Parker, «bei uns im Historischen Museum läuft gerade eine Ausstellung zum Reichsnährstand und dieser ganzen Propaganda von ‹Esst mehr Fisch› bis ‹Kanonen statt Butter›. Da kam einiges wieder hoch. Die früheste Kindheit war …»
«Braun.»
Die beiden baten sie ins Wohnzimmer, wo Eberhard Cognac ausschenkte, während Heidrun den Ausstellungskatalog holte. Sie amüsierten sich über den Kartoffelkalender: ‹Jeden Tag zweimal Kartoffeln und doch an 31 Tagen nie dasselbe› – Schusterpastete mit Lachs, Quarkcreme mittags, gefüllte Kartoffelbällchen mit Sauerkrautsalat abends – Kartoffelpastete zum Gemüse, Apfelbettelmann, Kartoffeldätscher zum Kaffee, Biersuppe, angebratener Kartoffelbrei, Graupensuppe, Schlesisches Himmelreich, Spinat und gefüllte Kartoffelkäulchen, Kartoffelstrudel mit Obstfülle, Kartoffelmuscheln – mit zurückbehaltenem Fisch.
«Gut kochen mit dem, was es gibt, hat meine Mutter immer gesagt.»
«Klingt wie ein Werbespruch.»
«War es auch», grinste Eberhard, «für eine ziemlich clevere Broschüre.»
Eberhard und Heidrun hatten ihre Sessel nah an die Couch gerückt und Anneli den großformatigen Band in die Hand gegeben. Anneli und Heidrun blätterten die Reproduktionen von Seeleuten in Gummistiefeln, Südwestern, Kinnbärten, Angel, Netz und Pfeife durch, hielten die Bilder der Propagandaplakate für Eintopfsonntage hoch.
«Im Grunde genommen ist der Eintopf eine nationalsozialistische Erfindung», sagte Eberhard.

«Wie Vollkornbrot», sagte Heidrun.
«Ja, Brot, guter deutscher Roggen, die Urkraft des deutschen Volkes, die Scholle schmeckt durch.» Eberhard hatte sich in die von Chaplin imitierte Hitler'sche Positur geworfen und bellte mit bellender Stimme wie der Führer aus dem Radio.
«Wenn ihr kein deutsches Reh mit einem deutschen Huf auf dem Teller habt, mit deutschen Klößen und deutschen Beeren, weil der Waldgott euch seine Kinder nicht opfert, so verzagt nicht, mein Volk, züchtet Kaninchen, die schmecken auch. Stallgeruch, das ist es, was das Volk braucht, keine Verschwender von Fleisch, Volksgenossen. Ein Topf, ein Volk, ein Rührei!»
«Furchtbar!», riefen sie alle drei gleichzeitig und fingen an zu lachen.

Sie hatten sich bis weit nach Mitternacht unterhalten, Heidrun hatte es wieder abgelehnt, dass sich ihre Gäste ums Abtragen kümmerten, sie schloss die Schiebetür zum Esszimmer, und Eberhard, der zufriedene Blicke auf seine beiden auf der Couch sitzenden Gäste warf, nickte irgendwann und verabschiedete sich, er wolle mal nach seiner Frau sehen und noch einen Espresso aufsetzen, dann sollten sie, er wolle sie nicht rauswerfen, aber gehen, ein Mann seines Alters brauche einfach mehr Schlaf als das junge Gemüse – auch wenn er das nach diesen Eintopfgesprächen wohl lieber nicht sagen sollte. Sie prusteten, alle ein wenig beschwipst, noch einmal los, und Eberhard erhob sich ächzend und den Kampf des alten Mannes gegen die Vergeblichkeit in Form prononcierter Gicht aufführend, aus seinem Sessel. Sie hörten das Klappern von Geschirr aus dem Nebenzimmer, Heidrun begrüßte ihren Mann mit: «Na, mein kleiner Admiral» und Eberhard murmelte seiner Frau etwas zu. Dann schloss der Hausherr die Schiebetür. Zum ersten Mal an diesem Abend waren Anneli und Parker allein. Sie sahen sich an, und ihr kurzes, verlegenes Schweigen löste sich gleich wieder auf.

«Eberhard erzählte mir, Sie unterrichten an einem College?»
«Ja, ich war am Bard College, aber jetzt gebe ich nur noch manchmal Blockseminare, genau wie an der NYU; ich hatte bei beiden Angebote für richtige Stellen, aber ich bin einfach zu ...»
«Erfolgreich», warf sie ein.
«Zu viel unterwegs.» Parker lächelte gequält.
«Vielleicht ändert sich das ja bald?» Sie sah ihn an. In dem schönen, von der Wagenfeldlampe halb ausgeleuchteten Zimmer schimmerten ihre Augen wie graue Schieferplatten an einem Sonnentag.
«Woher kennen Sie Mahler?»
«Ich kenne Hans-Christian schon sehr lang. Und auch Ihre Freunde hier.» Sie deutete Richtung Esszimmer. «Allerdings bisher nicht privat. Hans hat Jansen einiges zu verdanken. Wenn Jansen etwas sagt, dann hat das Gewicht. Und nicht nur bei uns in der Partei.»
Also war sie es, die Mahler meinte, als er beim Essen gesagt hatte, dass er ja schon zwei seiner Mitarbeiter kenne, schoss es Parker durch den Kopf.
«Er schwärmt von Ihnen. Was Sie heute getan haben, das war gut. So viel hatte er noch gar nicht von Ihnen erwartet. Doch, wirklich, schütteln Sie nicht den Kopf! Ich kenne ihn, er schätzt Sie sehr!»
«Sie aber auch! Er hat mir erzählt, dass Sie auf einer UN-Mission für den Internationalen Gerichtshof im Kongo waren?»
«Ostkongo, ja, aber lassen Sie uns jetzt nicht davon reden.» Anneli brach den Blickkontakt ab.
Als sie nun schwiegen, merkten sie, dass sie schon eine ganze Weile nichts mehr aus dem Esszimmer gehört hatten und dass auch keiner mit dem Kaffee kam.
«Wir sollten wohl langsam», sagte sie.
«Ja», stimmte Parker ihr zu.
Sie erhoben sich und gingen durch den Flur in die Küche, wo

Heidrun gerade die Spülmaschine einschaltete. Sie drehte sich zu ihnen um und sagte leise: «Es tut mir leid, aber Eberhard geht es nicht gut, es war wohl ein wenig zu lang, er ist schon nach oben gegangen, nicht schlimm, er wollte sich hinlegen.»
Parker sah sie an.
«Entschuldigen Sie, Heidrun, wir haben unseren Besuch wohl ein wenig zu sehr ausgedehnt. Ich werde mir ein Taxi rufen.»
Sie schüttelte den Kopf.
«Hat er denn etwas Ernstes?», fragte Parker.
«Nein, nein. Nur zu hohen Blutdruck, manchmal wird ihm schwindlig, das ist alles. All die Leute, die er überzeugen will.» Sie sah beide an. «All die Sitzungen und Beratungsgespräche, die er führt. Er ist ja auch nicht mehr der Jüngste.»
«Sagen Sie ihm gute Besserung. Es war wunderschön», sagte Anneli.
«Matthew fährt natürlich mit mir!»
Parker holte ihre Mäntel aus dem Gästezimmer, und dann verabschiedeten sie sich leise an der Tür.

Anneli fuhr einen alten Saab 900 in Racinggreen. Die Sitzheizung brauchte ein paar Minuten. Der Saum ihres Kleides war hochgerutscht. Sie lächelte, als sie seinen Blick bemerkte.
«Lange keine Frauenbeine mehr gesehen?»
«Lange keine so schönen.»
«Man wird immer enttäuscht, wenn man auf Wunder hofft.»
«Hoffentlich nicht!»
Als sie den Rückwärtsgang einlegte und nach hinten blickte, um durch die hohen, pyramidenförmig zugeschnittenen Koniferen hindurchzusteuern, sah Parker Heidrun im beleuchteten Rechteck der Eingangstür stehen. Eberhard trat aus dem Dunkel hinter ihr, er hatte einen dicken, samtschimmernden Hausmantel an und zog sein Taschentuch. Sie bemerkte ihn, schalt ihn wohl, lachte ihn aber an. Anneli war jetzt durch, der Wagen schlitterte auf die Straße. Parker machte sie auf das

Gastgeberpaar aufmerksam. Sie hatten die Arme umeinandergelegt und winkten. Ganz einträchtig. Ganz einverstanden, gemeinsam alt zu werden. Als der Saab um die Ecke auf die Küstenstraße einbog und das siebenundachtzig Meter hohe Marineehrenmal in Sicht kam, schien es Parker zum ersten Mal kein mahnender Zeigefinger zu sein, kein überdimensionierter Grabstein mit Ausguckplattform, sondern der stolz vorgereckte Bug eines Schiffes.

Als sie in der Hotelauffahrt ankamen, stieg sie mit aus, um sich von ihm zu verabschieden.

«Das war schön», sagte sie.

Der Motor des Saab wummerte in der Kälte.

«Ja», sagte er. «Röhrt der immer so?» Parker zeigte auf den Wagen.

«Nur im Leerlauf.» Sie sah ihn an und beugte sich an ihn heran. Ihre Gesichter waren plötzlich ganz nah. «Tschüss», sagte sie. Ihre Atemwolken vermischten sich.

«Bis bald», sagte er.

«Morgen», sagte sie.

Im Hotel zog Parker sich seufzend aus. Er warf einen Blick in den Spiegel, prostete sich mit einer Dose Cola aus der Minibar zu und nahm sein Notizbuch vom Nachtschrank. Dann kam eine Nachricht von Anneli. Parker nahm sein Tablet aus der Tasche und setzte sich mit einem Kissen im Rücken halb im Bett auf. Er akzeptierte erst ihre Facetime und dann auch die Skype-Anfrage.

Aus Parkers Archiven:
Lektion 4: Jede Rede ist zweierlei: ein Gefecht und ein Gespräch.
Bernard Lamy spricht in seiner «Kunst zu reden» davon, dass die Fruchtbarkeit der menschlichen Seele so groß sei, dass die unfruchtbarsten Sprachen die fruchtbarsten werden. Was heißt das? Quintilian hatte in einer Parabel davon erzählt, dass man als ungeübter Redner wie ein Fechter sei, der nur mit Ungestüm kämpft. Erst als Kundiger der Redekunst sei man mit allen Finten vertraut. Lamy dreht das um: In Todesnot greift man als Fechter automatisch zu allen Finten, die einen retten.

Kapitel 6

Freitag, Kiel

Parker ging zum Wasser und spazierte an der Förde entlang. Das Eislicht hatte alles mit einem silbrig-blauen, milchigen Schimmer überzogen. Mahler rief an. Sie hatten sich am Morgen für ein kurzes Telefonat um die Mittagszeit verabredet, und Parker wollte versuchen, das Gespräch jetzt konkret auf den Vertrag zu lenken. Er zog den linken Handschuh aus, um das Gespräch anzunehmen. Es war wieder kälter geworden. Zu kalt für Schnee.
«Wie ist es gegangen? Alle gebändigt? Die Schöne – und das Kappe tragende Biest?»
«Mitgefangen, mitge…»
Mahler lachte. «Du wirst morgen Abend sehen, wer wirklich gerne hängt.»
«Wie meinst du das?»
«Lass dich überraschen. Ich hatte gerade eine unangenehme

Debatte im Landtag. Es geht darum, wie viele Flüchtlinge wir aufnehmen – und was wir mit ihnen anfangen. Das Kontingent sei zu groß, schimpfen alle quer durch die Parteien hindurch, Merkel verliert gerade. Und hier in Kiel wird das auch zum Politikum.»

«Was ist deine Position?»

«Meine? Helfen, wo man kann. Das zeigt Menschlichkeit, das ist Christenpflicht, das kommt bei den liberalen Protestanten gut an. Wir müssen darauf achten, dass die Leute ihre Ängste abbauen – das Fremde, das Andere. Die ganze Debatte steckt voller unterdrückter Aggressionen.»

«Das hast du so aber nicht gesagt.»

Mahler schnaubte in den Hörer.

«Nein, aber gedacht. Und ich sage es den Leuten im Kleinen. Unsere Gesellschaft verknöchert, alle haben Angst, dass die Globalisierung sie wegfrisst, sie obsolet macht, und statt ins Unbekannte zu marschieren, mit Lust und mit Neugier, auszuprobieren, wie die Welt sich anfühlt, wenn man sich ihr wirklich hingibt, verkriechen sie sich alle mental in ihr kleines Stadthaus oder das Grundstück am Rand, träumen von der Ferne in Katalogen und auf Urlaubsreisen, halten das für genug.»

«Hättest du denn eine Idee?»

«Ideen sind ja längst da. Wir müssen sehen, dass das Ganze nicht von zwei Seiten zerschlagen wird. Bedingungslose Integration und offene Arme von links, ohne einen Plan zu haben, das Beharren auf innerer Sicherheit – gemischt mit Rassismus, so geht das von rechts, warte mal ab, bis wir den ersten großen Anschlag in Deutschland haben, sicher nicht in Kiel, glaub mir, aber dann haben wir hier in Deutschland Hauen und Stechen. Randstädte sind für Terroristen nicht interessant, das geht wohl in Frankfurt los oder in Berlin.»

Parker warf den Rest der kalt gewordenen Pizza in einen Abfalleimer und stapfte durch den verharschten Schnee Richtung Innenstadt. Mahler fuhr fort.

«Nein, ich plädiere dafür, pragmatisch zu sein, die alten Kasernen kann man gleich nutzen, das ist nicht teuer, nur Bettzeug und Heizung, Küchen gibt's auch, und dann verteilt man die Familien auf Gemeinden im Umkreis und in einzelne Stadtteile. Das war ja sogar die Idee des Papstes, als er gesagt hat, wenn jede Kirchengemeinde nur eine Familie aufnehme, christliche Nächstenliebe, und sich wirklich mit ihr beschäftige, als Nachbarn, dann könnten wir als Europäer zeigen, wer wir wirklich sind. Das hat mich beeindruckt.»

«Und deine Kolleginnen und Kollegen?»

«Nun, vor mir kam so ein Klotz aus dem konservativen Lager, der redete vom Flüchtlingsstrom, den man eindämmen müsse, die sollten dahin zurück, wo sie herkämen, Europa würde erpressbar, die Werte der Zivilisation vom Islam hinweggefegt, eine riesige Welle rolle auf uns zu, und wir müssten und sollten usw. Und da bin ich rein und habe von Pragmatismus geredet, vom Mann mit der Mütze.»

«Helmut Schmidt?»

«Ja, genau. Was hätte der wohl heute getan? Erst angepackt, dann nachgedacht und eine geraucht. Der hätte mehr Klarheit in unsere Debatten gebracht – und das hab ich auch versucht. Der Klotz, Harms, du kennst ihn nicht, ist richtig in Rage geraten. Ich habe gesagt, dass wir auch eine Idee bräuchten, was wir denn über die Soforthilfe hinaus mit den Flüchtlingen machten. Deutschunterricht, Schulen, Ausbildung, ganz egal, ob die am Ende nun hierbleiben oder zurückgehen. Menschen ohne Arbeit und ohne Perspektive sind das Traurigste, was es gibt. Sie verkümmern.»

Parker war mittlerweile in einem großen Bogen durch den Park am Schwanenwijk wieder am Schulgelände angekommen. Er blieb vor dem Hoftor stehen und wechselte das Handy in die andere Hand.

«Du willst also die Zukunftskarte spielen.»

«Ja, die Leute sollen hier gleich arbeiten, sie sollen lernen, sollen dabei sein, sich in die andere Kultur einleben, ihre Sinne schärfen, und die, die dann zurückgehen, können ihr Land oder ihre Länder, du weißt ja, das sind nicht nur Syrer, wieder aufbauen.»

«Ambitionierter Plan, verlangt viel von allen.» Parker überlegte kurz, dann ließ er einen Versuchsslogan raus. «Solidarität ist sexy.»

«Noch nicht ganz, mein Lieber. ‹Besser werden heißt sich ändern, Perfektion bedeutet …»

«‹… sich öfter zu ändern.› Winston Churchill. Aber hast du denn das Geld und die Jobs? Wer zieht da mit?»

«Erst mal kreieren wir ja Jobs für Leute, die das Ganze managen, Lehrer, Integrationshelfer, Koordinatoren – die Bevölkerung zieht mit Care-Paketen mit, und viele engagieren sich ehrenamtlich, aber das muss professionalisiert werden. Und ich habe einen Trumpf, wenn das klappt.»

Parker wartete gespannt.

«Du erinnerst dich an Voss? Den älteren Herrn vom Neujahrsempfang?»

«Im Jachtklub? Den mit dem Türken?»

«Genau. Halal-Schlachtung, Fertiggerichte, Fleischverpackung im großen Stil. Hat sich gerade eine alteingesessene Firma in Kiel gekauft. Ist seit Jahrzehnten in der Branche. Und die Halal-Sache wird groß. Ich hab gestern mit ihm telefoniert. Er soll nicht weiter in Brandenburg gucken, wir fördern ihn hier, genug Gelände gibt es ja, er kann expandieren, und wir können viele der Leute, die wir aufnehmen, gleich in seinen Betrieb schicken, einfache Arbeit, aber Arbeit.»

«Und mit muslimischem Touch.»

«Genau.»

«Das könnte funktionieren. Was springt für dich dabei raus? Einfluss? Kampagnengelder? Kontakte?»

«Für uns, mein Lieber, für uns. Wir bereden das morgen Abend, und wir sehen uns ja in knapp fünfzig Minuten. Albe-

rich hat getobt, das hättest du sehen müssen! ‹Verrat, wir hätten doch auf ihn warten müssen› und so.»
«Und hast du ihn beruhigt?»
«Na klar, ich habe ihm gesagt, dass ich ihn nicht erreichen konnte und auch seine Pressefrau nicht wusste, was los war, nur dass er einen Unfall hatte, was ich auch dem Fernsehen gesagt hätte, genau, wie du mir geraten hast.»
«Und dann?»
«Hat er sich beruhigt. Hat mich sogar gelobt, dass ich das nicht Habeck allein habe machen lassen. ‹Die SPD steht fest am Ruder› und so.»
«Gut. Und ich hab der Aufnahmeleiterin und der Moderatorin nach deinem Interview gesteckt, dass er wohl Stress gehabt hätte mit seiner Frau und deshalb zu spät los sei. Und nebenbei habe ich fallen lassen, er hätte gesagt, ‹die kleinen Blondinen aus dem Vorabendprogramm› könnten ruhig auf ihn warten.»
Mahler schwieg einen Moment lang. Dann lachte er leise. «Perfide. Perfekt. Bernd holt dich am Hintereingang ab.»

Mahlers Fahrer erwartete ihn eine Dreiviertelstunde später vor der Sicherheitsschleuse und gab ihm die Hand.
«Schön, Sie bei uns zu haben.»
Der Rotklinkerbau wirkte freundlicher von innen. Sie nahmen einen Fahrstuhl in den zweiten Stock, die hohen Gänge waren hell gestrichen, der Anbau nach vorn auf die Förde hinaus, auf den sie zuliefen, wirkte aufgeräumt mit seinen matten Stahlträgern und dem Glas. Sie bogen nach links, und der Fahrer öffnete ihm die zweiflügelige Tür in den Sitzungssaal.
Mahler stand mit sechs Leuten um einen großen Tisch herum. «Ah, mein neuer Mann am Ruder! Kommen Sie, Matthew, kommen Sie, ich stelle Sie vor.»
«Helga Holm, Björn Asmussen und Anke Heerendonk – die drei Mitglieder des Landtags für den SSW, Sie kennen ja diese Besonderheit! Politische Alliierte.»

Die große blonde Frau im dunkelblauen Kostüm, Anke Heerendonk, ging auf Parker zu und schüttelte ihm die Hand.
«Meistens! Wenn die Herren von der Sozialdemokratie», sie nickte mit einem spöttischen Lächeln in Richtung von Mahler, «auch das tun, was sie sollen.»
«Sie meint: was die drei wollen!»
«Wir sehen uns gleich im Ausschuss – und wir uns.» Die Heerendonk nickte erst Mahler zu und sah dann Parker an. Er mochte ihre hellen, klaren Augen. «Wir sehen uns dann bald mal länger zum Kaffee in unserem Fraktionsraum, ja? Helga bäckt gute Plätzchen.»
Die drei Dänen verließen den Sitzungssaal, Helga Holm und Björn Asmussen riefen Parker ein aufmunterndes «Velkommen», «Hej, Hej» zu, und Mahlers Fahrer schloss die Tür.
Durch die drei restlichen Leute im Raum ging ein Ruck, dann atmeten alle tief aus, sodass es sich anhörte, als hätte man Luft aus einem Luftballon gelassen. Mahler grinste.
«Die Dänen! Klein, aber oho.»
Er führte Parker ans Kopfende, wo zwei junge Männer in eng geschnittenen, steingrauen Anzügen und eine Frau in einem ärmellosen Kleid, das Parker etwas zu leicht für diese Jahreszeit vorkam, standen.
«Thea, meine rechte Hand, zweite Fraktionsführerin.» Sie gab Parker nicht die Hand, sondern reckte sich zu ihm hoch und verteilte Luftküsse links und rechts. «Marten und Torben. Marten macht Presse und Kampagnenmanagement, Torben ist mein Büroleiter. Mit beiden wirst du eng zusammenarbeiten. Ich habe ihnen schon viel von dir erzählt.»
Der Übergang zum Du schien für Mahler jetzt beschlossene Sache. Genossen-‹Du› oder Freundschaft, auf alle Fälle gefiel es Parker, dass sie sich näherkamen. Torben und Marten hatten einen festen Händedruck, ließen Parker aber die Länge bestimmen, ein Zeichen, dass sie sich unterordnen würden. Zuletzt winkte Mahler noch den Fahrer von der Tür heran.

«Bernd kennst du ja bereits. Er ist mein Mädchen für alles, Fahrer, Personenschützer, Privatsekretär.»
Bernd drückte Parker noch einmal enthusiastisch die Hand, mit der freundlichen Kraft eines Ringers nach gewonnenem Match. «Willkommen!»
«Hier sind in letzter Zeit so viele hässliche Dinge passiert. Nicht nur faule Eier. Es fliegen auch schon mal Steine. Seit dem Attentat damals auf Schäuble ist man vorsichtig und jetzt mit der Sicherheitslage und dem von der AfD geschürten Volkszorn erst recht. Und Bernd –»
Mahler hielt den stämmigen, aber nicht sonderlich großen Mann an der Schulter.
«Bernd schreit nicht gleich Leibwächter, wenn er irgendwo den Raum betritt.»
Darüber konnte man streiten. Parker sah sich die Unterlagen auf dem Tisch an.
«Ja, der Ausschuss für den Zusammenschluss von Schleswig-Holstein und Hamburg trifft sich gleich wieder.»
«Und die Dänen?»
«Sind dagegen, weil sie fürchten, ihren Sonderstatus zu verlieren. Natürlich. Du weißt ja, für sie gilt die Fünf-Prozent-Hürde nicht. Und für Hamburg ist das ein Problem. Bei uns war es auch eines, vor vier Jahren hat die Opposition sogar einen Antrag gestellt, ob das verfassungskonform wäre, weil wir sie plötzlich mit in der Regierung hatten. Anke war …»
«… und ist Ministerin für Justiz, Kultur und Europa, dazu zweite stellvertretende Ministerpräsidentin.»
«Hochachtung», sagte Torben, der doch ein paar Jahre älter war, als er auf den ersten Blick erschien, Parker schätzte ihn auf Ende fünfzig, die Krähenfüße um die Augen und die tiefen Linien um den harten Mund verrieten ihn.
«Ihr», Parker wandte sich an Marten, der wie eine Kopie Torbens wirkte, nur zwanzig Jahre jünger, schlank, drahtig, dynamisch, ein Läufertyp, «habt mich gut mit Material versorgt.»

«Ja, so viel Einfluss hatte die dänische Minderheit noch nie. Dreitausendfünfhundert Parteimitglieder, Friesen und Dänen, und sie sind das Zünglein an der Waage bei der Dänen-Ampel mit den Grünen. Anke sitzt für uns auch im Bundesrat. Wenn es wirklich jemals einen Zusammenschluss mit Hamburg geben sollte …», setzte Marten an, wurde aber von Mahler unterbrochen.
«Oder den utopischen Nordstaat. Aber lasst uns das ein andermal diskutieren.»
Torben und Marten nickten und begannen, die Unterlagen zu ordnen und in ihre Aktentaschen zu verteilen.
«Was du siehst, Matthew, ist, wie wir komplizierte Koalitionen führen, Leute bei der Stange halten, auch mal Ungewöhnliches ausprobieren – und das nicht zum Schaden des Landes.» Mahler nahm Parker am Arm und ging mit ihm zum Fenster. Parker hatte den Blick gleich beim Eintreten bewundert. Sie sahen direkt auf die Förde, das Landeshaus stand erhöht, und hier im zweiten Stock hatte man einen wundervollen Blick aufs Wasser und das gegenüberliegende Ufer. Die großen Docks der Werft bestimmten das Panorama auf der anderen Seite.
«Für nächste Woche hat sich die Verteidigungsministerin angekündigt.»
«Ich fahre eigentlich am Montag.»
«Sag ab. Leg was um. Bleib noch ein paar Tage hier. Die Chance kommt zwar sicher wieder, aber die Ministerin kommt mit großer Entourage – und ich will sehen, worauf wir uns vielleicht in Berlin einschießen sollten; das ist immer lehrreich, wenn man auf Ministerebene anknüpft. Und ‹Verteidigung› ist nach der nächsten Wahl als Posten bestimmt wieder zu haben. Dann machen wir auch deinen Vertrag.»

Parker würde die Sache, die er für Frankfurt vorbereitet hatte, aufs folgende Wochenende verschieben. Individualtraining bei Fernsehauftritten für Manager der Bahn. Er brauchte jetzt den Vertrag, das war wichtiger als ein paar Tausender. Dann würde er auch die Wohnung einrichten können. Und Anneli und er hätten Zeit. Kam da auch nicht diese Band in den Jazzklub, den sie ihm zeigen wollte? Auf dem Rückweg vom Landtag ins Seminar hatte er ihr eine SMS geschickt.

Sie hatte ihn gestern Nacht angeheizt mit ihren Vorstellungen, was passieren würde, wenn sie einander berührten.

Ich will deine Hand auf mir.
Ich will deinen Mund.
Ich will dich in mir spüren.

Am Abend fand er eine Nachfrage vom Hotelmanager, handgeschrieben, auf seinem Zimmer. Er möge sich bitte endlich wegen seiner Kreditkarte melden. ‹Endlich›. Ein schönes Wort – er würde Mahler morgen bitten, dass seine Sekretärin hier anrief und mitteilen ließ, dass man sich doch ein wenig verwundert zeige, wie man hier Gäste der Landesregierung behandele. Er würde vielleicht einfach Sonntag schon in seine neue Wohnung am Hörn ziehen. Der Vertrag ging ja klar.

Vergnügt zog Parker sich um. Der Vormittag war nach einigen Aufwärmübungen zur Stimmbildung – Gähnen, dem Summen durch Luftballons, mom, mem, mim, mam, mum, was bei den Teilnehmern ein Kichern hervorrief, weil das vibrierende Gummi an den Lippen kitzelte, der klassischen Stimmgleitübung von Brust in Kopfstimme (mi, me, mo) und dem Goethe'schen Artikulationsklassiker – geradezu verflogen:

Wenn mancher Mann wüsst, wer mancher Mann wär',
Gäb mancher Mann manchem Mann manchmal mehr Ehr'.
Da mancher Mann nicht weiß, wer mancher Mann ist,
Drum mancher Mann manchen Mann manchmal vergisst.

Eine Kurzübung zu Gruppendiskussionen mit dem Thema: «Wie wichtig darf die Arbeit sein?» war hervorragend gelaufen, selbst die Anschlüsse hatten geklappt. «Ja, ich kann sehen, worauf Sie abzielen, wenn Sie von den Gefahren des übermäßigen Arbeitens sprechen, wir kennen das alle: Wer sich ausschließlich auf den Job konzentriert, Familie, Freunde und Freizeit vernachlässigt, sich kräftemäßig über Monate überfordert, der wird sich irgendwann gestresst und erschöpft fühlen. Aber es gibt Menschen, denen weder volle Schreibtische noch Sechzehn-Stunden-Tage etwas ausmachen. Stress ist also etwas höchst Subjektives … Ich möchte den Punkt meiner Vorrednerin verstärken … Perfektionisten sind besonders anfällig für Stress … das Selbstwertgefühl und die Leistung …» und so weiter und so fort. Das Thema war von allen Seiten im Stakkatotakt beleuchtet worden.

Anneli hatte sich von Wilfried weggesetzt, das war allen im Seminar aufgefallen.

Der junge Anwalt aus Plön, den Parker beiseitegenommen hatte, um ihm zu empfehlen, die Krawatte in dieser Runde abzunehmen, da sie ihn steifer wirken ließ, als er tatsächlich war, hatte eine sehr grundsätzliche Frage zur Rolle der Rhetorik gestellt.

«Glauben Sie, dass das in Zukunft wirklich noch eine Rolle spielt? Wie wir aufeinander eingehen, wie wir einander ansehen, wie wir unsere Haltung mit der eines anderen koordinieren? Ich meine: Die meisten Konferenzen werden in Zukunft doch in virtuellen Räumen stattfinden, etwa in globalen Unternehmen, die Vorstandsebene sitzt in Singapur, Zürich, Hamburg, London, New York, noch sind es Bildschirme, aber irgendwann werden es vierzehn Avatare sein, die es sich in virtuellen Sesseln bequem machen. Sie diskutieren Konzernpolitik, und das Einzige, was jemand vielleicht vermisst, ist das Schmuddelwetter in Hamburg, wo die Konzernzentrale offi-

ziell beheimatet ist. Da sind doch ganz andere Fähigkeiten gefragt, als sich in die Augen zu sehen.»
Anneli und einige der anderen lachten bei dieser Vorstellung. Parker lächelte und versuchte zu antworten. War das Mahlers Mann?
«Sie haben recht, neuronale Interfaces und eine Weiterentwicklung von *second life* und SIMS bieten für die Vermarktung von Wissen in der Netzwerkökonomie einen unschätzbaren Zeit- und Kostenvorteil. Niemand muss teuer erster Klasse eingeflogen werden, ökologischer ist es auch. Trotzdem glaube ich nicht, dass dies die persönliche Begegnung ganz ersetzen wird. Und unsere sprachlichen Fähigkeiten und Strategien der Überzeugung schon gar nicht. Es wird auch auf die Gestik und Mimik eines elektronischen Ichs in der Netzwelt ankommen, wenn so ein komplexes Gespräch gelingen soll. Die Idee ist sicher faszinierend. Aber das dauert noch.»
Die meisten nickten. Tönges schüttelte den Kopf, als wollte er die technische Rückständigkeit solcher Argumente nicht glauben.
«Aber Ihre Vorstellung von einer künstlichen Zweitwelt wirft weitere sehr interessante Fragen auf: Können Sie sich zum Beispiel eine Gerichtsverhandlung vorstellen, die virtuell stattfindet? Avatare – in grünen Rüstungen, oder was weiß ich, wie man die Modefrage gesellschaftlich klärt, jedenfalls Avatare mit Autorität – führen den Angeklagten hinein, großes Brimborium mit ‹Halle der Justitia› oder schlichtes Beamtengrau, ein Tisch-, ein Stuhl-, ein Zimmerpflanzen-Büro, ich sehe schon Tausende indischer Jungs und Mädels an den Zubehörprogrammen zur Office-Ausstattung schreiben. Dann setzen sich alle; drei Richterfiguren, Staatsanwalt und Verteidiger, Protokollführer und die vierzig Avatare der Presse lassen sich seitlich vom Angeklagten nieder, eine ganze Community kann sich in die Oma in Strickjacke oder den bulligen Steroidtypen in der dritten Reihe zuschalten – Zuschauerstellvertreter, da-

mit der öffentliche Zweck einer Verhandlung nicht verloren geht. Aber wie schaffen Sie in einer virtuellen Welt Atmosphäre, vor allem, wer schafft sie?»

Parker war einen Moment lang abgelenkt, weil Anneli ihn ansah. Er versuchte den Gedanken wieder aufzunehmen.

«Das alles hat ja bereits Konsequenzen für unsere Form der Demokratie, des Teilnehmens: Wir alle sind vernetzt, wir nehmen über Twitter und Facebook an viel mehr teil als jemals eine Generation zuvor, aber evolutionär und psychosozial stecken wir immer noch in den Hirnen, den Körpern und der Moral, die uns der aufrechte Gang der Jäger und Sammler und dann die Entscheidung, sesshaft zu werden, beschert haben. Und nun kommt zivilisatorisch wieder eine neue Stufe: das Leben im virtuellen Bereich, eine fundamentale Erweiterung, mit der wir klarkommen müssen – und das wird noch mehr Auswirkungen haben, als wir sie jetzt schon sehen. Tönges hat recht: Gerichtsprozesse, wirtschaftliche oder politische Entscheidungen finden längst in den sozialen Medien statt. Wir müssen lernen, sie zu verstehen.»

Sie hatten die Diskussion nach Parkers Stellungnahme weitergeführt. Welche rechtlichen Konsequenzen in so einer zweiten Welt eigentlich steckten, welche anderen Formen von Verbrechen; Wilfried hatte etwas Witziges eingeworfen: Ob da jemand in eine Konferenz stürmen könnte, ein Avatar-Hacker, der eine künstliche Person übernommen hatte und nun den Netzterroristen spielte und die globale Konferenz mit virtuellen Maschinengewehrsalven auslöschte? Als was sollte das gelten? Hausfriedensbruch? Versuchte Tötung? Öffentliche Ruhestörung? Oder nur Datenmissbrauch?

In der *Koralle*, einer Kneipe um die Ecke vom Hotel, nahm er ein schnelles Abendessen zu sich – er begann mit einer Suppe, bestellte ein kleines Rumpsteak mit Salat, eine halbe Portion Bratkartoffeln und ein Glas Rotwein. Er hatte den ganzen

Nachmittag Heißhunger gehabt. Parker aß langsam, zahlte und ging aufs Zimmer, ohne sich um das ‹Herr Parker, Herr Parker› des Portiers zu kümmern. Er zog sich halb aus und betrachtete sich im Badezimmerspiegel, sah auf sein Handydisplay. Kein Anruf von Anneli. Dann setzte er sich an den Computer. Es dauerte eine Weile, bis er seine E-Mails sortiert hatte. Er antwortete kurz, meist mit einer Bemerkung über das Wetter in Kiel, den silbrigen Winternebel. Die NYU-Verwaltung bat er, sich doch mit dem definitiven Auszugstermin aus den Silvertowers zu gedulden, er sei gerade im Ausland, bei seiner Bank habe er wegen der ausgebliebenen Mietzahlung nachgefragt, das sei wirklich merkwürdig. *Hon. Akol Paul Kordit, Deputy Minister of Information & Communication* des Südsudan hatte nochmals eine *Official Tender Invitation* mit Aufstellung des Equipments, Landbesitzes und der sich im Wiederaufbau befindlichen Raffinerien geschickt, die *Dear Madam/Sir* gerne nach einer per Mail gegebenen Absichtserklärung und selbstverständlich wohlwollender Klärung der Verhältnisse des Dear Madam/Sirs in Besitz nehmen könne. Parker löschte. Dann öffnete er die Mail seiner Agentin. Nur zwei Sätze, ein Gruß und ein Link:

Hast du's gesehen? Herzlich, K.
PS: Tut mir leid.

Normalerweise schickte sie ihm so die Verrisse oder die Absagen von Vortragstouren und Seminaren, deren Veranstalter sich dann doch gegen ihn entschieden hatten. Es überkam ihn auf einmal ein schlechtes Gefühl. Sein Zimmertelefon musste schon eine Weile geklingelt haben, als er den Hörer endlich abnahm. «Ah, du bist ja doch da. Hat es dir denn gefallen bei uns?» Eberhard. Er hätte ihn gleich am Morgen anrufen müssen, um sich zu bedanken. Das wäre das Mindeste gewesen, schnell kritzelte er eine Notiz auf den Post-it-Block, dass er morgen noch vor dem Seminar Heidrun einen weiteren Blumengruß mit einer Karte schicken lassen würde.

Seitdem Neela ihn vor die Tür gesetzt hatte, rief er kaum mehr jemanden an. Sie hatte ihm nur noch per SMS mitgeteilt, wann er seine Sachen aus der Wohnung zu entfernen habe, wie viel Geld er ihr noch für die Strom- und die Telefonrechnung schuldig sei. Er hatte mit allem gerechnet, mit Beschimpfungen, Tobsuchtsanfällen, Weinkrämpfen, irgendetwas, das ihm wenigstens angedeutet hätte, dass sie verletzt sei, dass sie aber vielleicht auch noch an ihn dachte. Stattdessen war sie versteinert, hatte nur wissen wollen, wann er den Dauerauftrag für ihre Wohnung kündigen würde und wohin sie ihm seine Post nachsenden solle. An dem Tag, den sie vereinbart hatten, damit er seinen Besitz aus der Wohnung holte, hatte er Lilien gekauft. Vielleicht war es der Duft der Blumen, der ihn nicht gleich die Maus riechen ließ. Er holte eine Vase aus dem Schrank, füllte sie mit Wasser und stellte die Lilien auf den Couchtisch. Sie mochte Blumen. Insgeheim hatte Parker gehofft, dass sie doch da wäre, sie gemeinsam streiten, weinen, sich küssen, schlagen, sich versöhnen würden. Aber sie hatte nur Zettel hinterlegt. Zettel an Koffern, meins/deins, Zettel mit Anweisungen. Die Kisten mit Büchern und CDs standen gestapelt direkt hinter der Tür, seine Anzüge, Hemden, Krawatten lagen ordentlich gefaltet im Schlafzimmer auf dem Bett, das bereits kein zweites Kissen mehr hatte.

Er ging durch den engen Flur in die Küche. Ohne Lilien vorm Gesicht schlug ihm der süße Geruch von Verwesung entgegen. Nicht aufdringlich, eher so, als hätte man Milch im Kühlschrank verschüttet und als hätten sich dort die süßen Faulgase der Laktose dann mit dem pelzigen Überzug des Schimmels auf den ungespritzten Zitronen zu einem Feldversuch in Sachen Innenstadtbegrünung zusammengetan. Aber der Kühlschrank war leer, da stand lediglich eine angebrochene Flasche neuseeländischer Sauvignon Blanc. Als wäre sie lange nicht mehr hier gewesen. Es war seltsam. Im Bad, in den Regalen, im Bett, in den Schränken waren alle seine Spuren entfernt worden. Kein Foto mehr, kein Gegenstand, der ihn an sie beide erinnerte. Die Wohnung war fremd wie bei einer Besichtigung.

Er dachte daran, wie sie damals zusammen das Apartment eingerichtet hatten, wie sie ihn panisch angerufen hatte, als kurz nach ihrem Einzug das Nebenhaus eingestürzt und bei ihnen die Küchendecke heruntergekommen war, alte Füllmasse und verfaultes Stroh aus den Tagen, als die Lower East Side und das Village in den Wohnhäusern kleine Familienfabriken beherbergt hatten, die Subunternehmer der großen Textilunternehmen. Meist war das die einzige Chance für die verschreckten rachitischen Einwanderer aus dem Schwarzwald, aus Pommern, der Ukraine und Ostpolen gewesen, hier etwas aufzubauen. Der Kuchen war aufgeteilt gewesen, die irischen, italienischen, die einheimischen, selbst die chinesischen Banden hatten Downtown unter sich abgesteckt, eine deutsche, polnische, jüdische Klientel hatte mit den Gegebenheiten zurechtkommen müssen, und das hatte bedeutet: sich anzupassen. Neela hatte geschrien, dass sie Geschichte nicht interessiere, dass er gefälligst kommen und sie aus diesem Chaos aus Mörteln, Steinen und Ungeziefer retten solle, dass ihre schönen Möbel verschmutzt seien und etwas sie am Kopf verletzt habe, nein, nicht schlimm, bloß eine Fleischwunde, direkt am Haaransatz, die aber eine Narbe hinterlassen werde. Parker war natürlich gekommen. Er hatte bemerkt, wie verunsichert sie gewesen war. Als er sie dann aber nur mit Instruktionen zurückließ, wie sie dem Hausbesitzer begegnen solle, damit dieser wisse, dass Parker nicht scherze, wenn er sofort eine Reparatur – nicht nur Plaste und Tape – und für seine Freundin

in der Zwischenzeit eine angemessene Unterkunft verlange, hatte sie damals verzweifelt gefragt: «Bleibst du denn nicht?»
Er hatte bloß den Kopf geschüttelt.
«Bitte!»
Er hatte nach Boston fahren müssen. Damals hatten seine Vortragsreisen gerade erst angefangen. Er hatte nehmen müssen, was er bekommen konnte, die Seminare, die ihm so viel Geld eingebracht hatten, hatten noch in weiter Ferne gelegen. Aber es war ihm auch damals schon nicht bloß ums Geld gegangen, obwohl die Wohnung und das ständige Ausgehen mit Neelas Freunden seine finanziellen Möglichkeiten weit überstiegen. Er hatte fortgemusst in die Welt, um sich zu beweisen. Er hatte das Neela damals nicht erklären können. Parker dachte daran, dass all diese Geschichten nun nur noch Erinnerungen waren, die sie, Neela und er, nicht mehr miteinander teilen würden. Sie hatten damals auf den Stufen der ukrainischen Kirche in der Nähe ihres Apartments gesessen, sie weinend, er hatte sie tröstend im Arm gehalten, ohne sie trösten zu können. Für Vorübergehende hatten sie damals wohl wie ein Paar, das sich trennt, gewirkt. Vielleicht war es ein Fehler gewesen, nach Boston zu fahren. Der erste Fehler in einer langen Reihe, die ihn unwiederbringlich von ihr weggeführt hatte. Aber das war jetzt nicht mehr zu ändern.

Ein Kälteschauer zog ihm über den Rücken. Als er am Bad vorbeilief, auf dem Weg ins Schlafzimmer, und einen kurzen Blick in den Spiegel warf, erschrak er. Hinter ihm, auf dem Boden vorm Türspalt zum Bad, lag eine Maus. Das hieß, es waren zwei Hälften einer Maus. Er drehte sich um. Sie war grau, fast schon mumifiziert, ihre zwei Körperhälften eingesunken, er glaubte bereits die Knochen vom Brustkorb zu sehen. Die Eingeweide hingen aus ihr heraus, zerrissene Schläuche aus einer Hülle, trocken wie Seetang. Neela hatte Mäusepapier geklebt. Wahrscheinlich war die Maus durch den

Luftschacht oder die Abwasserrohre gekommen, durch den Spalt unter der Badezimmertür geschlüpft und dann in die Falle getappt. Verzweifelt musste sie versucht haben sich loszureißen, hatte ihre Glieder gestreckt, immer weiter, den Leib gedehnt, war dann erschöpft an immer weiteren Stellen, am Bauch, am Hinterleib, am Kopf, mit dem Klebstoff in Berührung gekommen, Stücke vom Fell klebten fest, Pfotenglieder. Die Schnurrhaare mussten als Erste abgerissen sein, und schließlich war der Körper in der Mitte auseinandergerissen. Zweigeteilt. Ihr Vorderkörper war dem Papier fast entronnen, aber zu welch einem Preis. Das Auseinanderreißen war im Mittelalter die härteste Strafe gewesen, weil, so dachte man, der Körper auch am Jüngsten Tag so zerstückelt nicht wiederauferstehen könnte, eine Bestrafung über das Jenseits hinaus. Amerikanisches Mäusepapier vernichtete Mäuse für alle Zeit.

Parker stürzte ins Bad. Einen Moment lang schien sich sein aufgeblähtes Gesicht wie ein Ballon ohne Körper durch den Spiegel zu bewegen, dann krümmte er sich über das Waschbecken. Er zitterte am ganzen Körper, in seinem Mund schmeckte es bitter. Dann spuckte er aus.

Parker holte Kehrbesen und -schaufel aus der Ablage unter der Spüle, hielt aber inne. Er nahm ein Papiertaschentuch in die Hand und entfernte den vorderen Teil der Maus vorsichtig vom Boden und vom Rand des Klebepapiers. Die Maus war ganz leicht. Er trug sie ins Schlafzimmer, öffnete den großen Wandschrank, in dem nur noch Neelas Kleider hingen, und bettete die halbe Maus in einen beigefarbenen Prada-Schuh. Die nächste halbe Stunde schleppte er seine Sachen nach unten, rief ein Großraumtaxi und legte seine Schlüssel, wie sie es auf dem Zettel verlangte, auf den Küchentisch. Er sah sich noch einmal um. Dann zog er die Wohnungstür hinter sich zu. Den Wandschrank hatte er einen Spaltbreit offen gelassen.

Auch auf die Maus gab es keine Reaktion. Er hatte es trotzdem noch einmal versucht. Knapp einen Monat später, als ein Bericht in der *New York Times* angekündigt hatte, dass Neela mit einer Ausstellung über das Material in der Kunst Isamu Noguchis ihre Arbeit als Kuratorin an der Dia:Beacon Art Foundation aufnehmen würde, hatte sich Parker entschlossen, noch einmal alles in die Wagschale zu werfen.
Er hatte den braunen Etro-Anzug angezogen, die schmale Dolce-&-Gabana-Krawatte, dazu die Varvatos-Stiefel und den neuen Mantel aus dem Secondhand. Die kleinen Mottenlöcher im Rücken sah er erst, als er sich umdrehte, im Spiegel. Egal. Ein Punk, ein Kaschmirmantelpunk. Den Ring aus Las Vegas in der Tasche.

Der bullige Dodge Charger brummte die Houston Street entlang Richtung East River, Parker nahm die Auffahrt auf den FDR Drive. Die Eröffnung sollte in drei Stunden beginnen. Genug Zeit, um vielleicht sogar einfach die 9 über Ossining und Sleepy Hollow zu nehmen. Bei der Autovermietung hatte man Parker ein Upgrade aufgeschwatzt, aber das machte ihm nichts. Er drückte einige Knöpfe am Radio. Die großen Stationen brachten Latino-Jazz oder dudelten die Chartlisten rauf und runter, verkündeten Baseballtrades und die übliche Werbung. Auf NPR verpasste er gerade das Gedicht des Tages, vorgetragen und kommentiert von der angenehm sonoren Stimme von Karl Hass, dann gab es sofort einen als ‹Membership-drive› getarnten Spendenaufruf, der, so die Ansagerin, noch die ganze Woche andauern würde, bis das hochgesteckte Ziel von zweihundertfünfzigtausend Dollar für dieses Quartal erreicht wäre. Im Augenblick war man bei achtundvierzigtausend.

Parker mochte Digitalradios nicht besonders. Mit den alten analogen Geräten konnte man durch vorsichtiges Drehen am Senderknopf wenigstens immer mal wieder auch kleinere Collegestationen reinbekommen, die eine eigene, wilde Mischung aus Musik spielten, und wenn man Glück hatte, bekam man auch richtig gute Kommentare zu hören. Neue Juwelen der elektronischen Musik, wiederentdeckte Klassiker, Debatten über Bluegrass und die politische Relevanz der Musik für Amerika, er hatte ein Herz für Nerds. Mit mehr Glück wäre er als Kind vielleicht selber einer geworden. Parker versuchte, mit der Suchlauftaste durch schnelles Hin-und-her-Drücken die Senderstärkeneinstellung zu überlisten, bekam kurz eine Studentenstation von der Fordham University in der Bronx rein, dann rieselte der Sound weg wie Sommerschnee, der von Lindenbäumen und Pappeln auf die Frontscheibe fiel.

Der Charger preschte tapfer weiter. Hinter der Spuyten Duyvil Bridge hängte Parker sich hinter einen Lastwagen, der Kies transportierte, feiner Sand prasselte an seinen Kühlergrill wie Tausende kleine Steinchen. Er wollte gleich versuchen, von der 9a auf die 9 abzufahren, über Yonkers. Der bunte Rausch der Baumkronen, die sich über die Straße wölbten, erinnerte ihn an die Farben der Blätter an dem Tag, als er Neela aus dem Metropolitan abgeholt hatte, ihren zweiten, zuerst schüchternen, dann gelösten Spaziergang, der im Conservatory Garden und dann in ihrer Wohnung geendet hatte. Parker durchzog es warm. Er würde ihr erklären, wieso er sie belogen hatte, er würde um Verzeihung bitten.

An der Ortseinfahrt von Ossining hing ein riesiges Pappschild als Werbung für das *Stone House, Home of John Cheever, Best Pancakes of the World*. Parker wusste zwar, dass Cheever nicht in Ossining geboren war und dass es mindestens dreihundert Orte in den USA gab, die den Claim für die besten Pfannkuchen für sich beanspruchten, aber viele von Cheevers Geschichten spielten hier bzw. in ähnlichen Kleinstädten im Staat New York oder in Connecticut, wo die Städtchen mit Vorortbahnen gut an Manhattan angeschlossen waren. Als er den Wagen vor dem alten Hotel parkte, um einen Kaffee zu trinken, und auf den Eingang des Frühstücksrestaurants zustapfte, spürte er, wie sein Magen knurrte.

Im Geist ging er durch, was er sagen wollte.

Als er auf den Parkplatz vor dem Dia:Beacon Art in fuhr, klopfte sein Herz wie wild. Er parkte den Charger in zweiter Reihe neben einem Aston Martin. Die Leute, die aus den großen Limousinen stiegen, sahen ihn an, als gehöre er nicht dazu. Parker sah sein Spiegelbild in der Scheibe der Fahrertür an, richtete die Krawatte und nickte zufrieden.

Nach der Einladungskarte wurde er am Eingang nicht gefragt, einige der Paare trugen Abendgarderobe, sein brauner Anzug war fast zu leger. Parker ließ sich Champagner geben.

Neela erschien in einem schulterfreien Kleid. Sie sah gut aus, nervös, weil sie gleich einen Vortrag halten würde. Parker hätte gern seinen Arm um sie gelegt. Aber sie war von Museumsleuten umringt, und da stand auch ihr Vater, Dr. Patel. Der Neurologe, der nur altes Geld akzeptierte, altes, abgeschabtes Geld, vertrocknetes Geld, Fleischgeld, Ausbeutergeld, Puritanergeld, das Geld, das in Amerika schon durch die Namen hindurchstank. Dr. Patel trat jetzt an seine Tochter heran und legte ihr die Hand besänftigend auf die Schulter, Neelas Mutter, die gute alte New Yorkerin, ließ sich vom Kellner einen zweiten Weißwein bringen. Dann fing der Museumsdirektor an, stellte sie vor als neue Kuratorin, begrüßte die wichtigen Gäste. Richard Serra war da, Tracy Harris, die Witwe von Dan Flavin, Ai Weiwei. Die Gäste nickten zufrieden. Parker stellte sich auf die unterste Stufe der Treppe, um besser sehen zu können. Neela fing an.

«Amerika, du hast es besser, du hast keine Basalte ...»
Sie zitierte Goethe auf Deutsch, fehlerfrei, das hatte er ihr immerhin vermitteln können. Dann schlug sie den Bogen zu einer neuen Ästhetik des Materials, immer stärker sei der Stoff, das Physische der Kunst, unter dem Formprimat der westlichen Tradition verschwunden. Und erst jetzt würde man seit einigen Jahren wieder bewusster mit Material umgehen, zumindest im größeren Rahmen der Kunstgeschichte. Isamu Noguchi, halb Japaner, halb Amerikaner, sei nicht nur durch seine Plazagestaltung, beispielsweise für die Chase Manhattan Bank, seine Großskulpturen und die modernen Tsukubai und Kare San Sui, die modernen Steingärten, die auf Vorbilder aus der Muromachi-Zeit anspielten, berühmt, sondern vor allem durch seine generelle Transposition japanischer Wabi-Sabi-Ästhetik, in der es um Alterungsprozesse, um Brüche und Zeitablagerungen im Material gehe, für die Gegenwartskunst eine der wichtigsten Katalysatorfiguren, der jetzt endlich auch jenseits des kleinen Gartenmuseums in Queens eine Werkschau gewidmet worden sei. Sie dankte Richard Serra, der mit seinem Rost und den Verwitterungsspuren am Eisen die Tradition Noguchis noch großartiger weitergeführt habe, der Witwe von Dan Flavin für eine nachgelassene Lichtinstallation und Ai Weiwei für eine Arbeit mit dem Titel *One thousand lamps ignite the sky*, für die er Noguchis berühmte, teure Akaris aus handgeschöpftem Papier in seltsame Wurmobjekte verformt hatte, ein merkwürdiger Garten aus glühenden Regenwürmern. Mitglieder der Philharmonie spielten Haydn, und die Show wurde eröffnet.

Neela hatte ihre Sache gut gemacht. Parker ließ seine Hand in die Jacketttasche gleiten, wo der Ring war. Er wollte sich gerade zwischen den Gästen hindurchkämpfen, die jetzt ihre Teller mit den Köstlichkeiten vom Büfett gefüllt hatten, als er einen Mann neben Neela auftauchen sah. Einen Mann, der

strahlte, der sie küsste. Dr. Patel strahlte auch. Neelas Mutter lächelte und trank Wein. Er hatte nicht bemerkt, dass jemand neben ihm stand und ihn anstarrte.
«Ist Ihnen nicht gut?»
Eine ältere Frau vom Cateringservice, blond, mit Krähenfüßen um die Augen, die einmal sehr schön gewesen sein musste.
Parker schüttelte den Kopf.
«Nein, danke, es geht mir ausgezeichnet.»

Zwei Männer in dunklen Anzügen und Ohrstöpseln, die er sich so nicht vorgestellt hatte, ein Hulk und ein kleiner Kommandooffizier, hielten ihn auf, als er durch die zweite Absperrung hinter Neela und ihrer Künstlerentourage hergehen wollte.
«Sir», flüsterte der Kleinere, ein etwa Mitte dreißigjähriger Mann, dem die Haare ungut in mehreren Kränzen ausgefallen waren, «darf ich Ihre Einladungskarte sehen?»
Der Zweite, der Hulk mit knolliger Nase, versperrte Parker den Weg.
«Tut mir leid, bin spät dran, gerade aus New York, die hab ich im Wagen vergessen.» Parker sah ihm direkt in die Augen.
«Darf ich bitte Ihre Einladungskarte sehen?», wiederholte der kleine Mann.
«Ich gehöre zu ihr», sagte Parker und deutete auf Neela. Sie hatte ihn noch nicht entdeckt, dafür aber der Mann, der Neela geküsst hatte. Kam es Parker nur so vor, oder lächelte er süffisant?
Neelas Mutter und ihre Schwester schauten jetzt auch herüber.
«Es tut mir wirklich leid, aber ohne Einladungskarte kann ich Sie nicht hereinlassen.»
Neela, die sich gerade angeregt mit Ai Weiwei unterhielt, schaute herüber. Parker winkte. Sie zog an ihrem Vera Wang, oder war es Versace, ihre Miene verfinsterte sich. Dann ent-

schuldigte sie sich bei dem Chinesen und ging auf den Hulk und Parker zu. «Matthew», sagte sie.

«Neela.»

«Geh, bitte.»

«Aber ich …»

Neelas Vater stürzte jetzt auf sie zu. Dr. Patel wedelte mit dem Zeigefinger. Wie vor einem Kind. Oder einem ungezogenen Haustier. Neela sah Parker an.

Er hatte ihr sagen wollen, wie sehr er alles bereue, wie sehr er sie wolle, was er eigentlich die ganze Zeit über hatte sagen wollen, schon in Las Vegas. Aber jetzt sah Neela ihn an. In ihrem Blick war nichts. Da sagte er nur noch «viel Glück» und drehte sich um.

Parker sah auf die Uhr. Er hatte nicht gemerkt, dass es Nacht geworden war. Den Dodge ließ er beim Zurücksetzen hemmungslos schlittern, der Parkplatz war leer. Dann schob er die Automatikschaltung auf die kleinste Übersetzung, gab Gas, und die Räder drehten durch. Auf dem Saw Mill Parkway waren kaum noch Autos unterwegs. Nur er und das Licht.

Er war immer ein guter Fahrer gewesen, hatte sich die Sicherheit, seine Geschwindigkeit den Verkehrsverhältnissen anzupassen, auf zahllosen Fahrten quer durch Deutschland erworben, damals, als er eine Zeit lang auf Kurierfahrer machte, Zierfischcontainer von Hamburg nach München fuhr, Neuwagen überführte oder in den Semesterferien als Krankenwagenfahrer im Nachtdienst jobbte. Aber nun war das egal.

Im Scheinwerferlicht tanzten Motten. Brummend zog der Charger über die Fahrbahn. Einen Moment lang schien es Parker, als würde er durch diese Monotonie und den dunklen Rhythmus der Räder betäubt. Er dachte an nichts mehr, nicht mehr an Neela, nicht mehr an diesen Mann, der sie geküsst hatte, nur daran, dass er müde war, dann tauchte eine Fellwand vor ihm auf, ein Rudel Rehe, ein knochiges, lang gestrecktes Gesicht mit zwei großen Ohren. Er trat auf die Bremse, der Wagen drehte sich, und der brombeerfarbene Geruchsbaum am Rückspiegel schaukelte wild, der Aufschlag eines weiteren Tiers an der Seite, dumpf und heiß fuhr ihm das Blut ins Gesicht. Er musste geschrien haben, aber der Wagen kam erst zum Stehen, als dieses Nein längst wieder verklungen war.

Als er ausstieg, sah er die eingedrückte Fahrertür und einen Fellrest an der Stoßstange. Er ging auf das Tier zu, das versuchte, sich zu erheben. Es hatte Blut an der Schnauze. Dann legte es den Kopf auf die Straße. Parker trat zu ihm und streichelte ihm den Hals. Er spürte noch für ein paar Sekunden den pfeifenden Atem über dem Pulsschlag, dann zuckten die Vorderläufe noch einmal, und die Zunge rutschte dem Tier aus dem Maul. Seine Augen, dachte Parker, riesige schwarze Augen. Sie blickten ihn an. Nein, sie glänzten bloß noch. Was er sah, war er selbst, nur gespiegelt.
Nachdem er die Unfallstelle gesichert hatte, rief er den Abschleppdienst und dann die Polizei. Die Frage, ob er verletzt sei und einen Krankenwagen benötige, verneinte er.

Wer der Mann war, Neelas Neuer, wie ihm Iris, Neelas langjährige beste Freundin, erzählte, als er sie anrief, fand Parker schnell heraus. Jonathan Sandforth-Wainwright III. Fabrikantensohn, alter Neu-England-Adel, Lehrstuhl für Cultural Studies an Brown, Segelmeister, ein Multitalent, lange Bostons ungekrönter Partykönig, aber produktiv für die Gemeinschaft lebend und arbeitend in Providence. Der perfekte Mann!

Iris war vor Kurzem nach London gezogen, um beim Auktionshaus Saatchi zu arbeiten.
«Sie liebt ihn, Parker, da kannst du nichts machen. Du hast es versaut. Aber wir können ja mal ausgehen … falls du in London bist, ruf an.» Das hatte er nicht getan.

«Es war sehr schön bei euch. Ich danke dir. Wirklich.» Parker versuchte, all das, was er an Wärme für Eberhard empfand, in seine Stimme zu legen.
«Manchmal braucht man das einfach, ein bisschen reden. Du klingst müde.»
«Ja, ich bin wirklich müde.» Parker versuchte, seine Stimme konzentriert und aufmerksam klingen zu lassen, freundschaftlich. Dankbar.
«Ich wollte dich auch nur warnen», fuhr Eberhard fort.
«Warnen? Wovor?»
«Davor, dass dir das entgeht: Anneli. Wir dachten beide gleich, ihr seid ein schönes Paar. Sie ist etwas Besonderes, Matthew. Na, du weißt das sicher noch besser. Aber ich glaube, du hast Eindruck gemacht. Mach nicht den Fehler, alles zu zergrübeln.» Parker hörte ihn seufzen. «Das Leben geht mit zweiten Chancen nicht gerade verschwenderisch um.» Ein Gefühl der Rührung mischte sich in die überwältigende Zuneigung, die Parker plötzlich empfand, vielleicht sollte er sich Eberhard doch einmal ganz anvertrauen, die Geschichte mit Neela, sein Versagen, seinen Verlust, diese wirre Mischung aus Schuld, Verlustgefühl, Schmerz und Verrat endlich loswerden. Das würde ihm helfen. Aber Eberhard sprach schon weiter.

«Na, ich sag dir das auch, damit du nicht so allein bei uns alten Leuten rumhockst, wenn du herziehst. Guten Geschmack habt ihr ja. Mahler hat mir gesagt, du hast dir die Wohnung schon angeschaut?»
«Ja, sie ist fantastisch!»

«Der Fördeflüsterer in Aktion! Zeig sie Anneli mal! Holt sie dich morgen zur Party ab? Ich weiß noch nicht, ob ich kommen kann, is immer 'n büschen wild, und ich bin nicht ganz auf dem Damm, das hast du ja gestern gemerkt. Nichts Ernstes. Aber ich wollte dir Glück wünschen, sie ist wirklich eine tolle Frau. Na, wenn wir uns morgen nicht sehen sollten, dann komm doch am Sonntag noch mal zu uns! Bevor du fährst!»

Eberhard hatte aufgelegt, bevor Parker ihm sagen konnte, dass er auf jeden Fall noch bis Mitte, Ende der nächsten Woche in Kiel bleiben würde. Er blickte auf die Kommode neben dem Kleiderschrank. Da lag sein Schlüsselbund. Neben den bronzefarbenen Schlüsseln für sein Apartment und den Kellerraum in den Silver Towers hingen die silbernen für das Loft oben am Hörn. Jetzt nur noch den Vertrag. Parker hielt den Hörer wie ein fremdartiges Werkzeug in der Hand. Einen Moment lang sah er sich in den Spiegelscheiben des Kleiderschranks an. Mit leichtem Bartschatten, die zwei oberen Knöpfe seines Hemds geöffnet, sah er aus wie ein Mann auf einer Mission. Er spürte, wie es sich warm in ihm ausbreitete, ein Glücksgefühl, das ihm bis in die Mundwinkel stieg. Er musste lächeln und nickte seinem Spiegelbild zu. Als er den Hörer in die Ladestation steckte, klingelte es wieder.
«Oh, störe ich? Hier ist Anneli.»

Die Tänzer in der Bar bewegten sich mit der schwerelosen Eleganz von Schlaflosen. Starre Gesichter, die über den Samtkleidern, eleganten Hosen und Anzügen schwebten wie Herrscher über unsichtbare Reiche.
Sie hatte ihm vorgeschlagen, in die alte Hafenbar zu kommen, es sei nicht weit von seinem Hotel, dort finde heute Abend eine Milonga statt, und sie wolle sich warm tanzen. Parker hatte nur eine vage Vorstellung davon, was das war. Er wollte sie sehen, wischte die Müdigkeit weg, duschte, zog sich den nacht-

blauen Prada-Anzug und das Missoni-Hemd wieder an, Ton in Ton, der Kontrast des mäandernden, bunten Musters mit dem seidigen Glanz des Jacketts hatte ihm gefallen. Dann trank er noch einen Tomatensaft aus der Minibar, lud sich die Wegbeschreibung aufs Handy, klappte den Laptop zu, warf sich Schal, Mütze und Mantel über und ging, den Mantelkragen gegen das neuerliche Eisgeriesel hochgeschlagen, in das sich der samtige Nebel verwandelt hatte, zum Hafen. Anneli hatte recht gehabt. Es war wirklich nicht weit. Die Hafenbar entpuppte sich als hell beleuchtetes Eckcafé im französischen Bistrostil mit ziselierten Scheiben.

Das Erste, was er von ihr sah, als er eintrat, waren die rot lackierten Zehen in den weißen Wildlederschuhen mit den Korkrampen. Kirschfüße in Kokottenschuhen. Wie Neelas. Einen Augenblick schienen die Zeiten, die Bilder der Orte und Frauen in Parkers Kopf durcheinanderzuwirbeln wie die Tanzenden vor ihm, dann glitt sein Blick an ihr hoch. Sie trug ein Paillettenoberteil über dem geschlitzten Rock. Als sie vom Barhocker aufstand, wurde er sich zum ersten Mal ihrer Größe und ihrer Eleganz bewusst. Sie hatte sich die Lippen geschminkt, eine zu den Rottönen des Nagellacks und des Trikotstoffs passende Farbe, ihr blondes, kurz geschnittenes Haar war zurückgekämmt, ein Zwanzigerjahre-Vamp. Mit Schmuck ging sie sparsam um. Parker fiel lediglich eine angelaufene, silberne Brosche in Form eines Apfels auf.
Als Anneli von ihrem Barhocker glitt und ihn aufforderte, schüttelte Parker den Kopf. Er wollte sie erst mal nur ansehen.

Sie zuckte mit den Schultern und ließ sich durch die Menge der Tangotänzer treiben. Sie wurde aufgefordert, tanzte mit einem leicht untersetzten Mann, der sich das Haar mit Pomade zurückgekämmt hatte. Ihr Fuß folgte seinem, wenn er sie mit der Außenseite anstieß, sie drehte sich und ließ die spitzen, eleganten Schuhe neben seinem Bein absinken.

«Bei der Milonga kann der Mann mit der Frau tun, was er will, sie muss folgen», hauchte ihm eine stark geschminkte, dünne Schwarzhaarige, die sich neben ihn an die Wand gelehnt hatte, ins Ohr. Schweißperlen spiegelten das Licht auf ihrem Gesicht. Sie sah ihn erwartungsvoll an. Ihr Atem roch nach Gin.

«Ich werde sehen, dass ich es lerne.»

Sie lachte. «Das dauert Jahre.» Sie legte ihre Hand auf seine Schulter, ließ sie dort länger liegen, als nötig gewesen wäre. «Die Frau versucht, ihm mit ihrem Körper Fallen zu stellen, sehen Sie?» Sie deutete auf ein Paar, das sich elegant umeinanderschlang, sie bewegten sich mühelos, fast schwebend im Raum. Parker bemerkte, dass die Frau sich nicht an ihren Partner schmiegte, sondern ihre Beine so um seine schlang, ihre Füße so stellte, dass er ins Stolpern kam, nein, ins Stolpern gekommen wäre, wenn er nicht gewusst hätte, wie er sie beiseiteschieben könnte.

«Tango ist wie die Liebe, verstehen Sie? Man wird in seiner Sicherheit gestört. Und dann beginnt das Spiel von Nähe und Distanz, und jeder Schritt ist nur dazu gemacht, neue Hürden aufzustellen, die man überwinden muss, und am Ende ist da nichts.»

Sie nahm einen großen Schluck von ihrem Gin Tonic. Ihre Augen glänzten. «Man kommt sich näher, man kommt sich immer näher – und am Ende stellt man fest, dass man sich gar nicht kennt.»

Sie stellte den Drink ab und streckte sich.

«Tanzen ist der Versuch, das Ende so lange hinauszuzögern, wie man kann.»

«Dann sollte ich das wohl lernen.»

Die junge Frau sah ihn an, dann sagte sie noch einmal: «Das dauert.»

«Dann treffen wir uns hier nächstes Jahr.» Parker machte

einen kleinen Schritt zur Seite. Die Hand der Frau glitt die Backsteinwand herunter.
Anneli beendete ihren Tanz und kam mit einem eleganten Wippen des Rocks auf ihn zu. Bei jedem zweiten Schritt sah man ihre Oberschenkel in den Netzstrümpfen durch den Schlitz an der rechten Seite blitzen.
«Unterhaltet ihr euch gut?», fragte Anneli und stellte sich dazu.
Die Pausendame wandte sich lächelnd von Parker ab und ging an die Bar.
«Möchtest du etwas trinken?», fragte Parker. Anneli schüttelte den Kopf.
«Eigentlich möchte ich tanzen.»
«Du siehst fantastisch aus, wenn du tanzt.»
«Sonst nicht?»
«Doch, natürlich … aber … du bist so … anders.»
«Wie denn?»
«Irgendwie, ich kann es gar nicht sagen, so wie …»
Sie stellte sich neben ihn und nahm seine Hand.

Nachher im Hotel, als sie beide die Decke anstarrten, fragte er sie, warum sie nicht schon vorher zu ihm gekommen sei. «Ich mag es, wenn Männer auf mich warten», sagte sie bloß.

Aus Parkers Archiven:
5. Lektion: Liefern Sie nicht bloß das Erwartbare ab, probieren Sie etwas aus, überraschen Sie sich und andere. Wenn Sie Ihre Rede zu etwas Besonderem machen wollen, dann müssen Sie einen dieser Ach du heilige Scheiße-Momente produzieren, wie bei einem guten Kinotrailer, der die Zuschauer aufrüttelt und an den Rand ihrer Sitze treibt. Allen muss der Unterkiefer runterklappen. Dann haben Sie Ihr Ziel erreicht. Wissen Sie noch, was Bill Gates getan hat? 2009 hielt er eine Rede über das Kindersterben und globale Armut. Fakten, Fakten, Fakten. Aber interessant und unvergesslich wurde es, als Gates auf der Bühne ein Glas öffnete und Hunderte von Moskitos in die Halle entließ. Er sagte: «Malaria wird durch Moskitos übertragen. Ich habe hier welche mitgebracht. Es gibt keinen Grund, warum nur arme Leute infiziert werden sollten.» Das hat keiner, der dabei war, mehr vergessen.

Kapitel 7

Samstag, Kiel

Am Morgen stand Parker erst auf, als sein Handyalarm zum zweiten Mal klingelte. Anneli war gegen fünf gegangen, sie müsse sich umziehen. Sie hatten sich lange geküsst, dann hatte er sich den Laptop ins Bett genommen. Mahler hatte ihm enthusiastisch auf seinen Statement-Entwurf zu Fragen der inneren Sicherheit geantwortet. «‹Terrorismus ist Theater, und Theater führt man immer für ein Publikum auf. In der asymmetrischen Kriegsführung geht es nicht nur darum, Schaden anzurichten, es geht den Terroristen vor allem darum, eine Reaktion hervorzurufen. Unsere Aufgabe ist es also nicht nur, Personen und Gebäude zu schützen, sondern unsere Handlungsfähigkeit zu bewahren. Wir wollen keine Politik der Angst, wie sie die neuen Rechten auch in den großen Parteien im Munde führen. Wir wollen auch nicht – wie viele andere – den Islam mit Terror, das Fremde mit Schrecken oder Schutzsuchende mit Bedrohung verwechseln. Wir stehen, über Parteigrenzen hinweg, für Engagement. Ein Engagement für alle, das unsere Freiheit, unsere Gesellschaft und unsere Sicherheit nicht hinter Schutzzäunen denkt, sondern als eine Haltung versteht, mit der wir uns als Deutsche, als Bürgerinnen und Bürger, im Sinne unserer Werte als Demokraten und wahre Europäer erweisen.› Großartig, Matthew! Das knall ich denen von rechts vor den Latz! Und das ist etwas, mit dem ich auch bei unserer Verteidigungsministerin punkten kann. Auch wenn wir uns noch überlegen müssen, wie wir unsere Investitionshilfen für die Werften und Marine-Zulieferbetriebe begründen. Denk beim zweiten Entwurf daran, wir sind ja in Kiel! Es wäre schön, wenn du Zeit hättest, mich für das Treffen vorher zu coachen. Montag nach unserem Gespräch mit den *Kieler Nachrichten*?»

Parker pfiff einen Tangorhythmus vom gestrigen Abend vor sich hin und nahm die Treppe, lief die zwei Stockwerke zum Frühstück ins Restaurant hinauf. Die nette Bedienung am Stehpult sagte, sie solle ihm von der Rezeption ausrichten, er möge doch bitte gleich nach dem Frühstück vorbeikommen. Parker ignorierte das. Dann fiel ihm ein, dass er die gestrige E-Mail seiner Agentin noch gar nicht gelesen hatte. Er weckte sein Tablet aus dem Ruhezustand und öffnete die Anhänge, die sie ihm geschickt hatte. Heiratsanzeigen in der *NY Times*, in *Society*, der *Post*, im *Rhodes Island Esquire*. Sie hatte es also getan. Kurz zog es ihm heiß in den Magen. Ein scharfes Brennen, das sich gleich wieder verflüchtigte. Er dachte kurz an Las Vegas. Er trank seinen Kaffee aus und ließ den Rest des Omelettes stehen.

Es war noch früh, er ging zu Fuß zum Seminar, machte einen Umweg und folgte dem kaum geräumten Fußweg durch den Schlossgarten über einen kleinen Bohlensteg am Hang, um auf die Förde zu sehen. Langsam wich die Dunkelheit einem körnigen Grau, dann erschienen am Horizont die ersten Streifen der Dämmerung. Die Wege am Wasser waren noch nicht geräumt, er stapfte langsam an den kaum noch zu erkennenden Spendern für «Schietbüdel» vorbei. Um diese Zeit waren nur Leute mit Hunden unterwegs. Er folgte der Kiellinie, bog am Institut für Meereskunde in den Schwanenwijk. Der alte Botanische Garten lag unberührt vor ihm, die Wege unter den bizarren Eisskulpturen der Weiden, Ebereschen und Koniferen kaum zu erkennen, eine verwinkelte, schneebedeckte Landschaft aus Watte, Kälte, Zuckerguss. Lediglich ein Hund und ein Kaninchen hatten Spuren hinterlassen, Zeichen einer Jagd. Er wollte nicht wieder weglaufen, nicht von hier, er war in Kiel, er gab ein gutes Seminar, er konnte stolz sein, er hatte noch zwei volle Tage vor sich, und dann war er Königsmacher, nicht wahr? Er hatte die Schlüssel für eine Wohnung, seine Wohnung, und dann war da noch Anneli. Das Provisorium würde aufhören, er musste es nur endlich akzeptieren, dass Neela Vergangenheit war. Schluss mit den Selbstvorwürfen. Er musste den Kopf wieder frei kriegen. Er setzte seine Bluetooth-Kopfhörer ein, stellte das iPhone laut. Cibo Mato hauchten ihm ihr *White Pepper Ice Cream* ins Ohr. Parker folgte dem monoton entrückten Rhythmus der Zeilen, merkte, wie sich sein eigener Gang in eine Art dumpfes Schreiten verwandelte, wie sein Atem rhythmische Eiswolken vor dem Gesicht hertrieb, er überließ sich dem Rhythmus, atmete, zwei, drei, vier, spürte, wie seine Schritte den frischen Schnee zerdrückten, machte sich leer. Sein eigener Atem gefror, wehte ihm sofort wieder als Frostkleid auf die Wangen, alles war angetrieben von diesem mysteriösen, halb garen Sprechgesang.

It's like a line drawing
It snipped my heart
White Pepper Ice Cream

Er hatte die Band, zwei japanische Schwestern, die nichts konnten, weder singen noch spielen, noch tanzen, in einer Bar in New York zusammen mit Neela gesehen, es war ihr erstes Konzert abseits vom Bard College gewesen; sie waren mit ihren Kollegen nach einer Show von Araki, dem japanischen Fotografen, in zwei Taxis gestiegen und von Chelsea nach Greenwich gefahren. Araki war betrunken gewesen und hatte mit allen Frauen geflirtet, auch mit Neela, aber beide hatten das eher belustigt zur Kenntnis genommen. Im Taxi hatten sie sich immer wieder geküsst, und der Japaner hatte sich beifällig auf die Schenkel geschlagen und etwas zu seiner Assistentin gesagt, was wie zustimmende Begeisterung geklungen hatte.

Sweet or spicy?

Als sie mit Araki in die Bar geplatzt waren, hatten die Japaner im Publikum wie beim Aufritt eines Popstars gekreischt, nur die beiden Schwestern auf der kleinen Bühne waren beleidigt gewesen.

Ça m'est égal
Ça m'est égal
It's all the same to me

Aber ihm war jetzt nichts mehr gleich. Er und Neela, sie hatten nicht gereicht. Er hatte zu lange in einer Blase gelebt, gedacht, dass er alles im Griff hätte. Die große Liebe, den Erfolg im Beruf. Dass er niemals wieder so leben würde wie damals mit der Mutter, nie wieder Angst haben und von anderen Leuten abhängig sein müsste. Vielleicht wäre es anders gekommen, wenn er damals in Vegas ihrer Beziehung eine neue Form gegeben hätte. Er hätte sie nur fragen, nur eine Entscheidung treffen müssen. In Nevada war es heiß gewesen, die Wüstenluft hatte sie wie ein Faustschlag in die Magengrube getroffen.

Die Luft flimmerte über dem Asphalt, Fußgänger waren nicht willkommen. Die Limousinen und Taxis vom Flughafen – es starteten und landeten fast zweihundert Maschinen pro Tag – fuhren die Gäste direkt in die Kältezone vor den großen Hotels, die sich in Kästen, Würfeln, schlanken Türmen, angedeuteten Wellen oder Pyramiden in den Wüstenhimmel erhoben. Zimmer mit Bad, Zimmer mit Couchlandschaft, Zimmer mit Swimmingpool. Ein Hauch von feinen, durch Hochdruckdüsen in die Luft gespritzten Tropfen wurde von einer auf sanfte Rotation eingestellten Windmaschine wie unsichtbarer Nebel auf den Anfahrtsbereich vor der Eingangshalle verteilt. Eine Übergangszone, ein Service, der bezweckte, dass man von der Hitze nicht erstochen wurde, wenn man aus dem Taxi stieg, dass einen die Kälte nicht erschlug, wenn sich die Automatiktüren mit einem sanften Rollgeräusch öffneten, welches eher in eine Leichenhalle zu passen schien, bevor man den Fuß auf Marmor setzte. Neelas hohe Absätze klackerten wie Eiswürfel im Glas, als sie an seiner Seite an der blockartigen Rezeption aus schwarz poliertem Holz eincheckte.

Er hatte es ihr immer wieder gesagt, hatte sie damit aufgezogen, dass sie sich für längere Aufenthalte im Freien andere Schuhe hätte mitnehmen sollen. Und sie hatte wie immer nicht auf ihn gehört, sie trug ihre Rampenschuhe, helles Wildleder, Mode des frühen siebzehnten Jahrhunderts, «Kokottenschuhe», sagte sie dazu, und er hatte wie immer zugeben müssen, dass er sich freute, eine so schöne Freundin zu haben.

Sie hatte den Flug in die Spielerstadt wegen einer Recherche gebucht, ein Artikel von ihr über Oberfläche und Material in der Casino-Architektur von Las Vegas war für die nächste Nummer von *Art Forum* vorgesehen gewesen. Er hatte ihr vorgeschlagen, sie zu begleiten und eine Woche zu bleiben, was sie gefreut hatte. Schanghai war noch nicht lange her. Am ersten Abend hatten sie noch nicht miteinander geschlafen, zu erschöpft waren sie von dem langen Flug gewesen, dem Stunden dauernden Sicherheitscheck, bei dem sie ihr Nagelnecessaire hatte abgeben und einen Korkenzieher im Handgepäck nicht hatte mitnehmen dürfen. Ihre Naivität – oder war es Gleichgültigkeit –, die Unkenntnis, was man im Handgepäck mitnehmen durfte und was nicht, hatte ihn eine Weile geärgert. Dann hatte er sich eines Besseren besonnen.

Die Abendsonne des zweiten Tages senkte sich dem Horizont entgegen. Die violetten Schatten der Hochhäuser löschten einen Moment lang das bunte Blinken der Leuchtreklamen aus. Sie waren im Hochzeitsviertel gewesen. Sie hatte begeistert Fotos gemacht. Billig, mittelteuer oder luxuriös, die Kunden, die sich zuvor eine Heiratslizenz im staatlichen Büro gekauft hatten, entschieden sich vor dem Eintritt für die Kapellengröße, die musikalische Ausstattung, die Anzahl der Photographien, die ihnen von der Zeremonie zur Verfügung gestellt werden würde, die Zeit, den Grad der zur Verfügung gestellten Freundlichkeit. Billig hieß: kleine Kapelle, Priester, russischer Photograph, lockere Plastikgirlanden vor der Bank, kein Brautbukett, zehn Minuten Zeremonie, kurzer Kuss, erst der Ringe, dann der Frau, messerscharfe Anweisungen seitens des Priesters und des Photographen, wie man sich hinzustellen, zuzuknöpfen, anzusehen habe, dann Zertifikat, Foto, ein Segensspruch und ab.

Er war das im Nachhinein wieder und wieder durchgegangen. Ihr würde das vielleicht nicht gefallen haben. Nein, nein, ganz sicher, sie hätte das nicht gemacht. Nicht mit ihm, nicht in dieser Nacht. Aber was, wenn er sie gefragt hätte, wenn er sie einfach in das Büro geschleppt hätte? Den billigen Flohmarktring am Finger und den teuren für sie in der Tasche? Hätte sie Nein gesagt?
Das würde er nun niemals wissen.

Er hatte sich danach oft vorgenommen, ihr zu sagen, was er damals in Las Vegas vorgehabt hatte. Oft, wenn er nachts wach lag, besonders allein auf Reisen, in Hotels, wenn er neben sich diese Leere spürte. Frisch gestärkte Laken, unberührte Kissen, das Betthupferl, das Praliné oder die Minipackung mit Gummibären, in die Ritze gerutscht.

Die Erinnerung an sie und die verpasste Chance. Manchmal dachte Parker, dass er sich in den Schmerz verliebt hatte, den dieser Gedanke an Neela immer noch auslöste, wie das Gift einer Brown Spider, das langsam und unaufhörlich sein Zellgewebe auflöste, bis eine schleimig träge Masse aus der Wunde lief, ähnlich den Spezialeffekten alter Zombiefilme. Die Giftzähne einer Brown Spider sprühen das Toxin mit einer ungeheuren Wucht in das Fleisch ihres Opfers, dessen Zellen sofort unaufhaltsam zu verfallen beginnen. Bei einem Biss in die Hand liegt nach zehn Tagen der Knochen frei. Es schmerzt, ist aber nur in den seltensten Fällen tödlich. Das Gewebe stirbt ab. Die Hand verfault. Wenn man Glück hat, bleibt eine Narbe. Wenn man Pech hat, ist man fürs Leben gezeichnet. Man muss Handschuhe tragen. Was passierte bei einem Biss ins Herz?

Parker dachte an Anneli. Er bog in die Feldstraße ein, folgte dem leidlich freigeräumten Fußgängerstreifen auf dem Bürgersteig, den allmählich auflebenden Verkehr neben sich. Der

Schnee auf der Straße war durch den Streudienst in eine braungraue Masse verwandelt worden, kalt und unappetitlich, ein morgendlicher Stadtbrei, den die Doppelreifen der Fernspeditionen auf die einsamen Fußgänger warfen. Er ging über die Kreuzung mit der Brunswiker Straße auf den Blocksberg zu, der einen scharfen Knick machte, dann nahm er die Blocksbergtreppe zum Lorenzendamm. Das Laufen hatte ihn unter dem Kaschmirmantel ins Schwitzen gebracht. Der kleine Kiel lag gefroren vor ihm. Die letzten Ausläufer der Ostsee schwappten da irgendwo, vom Schnee und vom scharfen Wind in bizarre, weiße Wellendünen verwandelt, Rippen eines Riesenskeletts, flach gedrückt, doch alles wirkte vollkommen spurenlos, leer. Lediglich eine große, dunkle Fläche nah am Rand war gestern anscheinend von einer Gruppe von Kindern freigeräumt worden. Sie hatte die Dimensionen eines schmalen Eishockeyfelds.
Als er die Schule betrat, begrüßte ihn der Hausmeister.
«Na, fast durch?»
Parker nickte und machte sich auf in den Vorbereitungsraum.

In der Mittagspause bekam Parker zwei Anrufe. Mahler erinnerte ihn an den Abend in der Parteizentrale, ob er einen Wagen schicken solle oder ob das mit Anneli klappe und ob es mit dem Coaching am Montag etwas würde? Dann klingelte es noch einmal.
«Wieso hast du mir nicht gesagt, dass du in Deutschland bist? Frau Schulze hat dich vorgestern Abend im Fernsehen gesehen, du arbeitest jetzt in der Politik? Wann kommst du vorbei?» Seine Mutter. Er versuchte, sie abzuwürgen, erklärte, er müsse jetzt gleich wieder in ein Seminar, er habe zu arbeiten, würde aber ganz bestimmt nächste Woche anrufen.
«Das sagst du immer.»
Ihre Stimme hatte diese panisch verweinte Art, die ihm immer Vorwürfe zu machen schien. Als könnte er sie durch sein Küm-

mern retten, durch Zuneigung, durch Liebe. Das hatte nie funktioniert. Parker empfand es als Falle. Er hätte kein normales Verhältnis zu ihr, andere Kinder würden sich um ihre Mutter kümmern, sagte sie.

Normal war sie selten gewesen, aber wenn, dann war es sogar schön. Als er noch kleiner war, noch nicht mal auf dem Gymnasium. Er erinnerte sich, wie es war, mit ihr vom Kiez weg Richtung Altona über die Ottensener Hauptstraße zu gehen. Türken machten damals Läden auf und wieder zu, Gemüsehändler und preiswerte Kleidergeschäfte wechselten einander ab, Elektroschrott verkaufte sich aus wuseligen Löchern heraus wie wild, man entdeckte Stereoanlagen, billig, die stapelweise in den Schaufenstern standen. «Gestohlen», murmelte seine Mutter und zog ihn weiter zu den roten und goldenen Auslagen mit Goldschmuck, aber die waren nicht ihr Ziel. Sie ging meistens Kaffee mit ihm kaufen, zum alten Kolonialwarenladen von Kröger, wo es Gebäck gab, Kemm'sche Kuchen für die alten Damen aus der Großen Brunnenstraße, Maronen, zuckrige Amerikaner oder Petits Fours für sie und ihn. Sie redeten oft mit dem Besitzer, der, wie sein Geschäft, aus der Zeit gefallen war. Er trug stets eine Schürze über dem englischen Anzug und nahm sie nur ab, wenn er sich zu seiner Mutter und ihm in eine Ecke setzte, um mit ihr zu sprechen. Schon Krögers Großeltern hatten ihren Kaffee hier im Stall mit der eisernen Riesenmaschine im Hinterhof selber geröstet, Kröger zeigte sie Matthew. Es roch verbrannt, aber gut.

«Weißt du, wie man den Kaffee erfunden hat?», fragte Kröger. Matthew, er war damals acht, schüttelte den Kopf. «Ein Ziegenhirte in Äthiopien ging mit seiner Herde ins Hochland, da gab es diese Büsche mit Beeren. Der Mann legte sich eine Weile aufs Ohr, bis er vom Meckern und Herumspringen seiner Ziegen wieder aufwachte. Sie waren völlig aufgedreht, hüpften wie Gummibälle und meckerten wie Schuster und Matrosen», erzählte der Ladenbesitzer. «Die Ziegen hatten die Beeren von den Büschen gefressen. Der Mann kratzte sich am Kopf und pflückte dann eine Handvoll. Die Ziegen hatten sich inzwischen wieder beruhigt. In der Nacht, als es kalt wurde, kaute er auf den Beeren herum. Sie schmeckten furchtbar bitter. Er warf sie in sein kleines, noch schwelendes Feuer. Als er am nächsten Morgen aufwachte, waren die Ziegen schon wieder ganz aufgekratzt, weil sie von den Beeren gefressen hatten. Der Hirte nahm die Handvoll Beeren aus dem fast ganz erkalteten Feuer, sie waren braun geworden und rochen gut. Er aß ein paar davon, aber so richtig gut war das nicht. Sie zerbröselten schnell. Wie genau er auf die Idee kam, weiß man nicht, aber er nahm zwei Steine und zermahlte die gerösteten Beeren dazwischen. Das Pulver schüttete er in einen Behälter mit Wasser, den er über das wieder angefachte Feuer hielt. Und voilà.» Kröger hielt ihm abwechselnd eine grüne Beere hin, dann eine hellbraun geröstete, das gemahlene Pulver und schließlich einen Becher mit dampfendem Kaffee.

Es waren wache Nachmittage gewesen; einmal die Woche gingen sie zu Krögers, und Herr Kröger stellte im Sommer einen Klapptisch und Stühle heraus. Als seine Mutter einmal lachte und meinte, er solle doch das Haus nebenan kaufen und ein Café daraus machen, grinste Kröger, sah auf ihren Bauch, der sich damals gerade entwickelte, das war vor den großen Auseinandersetzungen gewesen, und sein Vater und seine Mutter hatten ihm erst kurz vorher gesagt, er bekomme ein Schwesterchen. Erst Jahre später, während des Studiums, war er dann noch einmal hergekommen, um im Kiloladen vom Roten Kreuz am Bahnhof ein paar Jacken zu kaufen. Herr Kröger hatte tatsächlich ein Café neben seinem Laden aufgemacht. Und es hieß «Kleine Schwester».

Das Kind hatte seine Mutter bei einem ihrer ersten Cocktailräusche verloren, Gin und Percodan. Matthew war damals in der Turnstunde gewesen, als ihn sein Vater verweint abgeholt und mit ins Krankenhaus genommen hatte. Es war ein großer Schock gewesen, sie da im sauberen Krankenhausweiß liegen zu sehen, blass und voll Schuld, aber nichts im Vergleich zu später. Seine Mutter war nie wieder mit ihm zu Kröger gegangen. Freunde hatte er von da an nicht mehr nach Hause einladen können, er ertrug auch keine mehr. Er wollte niemandem etwas erklären. Für Parker hatte die Zeit des Bewachens begonnen. Und des Aushaltens, wenn sie ihm zwischen Schlucken aus der Wodkaflasche die Ultraschallaufnahmen vom toten Kind zeigte. Nur, wenn sie in der Schule war, so, wie er es eigentlich auch hätte sein sollen, oder endlich fest schlief, hatte er Zeit für sich. Oder wenn es gar nicht mehr ging und sie für ein paar Tage eingeliefert wurde. Dann kümmerten sich andere um sie, und sie bemühte sich, schnell wieder rauszukommen, die Lehrerin mit dem süßen Sohn und dem sie immer allein lassenden Mann. Dann hielt sie eine Fassade aufrecht, die sie vor ihm oder seinem Vater nicht mehr zu brauchen schien.

Er war in die Einladung nach Upstate New York geradezu geflohen, seine Mutter zum x-ten Mal im Entzug, erneut vom Gericht entmündigt, und Parker war wieder gefragt worden, ob er nicht die Vormundschaft für sie übernehmen könne. Sie hatte sich verwirrt auf der Suche nach ihrem Mann – der schon vor Jahren gegangen war – mitten auf der Reeperbahn entblößt, getobt und geschrien, er, Parker, könne sie doch nicht immer allein lassen, sie sei doch noch schön. Sie hatte sich gerieben, man solle sie doch jetzt endlich in den Arm nehmen, sie habe so viel Liebe in sich, für ihn, für alle, sie hatte barfuß auf dem dreckigen Pflaster gestanden und gezittert, ein Betrunkener hatte sich ihr genähert und sie angefasst, da hatte sie ihn weggestoßen, was für eine unglaubliche Kraft diese kleine Frau hatte, befand damals die Menge, und wie laut sie schreien konnte. Sie hatte ihren Ehering abgezogen und ihn dem Sohn entgegengeschleudert, den die Beamten schon kannten, sofort angerufen und mit dem Peterwagen zu ihr gebracht hatten, um die Frau zu beruhigen. Wo der Ring gelandet und wer ihn genommen hatte, war später nicht zu ermitteln gewesen, für eine Lehrerin war das nichts, befand der Richter, nachdem die Polizei mit Parkers Hilfe die Rasende in eine Decke gewickelt, die Personalien festgestellt und, weil sie dann doch endlich zusammengeklappt war, den Notarzt gerufen hatte, Kreislaufkollaps; als seine Mutter dann, in den Notarztwagen gehievt, plötzlich wieder um sich schlug, die Decke den Männern entgegenwarf, wütend und kreischend, sie wolle gefickt werden, war Parker gemeinsam mit den Sanitätern und ohne die Beamten, hinten neben der Pritsche ihre Hand haltend, mit in die Notaufnahme gefahren. Das kleine Reeperbahnspektakel. Man benachrichtigte ihn immer, wenn so etwas geschah. Den jungen Parker. Den Sohn. Und er kam. Das war wieder und wieder passiert, erst einmal im Monat, dann, seitdem er vierzehn war, fast jede Woche. Voller Scham saß er auf dem popelgrün gestrichenen Flur der Psychiatrie, wo sie ihr Bett hatte, sie hielt wieder seine Hand, als sie ihn anflehte, er möge sie nicht verlassen, er solle doch für sie sorgen und ihr Vormund sein, sie hätten doch gar nicht das Geld für einen vom Gericht festgesetzten Betreuer und für das, was sie dem Sozialamt sonst noch zahlen müssten, es war ja nicht das erste Mal. Aber damals hatte er nicht reagiert. Damals war er hart geblieben.

Er war mitten in der Nacht angekommen, in Newark, dann mit dem Bus in die Stadt gefahren, in Port Authority umgestiegen, in den Greyhound aufs Land. Er erinnerte sich an die Straßenschilder, die Bäume, stimmungsvolle Namen waren auf der Route 9 an ihm vorbeigeflogen. Croton Harmon, Sleepy Hollow, Poughkeepsie. Rhinebeck. Annandale-on-Hudson. Gegen zwölf Uhr nachts ließ ihn der mitleidige Nachtbusfahrer auf dem stillen, hügeligen Gelände unweit der berühmten Wasserpumpe aussteigen, die Bob Dylan angeblich als junger Angestellter bei der für Gebäudeerhalt und Landschaftspflege zuständigen Abteilung B&G, Building and Grounds, hier eingegraben hatte. Die Bustür hatte pneumatisch gepupst, und der massige Mann, der seinen Bauch gerade so eben hinter das Lenkrad des Mack zwängen konnte, half ihm, den muffigen Armeekleidersack voller Secondhandklamotten mit dem Hinweis aus dem Gepäckfach zu ziehen, dass er nicht wisse, ob noch jemand wach sei, und hatte Fahrgast und Gepäck sanft auf die Grasnarbe vor das Torhaus an der Route 9 befördert. Und wirklich: Es war finster, kein Empfangskomitee irgendwo, nur Grillenzirpen in der kühlen, klaren Luft, eine Andeutung des beginnenden Indian Summer. Was hatte er auch erwartet? Aber die Campuspatrouille las ihn auf, brachte ihn ins Office, wo tatsächlich ein Briefumschlag mit einem altmodischen, maschinegeschriebenen Willkommensgruß und einem Schlüssel auf ihn wartete. Der Schlüssel fürs Gästehaus.

Seine Mutter hatte er in den Jahren, die seither vergangen waren, kaum mehr gesprochen, es hatte nur einige wirre, verheulte Telefonate und zwei Kurzbesuche zum Tee gegeben. Allein, an sie zu denken, bereitete ihm Bauchschmerzen. Und jetzt war er wieder hier, auf dieser Seite des Atlantiks, aber nicht, um ihr wieder als Strohhalm zu dienen, nein, er war für sich hier, wie hatte Mahler das formuliert, als ‹Königsmacher›. Als Mann mit einem Auftrag – und dem Wunsch, zu gewinnen.

Er war gerade im Begriff gewesen, sich ein Bad einzulassen, als sein Handy klingelte.

«Hallo», sagte sie. «Rufe ich zu spät an?»

«Nein, nein.» Parker verstummte.
Anneli lachte durchs Telefon. «Du versuchst doch nicht auszubüxen?» Er glaubte, im Hintergrund ein Geräusch zu hören, versuchte, sich ihre Wohnung vorzustellen. Noch hatte sie ihn nicht zu sich eingeladen.
«Dir geht es nicht gut, oder? Komm, ich hole dich ab, und wir gehen etwas essen. Dann kannst du mir erzählen, was passiert ist.» Sein erster Impuls war, abzuwiegeln, aber sie hatte ihn schon gewonnen. «Natürlich nur, wenn du willst. Ich muss nichts wissen. Aber du kannst mir alles sagen, was dich beschäftigt. Du brauchst dich nicht zu verstellen. Bei mir bist du sicher.»
Sie verabredeten sich im *Luv*, einem Restaurant am Fördeufer, nicht weit vom Hotel entfernt, mit, wie sich herausstellte, sardischer Küche.
Sie hatten sich nicht geküsst. Als sie sich am gläsernen, überdachten Eingang des Restaurants trafen, legte sie ihm die Hand auf die Schulter und streichelte ihn im Nacken. Die Unterhaltung verlief stockend. Parker hatte das Gefühl, durch seine Konfusion im Seminar an Boden verloren zu haben, er war nervös und bemühte sich, dies durch allerlei Komplimente, die er ihr machte, wieder wettzumachen. Er bestellte Penne Ruccola als Primo, hausgemacht und fein abgestimmt mit den Farben der Tomatenspalten und dem Flusskrebsfleisch, die Trikolore Garibaldis, aber er rührte bloß auf seinem Teller herum, bis das Ganze den Eindruck eines zähen, ausgewaschenen Küstengraus hervorrief.
«Es tut mir leid», begann er. «In Montreal habe ich den besten Fisch meines Lebens gegessen. Das war ein Red Snapper. Den haben die mit Akupunkturnadeln erst sediert, und dann ist er ganz sanft entschlafen. Ein langsames, sanftes Töten, soll sich auf die Hormone im Fischfleisch auswirken, ist glücklich gestorben, kann ich nur bestätigen, schmeckte auch glücklich.»

Er verzog sein Gesicht und rollte mit den Augen, so, wie er sich einen Fisch in Ekstase vorstellte. Sie musste kichern.
«Ich habe heute die Nachricht bekommen, dass meine Exfreundin heiratet.»
«Und das hat dich durcheinandergebracht.»
Parker nickte.
«Aber das ist doch normal.» Sie sah ihn an, legte ihm kurz ihre Hand an die Wange und sah ihn aufmunternd an. Danach lief das Gespräch wieder besser. Sie erzählte ihm, dass sie Kiel, ihre Heimatstadt, zwischenzeitlich für ein paar Jahre verlassen habe, aus ‹privaten Gründen›, worauf er nickte, um ihr zu zeigen, er habe den Code verstanden.

Anneli hatte für die UNO im Ostkongo gearbeitet, war damals als Beraterin eingestuft worden, die helfen sollte, eine Wahrheitskommission wie in Südafrika aufzubauen, damit die Wunden des schleichenden Krieges dort endlich heilten. Weil sie eine Zeit lang für den Internationalen Strafgerichtshof und auch in Kapstadt gearbeitet hatte, galt sie als die ideale Besetzung.
Anneli legte die Gabel beiseite. Ihr Blick war leer, dann sah sie Parker an.
«Ich war gerade zehn Tage da. Zehn Tage, in denen ich dachte, wir würden mit Regierungsvertretern und NGOs und kongolesischen Menschenrechtsvertretern über Möglichkeiten sprechen, ein Tribunal einzurichten, um die Kriegsverbrechen im Ostkongo endlich aufzudecken, um das Leid, das da geschehen ist, zu erzählen, vielleicht auch Möglichkeiten der Versöhnung zu finden. Sechs Millionen Menschen sind in den Konflikten gestorben. Mehr als in jedem anderen Krieg seit dem Zweiten Weltkrieg. Es war und ist ein schleichender Krieg. Das wussten wir. Wir wussten auch, wie schlimm die Verstrickungen internationaler Firmen sind, die sich bei den Provinzgouverneuren oder bei den Zentralregierungen gegen

Schmiergeld zum Schleuderpreis Schürfrechte für die Minen erschleichen. Gold, Kupfer und Coltan.»

«Das braucht man für Handys, oder?»

Anneli nickte.

«Der Kongo hatte immer schon Pech, er hatte immer das, was Europa und Amerika brauchten, erst Kautschuk, dann Sklaven und jetzt Rohstoffe. Fast neunzig Prozent aller Coltanvorkommen lagern im Ostkongo. Mein Chef untersuchte gerade die merkwürdige Umsiedlungsaktion eines ganzen Dorfes, die von einer kanadischen Bergbaufirma initiiert worden war, da kam ein Anruf, es habe Gerüchte von geplanten Überfällen auf Dörfer in der Region um Kingala gegeben.»

Anneli nahm einen Schluck Wasser. Ihre Hand zitterte.

«Wir flogen also dahin, um uns das vor Ort anzusehen. Der Provinzgouverneur empfing uns. Er scherzte, wir seien ja von der UN und sollten doch noch ein bisschen warten, ob wir nicht vorher mit ihm essen wollten, aber mein Chef hatte wohl das Gefühl, dass da etwas faul sei, und so verabschiedeten wir uns und fuhren mit zwei Landrovern in Richtung der Minendörfer. Es war schrecklich.»

Anneli verstummte. Nach einer Weile, in der man deutlich das Klirren der Messer und Gabeln von den Nebentischen vernahm, fing sie wieder an.

«Hast du schon mal Tote gerochen?»

Parker schüttelte den Kopf.

«In dem Dorf, in das uns ein Fahrer lotste, der gehört hatte, es habe dort vor zwei Tagen ein Massaker gegeben, gab es keine Absperrbänder, keine Kranken- oder Leichenwagen, keine Armee-Einheiten, keine Polizei. Die Leichen lagen in ihrem getrockneten Blut in Reihen auf der Straße aufgebahrt. Sie waren voller Fliegen. In den tiefen Wunden von Messern und Macheten krabbelten Insekten. Es stank bestialisch, ganz süß nach faulem Fleisch. Aber ich konnte mich nicht übergeben. Die Dorfbewohner kamen aufgeregt auf uns zu, sie zerrten

mich und meinen Chef zu den Leichen. Wir sollten sie sehen. Ihre Blicke werde ich nie vergessen. Diese weißen Augen, in denen nichts mehr war außer Schrecken und einem stummen Schrei. Und doch redeten sie heiser auf uns ein, in ihrer Stammessprache und einer auf Französisch.
Die Mörder seien in der Nacht gekommen, mit Fackeln und starken Taschenlampen und hätten alle aus den Häusern gezerrt. Man habe versucht, mit ihnen zu reden, sie angefleht, ihnen nichts anzutun, wenigstens den Frauen und Kindern nicht. Aber das habe sie nicht gestört. Und dann sei es losgegangen. Das Hauen und Stechen, das Abtrennen und Schneiden.»
Annelis Blick wurde leer.
«Der Mann zeigte uns eine Frauenleiche, deren Hand bis auf die Wurzel in zwei Hälften zerspalten war. Als habe sie die Mörder angefleht oder angefangen zu beten. ‹C'est ma femme, c'est ma petite femme›, sagte der Mann und fing an zu schreien. Dann kamen Soldaten in Jeeps. Der Gouverneur musste sie uns hinterhergeschickt haben. Sie riegelten die Leichen ab. Wir konnten nicht einmal Fotos machen, so schnell hatten sie hinter dem Dorf einen Graben ausgehoben, die dreißig Körper in Plastikplanen gewickelt und verscharrt. So war das an meinem zehnten Tag. Und es kamen noch andere.»
Parker nickte betroffen. Sie schien ihn aber gar nicht wahrzunehmen.
«Alle hatten mir erzählt, dass man als Frau nicht in den Kongo fahren soll. Vergewaltigung sei nachts fast normal. Aber mir ist nichts passiert.»
Ihre Stimme brach ab. Anneli sah plötzlich wie versteinert aus. Parker nahm ihre Hand. Mit der linken strich er ihr über die Wange.
Sie sah ihn fragend an.
«Komm, wir gehen.»

«Danke, dass du mir zugehört hast. Genau wie dir fällt es mir schwer, mich auf andere Menschen einzulassen, verstehst du?» Sie sah ihm in die Augen.
«Danke, dass du mir das erzählt hast.»
«Es ist schön, dass wir uns begegnet sind.»

Als sie das *Luv* verließen, warnte sie der Besitzer, der extra aus seiner Küche gekommen war, dass es glatt geworden sei. «Blitzeis! Bitte Vorsichtigen! Kommen bald wieder, ja?», hatte er zu ihnen gesagt und Parker dabei neugierig gemustert. Und an Anneli gewandt: «Wir haben lange nicht mehr gesehen.»
Sie ließ sich von Parker in den Mantel helfen, er machte ein paar höfliche Bemerkungen über das Restaurant, drückte dem Besitzer die Hand. Als er ihr die Tür öffnete, zog sie ihn an sich und legte sich seine Hand um die Taille.

Sie hatten sich geküsst, bevor sie am Wagen waren. Nach dem Kuss schlitterten sie weiter. Anneli ließ den Saab an, drückte die Entfrosterknöpfe für die Windschutz- und die hintere Scheibe und drehte die Heizung hoch.
«Gehen wir noch in die Bar? Für *Die Schmiede* ist es noch etwas früh.»
«Bei mir im Astor?»
«Ja, da gehen die ganzen Politleute hin. Ich habe gehört, dass sie dort neuerdings gute Cocktails mixen. Ich könnte jetzt einen vertragen.»
«Ja» sagte Parker, «Begabte Barkeeper.»
Sie lächelte. «Jedenfalls hat meine Schwester mir das erzählt.» Sie fuhr los.
Parker wurde klar, wie wenig er über ihre Familie, ihre Freunde, ihre Beziehungen, ihren Beruf oder sonst irgendetwas wusste. Genauso wenig wie sie von ihm. Bisher hatten sie das Hier-und-jetzt-Spiel gespielt, hatten sich angesehen, sich anziehend gefunden und danach gehandelt.

Parker blickte in den schneeflockenübersäten Himmel. Wie schön das war, diese weichen, unendlich komplexen Strukturen, die auf sie herabfielen. Am Boden vermischte sich alles, ein schönes weißes Feld voller Geheimnis oder ein unter den Reifen zermatschter Brei. Man konnte sich für eine Sicht der Dinge entscheiden.
«Ich mag dich», sagte er.
Sie lächelte ihn kurz im Rückspiegel an. «Ich weiß, sagt Han Solo.»
Sie krochen hinter einem Streuwagen her Richtung Innenstadt. Der Saab 900 schnurrte vertrauenerweckend. Es war das schöne, alte Modell, vor der Übernahme durch Ford, die aus dem besonderen schwedischen Automobil in Tropfenform – das paradoxerweise aus einer Rüstungsschmiede stammte – ein Allerweltsauto gemacht hatten. Der alte Wagen war ansprechender, oder wie hätte der pakistanische Taxifahrer wohl gesagt? Klassisch, schwedische Winter gewöhnt und das Lieblingsauto gut verdienender Individualisten?
«Blitzeis, kommt das hier oft vor?»
Sie reagierte nicht auf die Frage, sondern stellte das Radio an. «Take me out tonight / where there's music and there's people / who are young and alive / driving in your car / I never want to go home / because I haven't got one / anymore.» Eine Nummer von den Smiths, der Lieblingsband seines Vaters. Anneli sang mit und schien sich voll auf die Straße zu konzentrieren.

In den Staaten hatte er sich angewöhnt, beim Autofahren ganz auf Musik zu verzichten. Sein erstes Jahr am College war eine Befreiung gewesen, unterrichten, sein kleines Apartment einrichten, billige Sachen kaufen, sich um die einfachen Dinge des Lebens kümmern – bis sich die Gedanken an seine Mutter immer wieder dazwischenschoben und er sie kurz vor Weihnachten wieder anrief. Sie war betrunken gewesen, hatte ihn angefleht, doch über die Feiertage nach Hause zu kommen. Er

erklärte ihr, dass er als Gastdozent nicht genug verdiene, um sich den Flug leisten zu können, was eine Lüge war. Zumal ihm das Department gerade zugesichert hatte, ihn für eine feste Anstellung vorzuschlagen und sein Gehalt zu erhöhen. Er wollte lieber in einen neuen Wagen investieren. Den babyblauen Mercedes, den er vom Mann einer Kollegin quasi geschenkt bekommen hatte, hasste er. Er solle ihn zurückgeben, falls er nach dem Jahr nicht übernommen werden würde, schließlich brauche der deutschstämmige Neurologe «den Schlitten», wie er ihn nannte, eigentlich nur, um seine Boote den Abhang vom Haus zur Anlegestelle am Hudson zu ziehen, und später, in ein, zwei Jahren, vielleicht für die ersten Fahrversuche der Kinder. Das war der Deal gewesen – und selten hatte Parker sich so gefreut, etwas aus seinem Besitz verschwinden, etwas gehen zu sehen wie dieses Auto. Dabei war ihm dieses Angebot am Anfang als Rettung erschienen.
Er war damals ohne Geld in Amerika angekommen, hatte nicht einmal eine Kreditkarte besessen. Der Anruf vom Dekan des Colleges war überraschend gekommen. Er sollte in seinem ersten Jahr – als Ersatz für einen an Hautkrebs erkrankten Professor – achtundvierzigtausend Dollar verdienen. Das war nicht schlecht. Natürlich hatte er zugesagt und war am übernächsten Tag nach New York geflogen. Aber dass er sofort einen Vorschuss nötig gehabt hätte, hatte er verschwiegen. Das Ticketgeld hatte er sich von Freunden geliehen.

Neela war irritiert gewesen, wenn sie diese Unsicherheit im Umgang mit Geld an ihm bemerkt hatte. So war ihm einmal statt «meine Schuhe müssen zum Schuster» «meine Schuhe müssen zum Schlachter» herausgerutscht. Ja, als Schlachtung empfand er das, als Massaker an den Dingen und an seinem Geld. Jahrelang hatte er sich keine neuen Sachen kaufen können, es nicht über die Schwellen teurer Boutiquen und Herrenausstatter geschafft, sich stattdessen in Community Thrift

Stores und Altkleiderläden der Heilsarmee versorgt. Erstaunlich war, dass viele Leute ihm Komplimente für seine Anzüge machten, die schon jemand anderes getragen hatte, etwas abgeriebene Thrift-Shop-Armanis und Kombinationen – meist waren es Tweedsakkos, Kordhosen oder eine dunkle Hose aus Flanell –, ein wenig abgeschabt, etwas zu traditionell, aber Parker hatte es anscheinend verstanden, ihrem Aussehen eine gewisse lässige Eleganz abzutrotzen.

Secondhandkleidung war die einzige, in der er sich sicher fühlte. Nicht nur, weil er sie sich leisten konnte – er hätte sich inzwischen längst angemessener ausstaffieren können. Aber billig Teures und Schönes zu kaufen war wie ein Trick gegen den Tod und gegen den Konformismus.

Letztlich waren es die Blicke der Boutiquenverkäufer gewesen, vor denen er Furcht empfunden hatte. Sie schienen ihn zu mustern, ihn auf seine Kreditfähigkeit, seine Herkunft, seinen Beruf, ja, seine Glaubwürdigkeit als Mensch überhaupt abzuklopfen. Er selber glaubte, seinem Spiegelbild in der Schaufensterscheibe schon von Weitem anzusehen, dass es diese Prüfung nicht bestehen würde. Da las man ‹soziale, finanzielle und mentale Probleme›, noch nicht einmal ‹Aufsteiger›, er hatte einfach zu lange kein Geld gehabt. Heilsarmeemitarbeiter lachten ihn meistens an.

Der Mercedes war, wie die Thrift-Shop-Armanis, eine willkommene Lösung gewesen.
Aber der Wagen erwies sich von Beginn an als unzuverlässig. Dem Mythos Mercedes, besonders dem, dass die 300er Dieselmodelle dieser Baureihe aus den mittleren Siebzigern eigentlich unzerstörbar seien, zeigte sich sein Auto nicht gewachsen. Sie waren in etwa gleich alt, das babyblaue Ungeheuer und er, vielleicht nahm er die Macken seines Wagens deshalb persönlich,

ja, verstieg sich bei jedem zu reparierenden Teil zu der Ansicht, es handele sich um ein Omen. Er, Parker, würde auch bald verfallen, auch ihm würden bald Schläuche, Kolben, Federn und neue Verteilerkappen eingesetzt werden müssen, ja, er wunderte sich schon, dass sein Fleisch sich im Wettlauf mit diesem blechernen Ding als funktionstüchtiger erwies. Begann das Altern bei Männern nicht schon Mitte zwanzig? Doch die Beziehung zu diesem «Danaergeschenk» wurde durch die Tatsache auf die Spitze getrieben, dass der Motor des Selbstzünders durch das übliche Drehen des Schlüssels am Lenkrad nicht mehr abzuschalten war. Der Neurologe hatte ihm das Problem nicht verschwiegen, an dem die Mechaniker der Umgebung bislang gescheitert waren – irgendein Problem mit der Vakuumpumpe, aber der Wagen ginge nach einer Weile ja aus –, und er hatte Parker gezeigt, wie man zur Not, wenn man nicht ein, zwei Minuten im Auto sitzen und warten wollte, unter der Haube die Dieselleitung fest mit den Fingern packte und den Zufluss drosselte, bis der Motor absoff.

Aber in den ersten Wintertagen, bei Temperaturen weit unter dem Gefrierpunkt, funktionierte diese Methode nicht mehr. Eines Abends, als er bei einem älteren Kollegen, einem Linguisten, zum Essen eingeladen war, brach der Plastikhebel, der sich aus dem Kühlergrill zu schieben pflegte, wenn man mit dem Pedal links im Fußraum die Haube öffnete. Parker kam nicht mehr an den Haken heran, der es ihm ermöglicht hätte, die Haube anzuheben. Der Diesel wummerte weiter. Das Essen, zu dem auch der Chef seines Departments und ein berühmter Dichter, der bei ihnen als Gastprofessor unterrichtete, eingeladen worden waren, wurde zum Fiasko. Als die Dame des Hauses – der Ausdruck traf auf die vornehme fünfzigjährige Gemahlin seines Kollegen zu wie ein lang vergessener, endlich wiedergefundener Hut – den Hauptgang auftrug, bat der Dichter um Ruhe.

«Hört ihr das?» Alle lauschten. Das Wummern seines Mercedes drang wie ein dumpfer, maschineller Herzschlag in die Wärme des hundertjährigen Ziegelhauses im Tudor-Stil. Parker wurde heiß.

«Da hat irgendein Idiot vergessen, seinen Motor abzuschalten.» Der Dichter brüllte vor Lachen. Die Vorstellung, irgendein zerstreuter Kauz in der Nähe, vielleicht sogar ein Kollege, denn das Villenviertel in der kleinen Stadt Rhinebeck war ein bevorzugter Wohnort für die altgedienten Gelehrten der Gegend, wäre in der Eisesnacht einfach ausgestiegen und hätte sein Gefährt schnurrend, nagelnd, pumpenderweise wie ein vergessenes Reittier in der Dunkelheit stehen gelassen, das sich nun einen abfror, war zu viel für die Gesellschaft gewesen. Während des Essens wurden nun unentwegt Witze über diesen Esel und seine Vergesslichkeit gerissen.

«Der muss sein Hörrohr vergessen haben!»

Als das Geräusch des Motors endlich erstarb, sie waren beim Dessert, kam der gerade erst abgeebbte Erzählfluss über «Professor Fate und sein getreues Muli» – so hatte ihn der Dichter getauft und darüber hinaus versprochen, ein Gedicht über diesen «armen Mann» zu schreiben und es ihnen allen als Erinnerung an diesen vorzüglichen Abend zu schicken – von Neuem in Gang. Parker schützte Übelkeit vor.

«Kommen Sie, es kann doch wohl kaum am wundervollen Essen meiner Frau gelegen haben», rief der Linguist vorwurfsvoll. Parker tat sein Bestes zu versichern, dass es die Pasta mittags im Faculty Dining Room gewesen sein musste. Der Dichter bedachte ihn mit allerlei guten Ratschlägen, wie einem nervösen Magen zu begegnen sei – Whiskey, Ruhe, Gin –, und die Dame des Hauses versorgte ihn mit einem in Folie abgepackten Stück frischen Apfelkuchens, «für morgen», bevor sie ihn mit ihrem Gatten zur Tür geleitete.

Er trat in die eiskalte Schneenacht hinaus. Winzige Eiskristalle schwebten vom Himmel. Der Mercedes ließ sich nicht mehr starten, er war gelaufen, bis der letzte Rest Diesel verbrannt war. Parker fühlte sich beim Nachhauseweg einer Armee mikroskopischer, mit ihren Bajonetts auf ihn einstechender Luftlandetruppen ausgesetzt. Zum College war es weit – und niemand ging auf der Landstraße zu Fuß. Er passierte die 9, den Abzweig auf die Brücke nach Kingston. Die Engländer hatten diese Stadt im Krieg gegen die Franzosen gehalten. Auf seiner Seite des Flusses, in Dutchess County, waren später, während des Befreiungskriegs, Washington und einige seiner Kommandanten im Kaminzimmer vom *Beekman and Arms* zusammengekommen. Das Hotel existierte noch, er hatte die Tafel über dem Kamin gelesen, als er mit Neela dort seinen Geburtstag gefeiert hatte. Wie immer war ihm bei der übergroßen Freundlichkeit, die ihm die Bedienungen zukommen ließen, nicht wohl gewesen, er würde ihnen ziemlich viel Trinkgeld zahlen müssen, hatte er bei jedem ihrer Handgriffe gedacht. Damals hatte er noch nicht gelernt, dass gerade das Teil des Spaßes war, sich nicht ums Geld zu kümmern, wenn man ausging, selbst wenn man keines hatte.

Einen Augenblick lang überlegte er, ob er die Nacht nicht im Hotel verbringen sollte, aber das hieße, den Weg wieder zurückzulaufen. Truppenbewegungen.
Als eineinhalb Stunden später, kurz vor der Wasserpumpe am Hauptweg, der Dichter in seiner Corvette an ihm vorbeiraste, warf er sich in den Graben und hackte vor Wut mit den Fäusten aufs Eis.

Der Mercedes war nur ein Automobil gewesen. Aber eines, das ihn nicht beweglicher gemacht hatte, sondern hatte panisch werden lassen. Weil es immer weiterlief, sich nicht abstellen ließ. Eine blöde Maschine. Eine Maschine, alt und in Babyblau, wie er jetzt, Matthew Parker. Einer, der weiter und immer weiter lief.

«Wir sind da.» Anneli stellte den Motor ab. Sie hatte ihren Saab verbotenerweise halb zwischen die Betonpoller gestellt, und als er sie fragend ansah, zuckte sie mit den Schultern. «Die Polizei hat heute Nacht sicher Besseres zu tun, als Falschparker aufzuschreiben.»

Der Aufzug im Astor stank nach altem Rauch. Das letzte Stück musste man zu Fuß gehen. Teure, muffige Teppiche waren mit Messingstangen an den Treppenstufen befestigt, die Raufasertapete eingedunkelt, dass man sie für einen alten Teefilter hätte halten mögen. Der Eindruck von Altherrengediegenheit, den das Fünfzigerjahre-Haus vom ersten bis zum neunten Stock ausstrahlte, in dem die Bar lag, wurde ihm auf einmal bewusst. Am liebsten hätte er sich bei Anneli entschuldigt, dass er in einem so unentschiedenen Hotel wohnte.

Er beeilte sich, den Kellner heranzuwinken, der ihnen einen schummrigen Platz an den Eckfenstern mit freiem Blick auf die Hafenanlagen zuwies.

Sie bestellte einen Daiquiri, er einen Sidecar.

«Du bist so ruhig», sagte sie, nachdem sie das halbe Glas in einem Zug geleert hatte.

«Ich frage mich, was das zwischen uns ist, Anneli.»

Sie zuckte mit den Achseln. «Spielt das eine Rolle?»

«Ja, das ist das Einzige, was wirklich eine Rolle spielt: wer du bist, wer ich bin. Wer wir sein können.»

Sie lehnte sich über den niedrigen Tisch und küsste ihn. Die letzte Spannung und der Rest gegenseitigen Misstrauens, das sie im *Luv* zunächst voneinander entfernt hatte, waren verflogen. Sie schmeckte nach dem Daiquiri, er hatte die Augen geschlossen, ließ sich von ihr überraschen, war der Erste, der aus diesem Kuss mehr machte, ließ sich ihre Arme über die Schultern gleiten und setzte seine Zunge ein.

«Hähemm!» Das laute Räuspern holte sie aus ihrer Versunkenheit wieder in die Bar zurück.
«Ihr kommt spät», krächzte Wilfried.
Er sah anders aus als im Seminar. In einem hell glänzenden, eng anliegenden Jackett über einer feinen Jeans, die beide ohne Zweifel teuer gewesen waren, wirkte er kämpferisch, fast wild.
«Was machst du hier?», herrschte Anneli ihn an. Sie schien nicht so überrascht von Wilfrieds Auftauchen zu sein wie er, Parker.
«War doch klar, dass du ihn dir krallst und irgendwann hierherschleppst.» Er ließ sich in den niedrigen, für ihn zu kleinen Ledersessel sinken, den er vom Nachbartisch abgezogen und zwischen Anneli und Matthew gestellt hatte. «Wissen Sie, Parker, dass Sie mit meiner Ex-Verlobten zusammensitzen?»
Matthew blickte verdutzt auf Anneli, die rot anlief, ob vor Wut oder aus Scham, konnte Parker bei dieser Beleuchtung nicht sagen.
«Hör auf, Wilfried, du bist betrunken.»
«Hat sie Ihnen erzählt, wie sie mich verlassen hat? Die Kongogeschichte? Erst hieß es, sie müsse mal raus hier, sie müsse sich verändern. Das sei was Internationales, was Großes. Ich würde das schon verstehen. Wir könnten danach ja noch mal … noch drei Telefonate aus Afrika, und dann kam irgendwann gar nichts mehr. Totschweigen. Ich hab alles versucht, bin sogar hingefahren. Nicht einmal reingelassen haben die mich.»
«Wilfried, hör auf!»
«UNO, Quatsch. Und kein Wort, Parker, keine Erklärung. Einfach weg und aus. Und hier mit diesem und da mit jenem. Uno, due, tre, und schwupp und wieder da und so weiter, sogar mit Mahler hatte die was. Und jetzt sucht sie rum. Und wie. Und bei dir?»
Wilfried sah Parker mit glänzenden Augen an. «Kellner! Noch einen Zombie.»

Als der Zombie gebracht und von Wilfried sofort heruntergestürzt worden war – zu den anderen!, war sein Trinkspruch –, entschied Parker, dass er etwas unternehmen musste, damit die Situation nicht vollends außer Kontrolle geriet, die Barkeeper guckten schon, die Bar war voll, er glaubte, einen der Schlipsträger am Eck aus den Gängen vor Mahlers Parteibüro wiederzuerkennen. Einen der Dänen. Ganz Kiel schien auf den Showdown dieses interessanten und viel zu lauten Gesprächs zu warten. Wenn er hier etwas werden wollte, dann durfte er nicht mit einem Skandal beginnen.

Er winkte dem Kellner zu, er solle die Rechnung für ihn fertig machen, das gehe alles auf ihn. Als die Rechnung kam und er bar bezahlte, sah er erstaunt, dass Wilfried schon mindestens vier von den Cocktails gekippt haben musste. Wilfrieds Gesicht fiel ein, die Züge erschlafften, was ihm jetzt, nach dem Ausbruch, wieder das hilflose Aussehen gab, das er anfangs im Seminar zur Schau getragen hatte.

Sie verfrachteten ihn nach einer unangenehmen Fahrt im Aufzug, während der Wilfried abwechselnd geschimpft und versucht hatte, Anneli zu umarmen, auf die Rückbank. Anneli drückte Wilfried eine Plastiktüte in die Hand, schnallte ihn an, dann fuhr sie schweigend in die Nacht.

Es war noch kälter geworden. Das Bordthermometer des Saab zeigte minus zwölf Grad an. Die Straßen waren zu Eisbahnen gefroren, den Schaltknüppel schob Anneli kaum einmal in den zweiten Gang hoch, sie schien hinter dem Steuer zu kauern.
«Zeig ihm die Küste», forderte Wilfried von hinten mit einem einsetzenden Schluckauf. «Los!»
Parker sah sie an. Sie zuckte mit den Achseln. Die «Küste» war das Bordellviertel am Hafen, nah beim Göteborg-Anleger, durch das Matthew schon am ersten Abend gelaufen war.

Die Kartographie der Städte, die er kannte, war eindeutig. Die schmutzigen Viertel mit den Drogenschuppen und den Sexshops befanden sich um die Bahnhöfe, bei Hafenstädten auch in der Nähe des Wassers. Warum Flughäfen sich nicht eigneten? Einige der hochklassigeren Verteilungsfirmen für Pornos hatten sich inzwischen mit ihren, was das Sortiment anbelangte, zwischen Drogerie, Boutique, Disco und Hölle ausgestatteten Filialen in den hinteren Ecken der Terminals eingenistet. Eine schnelle Videokabinennummer vor dem Abflug, Spielzeug für die Geliebte kaufen, den Lelo-Lippenstift-Vibrator fürs Handgepäck. Er hatte plötzlich Lust auf Tomatensaft.

«Da, Parker, schau!»

Die Häuserzeile an der Kaistraße war eingerissen, ließ einen riesigen, von rosafarbenen Neonlampen erleuchteten Hinterhof sehen. In der feuchten Schneeluft bildete jede Lampe eine Aura um sich – es erinnerte Parker an die Locktechnik von Tiefseefischen.

«Da», sagte Wilfried mit letzter Kraft und deutete auf einen Eingang.

Mutlos, als hätte er Parker nun alles gezeigt, was noch möglich war, um sich, ihn und Anneli zu retten und ihnen diese Nacht zu ersparen, ließ Wilfried sich in die Polster sinken.

Anneli sah Parker an, als erwartete sie eine Entscheidung.

«Tut mir leid», sagte er nach hinten gewandt zu Wilfried und dann wieder nach vorne blickend zu Anneli, «ich bin kein großer Bordellgänger.»

Sie hatten zweimal anhalten müssen. Wilfried hatte seinen Kopf aus dem Wagen geschoben, wie eine Schnappschildkröte den Mund aufgemacht und die Zombies in den Schnee gespuckt. Die Gegend, in der Wilfried wohnte, jagte Parker Schauder über den Rücken. Wie mit Spielsteinen gezogene Ziegelmauern zu beiden Seiten machten die Ausfallstraßen zu

Schneisen zwischen riesigen Kasernen. Wohnanlagen unter rußverkrustetem Schnee, toter Rasen hinter Gehwegplatten, von überallher einsehbare Vorstehbauten, in Reihe geschaltete, für jedes Stockwerk gekennzeichnete Mülltonnen, dass ja der Müllfluss sich regle, von den Dachgeschossstudenten ganz oben bis zu den alten Witwen im Erdgeschoss, deren Tonnen besonders nah an der Haustür standen. Häuserreihen, die in endlosen Parallellinien in den Horizont hineinzuragen schienen wie in so vielen Städten, in den Banlieus von Paris, in den Projects von Baltimore oder Chicago oder in den billigeren Vierteln in Hamburg. Trostlos. Das passte gut zu den Zombies, Wilfried gluckste zufrieden. Alles war zu ertragen mit der richtigen Dosis: Es brachte einen nicht um, oder doch, genau das tat es. Krebs, Herzversagen, Autounfall, Langeweile. Wenn man die wirklichen Todesgründe erörtern würde, schoss es Parker durch den Kopf, stünde Aufgeben wohl an erster Stelle. Und hier hatten sie aufgegeben. Aber vielleicht erinnerte es Parker auch nur zu sehr an die eigene Kindheit. Für den frischen Schnee, der sich über Wilfrieds Opfergabe an die Götter der Wohnsiedlung legte, war Parker dankbar.

Sie bogen in die Wilhelm-Vogt-Straße ein und kreisten zweimal um den Block.

Im Frühling mochte die nachbarschaftliche Todeszone hinter den Tujahecken durch vereinzelte Krokusse und Stiefmütterchen aufgelockert sein, jetzt wirkte sie fast geheimnisvoll nordisch, als wäre er direkt in das Märchen von der Schneekönigin gefallen, samt Splitter im Herz.

Zwei große Schilder in der Toreinfahrt wiesen auf die alte Schmiede und einen KFZ-Betrieb hin, *Werkstatt Lazarus*. Parker war überrascht. Er hatte nicht gedacht, dass Wilfrieds Wohnung und Mahlers Zentrale nebeneinanderlagen. Und dann noch bei Lazarus. Das war ja mal was.

Der Innenhof überraschte Parker. Er hatte einen leeren Appellplatz erwartet, mit einigen Schuppen, Teppichstangen und vielleicht Carports an den Seiten. Stattdessen war alles mit teuren, glasierten Terrakottaplatten gepflastert, wie man auf der kleinen, schneefrei geschaufelten Fläche vor der Doppeltür der alten Schmiede sah, die durch dicke Scheiben einen Blick ins spärlich beleuchtete Innere freigab; der Hof stand voller großer Kübel mit abgedeckten Pflanzen; im Sommer würde das etwas überraschend Mediterranes ausstrahlen. Tuja und Zitronenbaum. Parker sah Mahlers junge Garde, gekühlte Weißweingläser in der Hand, die zwischen den Pflanzen eine Mischung aus Toskanafraktion, Strategiedebatte, wilder Party und Stadtteilbüro inszenierte. In der Schmiede tanzten junge Leute im Wechsellicht. Dumpfe Bässe schallten leise nach draußen. Parker erkannte den synthetischen Trommelrhythmus von Depeche Mode. Er stellte sich vor, dass viele der Genossenschaftswohnungen in der Nachbarschaft mit Mahlers Klientel belegt waren, dass hier in den Hinterhöfen der Backsteinmietskasernen die junge Revolution begann. Hinter den Scheiben zur Schmiede klang es ausgelassen, eine Art Jugend-Rave und Marsch in die Zukunft.

Anneli fand nicht sofort einen Parkplatz; sie setzte den Saab mit der Fahrerseite nah an das Fahrradhäuschen mit Dach im Pagodenstil. Sie stiegen aus, Annelis Rock schwebte einen Moment lang glockenförmig über dem Schlegel des Schaltknüppels, sie nahm Parkers Hand, drückte sie kurz, dann hievten sie Wilfried vom Rücksitz. Die Fahrt, diese kriechende Schlitterpartie, hatte sein Absinken in den Alkohol noch beschleunigt. Der letzte Zombie war vermutlich einer zu viel gewesen. Rum und Fruchtliköre, eine Ekelmischung tropischen Rausches. Sie schleppten Wilfried zwischen sich wie einen Toten, der immer tiefer in jene Vorhöllengegend gebracht werden musste, wo schließlich das Fährschiff auf ihn wartete. Der Mützenmann schlief süß und selig. Parker stellte sich den Abstieg in die Hölle genau so vor: Mit jedem Schritt, mit jedem Meter vergaß man etwas: seinen Namen, seine Taten, seine Pläne, bis nichts mehr übrig war. Aber Wilfried war schwer. Parker fasste ihn unter den Achseln, brachte den Rautekgriff an. Sie steuerten nicht auf den Eingang der Wahlkampfzentrale zu, sondern bugsierten den Mann um das zweistöckige Gebäude herum, bis zu einer tief ins Mauerwerk eingesenkten, grünen Tür. Er erlebte eine Überraschung. Anneli schloss auf. Sie hatte also einen Schlüssel. Wohnten sie zusammen? Waren Anneli und Wilfried immer noch ein Paar, und war Wilfried deshalb so aufgebracht gewesen?

Wilfried murmelte leise. Parker fasste noch einmal nach. Der übersüße, mit sauren Einsprengseln versehene Atem des Betrunkenen, dessen Füße über die Schwelle hoppelten, schlug Parker wieder ins Gesicht. Er musste sich zusammenreißen, nicht zu würgen.
«Hier entlang», dirigierte Anneli, als sie das Licht im Treppenhaus einschaltete. Ein unheilvoller Knacklaut, als hätte man einen trockenen Stock oder das Genick eines kleinen Tieres zerbrochen. Anneli führte sie eine Kellertreppe hinunter. Von der Party oben hörte man nichts mehr. Parker war verwirrt. Er versaute sich die Schultern seines Anzugs an der feuchten, bröckeligen Gipswand. Wilfrieds Füße polterten die Stufen herunter. Es roch nach durchgefaulten Kartons und scharfem Rattenurin. Der Staub ließ Parker husten. «Gleich geschafft», keuchte Anneli durch das sandige Schleifgeräusch von Wilfrieds Füßen hindurch. Parker stieß ein lautes «Gut» aus. Oben würde man ohnehin nichts von ihnen mitbekommen.

Er hörte deutlich das Schlagen von Mottenflügeln gegen die nackte Glühbirne, die den Kellergang ausleuchtete. Das spärliche Klongklong, ein verzweifeltes Pochen an Lichtherzen,

wie das Klopfen von jemandem, der endlich nach Hause wollte. Wärme schlug ihnen aus einem mit großen Tanks vollgestellten Nebenraum entgegen, dem Heizungsraum.
Am anderen Ende des Kellergangs überließ Anneli ihm den schlaffen Leib ihres Ex-Freundes, stieg drei hohe Steinstufen hoch und zog an einer schweren Eisentür. Sofort hörte man wieder Musik. Schnelleres Wummern, Kopfstimme, Bronski Beat.
«Scheiße!»
Sie standen in einem schmalen Vorraum, von der eine geschlossene Tür abging und eine weitere Treppe nach oben führte. Wilfried war Parker wie ein nasser Sack entglitten. Anneli half ihm, den schweren Klumpen Mann mit Kappe stufenweise die Treppe hochzuwuchten. Erschöpft lehnten sie Wilfried zwischendurch an die Wand. Beide waren sie ins Schwitzen gekommen. Die Treppe war eng, führte über einen Absatz ins obere Stockwerk, dann standen sie vor der Wohnungstür. Anneli schloss auf, nahm Wilfrieds Füße, und sie betraten die Wohnung.
Die Tür fiel hinter ihnen zu. Sie setzten Wilfried in einem Pfauenrad-Rattanstuhl ab. Er brummelte, als wäre ihm das Schleifen und Holpern, das Geschlepptwerden, lästig gewesen.
«Tee?», fragte Anneli und ging nach Parkers zögerlichem Nicken in die kleine Küche, die, ebenso wie das Bad, türlos vom Eingangsraum abging. Er stabilisierte den Betrunkenen und sah sich um. Durch einen sturzlosen Bogen, den zwei große Holzkunstwerke begrenzten, kleine, bemalte Männer auf roh behauenen Stämmen – echte Balkenhols? –, erreichte man das eigentliche Zimmer. Eigentlich war es kein Zimmer, der Raum umfasste die ganze Etage, hoch und mit rohen Ziegelmauern unter Stahlträgern, die Fläche war gigantisch. Der Raum glich eher einer Werkshalle mit abgetrennten Separees. Dreihundert, vierhundert Quadratmeter? Ein richtig großstädtisches

Loft. Von so etwas hatte Parker in New York immer geträumt. Die großen, bleigefassten Fenster gingen auf den Hof hinaus. Gemütliche Klubsessel und in Stahl gefasste Ledercouchen standen auf dicken Teppichen, gaben dem Ambiente etwas Zeitloses. Anneli, die den Tee brachte und vergeblich versuchte, Wilfried zu wecken, bemerkte Parkers Verwunderung.
«Ja, die Idee mit der alten Schmiede hat Wilfried besonders gefallen.»
«Ist toll. Habt ihr hier gewohnt?»
Anneli stellte den Tee auf das neben dem Bambusstuhl stehende Tischchen und zog dem Betrunkenen Jacke und Schuhe aus. Als sie ihm auch die Mütze vom Kopf ziehen wollte, weigerte er sich grunzend. Sie antwortete nicht auf Parkers Frage.
«Das Gebäude ist wesentlich älter als die Wohnanlage. Die hat man drum herum gebaut. Hat dem Architekten nicht gefallen. Aber dem Schmied gehörte das Grundstück, und der hat sich nur unter der Bedingung bereit erklärt, zu verkaufen, dass seine Schmiede stehen bleibe. Zuerst als Kohlenlager und Werkzeugschuppen. Nach dem Krieg hat man dann Flüchtlinge einquartiert. Als Wilfried nach dem Studium beschlossen hatte, zu bleiben und sich hier in Kiel etwas aufzubauen, fand er die Idee, in einem Haus im Hinterhof zu leben, irgendwie … aufregend.»
«Und du?» Parker trat näher an Anneli heran.
«Wir waren da schon nicht mehr richtig zusammen.» Sie zuckte mit den Schultern, als er sie streifte, um sich ein Bild anzusehen, das Wilfried auf einer kleinen, weißen Jacht zeigte, in einer bunten Fleecejacke vor einem passend marineblauen Himmel.
«Ach, nicht so wichtig.»
Sie hatte einen Schluck Tee getrunken, die Tasse abgestellt und ging dann wieder auf den immer noch auf seinem Stuhl schnarchenden Wilfried zu.
«Komm, wir bringen ihn ins Bett.»

Sie packte den Betrunkenen entschlossen an den Füßen und deutete Parker mit einem Nicken den Weg in die am weitesten entfernte Ecke an, hinter einem mehrfach gestaffelten Schutzschild aus Pflanzen und Paravents. Es roch nach feinem Holz, Palisander. In dieser Ecke des Raums standen indische Stühle, alte chinesische Hochzeitsschränke und Lacktischchen. Der Raum war durch die massiv gemauerten Träger und Stahlsäulen und einen dick gemauerten Kaminschacht, der wahrscheinlich unten über der alten Esse begann, vom Rest abgetrennt. Es roch leicht nach Schmiermittel, Eisen und Rauch. Der Geruch hatte sich in der Esse erhalten, geheimnisvoll, fast gespenstisch nach so vielen Jahrzehnten. Parker drückte mit dem Ellenbogen eine Yukkapalme zur Seite, deren Blätter im Weg waren, er wollte Wilfried nicht noch einmal absetzen und dann wieder hochhieven müssen. Der süßliche Rumgeruch, der Wilfried aus dem Mund strömte, hatte Parker würgen lassen. Wilfrieds Mütze blieb an einem der Palmzweige hängen und fiel auf den Boden. Sie kümmerten sich nicht darum. Die Schlafzimmernische war eine Überraschung. Ein riesiger Futon breitete sich über die gesamte Ecke, eine große Papierlampe leuchtete, als Parker, ebenfalls mit dem Ellenbogen, den Lichtschalter an der Dachträgersäule umlegte. Bambus, Symbol langen Lebens, stand in hohen, gläsernen Vasen hoch auf gemauerten Simsen. Die Tatami-Matten, mit denen der Schlafbereich ausgelegt war, federten unter ihren Schritten, eine so klare und ästhetisch ansprechende Wohnung hatte Parker Wilfried nicht zugetraut. Nachdem sie den Zombieberauschten vorsichtig auf seiner niedrigen Bettstatt abgelegt hatten, begann Anneli sofort, ihm das Hemd aufzuknöpfen und den Gürtel zu lockern.
«Komm, hilf mir.»
Sie zog ihm das Hemd aus, das T-Shirt ließ sie ihm an, dann knöpfte sie Wilfried die Jeans auf. Jacob Cohen. Geschmack hatte der Mann, und ohne die Mütze sah er wirklich ganz gut

aus. Sie fuhr mit der Hand unter den Bund, nestelte nach dem obersten Knopf, dabei grunzte Wilfried zufrieden. Dann öffnete sie langsam die Knopfleiste und sah Parker dabei an. Parker riss sich von ihrem Blick los und ging an das Fußende der Schlafmatte, wollte ihm die Socken und dann die Jeans herunterziehen, stellte aber fest, dass Wilfried sich den rechten Strumpf schon in einer zufriedenen Bewegung abgestreift hatte. Er zog ihm noch den zweiten aus und rollte die Socken zusammen. Er packte die Hosenbeine und zog fest, während Anneli Wilfrieds Hintern anhob. Die Unterhose, ein silberner, sehr eleganter Slip ohne Eingriff, wahrscheinlich Seide, wurde mit hinuntergezogen und legte Wilfrieds Schwanz zur Hälfte frei. Parker sah nicht schnell genug weg. Der Penis war angeschwollen, schien groß zu sein, und er hasste die merkwürdige Vertrautheit, mit der Anneli das Glied wieder zurückstopfte und den Slip am Bund wieder nach oben zog.
«Fertig? Oder wollen wir ihm noch ein Schlaflied singen?»
Anneli funkelte ihn an.
«Nein, nur den Pyjama.»
Ein Lächeln schien sich in dem gedämpften Licht auf ihrem Gesicht auszubreiten. Mochte sie das? Dass er so offensichtlich eifersüchtig war?
«Warum gehst du nicht schon mal runter? Die Tür unten führt in die große Küche, dann einfach dem Lärm nach; schau mal, ob unten im Kühlschrank, gleich links, nicht noch etwas Stärkeres ist, ich könnte jetzt einen Schluck vertragen. Riechen tun wir jetzt eh nach ihm.» Anneli wies mit dem Kinn auf Wilfried. Parker nickte und ging.

Unten war das Wummern der Bässe zu einem Klirren geworden. Als er die Tür öffnete, hörte er die kieksige Stimme des Sängers von LCD-Soundsystem «American Scum» mehr torkeln als singen. Im hinteren Bereich vor den großen Fenstern tanzte man. Er schlüpfte nach links in die offene Küche. Glänzende Arbeitsflächen, ein chromblitzender Gasherd mit glockenartiger Abzugshaube stand in der Mitte des großen Raums, eine Ablage aus einem dicken Holzblock daneben, an der Wand, die nicht verputzt war, sondern das glänzende Rot alten Backsteins zeigte, mit einer Lasur überzogen, hingen Edelstahltöpfe, Messer, Kellen, Saucieren, alles in Profiqualität. Neben dem Abzug, das sah Parker erst jetzt, hingen Bündel getrockneter Kräuter, auf dem Hackblock darunter lag ein einzelnes, handgeschmiedetes Messer, japanisch, eines von denen, die man nicht einfach so abspülen konnte, sonst würden sie rosten.

Es roch nach nichts. Entweder war die Küche nur Dekoration, oder Mahlers Parteigenossen hatten gerade heute noch seine Putzfrau durchgeschickt. Lediglich die Bierkästen und leeren Sekt- und Weinflaschen, ordentlich neben der Stahlmülltonne aufgereiht, passten nicht ins Bild. Der erste Kühlschrank, ein monströses, leicht surrendes Ding – ebenfalls mit einer Metalltür –, öffnete sich mit einem leisen Schmatzen. Er war so gut wie leer. Parker schnappte sich eine der schwedischen Wodkaflaschen aus dem Eisfach, roch am Tetrapack mit dem Orangensaft und füllte zwei Gläser. Er fingerte eine Scheibe Schinken aus einem frisch eingeschlagenen Wurstpaket, aß sie und suchte noch etwas Brot oder Oliven in den Schränken. Er hatte Hunger. In den Ablageschränken, deren gut geölte Türen er schnell auf- und wieder zurollte, fanden sich Tellerstapel, als wäre er in ein Cateringunternehmen geplatzt. Auf dem Weinschrank mit drei unterschiedlichen Temperaturfächern standen zwei Dekantierer. Teure Essige, Öle, asiatische Würzmischungen auf der Anrichte, alles ohne jeden Tropfen, ohne jede Schliere am Glas, nichts klebte, nicht einmal Krümel lagen auf dem Boden. Er stopfte das Wurstpaket zurück und balancierte die Drinks dann durch die Schiebetür in den Riesenraum, wo die Partyzone begann. Immer noch LCD-Soundsystem. Das Album «Sound of Silver» ließen sie durchlaufen, und die Tänzer, die er vom Hof her durch die großen Glastüren gesehen hatte, zappelten ekstatisch und weit entfernt wie Fische in den schimmernden Lichtwellen, die das blitzrhythmische Helldunkel der Lichtmaschine im hinteren Teil – dem Tanzabteil – des unteren Raumes freigab. An Parkers Ende war es dunkel oder doch beinahe. Und leer. Ein Glastisch, Parker vermutete Marcel Breuer, vor einer Ledercouch, die mit dem Rücken zur Küchentür stand, wieder ein riesiger Teppich, zwei Freischwinger und mehrere Lederottomanen mit Ausblick auf die alte Esse, die Wilfried oder Mahler – wem gehörte der untere Teil denn nun eigentlich? – in einen Raumkamin hatte umarbeiten lassen. Hinter einer zweiten, noch größeren Couch gab es einen tiefen Bereich vor einer indirekt beleuchteten Wand roher Ziegel. Da stand, neben einem merkwürdigen Bock, noch ein bedrohlich großes X, ein Andreaskreuz. Dieser Bereich war, wenn man sich hineinbegab, optisch fast vollständig vor Blicken geschützt, wie oben der Tatami-Raum. Nur seitenverkehrt. Das alles hatte mit Sicherheit ziemlich viel gekostet. Die alte Schmiede in Kiel. Parker hätte nicht gedacht, ein solches Luxusresort im Hinterhof alter Sozialbauten vorzufinden. Kinky.

Parker setzte sich auf die erste Couch, stellte die Drinks auf den Glastisch. Neugierig musterte er das Kreuz, das etwas schräg an der Wand stand und im Lichtkreis einen Schatten warf, der an den vitruvianischen Menschen auf da Vincis Zeichnung erinnerte. An den oberen Enden waren dicke Lederfesseln zu sehen; er vermutete, dass der untere Bereich des Kreuzes, der von der gegenüberstehenden Couch verdeckt war, Ähnliches vorzuweisen hatte.

Plötzlich hielt ihm jemand die Augen zu. Er griff unwillkürlich nach den Handgelenken, um sie fortzuziehen, aber sie waren so schmal, dass er innehielt. Anneli flüsterte ihm rau ins Ohr.

«Was siehst du? Und sag jetzt nicht ‹nichts›, das ist langweilig.»

«Etwas … das ich nicht kenne.»

«Das ist das Schönste, nicht?»

Sie stieg über die Rückenlehne der Couch, wobei ihre Strümpfe leicht aneinanderraschelten, er sah ihre Hand, die Schuhe baumelten an den Laschen, mit der rechten stützte sie sich am Kopfteil ab. Jetzt konnte er ihr Parfüm riechen. Sie blieb kurz über ihm stehen, beugte sich zu ihm herunter und knüpfte ihm die Krawatte auf.

«Ich will dich.»

Sie zog sich das Kleid noch höher und ließ sich in seinen Schoß fallen. Sie zeigte auf das Kreuz.

«Es ist ein schönes Gefühl, hilflos zu sein. Man hat keine Verantwortung mehr. Der Körper ist nur noch Körper, nicht mehr meinem, sondern einem anderen Willen unterworfen. Oder mehreren. Das ist der Moment, in dem ich mich frei fühle. Ganz und gar befreit. Ich kann mich gar nicht wehren. Sie können mich anfassen, sie können mich nehmen. Jeder. Alle. Und das erregt mich. Die Vorstellung, ausgeliefert zu sein. Verstehst du?»

Parker nickte. Sie rieb sich an ihm.

«Früher, mit einem Freund vor Wilfried, haben wir mit seinen Freunden Poker gespielt. Ich weiß noch, wie sehr es mich erregt hat, zu verlieren. Der Verlierer musste immer etwas ausziehen, und wenn er nichts mehr anhatte, dann bekam er eine Aufgabe, meine war es einmal, nackt rauszugehen und ums Haus zu laufen. Das war in der Schweiz, da sind die Leute konservativ. Prüde. Und ich beeilte mich. Die Büsche schnitten mich, das Gras war ganz nass; ich hatte danach überall Kratzer von den Rosen. Aber ich erinnere mich noch genau, dass ich damals das Gefühl hatte, von allen beobachtet zu werden.»

«Magst du das, angeschaut zu werden? Dass dein Freund eifersüchtig ist?»

Anneli öffnete ihre Beine. Ihre Hand bewegte sich ein Stück weiter ihren Schenkel hoch. Ihr Blick hatte etwas Abwesendes. Sie biss sich leicht auf die Unterlippe. Parker spürte ein Zittern, die Luft zwischen ihnen, ein nur wenige Zentimeter großer Abstand, war plötzlich angefüllt mit Elektrizität. Er spürte, wie sich seine Härchen aufrichteten.

«Ich habe mit Absicht verloren.»

Ein Kribbeln durchzuckte ihn. Die Möglichkeit von Berührung, der Moment vor einem Kuss, nur aufregender, direkter. Sie hatte sich ausgeliefert. Oder er sich?

«Eifersucht ist eine dumme soziale Angst, die nur zeigt, das man sich zu kurz gekommen fühlt. Wenn man sich wirklich nimmt, was man will, dann kann man sich auch freuen, wenn andere sich das nehmen.»

Parker merkte, wie ihn die Situation von seinem inneren Durcheinander befreite. Gefühle und Körper, die man miteinander teilte, statt Eifersucht und Angst.

Parker bewegte sich. Seine Erregung war so stark, dass sie für einen Moment alles andere wegwischte. Ein Betäubungs- und Aufputschmittel zugleich, wie hatte sie gesagt: Befreiung. Hatte er nicht während des Gesprächs im *Luv*, das erst so stockend gewesen war, das Gefühl gewonnen, dass Anneli eine Frau war, die verstand, dass man sich im Leben verrennen konnte, viel, vielleicht zu viel wollte, dass es aber immer wieder ein Zurück gab, wenn man ehrlich zu sich war? Begehren befreit.

«Mach dich zu dem, der du bist.»

Mahler tauchte mit einer Flasche Champagner und drei Gläsern auf, die er vorsichtig auf den Glastisch stellte. Anneli lächelte Mahler an und rekelte sich weiter auf Parkers Schoß.

«Ihr habt es euch schon bequem gemacht, wie ich sehe.» Mahler zwinkerte Parker zu und goss den Veuve Clicquot in die Gläser. Er trug einen schwarzen Smoking. Eine weiße venezianische Maske lugte aus seiner linken Jacketttasche.

Anneli nahm Parkers Kopf in die Hände, ohne den Blick von Mahler zu lösen, und küsste ihn. Ihre Lippen öffneten sich weit, ein heiseres, hohes Stöhnen schien ganz tief aus ihrem Körper aufzusteigen. Parker sah, genau wie Anneli, zu Mahler. Dann küsste sie seinen Hals.

Mahler rückte ganz nah an sie beide heran. Parker spürte Mahlers Bein an seinem. Mahlers Finger spielten mit Annelis Haar, dann legte er ihr eine Hand auf den Oberarm, sachte, aber bestimmt und fragte: «Willst du mich?»

Anneli nickte, drehte ihr Gesicht Mahler zu, küsste ihn und rieb ihren Schoß weiter an Parker. Er war weich in den Beinen, sackte tiefer ins Polster. Mahler küsste Anneli, ließ seine Lippen und dann seine Zunge sanft über ihre Lippen streichen, und als sie bestimmter zurückküsste und härter mit ihrer Zunge in seinen Mund eindrang, war Parker wie von Sinnen unter ihr. Anneli drehte sich zu ihm und küsste ihn hart, ihre Zungen zwei sich wälzende Ringer im Verschlag, ihre Schneidezähne schabten schmerzhaft an seiner Haut, ihr Speichel war kalt. Dann löste sie ihren Kuss und sah Mahler an.

«Nehmt mich», sagte Anneli und knöpfte sich die Bluse auf, die sie noch über dem Kleid trug. Mahler streifte ihr die Bluse von den Schultern. Anneli zitterte, sah aber aus, als hätte sie das schon oft getan, mit Mahler, mit anderen. Parker packte sie am Handgelenk. Er wusste nicht, ob ihn die Vorstellung abstieß oder erregte. Sie küssten sich wieder. Vielleicht beides. Er fuhr ihr durchs Haar, es war so fein, dass er keine einzelne Strähne zwischen die Finger bekommen konnte. Seine Hände streichelten ihren Nacken. Sie wand sich, als wollte sie ihn auffordern, weiter zu machen, stieß mit dem Becken tief gegen seinen Schenkel. Er drehte sich zu ihr. An seinem Hintern spürte er Annelis Hand. Oder Mahlers. Annelis Kleid hatte keinen Reißverschluss. Er überlegte einen Moment lang, wie er es ihr ausziehen könnte, dann schob er es nach oben, ohne seine Berührungen zu unterlassen. Der feine Stoff riss ein. Er wollte sie noch heißer machen, drehte sich etwas, rutschte noch tiefer ins Sofa, zog sie wieder auf sich; Mahler stand hinter ihr und versuchte, ihr das Kleid ganz über den Kopf zu ziehen; dann ließ Parker seine Finger an ihren Hüften entlang nach unten gleiten. Nicht denken, nicht planen, alles ganz natürlich, sie es von sich aus machen lassen. Seine Hände kamen auf ihren Schenkeln zu liegen. Mahler streichelte Annelis Rücken; sie begann zu stöhnen. Er schob ihren Rocksaum hoch, Parker sah ihr Fleisch, weiß wie Marzipan. Sie trug selbstklebende Strümpfe. Er schob den Stoff langsam, vorsichtig immer höher, berührte ihre Hüften, fasste ihr mit der Rechten zwischen die Beine. Sie trug Spitze. Seine Finger schoben sich in ihr Höschen. Sie bäumte sich auf, hatte die Augen geschlossen, nahm ihre Arme hoch, erleichterte ihnen das Ausziehen. Vorsichtig schob er ihr das Kleid über den Kopf, einen Moment lang machte er sich Sorgen, dass sich der Halsausschnitt an ihrer Nase verfangen würde, sie, mit einem Sack über dem Kopf, wie eine Gefangene. Er zog das Kleid fest mit der linken Hand hoch und presste mit der rechten hart ihre Brust. Dann sah er, dass Mahlers Hand hinten auf ihrem Schenkel lag und sie zwischen den Beinen streichelte. Das war wie ein Startsignal. Sie stieß mit der Hüfte zu, Mahlers Hand war nah an seinem Schwanz, aber egal, er wollte sie. Das Kleid riss und flog auf den Tisch, ein Glas stürzte um, polterte dumpf auf den Teppich darunter, ein schönes Stück, geometrische Schachbrettmuster in Orange und Rot, ein Berber, sehr alt. Mahler hatte sich hinter Anneli gekniet, zwischen Parkers Beine. Er fing an sie zu lecken.

«Nimm mich», flüsterte Anneli, als hätte sie sich lange überlegt, was sie sagen sollte. Sie hielt die Augen geschlossen, als Parker sie wieder gemeinsam mit Mahler an der Hüfte berührte. Mahler zog ihr die Arme auf den Rücken, hielt ihre Handgelenke zusammen. Sie saß jetzt aufrecht auf ihm, gespannt, ganz in ihrer Gewalt, nur noch in Unterwäsche. Sie zitterte. Jede Berührung schien sie gleich kommen zu lassen. Parker fuhr ihr den Hals entlang, ließ seine Finger langsam zwischen den Brüsten über den Bauch wandern, hielt kurz ihre Scham gedrückt, spürte ihr Zucken. Dann drang er ein. Ihre Lippen hatten sich weiß verfärbt, die Schneidezähne tiefe Abdrücke hinterlassen. Sie keuchte. Ihre Wangen waren voller roter Flecken, wie bei einer seltenen Allergie. Sie sagte: «Oh.» Irgendetwas schien aus ihrem Gesicht gewichen zu sein. Es wirkte fremd, wie eine Maske, ein Tiergesicht im Rausch. Er spürte, wie Mahler seine Hand über sie beide wandern ließ, wie er dann sein eigenes Geschlecht in Annelis stieß, sie plötzlich beide in ihr waren. Parker vergaß sich.

Der Schlag kam völlig unerwartet. Er glaubte, einen Luftzug zu spüren, dann explodierte alles. Anneli schrie.

Wut ist ein seltsames Gefühl, sie ähnelt einem lange verborgenen Feuer, das plötzlich durch die Öffnung einer Klappe gewaltige Luftzufuhr erfährt und neu entfacht an die Oberfläche schießt. Genetische Dispositionen und ein bei aggressiv Veranlagten niedriger Serotoninspiegel, ein Schalter, der umgelegt wird, eine rein körperliche, automatische Übersprungshandlung. Jäh durchfuhr Parker der Zorn, als Wilfrieds Faust ihn am Ohr traf, an seinem Hinterkopf abrutschte, ein dumpfes Geräusch wie von einem Stampfen zurücklassend.
Er ließ sich instinktiv nach vorne fallen, stieß Anneli dabei von sich herunter und rollte sich ab. Wilfried schwang sich über die Rückenlehne der Couch, stürzte sich auf ihn und prügelte sofort weiter auf ihn ein.
«Schwein!», brüllte er.
«Wilfried, nein!», schrie Anneli und schlug sich die Hände vor den Mund, ihre Brüste kamen Parker auf einmal merkwürdig klein, merkwürdig aufgeregt vor, als würden sie tanzen. Er hatte Wilfried beiseitegeschoben, sich aufgerichtet, stand nun

geduckt da und fing Wilfrieds Schläge mit den Unterarmen ab, mit denen er gleichzeitig seinen Kopf schützte. Er pendelte die Schläge mit dem Oberkörper aus, ließ Wilfrieds unkontrollierte Energie in eine weiche, fast angenehm rhythmische Bewegung abfließen. Der Schmerz kam erst später.
«Hört auf!», brüllte Mahler.
Wilfried hörte auf zu schlagen. Er trat einen Schritt zurück, schnaubte, schien Atem zu holen. Dann rannte er mit gesenktem Kopf und aufgerissenem Mund wieder auf Parker zu, ein, zwei schnelle Schritte, die festen Halt im Teppich suchten. Wilfried sah so aus, als wollte er zum Geschoss werden, die Augen aufgerissen, wie ein Pfeil bereit, sich in den Gegner zu verbeißen, ein Etwas zwischen Schlange und ferngelenkter Rakete. Kurz bevor er Parkers Brust rammen würde, trat Mahler dazwischen, machte einen Schritt zur Seite, packte Wilfried an der Hüfte und der rechten Schulter, zog ihn an sich vorbei, eine sanfte, fast mühelose Bewegung, und ließ ihn mit Schwung in den Glastisch krachen. Wilfried stieß zuerst mit dem Knie gegen die gusseiserne Tischumrandung, schrie und versuchte noch abzudrehen. Der Aufprall holte ihn von den Beinen. Er fiel. Parker sah das Splittern der Glasplatte, als Wilfrieds Rücken wie ein gekrümmter Käferbuckel die Fläche durchschlug. Die Gläser, die Anneli und er auf dem Tisch abgestellt hatten, hüpften in die Luft, fielen dann, wie der Kerzenständer und der Aschenbecher, in das Loch, das Wilfried in den Tisch gerissen hatte, ein aus der Welt gefallener Schläfer. Im gedämpften Licht glitzerte das gesplitterte Glas wie Schneekristalle oder Diamanten, die letzten Stücke stießen aneinander, wirbelten in der Luft, ein vergeblicher Versuch, die Kurve weg vom Boden zu verlängern, wo Wilfried inzwischen lag. Hilflos, wie eine Puppe, ruderte er mit den Armen über der Umrandung, als versuche er zu fliegen.
Dann erst drang das Geräusch zu Parker durch, zeitverzögert. Als hätte sein Hirn einen Sprung gehabt. Ein lauter Knall, der

sich in Krachen und das helle Rieseln der Splitter aufspaltete, die auf die größeren, schärferen Teile des Glases fielen, das trockene Ploppen, als sie auf Wilfrieds nackter Brust unter der offenen Pyjamajacke und auf seinem Gesicht landeten. Dann vernahm Parker einen Augenblick lang nichts mehr.

Als Nächstes hörte Parker Wilfried stöhnen. Mahler ging zu Anneli, zog sie vom Sofa hoch und führte sie einige Schritte von den Glassplittern weg in den Raum. Anneli begann, mit den Fäusten auf seinen Brustkorb zu hämmern. «Mein Gott, was habt ihr getan, mein Gott, was habt ihr getan!» Mahler zog sie fester an sich, ihre Hände trommelten jetzt mit der flachen Seite auf seine Brust. «Nein, ich will nicht, nein.» Parker trat zu ihnen, nahm Anneli aus Mahlers Armen, ließ sich auf den Boden sinken und zog sie mit auf den Teppich hinunter. Sie schluchzte, er hielt sie fest, strich ihr das Haar aus dem von Speichel, Tränen und Schweiß verklebten Gesicht. Er versuchte, sie zu beruhigen, während Wilfried in den Resten des Breuer-Tischs weiter leise stöhnte. Parker fühlte, wie ihre Muskeln sich unter seinem Körper spannten, er ließ sie los; sie schob ihn mit ungeheurer Kraft von sich weg.

«Geh», sagte sie. «Geh weg von mir. Weg!» Parker stand auf, warf einen Blick zu Wilfried hinüber, der sich mit den Händen an die Ränder des Tisches zu klammern versuchte, um sich aufzurichten. Seine Hände bluteten, sein Gesicht war aschfahl, er schien ansonsten aber unversehrt. Er sah zu Parker herüber. Dann zu Mahler. Ein leerer Blick, als kämen sie alle in dieser Wohnung überhaupt nicht mehr vor. Etwas traf ihn am Rücken. «Geh weg, geh endlich!» Parker drehte sich wieder zu Anneli, die hatte einen Schuh nach ihm geworfen, hielt den anderen in der Hand. Parker knöpfte sich die Hose zu, ließ den zweiten Schuh an sich abtropfen, hob sein Jackett vom Boden auf, die Schuhe, die Socken und ging. Als er die Tür zur Küche zufallen ließ, hörte er Anneli noch sagen: «Oh, Wilfried.» Er verließ die Schmiede auf dem Weg, den er gekommen war.

Teil II

Das Mäusepapier

Aus Parkers Archiven:
5. Lektion: Lockern Sie auf! Der scheinbar unwahrscheinlichste Türöffner für die Sinne, in die Köpfe, in die Herzen und fürs Portemonnaie Ihrer Zuhörer ist eine Anekdote, ein guter Witz. Kennen Sie die Geschichte, die Sir Ken Robinson gelegentlich eingeworfen hat? Ein kleines Mädchen, vielleicht sechs, sitzt im Kunstraum. Sie hat sich in die hinterste Ecke zurückgezogen. Ihrem Lehrer fällt auf, dass sie, anders als sonst, voll konzentriert an einer Zeichnung arbeitet. Er geht zu ihr hin und fragt sie: ‹Was zeichnest du da?› Sie antwortet: ‹Gott.› ‹Aber niemand weiß doch so genau, wie Gott eigentlich aussieht›, wendet der Lehrer ein. Und sie sagt: ‹Na, dann werden das alle in ein paar Minuten wissen.›
Humor reißt die letzte Barriere ein, die noch zwischen Ihnen und Ihren Zuhörern besteht. Danach hören alle Ihre Botschaft.

Kapitel 1

Sonntag, Kiel

Wie viel Koffein ist tödlich? Zweiundvierzig große Tassen in vier Stunden? Parker erinnerte sich daran, spätnachts auf irgendeinem Hotelkanal eine Sendung über Kaffee gesehen zu haben, in der das zur Sprache gekommen war. Fünfzig Tassen in drei Stunden? An diesem Morgen war er bei Tasse vier in einer Viertelstunde angelangt. Der Mann an der Rezeption war nicht begeistert gewesen, als Parker ihn um drei Uhr fünfundvierzig von seiner Couch heruntergeklingelt und ihn zitternd um eine Kanne Kaffee gebeten hatte. Parker war bis auf die Knochen durchgefroren. Er war ohne Mantel aus der Schmiede gestürmt und hatte nicht sofort ein Taxi gefunden,

war einfach losgestapft, die Richtung war ihm Gott sei Dank klar gewesen. Als dann ein Funkwagen neben ihm hielt, war er bereits vollständig ausgekühlt. Im Hotel hieß es: heiß duschen, zusammenpacken und weg hier. Fast hätte dieser Kappen-Goofy ihn umgebracht. Der Portier, ein schläfriger Mann in den Sechzigern, dem das Hemd aus der Hose hing und zu dem Parker nichts anderes als das Wort «zerstört» einfiel, bestand darauf, dass der Zimmerservice um diese Zeit nichts mehr bringe, und er, Parker, hätte ja auch, wie er hier auf dem Bildschirm sehe, seine Kreditkarte noch nicht... Parker unterbrach ihn und kaufte dem Portier schließlich dessen eigene Kanne, die er sich für die Nächte am Empfang immer von zu Hause mitbrachte, für einen Zwanziger ab. Parker war mit der Kanne nach oben gestürmt, hatte den Mann angewiesen, ihm den frühesten Zug nach Hamburg rauszusuchen, dann wollte er im Internet seinen Flug umbuchen, die erste mögliche Maschine am Morgen, Parker wollte nur weg.
Die Koffeininfusion und die Nachwirkungen des kurzen Nachtmarsches in der Kälte brachten seine Hände zum Zittern, er hatte Kopfschmerzen. Die British Airways offerierte ihm ein Ticket auf Stand-by bis London, er schüttete noch einen Schluck nach, bei Tasse sechs setzte das Handflattern ein, und das Kofferpacken fiel ihm schwer.

Auf dem Flug von Fuhlsbüttel war der Koffeinschub ins Gegenteil umgeschlagen, und das Adrenalin, das ihm nach dem Kampf mit Wilfried und dem Dreier immer wieder in Schüben durch seinen Körper strömte, hatte sich wieder verflüchtigt. Er war in seinem Sitz zusammengesackt und in einen kurzen, aber tiefen Erschöpfungsschlaf gefallen.

Auf der Flughafentoilette in Heathrow spritzte Parker sich prustend Wasser ins Gesicht. Kalt rannen ihm einige Tropfen in das geöffnete Hemd unter dem Sakko, hinterließen Flecken auf dem grauen Fischgrätstoff seines Reiseanzugs. Er schüttelte sich. Sein rechtes Ohr war gerötet und zur Größe eines Blumenkohlröschens angeschwollen. Wo sollte er jetzt hin? Er überlegte kurz, Eberhard anzurufen, trocknete sich das Gesicht und den Hals mit dem fahlen, porösen Papier aus dem Chromspender. Ihm war kalt. Er knöpfte sein Hemd zu und beschloss, sich im Duty-free-Bereich wenigstens einen Schal und eine Daunenweste zu kaufen.

Parker war müde, er brauchte dringend etwas zu essen und fühlte sich krank. Vielleicht würde ihn seine Tante aufnehmen, Maggie, aber Parker wusste nicht einmal, ob sie noch lebte. Er zählte sein verbliebenes Geld. Erst mal einfach einen Tag hierbleiben, sich ausruhen, er könnte im 147 in Brompton übernachten; es gab da ein *Bed and Breakfast*, ein enges Townhouse mit vier Stockwerken und zum Garten hin erstaunlich schlauchartig sich in die Länge ziehenden Zimmern, das in ihm immer die Vorstellung an eine mögliche englische Kindheit wachrief. Die Betreiber nahmen auch Schecks. Sein Vater war in Brompton aufgewachsen, als es noch nicht schick gewesen war; jetzt wimmelte es dort vor Bankleuten und Yuppies, die die Restaurants, Touristenpubs und Cafés besetzten und dabei aussahen, als seien sie gerade angesagten Modezeitschriften entsprungen, mit einem Wort: Das Viertel war gentrifiziert. Aber nachts und im Nebel konnte man in den Seitenstraßen aber immer noch dem Dickens-Gefühl nachspüren, das sich dann beim Latte Macchiato, Flat White, Latte Macchiato Vanille, House Coffee aus dem Handfilter und anderen Zugeständnissen an die Thirty-Something-Internationalität der Post-Starbuck-Generation morgens schnell in urbane Zufriedenheit auflöste. Armut war gestern oder woanders. Außerdem mochte er das seltsame kleine Buch, das eine ziemlich unbekannte Schriftstellerin über das Haus geschrieben hatte, Brompton 147. Er hatte sich als Junge immer vorgestellt, wie

es wäre, in einem Roman zu wohnen. Vielleicht hatte er sich aber auch nur nicht eingestanden, dass er sich insgeheim danach sehnte, selbst hier gewohnt zu haben, als Beobachter seines Vaters. Vielleicht hätte er ihn dann besser kennengelernt. Wenn man wusste, wo jemand herkam … Romane! Ja. Parker strich sich übers Gesicht. Er dachte mit einem Kopfschütteln an die Geschichte mit Mahler und Anneli und Wilfried. Der Wahnsinn! Wo war er da reingeraten! Die hatten sie doch nicht alle. Kiel? Gut, um Eberhard tat es ihm leid. Den hatte er gemocht. Mahler und Anneli auch. Und die Chance, eine eigene Kampagne zu leiten, ein neues Leben aufzubauen, aber das war jetzt weg, er müsste, er würde … plötzlich breitete sich Panik in Parker aus. Aber ein weiteres Weglaufen konnte es nicht geben! Wohin? Er hatte doch keine Chance, keine Arbeit, keine Wohnung, kein Geld.
Nein, er war Parker. Man wollte ihn … überall. Schon nächste Woche könnte er vielleicht in Korea sein, bei Herrn Hwang! Und wenn dieser wilde Wilfried sich wieder beruhigt und Mahler und Anneli das geklärt hätten, dann würde man vielleicht auch da noch mal sehen. Eine richtige Falle war das in der Schmiede gewesen.

Parker wechselte seine restlichen Dollars in Pfund, ging am Taxistand vorbei zu den Bussen. Im Brompton 147 fragte niemand nach seiner Kreditkarte. Er unterschrieb gleich einen Scheck, erst mal für zwei Tage. Als er aufs Zimmer ging und mit dem altmodischen Teesieder Wasser erhitzte, fiel ihm erst auf, wie müde er war.

Er könnte Iris anrufen. Sie war die beste Freundin von Neela gewesen, als sie am PS 1 gearbeitet hatten; Iris hatte den richtigen Leuten die falschen Fragen gestellt, und schon hatte man sie, die Vollbusige mit dem Hang, sich einladen und nicht lange bitten zu lassen, mit der Betreuung neuer Künstler betraut, ein

Charmekapital, das sie jetzt in London mit den Saatchi-Kontakten und ausgestattet mit dem Geld eines reichen Franzosen, nutzte, um coole junge Kunst für ihre eigene Galerie einzukaufen, zwischen böse und artig changierende Alice-im-Wunderland-Pop-Art, fiktive Porträts einer kommenden belgischen Künstlerin, Hautlandschaften in Übergröße, sodass man wie in einer Swift-Erzählung die Poren als Krater sah, und einige junge russische Neokonzeptualisten, die sie mit Ateliers versorgte – man konnte sagen, was man wollte, sie hatte ein Nase für Schnäppchen, auch was Räumlichkeiten betraf. Parker war einmal zur Eröffnung einer Vernissage gewesen, die Einladungen kamen regelmäßig.

Iris hatte eine Zeit lang bei ihnen gewohnt, bei Neela und ihm in der 3. Straße, zwischen First Avenue und Avenue A, gegenüber vom Hells Angels Club, wo auf dem Bordstein immer herausgeputzte Maschinen vorm feuerroten Ziegelstein des Klubhauses aufgebockt standen, dazu dicke Männer mit Fusselbärten in Leder ihr Bier aus braunen Papptüten tranken, sie wirkten nur dann furchterregend (und taten auch so), wenn man das erste Mal an ihnen vorbeikam. Die Nachbarschaft war erfreulich. Es war ruhig, die Tage vergingen gleichförmig, man konnte in den kleinen zweieinhalb Zimmern sitzen, bei offenem Fenster der Stadt zuhören, auf der Feuertreppe lesen oder aufs Dach gehen; eine Oase, in der man arbeitete, sich ausruhte, aus der man abends heraustrat, um etwas zu unternehmen, Neela und er in ihrem winzig kleinen Idyll, das sie sich trotz der elterlichen Ablehnung Matthews als potenzieller Schwiegersohn der Patels geleistet hatten. Auch für Iris war es kurz ein Zuhause geworden nach ihrer Flucht aus einem Drogenapartment. Sie hatte Glück mit den Jobs, aber immer Pech mit den Männern gehabt. Ein mexikanischer Millionär, mit dem sie zusammenlebte, ließ sie für ein Wochenende sitzen, um eine junge Frau in den Alpen zu vögeln. Iris fand es heraus, er hatte zwei Erste-Klasse-Tickets auf der Küchenbar liegen gelassen, setzte ihn vor die Tür (es war seine Wohnung), brauchte dann bald ein billigeres Apartment, mietete sich bei einem freundlichen Blonden in den östlichen 100ern ein, ohne zu wissen, dass er ihre Kaution und die Miete kassierte, um sich weiter mit Crack zu versorgen. Das passte gar nicht zu ihm, sagte sie später, zu diesem Polo-Jüngling, diesem Ralph Lauren on the Rocks, wie sie ihn ursprünglich und nicht ohne Interesse getauft hatte. Irgendeine Art von Drive musste man doch entwickeln, wenn man in so einer Stadt lebte, fand sie, und der Polo-Mann verschwand dann nach der Räumungsnotiz und dem Polizeisiegel, das eines Abends an der Tür klebte, mit ihrem Geld. Worauf Iris, ganz Ruby die Katze, in einer Hommage an Cary Grant und Audrey Hepburn, die sie, wie überhaupt die eleganten Endfünfziger- und Anfangsechzigerjahre, verehrte, als kleine Holly-go-Lightly über die Feuerleiter kletterte und in ihr Zimmer einstieg, um wenigstens die verbliebenen Sachen zu retten.

Aus den zwei Wochen bei ihnen wurden drei Monate, und Iris und Neela lockten Matthew, der an den unterrichtsfreien Tagen immer etwas phlegmatisch war, an die Strände der Umgebung, nach Fire Island, in die Hamptons, auch der Stadtstrand von Coney Island tat es zur Not. Er hatte mit den beiden Spaß gehabt. Sie waren alle drei so natürlich miteinander, und Parker hatte, auch dank Iris' absurden Geschichten, die leichte Starre verloren, die ihn, den Säufersohn aus Altona, der ohne alles nach Amerika gekommen war und sich hier ein neues Leben aufgebaut hatte, immer wieder überfiel. Er hatte immer noch ab und zu das Gefühl, nicht mehr geworden zu sein als ebendie kleine Ratte im System, strampelnd im Laufrad, nur dass mehr Leute zuguckten. Ihm fehlte die Leichtigkeit der Reichen. Und ohne dass er es gewollt hätte, bekam wohl auch Neela das zu spüren. Aber Iris hatte ihnen neuen Auftrieb gegeben, Neela war schon ein wenig verzweifelt gewesen, dass

Parker sich so gar nicht für ihre Art Partys begeisterte, ihre Freunde in der Stadt, sodass sie kaum mehr mit ihm ausging. Das hätte sie sich im College anders vorgestellt, so seien sie am Anfang nicht miteinander gewesen, hatte sie sich beklagt. Und das stimmte. Parker fühlte sich im New Yorker Establishment so wohl wie eine Warze unter Vereisungsspray. Er hatte das Gefühl, dass sie ihm entglitt, wenn er so steif war, verloren unter den ganzen Society-Typen, und sich auch noch rechtfertigen musste, weil er so viel reiste. Er war doch kein Plastikteil, kein künstlicher Mensch, den man nur anders einstellen musste, damit er in sein künstliches Nest passte. Die neue Dreimonatsdynamik mit Iris hatte beide wieder mutiger gemacht, er begann, das Soziale nicht mehr als Bühne zu sehen, auf der er etwas leisten musste, sondern als Spiel. Mit Neela und Iris konnte er sogar lachen. Aber zwischen Neela und ihm hatte das nichts mehr dauerhaft ändern können. Zu sehr hatte er sich schon verstrickt, war vom Kurs abgekommen, hatte seinen eigenen Weg eingeschlagen, fort von ihr.

Als Neela seinen Betrug entdeckte, ließ sie keinen Stein, kein Buch, keinen Kalendereintrag, keine Mail, keine WhatsApp, keine SMS, kein Foto auf dem Handy unangetastet. Sie begaffte, durchwühlte, zerriss und verwüstete, schmiss seine ganze mühsam in den Thrift Shops und Consignment Stores zusammengekaufte Garderobe aus den Schränken, zertrümmerte seine Andenken-Buddhas, zerknüllte die Dankesschreiben der Demokratischen Partei und fegte den Ersatzcomputer vom Schreibtisch.
Hatte ihm, nachdem er vergeblich wieder und wieder versucht hatte, es ihr zu erklären, wortlos zwei große Koffer aus der Abstellkammer geholt, ihn die wichtigsten Anzüge, Hemden und Krawatten aus dem Kleiderhaufen retten lassen und ihn vor die Tür gesetzt.
«Secondhand, secondhand! Dein ganzes Leben ist second-

hand, weißt du? Du fühlst es nicht mal mehr. Du lebst, als ob du glaubst, du seist auf der Flucht. Wer bist du eigentlich? Wo willst du hin? Dauernd weichst du mir aus, wie Wasser.» Neela schrie nicht, sie redete kalt, fast methodisch. Dann war sie plötzlich verstummt.
«Wasser?», hatte Parker gefragt.
«Du willst dich einfach nicht festlegen. Nicht mal mit mir.»
Natürlich hatte er alles abgestritten. Seine Affären. Immer wieder. Nur ein paar Sachen zugegeben, ein paar, hatte versucht, ihr zu sagen … ja was? Er kam sich jetzt noch dümmer vor als damals. Natürlich war er nicht bloß so von einer zur anderen geflossen, es hatte sich bloß … so ergeben? Und dabei hatte er doch gerade damals, nach Iris, das Gefühl gehabt, als hätten sie einen neuen Anfang miteinander gemacht.

Aber Iris meldete sich nicht. Seine Batterie war fast leer, er fand sein Ladekabel nicht. Vielleicht war sie auch bei Neelas Hochzeit. Er zog sich die Daunenweste über und ging raus.

Depeche Modes «Stranger» hämmerte mit synthetischen Trommeln aus einem Laden am Strand, voller billiger CDs, Filmen und Reiseelektronik. Links vom Eingang kümmerte sich der hünenhafte Rastafari nicht um den Eintretenden, sondern hibbelte hinter seinem Tresen zu der schnellen, direkt in den Kreislauf schlagenden Musik. Als das Lied zu Ende war, wirklich ein feines, sauberes Fade-out wie eine sanfte Welle am Strand, glaubte Parker zu träumen. Jemand sprach mit voller, tiefer Stimme schnell und selbstgefällig vor sich hin, erinnerte an die Achtziger und die Depeschen von diesen Jungs aus Manchester, großartige Jungs, mit denen man gern mal einen gekifft, äh, er meine natürlich, ein paar Biere durchgezogen hatte, jedenfalls, Leute, hier kommt noch so ein Superduo von damals, Soft Cell, und man solle sich und seinen Willie jetzt anschnallen, denn das erotische Cabaret am Sonntagmittag

würde gleich wieder seine Neonlippen in Bewegung setzen, yeah. «Hold on to your knob, here comes uncle Bob ...»
Sein Vater. Das war sein Vater. Das war seine Stimme, seine Art, Titel anzusagen, seine Sendung, seine Musik. Dieser Wichser.
Parker schnellte nach vorn.
«Schalten Sie das aus!»
«Was?», fragte der Rastamann hinter seinem mit Plexiglas abgeschotteten Verkaufstresen und runzelte die Stirn.
«Ausschalten!» Parker zückte eine Zehnpfundnote und stopfte sie in die Durchreiche.
«Was bist du denn für einer?», murmelte der Mann, machte das Radio aus und schnappte sich den Zehner.
Parker sah auf seine Hände, die sich zu Krallen gekrümmt hatten, als wollte er seinem Vater die Kehle zuschnüren, ihm seine gloriosen, lustbetonten Begeisterungsplattitüden ein für alle Mal in den Hals zurückstopfen und sichergehen, dass sie da blieben. Parker atmete tief durch. Konzentrier dich, lass dich nicht von der Außenwelt ablenken. Ein Berg bewegt sich nicht. Schlage erst dann zu, wenn du sicher bist, dass du triffst. Wenn du bereit bist zu sterben, bist du bereit für alles.
«Haben Sie ein Ladekabel für ein iPhone 4s?»
Ihn, Parker sen., hätte er treffen, ihn hätte er anschreien sollen. Nein. Egal. Er würde dem Rastamann beim Bezahlen sagen, dass es ihm leidtue, dass er ihn angeschnauzt hatte. War das die BBC? War sein Vater jetzt wirklich bei der BBC? Die ließen ihn, diesen Military-Clown, ans Mikrophon und schnitten ihm nicht das Wort ab? Der konnte weiter seine Scheiße verbreiten, als hätte er nicht genügend Leute zum Verlassen ihrer Lieben, zum Vögeln auf Teufel komm raus, zum Reinstecken, Rumlecken, Absaufen gebracht mit seiner beschissenen, selbstgefälligen Masche aus coolen Sprüchen und Musik? Yeah, befreit euch, yeah, bereitet euch auf den Tanz vor, yeah, schaltet den Swing ein, den Hüftschwung, und yeah, das dritte

oder, wenn ihr's im Doppelpack mögt, vierte Bein, yeah, yeah, yeah! Sein Vater, der Technofreak, sein Vater, der Smiths-Kenner, sein Vater, der Pirat der Siebziger, Achtziger, Neunziger und der besten Kicks von heute. «Welcome to the breakfast of champions, baste the tuna, guys, and girls, come and taste the baby gravy.»
Parker wartete nicht auf die Antwort des Rastamanns, zog eine Packung Ohrstöpsel vom Rotationsständer an der Kasse und zahlte, dann stürmte er aus dem Laden und knallte die Glastür hinter sich zu, als hätte er einen Sarg geschlossen. Der Rastamann musste das Radio gleich wieder aufgedreht haben. Hinter ihm wummerte der Bass durch die Scheibe. The XX, nicht länger Depeche Mode.

Immer noch der gleiche Scheiß! Den Leuten Musik einflößen wie eine Droge, den Jungen übers Netz, über Handys und iPods, zu den Süchtigen mit ihren weißen Schläuchen in den Ohren, rein in die Hirnanhangsdrüse, Hormone ausschütten, Botenstoffe, Lauschgift, das volle Programm. Mit Musik konnte man tanzen, mit Musik konnte man in Kriege ziehen, Knöpfe drücken, ganze Dörfer unter Panzerketten platt fahren, Ehen auseinanderreißen, Köpfe zermalmen, bis nur noch das weiche pulsierende Fleisch der inneren Barbarei dalag, Hirn ohne Zusammenhang, Gefühl ohne Form, Herz ohne Haltung.

Parker war wütend. Ihm wurde abwechselnd heiß und kalt. Auf der anderen Seite der Straße leuchtete ein Schild einladend im eisigen Londoner Nieselregen, *Three Lions Pub*. Gut. Er brauchte jetzt einen Drink.

Er bestellte als Erstes ein Fulton und einen doppelten Whiskey, Macallen. Er schluckte den Ärger herunter, ja, mit dem Bier spülte er nach, schnalzte, das tat gut. Er hob beide Zeigefinger und wartete auf das Anrollen des nächsten Gedecks. Ein

Mädchen, höchstens achtzehn, kurzer Rock, Kniestrümpfe, Schulschwänzer, Profi auf Männerfang, lächelte ihn an. Parker ignorierte sie. Er trank lieber weiter.

Nichts würde jemals wieder so sein wie zuvor. Parker torkelte durch den Londoner Regen. Wie er in sein Hotelzimmer gekommen war, wusste er nicht mehr, irgendwo unterwegs hatte er seine Weste verloren, vielleicht im letzten Pub, aber den Zimmerschlüssel hatte er zum Glück. Das Zimmer war kalt, es roch nach Desinfektionsmitteln, die Bettwäsche war klamm. Er hatte sich fallen gelassen in die schöne, weiche, feuchte Wärme des Betts. Die quietschenden Federn. Scheißegal, wie es stank. Aber irgendwie roch es nach Fisch. Er dachte an Stan und Olli. Und dann war er weg.

Als er aufwachte, hatte er ein pelziges Gefühl im Mund. Ihm war übel. Speiübel. Er schleppte sich ins Bad, trank Wasser direkt aus dem Hahn. Alles drehte sich. Wenn er die Augen schloss, drehte sich sein Magen. Und etwas in seinem Kopf drehte sich auch. Er war ausgehungert und versuchte, seinen zerknitterten Anzug mit einem feuchten Handtuch zu glätten. Die Schuhe und die Socken hatte er nachts wohl doch irgendwann abgelegt, aber die Krawatte nicht. Er machte sich mit dem Tauchsieder Wasser heiß und verbrauchte erst einmal das kleine Nescafébeutelchen, dann einen Tee. English Breakfast. Sofort wurde ihm wieder schlecht. Er schaltete sein Handy ein. Sofort begann es zu blinken. Zehn neue Nachrichten. Er kochte sich noch einen Tee und hörte die Aufnahmen ab, die Anrufe kamen alle aus Deutschland.

Teil III

Der Schatten des Esels

Aus Parkers Archiven: Vorwort
Die Redekunst, hat Quintillian angemerkt, ist ein großartiges Instrument, um Menschen zu helfen. Sie dient dem Austausch und der Übermittlung von Gedanken. Dem Miteinander-Sprechen verdanken wir die Verbesserung unseres Denkens. Man spricht und redet nicht für den Applaus, man spricht für Menschen, die tatsächlich nachdenken. Deshalb hilft es auf Dauer auch nicht, bloße Hülsen frisch zu verkleiden oder mit schönen Worten Schminke über Dinge zu legen, die eigentlich gar nichts bedeuten. Das ist mehr als abgeschmackt, das ist unethisch. Jede wertvolle Komposition, jede Rede, jedes Gespräch, die etwas bedeuten, müssen aus Wissen, Einstellung und Gefühl geformt sein, sie müssen Substanz haben, Körper. Rhetorik ist keine bloße Politur – und selbst wenn: Man kann nur echte Dinge zum Glänzen bringen.

Kapitel 1

Dienstag, Kiel

«Haben Sie das geschrieben?»
Dr. Jurek hielt Parker eine Leitzfolie unter die Nase. Parker bemerkte, dass die Finger des Staatsanwalts schweißig waren und Abdrücke auf dem durchsichtigen Kunststoff hinterließen. Würde er die Folie nochmals auf den Overheadprojektor legen und dem fast leeren Saal nun wieder die Buchstaben zeigen, die Wörter, die Sätze, die Parker kurz nach seiner überstürzten Abreise aus Kiel geschrieben hatte? Noch hatte er nichts gesagt, er war ja nur als Zeuge hier. Oder?
Die Nachrichten auf Parkers Handy waren alle aus Kiel gewesen. Eberhard, der besorgt nachgefragt hatte, was denn passiert sei, dann noch mal, dass das ja alles schrecklich sei und

er vollstes Verständnis für Parkers Schock habe, dann wieder Eberhard, er sei jetzt doch irritiert und er, Parker, müsse sich stellen. Und dann die Polizei. Die rief er zurück. Im ersten Augenblick hatte er nicht verstanden, worum es eigentlich ging. Ein Herr Wilfried Steenbock sei tot, ja, er, Parker, sei ja dabei gewesen, als es passiert ist, es gebe da einige Ungereimtheiten, die müsse er unbedingt klären. Parker war wieder zurückgeflogen.

Und nun sollte er einen seiner Texte kommentieren?

Warum fragte Dr. Jurek ihn das überhaupt? Eine Vorvernehmung mit Projektor, auch so ein uralter Apparat, musste das sein? In dem großen Raum war es dunkel, und obwohl doch in Behörden Rauchverbot herrschte, schien es Parker, als hinge vor dem Resopaltisch, hinter dem die Beamten saßen, ein Vorhang aus Rauch. Kalte Schleier, durch die sich die Schemen menschlicher Wesen nur fremdartig abzeichneten, die ihn, Parker, anstarrten, ihn in den Blick nahmen, fixierten. Hier wurde er jetzt schon über Gebühr lange festgehalten, und wenn er nicht schlau war, würde er zu etwas Verhandelbarem, zum potenziellen Verbrecher, zum Straftäter abgestempelt werden. Allein die Beschreibung machte ihm schon Angst. Jeder Begriff enthält ein ganzes Bündel an Geschichten, ein Reiz-Reaktions-Schema von Szenen und Emotionen, und wenn jemandem ein Label wie ‹Verbrecher› angeheftet wird, und sei es auch nur unterschwellig, dann ist er es zwar nicht automatisch, wird aber zunächst dafür angesehen. Nein, so leicht würde er es nicht zulassen, dass die ihn hier wegen zurückgelassener Notizen oder seiner Blogeinträge auseinandernahmen.

«Das war Recherche. Ich schreibe ein Buch darüber, wie sich das Konzept der Person im Internet verändert und welche Rückwirkung das auf uns im wirklichen Leben hat. ‹Der Indianer ist die Servomaschine seines Kanus›, ein Mann der Spiegel seiner Worte. Und der Mensch im World Wide Web? ‹Abfall für alle›. Sims unter Simsen. McLuhan meets Žižek, so Zeug halt, das ist noch nicht ausgereift, das müssen Sie schon verzeihen, ich nutze den Blog ja als Testballon.»

Dr. Jurek lachte höhnisch und las noch eine Überschrift. «Wielands Paradox!»

Das war ein Text aus der Geschichte der Abderiten, den Parker während des Seminars ausgeteilt hatte, als Beispiel für die Übersetzung von Gedanken in Bilder. Ein Zahnarzt reist aus dem antiken Abdera in einen Nachbarort und mietet dafür einen Lastentreiber und seinen Esel. In der Mittagshitze setzt sich der Zahnarzt in den Schatten des Tiers. Als der Treiber eine Extrasumme für die Nutzung des Schattens verlangt, kommt es zum Streit. Die Anwälte argumentieren: Der Zahnarzt hat den Esel gemietet, also auch dessen Schatten. Ein Schatten ist kein Zubehör. Aber die Gegenseite ist gewiefter: Deren Anwalt wechselt die Fragestellung, tut die Bemerkung des Eseltreibers als Scherz ab, natürlich gehöre der gemietete Schatten für die bezahlte Zeit dem Mieter zur Nutzung, aber: Darum sei es auch gar nicht gegangen; die Sache sei ganz leicht aus der Welt zu schaffen gewesen, wenn der Zahnarzt dem Treiber ein Trinkgeld für den Zeitverlust durch die von ihm eingeforderte Pause im Schatten des Esels gezahlt hätte. Status ist im Juristischen alles. Geht es um den Schatten, geht es um die Zeit? Als Verfahrensfrage und Normenkonflikt abgehandelt sind, holt der Treiberanwalt noch einmal aus: Das alles sei sowieso nur eine große Komödie mit lauter Schuldigen, woraufhin die Zuschauer vor Schock in eine Art dionysischer Ekstase geraten und den Esel in Stücke reißen.

«Schwachsinn!»

Der Staatsanwalt knallte den Text, mit dem er wie mit einem Taktstock vor Parkers Gesicht herumgefuchtelt hatte, wieder auf den Projektor.

Jureks Fingerabdrücke waren jetzt klar auf dem Rand der Folie zu erkennen, sogar Teile seiner Handfläche. In Mittelalter und Früher Neuzeit, als der Abdruck noch nicht als sprichwörtlicher Beweis für die Anwesenheit einer Person am Tatort, sondern als Zeichensystem eines früheren und späteren Schicksals angesehen, enträtselt und entziffert worden war, erstellte man noch Handorakel, um den Charakter und die Zukunft eines Menschen zu bestimmen. Jureks Lebenslinie, merkwürdig verästelt und mit der Liebeslinie über Kreuz, hätte man als Beweis für jemand Überschäumenden und nicht besonders Anständigen angesehen.

«Sie erzählen uns jetzt schon seit einer Stunde das Gleiche.»

«Sie fragen mich ja auch nichts anderes.»

Jurek schaltete den Projektor aus. Die Jalousie wurde hochgezogen. Das helle Sonnenlicht des frühen Nachmittags blendete Parker.

«Warum haben Sie sich nicht eher bei uns gemeldet?»

«Ich sagte es Ihnen doch schon. Ich war in London, hatte zeitweilig mein Handy ausgeschaltet und keine Ahnung, was hier passiert war!»

«Dass das verdächtig ist, direkt nach der Tat zu verschwinden, ist Ihnen aber schon klar?»

«Glauben Sie, ich hätte das, wenn ich der Täter wäre, nicht gewusst? Das war ein Unfall, Herr Mahler hat …»

«Uns das anders beschrieben.»

Parker verstummte.

«Sie hatten gar kein Ticket. Sie wollten doch nach dem Seminar hier in Kiel nach Frankfurt fahren und dort eine Weile bleiben. Hatten Sie nicht sogar noch ein Seminar bei …»

Hauptkommissar Werner mischte sich ein.

«Lethal und …»

«*Lethem and Watkins*, ja. Das hatte ich schon am Donnerstag abgesagt.»

«Warum?»

«Ich war müde, ich brauchte Erholung.»

«Und dann fliegen Sie nach London?»

«Ich habe Familie dort. Außerdem sollte doch die Ministerin kommen, und ich hatte Herrn Mahler versprochen, in Kiel …»
«Ministerin?», unterbrach Jurek.
«Und dann fliegen Sie nach London?», fragte Werner noch mal.
Parker seufzte. «Kennen Sie London?»
Das Schweigen hing zwischen den vieren eine Sekunde zu lang.
«Das ist hier kein Reisequiz!», brüllte der Staatsanwalt.
«Hören Sie, mein Vater lebt in London, ich wollte ihn besuchen, das hab ich schon lange vorgehabt. Ich bin sofort hierhergeflogen, nachdem ich Ihre Anrufe abgehört habe. Das hätte ich nicht tun müssen, oder? Zurückkommen? Ich habe auch dieser ‹Befragung› zugestimmt – oder sollte ich besser sagen, diesem ‹Verhör›? Ich weiß aber trotzdem immer noch nicht, was Sie eigentlich von mir wollen.»
Wann merkten sie endlich, dass er das Ganze trotz seiner Müdigkeit ebenso ernst nahm wie sie?
Wie konnten sie denken, dass er etwas mit Wilfrieds Tod zu tun gehabt hatte, er war doch der Angegriffene gewesen, und Mahler hatte ihn gerettet, er hatte doch nicht einmal gewusst, was denn da wirklich nach seinem Aufbruch geschehen war. Wenn sie tatsächlich dachten, etwas gegen ihn in der Hand zu haben – was hätte das sein sollen? Texte, Einträge für seine Blogs? Die Zeugenaussagen von Anneli oder Mahler müssten doch klar sein: dass Wilfried ihn angegriffen, auch nicht abgelassen hatte, als sie sich dazwischengestellt hatten, sondern dass er weiter auf sie alle losgestürmt war, ja, sicher, sie waren fast nackt gewesen, das war vielleicht schwer zu erzählen, genau wie sein nach dem Kampf einsetzender Impuls, nach London zu fliegen, aber schließlich hatte Mahler den Angreifer ja gestoppt.
«Er hat uns das anders erzählt», sagte Hauptkommissar Wer-

ner und nestelte nervös an seiner ausgebeulten Hemdtasche herum. Parker dachte: ein Raucher.

«Anders?»

«Ja.» Werner schob Parker eine Aussagenmappe hin. «Wilfried Steenbock hat Sie angegriffen, Sie hatten wohl etwas mit seiner Freundin, ungeschickt so direkt vor seinen Augen, oder? Dann haben Sie ihn über den Tisch geworfen, und er ist mit dem Kopf an die Stahlkante gestoßen; Herr Mahler und eine Freundin von den Jusos, Frau Scheel, die zufällig auf der Party gewesen war und nach dem Klo gesucht hatte, haben versucht, die Blutungen am Hals und an den Händen zu stoppen, Herr Steenbock hatte ja Schnittwunden, aber gestorben ist er an der Blutung im Hirn.»

«Das ist falsch!»

«Ach, ich dachte, Sie seien nicht mehr dabei gewesen?»

«Das ist richtig, ich bin rausgerannt. Frau Schneider hat mich angeschrien, dabei war ich … ich war doch das Opfer! Herr Steenbock ist auf mich losgegangen.»

«Weil Sie vor seinen Augen mit seiner Freundin Geschlechtsverkehr hatten.»

«Nein, sie sind getrennt.»

«Und dann werfen Sie den Angetrunkenen, wie viel Promille hat der denn gehabt, Wachtmeister …?»

Eine Kriminalbeamtin hinten im Raum saß an einem Tisch und führte Protokoll.

«Moment.» Sie blätterte ihre Akte durch. «1,5 Promille.»

«1,5. Da ist jemand, der kaum noch Kontrolle über seinen Körper hat, auf Sie zugetreten und hat Sie von seiner Freundin, von der Sie behaupten, sie sei gar nicht mehr mit ihm zusammen, entfernen wollen. Und diesen Menschen, der in dieser Situation kaum mehr Kraft gehabt haben dürfte als ein Kind, schleudern Sie dann einfach so auf den Tisch.»

«Es war anders. Sie war auf mir …»

«Auf Ihnen? Frau Schneiders Kleidung war teilweise zerris-

sen, und die Untersuchung zeigte Hämatome am Beckenbereich. Wie freiwillig war sie denn da?»
«Hören Sie auf! Aber das war ja Mahler, ich meine, Mahler hat ihn – und das war auch nur zu seinem Schutz.»
«Ach, jetzt hat also Herr Mahler Frau Steenbock angefasst – und Sie haben zugesehen?»
«Ja, nein. Ich meine …»
Der Staatsanwalt lachte.
«Erzählen Sie hier doch keine Märchen!»
«Also, ich möchte jetzt einen Anwalt.»
Was nicht so einfach war, wie er gedacht hatte.

«Herr Mentzer?»
«Metzner.»
«Entschuldigen Sie, ich habe Sie nicht richtig verstanden.» Es entstand eine Pause, die Parker peinlich vorkam.
«Was wollen Sie?» Metzners Stimme klang ungeduldig, Parker müsse zum Punkt kommen, sonst würde er auflegen.
«Herr Mentzner, ich habe Ihre Nummer von Eberhard Jansens Frau.» Das Knurren am anderen Ende der Leitung nahm Parker als Zustimmung und als Aufforderung, weiterzusprechen.
«Eberhard ist krank. Sehr krank. Das wissen Sie sicher?» Das würde Metzner zu verstehen geben, dass er kein Fremder war, sondern fast schon, könnte man sagen, ein Freund der Familie.
«Ich brauche Hilfe.»

Metzner kam eine Stunde später auf dem Revier vorbei. Der Staatsanwalt war gegangen, die Beamten ließen sie allein. Parker fand, dass er sich alles in allem gut im Griff gehabt hatte, der eine Telefonanruf, dem ein zweiter gefolgt war, weil Eberhards Frau ihm mitgeteilt hatte – etwas kühl vielleicht, fand er, weil er das Seminar abgebrochen hatte und Eberhard enttäuscht gewesen war? –, dass ihr Mann mit einem leichten Schlaganfall im Krankenhaus lag. «Ist gestern passiert. Er wusste nicht, wo Sie waren. Das hat ihn alles sehr mitgenommen.» Er hatte ihr versichert, dass sich alles aufklären würde und er Eberhard, so bald es ging, im Krankenhaus besuchen … aber sie hatte ihm das Wort mit der Bemerkung abgeschnitten, er wolle jetzt sicher einen Strafverteidiger, sie habe ihm die Nummer eines guten Mannes bereits herausgelegt. Sie hatte also mit seinem Anruf gerechnet.

Metzner war schlecht gelaunt. Er warf seine Bridgetasche – ein feines Stück handgearbeiteten Leders – auf den grauen Resopaltisch. «Zur Sache. Waren Sie's?»

Parker verneinte, verbat sich alle derartigen Unterstellungen, aber Metzner sah ihn weder an, noch schien er ihm zuzuhören. Der Anwalt holte nur einen Stapel Papier aus der Aktentasche und wies auf die Stellen, wo Parker zu unterschreiben hatte. Er sagte nicht: Ich vertrete Sie. Kein aufmunterndes Wort, nicht einmal eine Stellungnahme zu den Vorgängen. Er zog Parker die Papiere weg – Parker bekam also auch keine Kopie – und ging zu den Beamten ins Nebenzimmer. Zwischen den vertrockneten Dracena und den grüngelb lodernden Schwiegermutterzungen auf dem Mauerstück vor dem Glasfenster hindurch sah Parker die drei. Der Staatsanwalt war schon weg. Der Kommissar machte ausladende Handbewegungen, war offenbar wütend über etwas, was der mit den Papieren fuchtelnde Metzner gesagt hatte, die Kriminalbeamtin stand ein paar Schritte abseits an der Wand, eine schwert-, augenbinden- und waagelose Justitia, die sich den Gürtel mit der Dienstwaffe und den Handschellen hochzog, bis sie Parkers Blick durch das Fenster bemerkte.

Metzner verließ das Zimmer und kam, ohne anzuklopfen, wieder zu Parker herein. Ohne die Klinke aus der Hand zu lassen, sagte er: «Sie können jetzt gehen.»

«Und meinen Pass?»

«Ihre Papiere behält die Staatsanwaltschaft. Sie dürfen die Stadt nicht verlassen. Die melden sich bei Ihnen.»

«Das geht? Einfach so?»
Metzner winkte ihm ungeduldig, Parker nahm seinen Mantel und folgte ihm. Die Nebentür stand offen, der Kommissar hatte das Gesicht in die Hände gestützt, die Beamtin schenkte sich Kaffee aus einer schmierigen Maschine ein. Sie sahen weder Parker noch Metzner an.

Vor dem Eingang verabschiedete sich Metzner von Parker, ohne ihm mehr zu sagen, als dass er sich in Kiel zur Verfügung halten solle, das Hotel nicht wechseln dürfe, sich einmal am Tag bei der Polizei zu melden habe, und drückte ihm seine Karte mit der Bemerkung, er solle am Nachmittag um 15 Uhr bei ihm im Büro sein, in die Hand. Dann hastete Metzner zu seinem quer auf dem Bürgersteig geparkten Volvo.

Aus Parkers Archiven: Halbweltadapter
Charakter ist das, was man ist, wenn niemand zuschaut.

Kapitel 2

Gefängnis

Untersuchungshaft ist ein Wort für sich. Was wird untersucht? Die Haft? Die Bedingungen in den Zellen? Die Leidensfähigkeit des Delinquenten – dessen Unschuld eigentlich doch vorausgesetzt ist, dem aber die Haftumstände nun suggerieren, dass sich die Schuld, wie auch immer sie aussieht, schon noch erweisen werde, und wenn auch nur, um diese bedauerlichen Umstände, in denen er sich befindet, erst im Nachhinein auf höchst natürliche Weise zu rechtfertigen – wozu hätte man ihn denn sonst erst verhaften sollen?

Parker ließ sich diese Gedanken in den ersten Tagen wieder und wieder durch den Kopf gehen. Er versuchte es mit Ironie, Demut, Empörung und Einverständnis. Das innere Gespräch mit sich selbst wurde immer verworrener, Gerichtsszenen wechselten sich mit Reportagen ab. Oh, da, Parker greift sich die Seife, er bückt sich, nein, nein! Er fällt, er fällt! Kein kollektiver Duschvorgang, keine Knastvergewaltigung.
Er verschloss sich vor der Realität der Welt der Gefangenen um ihn herum, die, in Freizeit, Arbeit, Essen, Handel mit Drogen, Fernsehzeiten, Muskelpumpen, Anal- und Oralsex, Rauchen eingespannt, sich die Zeit bloß vertrieben; sie schienen angekommen zu sein, wenn auch nicht zufrieden mit diesem Schicksal hinter Gittern, unter Männern. Und draußen lag Neumünster, die dümmste Stadt der Welt.

Er versuchte, sich an Details zu erinnern, stöberte in seinem Gedächtnis.

Neumünster war um den früheren Klein-, dann Großflecken eines mittelalterlichen Marktplatzes herum gebaut worden, mit Klosteranlagen, kam als Stadt aber auf dieser nacheiszeitlichen Sanderebene Schleswig-Holsteins erst mit dem Bau der Eisenbahn in Schwung. Zunächst entstand hier eine Tuch- und dann eine Lederfabrik, *Adler & Oppenheimer*, die dann in der Nazizeit arisiert worden war. Im Krieg war die Stadt bei drei großen Fliegerangriffen zerstört worden. Der Nachkrieg begann als Zeit mit einer Flüchtlingswelle ohnegleichen. Hans Böckler stiftete eine Wohnsiedlung, die den neuen Arbeitern eine Art Heimat- oder wenigstens eine Wohnstätte gewähren sollte. Die Stadt brach wirtschaftlich ein, in den Siebzigern wurde sie zu einem regionalen Einkaufszentrum umgestaltet und verwandelte sich in den Neunzigern nach der Schließung der letzten Fabriken zu einem regionalen Depressionszentrum. Parker wusste das alles aus dem Bildband «Unser schönes Schleswig-Holstein» und einem weiteren, eher geschichtlich orientierten Kunst- und Reiseführer, Büchern, die er in irgendeiner der Hamburger Stadtbibliotheken gelesen hatte. In Eimsbüttel? Er konnte sich auch an das Ende zweier Schulausflüge erinnern, einer hatte noch während seiner Grundschulzeit stattgefunden, als sie nach einer Busfahrt ins Freilichtmuseum Molfssee und einer Reptilienaustellung in den Holsten-Hallen am Nachmittag noch zwei Stunden freien Rundgang in Dreiergruppen in der Fußgängerzone erhalten hatten, bevor der Bus wieder nach Hamburg fahren würde. Matthew erinnerte sich an gruselige Eisdielen mit Schlumpfeis und Tutti-Frutti, an eine verschmuddelte Karstadt-Filiale und tristes, graues Sommerwetter, das einen, trotz der schwülen Hitze, innerlich mit Kältefingern packte. Sein Vater, so etwas wie der Quizmasterexperte für deutsche Kleinstadtkuriosa

und -raritäten, hatte ihm bereits vor der Abfahrt des Busses vom Altonaer Bahnhof in der S-Bahn erklärt: «Neu-Münster. Wenn du einer Stadt das Leben von Anfang an schwer oder sogar unmöglich machen willst, dann versieh sie mit einer Vorsilbe.»
«Und was ist mit New York?»
«Auch nur um ein paar Grade besser.»
Das eine oder andere hatte er im Fernsehen aufgeschnappt; die Bevölkerungszahl bewegte sich allmählich wieder auf die Achtzigtausender-Grenze zu. Berühmt und berüchtigt unter Kennern, den Häftlingen und ihren Verwandten, war das Gefängnis von Neumünster. Hier saßen die schweren Jungs aus Hamburg, früher hatte der Schriftsteller Hans Fallada einige Zeit eingesessen. Hier hatten sich Bandenkriege entwickelt, war es zu Messerstechereien gekommen, saßen die ganz Hoffnungslosen ihre Lebenszeitstrafen ab, wurden Deals zwischen Wirtschaftsbossen und Luden geschmiedet, die man aus den attraktiveren Vierteln der Hamburger Szene lieber ins unscheinbare Holsteinische verfrachtet hatte, ab vom Schuss, damit der Verwaltungsbesuch der Unterwelt wenigstens auffiel – Lamborghinis und schwarze, quer auf dem Trottoir geparkte Limousinen der S-Klasse, 7er BMWs, Audi-Sonderanfertigungen, der klassische Besuch des Häschens in der Corvette.

Wie lange war er jetzt nicht mehr auf dem Kiez gewesen? Jetzt stiegen die Erinnerungen wieder hoch, die Nächte an der Hafentreppe, wo er mit elf sein erstes Bier getrunken und mit zwölf das erste Mal gekifft hatte. Er konnte die Stadt wieder sehen, riechen, hören, spürte die Atmosphäre, die feuchte Hafenluft auf der Haut. Fast empfand er jetzt Sehnsucht danach. Hinter ihm lag die Hafenstraße mit den besetzten Gebäuden, ihrem Kraut-und-Rüben-Gemisch aus linken Alternativen, älteren Aussteigern und Jugend, und das Licht davor und der Himmel über den Docks versprachen Weite und Ferne. Er verspürte ein eigenartiges Kribbeln, wenn er an die Küsse mit älteren Mädchen dachte, das Fummeln mit den Punks, die ihn ‹süß› oder ‹niedlich› fanden. Er war gern dort gewesen, hatte sich dazugesetzt, nachdem er seine Mutter bei ihrem fast täglichen Absturz in den Suff beruhigt, versorgt, zurechtgewiesen hatte und er sie sicher zu Hause wusste, schlafend, während sein Vater beim Funk arbeitete und meist für mehrere Tage auch nicht nach Hause kam, Wochendienst vorschob. Manchmal war Matthew auch mit einem Mädchen oder allein auf eine der Fähren gestiegen, hatte sich an den Bug gestellt, die Arme ausgebreitet, den Rücken in den Wind. Er hatte den Kiez geliebt, es war immer jemand für ihn da gewesen.

Später, während des Studiums in Hamburg, war sein Geheimwissen über St. Pauli ein Verkaufsargument gewesen. Es sprach sich herum, dass er alle kannte, die Besitzer der angesagten Kneipen, den Mafia-Italiener und die Wirte der Bars, vom *Tiefenrausch* bis zum *Da Picino* nickten ihm die Bedienungen zu. Er wusste, wie es funktionierte, diese jahrhundertealte, legendäre Weitergabe der Namen von Kiezgrößen, die früher immer wieder Matrosen und seltsamen Vögeln verliehen worden waren und jetzt an Leute aus der Nachbarschaft gingen, wenn sie ihrer würdig waren. Chinesen-Fiete, Tante Annchen. Die Ursprungsgeschichten kannte meist keiner mehr, die Namen wanderten als eine Art Ehrenzeichen weiter. Aber Parker blieb immer nur Parker.

Die Bekanntschaften, die er mit auf die Fähre nahm, meist Kommilitoninnen, veränderten seine Fahrt. Viele stellten sich einfach hinter ihn an die Bugspitze und sagten: ‹Dreh dich um.› Er sollte nach vorn schauen und sie von hinten umarmen, der Film, den sie mit ihm nachzuspielen versuchten, hieß allerdings ‹Titanic›. Er hatte es aufgegeben, ihnen die Ironie zu erklären. Meist war er auch einfach zu erregt. Wenn man jemanden bei sich hatte, der einen einfach wollte, war das Glück genug. Die meisten Frauen verstanden das nicht und hielten sein Auf-Abstand-Bleiben für eine Masche. Damals hatte er keine Beziehung gewollt. Wenn ihn eine Frau nach ein paar Treffen nach seinen Gefühlen fragte, zuckte er hilflos mit den Schultern und sagte nichts. Er war schließlich auch gern allein mit der Fähre gefahren. Parker seufzte in der Erinnerung daran. Einige der Studentinnen hatten ihn daraufhin beschimpft. «Hast du denn gar keine Gefühle? Wie krank bist du denn?» Oder sie hatten ihm attestiert, wohl Probleme zu haben.

Mit den Haschis, den Mischas und dem «Schönen Klaus» im U-Haft Trakt II wollte Parker nichts zu tun haben. Und das klappte zunächst. Unter Kumpeln galt: erst mal in Ruhe lassen, sehen, was der Neue so draufhat, warten, bis er sich öffnet. Im eigenen Saft schmoren lassen. Unterhaltung bot Parker den Kumpeln von Anfang an. Einige kannten ihn schon aus den Nachrichten. Gerüchte verbreiteten sich im Knast ohnehin schneller als im Internet – und da recherchierten die Alteingesessenen den Namen während ihrer Benutzerzeiten in der Bibliothek dann umso intensiver: Matthew Parker, Lebensdaten, Veröffentlichungen, Auftritte, Seminare etc. – natürlich verbotenerweise, natürlich, aber selbst der Büchermensch an der Ausleihtheke mit dem einzigen internetfähigen Computer ist bestechlich –, und anders als Pornoseiten, das Checken der E-Mails und das Einloggen bei der Bank erschien die Gefahr, in der Bücherei beim Googeln erwischt und bestraft zu werden, lächerlich gering. Noch nicht einmal der Verlauf wurde jemals gelöscht. Es interessierte schlicht keinen der Beamten. Parker war, ohne dass er es wusste, zum Knastgespräch geworden.

Die Zelle war acht Quadratmeter groß. Kleiner als der durchschnittlich mietbare Stauraum einer amerikanischen Storage-Facility. Kleiner als studentische Wohnheimzimmer. Das erste

Essen war ein labbriges Frikassee. Es war der Augenblick in der Kleiderkammer gewesen, der Parker klargemacht hatte, wo er gelandet war. Er hatte sich ausziehen müssen – Gürtel, Schuhe, Hose, Jackett. Nur seine Unterwäsche hatte er behalten dürfen. Die Strümpfe nicht.
«Die stinken», hatte der Uniformierte hinter der Ausgabe angemerkt, und der Häftling, der ihm ein Set mit blauer Baumwollhose und grauem Sweatshirt, eingeschweißten Boxershorts und Billigtennissocken gebracht hatte, hatte losgeprustet.
Degradierung und Uniformität. Schon früh hatten Armeen darauf gesetzt, um den Willen der Soldaten zu brechen. Durch das Scheren, die Rasur und die Dressur, das Kupieren und die Zurichtung werden dann alle so geformt, dass sie schon als Körper automatisch gehorchen. ‹Korpsgeist›, so nannte man das. Auch sein Vater hatte den gehabt, trotz all des Rockstargebarens, der Drogenspielchen, der ausgestreckten Rolling-Stones-Zunge am Spind. Mit Korpsgeist war alles möglich, Raub, Vergewaltigung, Kampfschreie beim Abschlachten, Hurra, werft euch in den Kugelhagel-Kartätschen-Flammenwerfer-Schützengraben-Bunkerkammer-Tod. Parker hatte sich gesetzt, sich die feuchten Füße an einem fadenscheinigen Handtuch abgerieben, das ihm der Kleiderkammerkalfaktor gereicht hatte, und die neuen Sachen angezogen. Sie waren zwei Nummern zu klein gewesen. Er hatte sich beschwert, aber nur wieder dieses Prusten zur Antwort bekommen – diesmal von beiden, dem Beamten und dem Häftling. Ein neues Seminar, dachte Parker. Auch hier wirken Spiegelneuronen. Man imitiert ein Verhalten, bis es zur zweiten Natur wird – und dann verändert sich nicht nur das Verhalten. Man wird wie die Menschen, mit denen man umgeht. Als er aufstand, um sich die Sportschuhe, drei Nummern zu groß, von der Theke zu holen, erhielt er einen Klaps auf seinen Hintern. Der prustende Häftling stieß den lachenden Kleiderbeamten an und zeigte auf Parkers Schritt und die an den Hüften spannende Hose.

«Guck ma, dem muss ma das Fett abgesaugt werden!»
«Wird schon, Ömer, wird schon. Los, mach hinne, Neuer, ma rin inne Sachen!»

Als Parker angemerkt hatte, in Deutschland sei es doch so, dass Untersuchungshäftlinge die eigene Kleidung tragen dürften, hatte er einen Tritt zwischen die Beine bekommen. «Klugscheißer», hatte der Beamte gemurmelt und ihn angelächelt.

Auch als er in den nächsten Tagen den Schließwärtern klarzumachen versuchte, dass er ja nicht verurteilt sei, noch nicht einmal wisse, wie und warum er denn eigentlich hier sei, dabei würde es sich wirklich um einen grandiosen Irrtum handeln, erwiderten sie nichts oder grinsten süffisant. Das sagen alle, erst Missverständnis, dann Irrtum, nur das ‹grandios› wäre mal neu. An den Gefängnisdirektor kam er trotz mehrfacher Anfrage nicht heran. Sein Anwalt, Metzner, teilte ihm mit, dass er im Prinzip schon recht habe, dass der Untersuchungsrichter aber festgesetzt habe, dass bei ihm besondere Sicherheitsgründe vorlägen und er seinen Anzug denn auch erst vor Gericht wieder tragen könne. In der Gefängniskleidung fühlte sich Parker exponiert, wie ein kleiner, aus seinen Sachen längst herausgewachsener Junge.

Die Zelle war ein Schock. Helle Fichtenregale an der Wand, ein Spind, ein wackeliger Tisch. Die Matratze, durchtränkt von Tausend-Männer-Schweiß, stank scharf und süßlich nach Erbrochenem, nach Sperma und Urin. In der Ecke die offene Kloschüssel, einen Deckel gab es nicht. Nachts gluckerte es in den Rohren, und in den ersten Nächten glaubte Parker, die Geräusche von tauchenden Ratten bis in die Kanalisation verfolgen zu können. Das wirkte bedrohlicher als in seinem Apartment in New York. Am schlimmsten waren aber die Mahlzeiten und die Zeit in den Waschräumen, wenn alle Gefangenen zusammen waren. Drogensüchtige mit ausgefallenen Zähnen und fettigem Haar, die sich den ‹Fraß›, wie es hieß, reinschaufelten, Essensreste in Bärten oder Soßenflecken auf den Sweatshirts, kein Wunder, dass er an Ratten dachte. Im Essenssaal war er auch das erste Mal mit den Hierarchien des Knasts vertraut gemacht worden.

Russentische, Türkentische, Deutschentische, Opfertische. Und der halb leere letzte Tisch, an dessen Ende einsam Uwe, der Kinderschänder, saß. Die meisten Gefangenen in Turnschuhen oder Badelatschen, die Füße verwarzt, verranzt, verpilzt. Wahre Fußzombies, Parker wurde übel. Augenkrebs, Nasenkrebs, Ohrenkrebs. Wie sollte man hier überleben?

Zementgraue Flure und Wände
zementgraue Tage
zementgraue Zeit

Parker ließ sich von der Sonderausgabe Bleistifte und Papier geben und schrieb die Zeilen aus dem Gedächtnis auf; sie stammten aus einem Gedicht über Rijker Island, in Südafrika, wo sie auch Nelson Mandela festgehalten hatten. Immer quälender wurde das Gefühl, dass man ihn als Sündenbock missbrauchte, um Mahler zu schützen. Aber wieso machte Anneli dabei mit? Er hatte Metzner gebeten, sich nach dem Befinden von Jansen zu erkundigen, der solle doch bitte kommen, und er, Metzner, der Anwalt, solle unbedingt Frau Schneider aufsuchen und sie dazu auffordern, die Wahrheit zu sagen, dass nämlich Mahler … und auch nur aus Notwehr … doch der Anwalt hatte ihm kühl widersprochen, er wisse schon, wie er seinen Job zu machen habe. Die Gefängnisbibliothek, deren Benutzung man sich verdienen musste, ein großes Privileg, mit stockfleckigen Taschenbüchern, quoll von schlechten Krimis und Liebesromanen, dem Ramsch der letzten Jahrzehnte über. Wahrscheinlich stammten die Spenden der ‹Freunde und Förderer›, örtlicher Gemeindevertreter und Verbände aus Kirchensammlungen – alles Müll. Aber ein paar ausgezeichnete Bibeln mit Apokryphen und weitere religiöse Schriften waren da, etwa das berühmte apokryphe Thomasevangelium, das Jesus als Menschen zeigten, als Weisheitslehrer. «Jesus sagte: ‹Wisse, was vor deiner Nase liegt, und das Verborgene wird sich erschließen. Denn es ist nichts verborgen, was sich nicht enthüllt.›» Parker kam diese Passage wie ein sarkastischer Kommentar auf seine derzeitige Lage vor. Vor seiner Nase in der winzigen Zelle stand das offene Klo, und sein Zellenmitbewohner Schröder, der Durchfall hatte, lag im Hochbett über ihm. Auch das war nicht korrekt, Untersuchungsgefangene hatten ein Anrecht auf ihre Privatsphäre, aber was sollte man machen? Metzner interessierte es nicht. Schröder saß dauernd auf dem Klosett und erzählte Parker dabei von seiner «Misere», dass er schon seit drei Wochen völlig unschuldig einsitze, Untersuchungshaft, weil das Finanzamt ihm einfach keine Chance gelassen habe, ein schreiendes Unrecht! Hier könne er doch nichts tun, hier könne er nur versauern (was Parker bezweifelte), hier würde er mit einem Paukenschlag wieder rauskommen, sie würden schon sehen.

In Miniaturschrift schrieb Parker auf eine Pappe, die als Zusatzschutz unter der Matratze gelegen hatte, mit einem Bleistift, den Schröder ihm geliehen hatte: «Jesus sagte: ‹Wer immer seinen Vater und seine Mutter nicht hasst, kann keiner meiner Anhänger sein, und wer immer seine Brüder und Schwestern nicht hasst und nicht das Kreuz trägt wie ich, der ist meiner nicht würdig.›»

«Pilze», sagte Schröder, und Parker schaute auf. «Vor zwei Tagen gab es Pilze.» Schröder, zog seine anthrazitfarbene Anzugshose mit Nadelstreifen nach einer weiteren Sitzung wieder

hoch. Ihm hatte man seine Straßenkleidung erlaubt, allerdings musste er die Hose am Bund festhalten, Gürtel waren nicht gestattet, und in den ersten Wochen magerten die Gefangenen in Untersuchungshaft ziemlich ab.
Parker schrieb weiter. «Jesus sagte: ‹Wer immer die Welt kennenlernt, entdeckt einen Kadaver, und wer immer einen Kadaver entdeckt, für diese Person hat die Welt keinen Wert.›»

Was wir suchen, ist das, was wir sehen, das Wirkliche bietet sich an, in seiner ganzen Präsenz, liegt nicht außerhalb, sondern offen vor uns. Man braucht nur anzuklopfen und einzutreten. Es gibt keine Dogmen mehr, die unseren Weg zur Weisheit beschweren – und wir suchen ihn, ob wir wollen oder nicht, ob wir es wissen oder nicht –, wir suchen den Weg in die Welt, den Weg aus der Welt, in der Welt. Denn es gibt nichts, was nicht schon ist. Wir brauchen kein Heil, das noch kommt. Kein Warten auf Rettung, Heilung, Auferstehung. Wir müssen nur offen sein: der Geschmack der Luft vor uns, die Lichtpartikel im Staub. Sie sind das Paradies. Mehr als das Paradies. Sie sind schon da.

Parker hatte sich den Bibliothekszugang bereits am dritten Tag durch seine Bereitschaft verdient, den gebrechlichen evangelischen Pastor bei seinen Rüstzeiten und Predigten zu unterstützen und beim Vorlesen von längeren Bibelpassagen zu vertreten. Pastor Wulff hatte Parker natürlich auch gegoogelt und ihn gleich nach seiner Ankunft gebeten, doch auch für sie, die kleine Gefängnisgemeinde, etwas zu verfassen. Die meisten kamen nur, weil es tatsächlich bei der Kommunion richtigen Wein gab. Aber ihnen ‹aufbauende Gedanken› mit auf den Weg zu geben, er habe ja schon ein Vierteljahrhundert mit seinen Zöglingen, den vielen schwarzen und grauen Schafen, verbracht, ihm falle nichts Neues mehr ein, und sie alle brauchten doch so sehr etwas frische Erbauung, da könnte

Parker doch helfen? Wulffs wegen hatte Parker deshalb auch bald richtiges Schreibzeug und Papier bekommen. «Demut und Höflichkeit, mein Sohn, merke er sich: Das sind die wahren Werte angesichts Sodoms.» Demut und Höflichkeit, das waren Schlüsselwörter im Umgang mit den Wärtern, ganz sicher. Sonst hielt sich Wulff mit salbungsvollen Tönen zurück, er freute sich offensichtlich, in Parker ein gelehriges Schaf gefunden zu haben, ihn hüten zu können: immer schön Abstand halten beim Aufschluss, den Blick senken, leise sein. Aber im Umgang mit den Mithäftlingen half das nicht.

Am liebsten hätte Parker geschrien. Aber in dem ewig wiederkehrenden Zyklus aus Angst, Wut, Verzweiflung, Verlust und Depression verlernt man das Schreien schnell. Das Gefängnis hat eigene Regeln. Parker konnte sich nicht konzentrieren, nicht mehr schlafen. Es erinnerte ihn an die Nächte, in denen er seine Mutter bewacht, an die Abende, in denen er voller Zittern auf den nächsten gewalttätigen Ausbruch seines Vaters gewartet hatte. Nur ging es diesmal um ihn. Er hatte manchmal das Gefühl, dass es doch naheliegend sei, sich umzubringen.

Wer in der Zelle lebt, lebt im Klo. Damit hatte Parker sich abgefunden. In seinem Fall war es ein geteiltes Klo. Schröders Klo. Viereinhalb Schritte von der Tür zur Wand, ein Etagenbett. Parker hätte das obere Bett gewählt, aber da hatte schon Schröder gelegen, es sich dort gemütlich gemacht, mit Zeitschriften, Schokolade und Zigaretten. Die Schokolade und die Zigaretten zum Tausch. «Das ist die Währung hier, Mister Parker, Tabak und Süßes, wenn Sie sich nicht sonst wie prostituieren wollen.»
Schröder, ganz der Händler, hatte einen Immobilienkonzern an die Wand gefahren, Verdacht auf Steuerhinterziehung in großem Maßstab, man munkelte etwas von sechs Millionen,

und Schröder griente stolz, sagte aber immer und zu jedem, der es hören, und jedem, der es nicht hören wollte, er sitze unschuldig hier, man könne ihm nichts beweisen, die Steuer versuche doch schon seit Jahren, ihm etwas anzuhängen, die sollten mal ganz andere Leute aufs Korn nehmen, er könne da einiges erzählen, erzählte dann aber doch nichts. Schröder fühlte sich im Knast an alte Tugenden erinnert. «Man muss sich hier hocharbeiten, Mister Parker, so geht das. Entweder haben Sie Kohle oder Muskeln, sonst kriegen Sie keinen Einfluss, und dann machen der Kanaken-Rudi oder die Türken oder die Angels oder die Russen oder die Nazifront Sie alle, verstehen Sie, dann sind Sie ein Nichts, ganz weit unten, Fußabtreter, die Seifensau. Das Gefängnis ist immer echt. Bücken und Ficken. Man kann sich hier nicht verstecken. Sie sitzen wirklich in der Scheiße.»

Was das bedeutete, hatte Parker gleich am vierten Tag zu spüren bekommen, nach Aufschluss, gegen neun. Der schwere Riegel wurde zurückgeschoben, die Tür klappte auf, Schröder war sofort draußen, trippelte zur Krankenstation. «Pilze», murmelte er. Seine Schritte verhallten auf dem Flur. Parker war müde, er wollte noch schlafen, als ein Koloss mit kahlem Schädel die Zelle betrat, dicht gefolgt von einem wieselartigen Typen im Jogginganzug und einem Mann mit hoch gegelten Haaren.

«Na, da haben wir ja unsere Berühmtheit», fing der Kahlkopf an. Seine Mundwinkel waren zu einem traurigen Halbmond heruntergezogen, als wollte er sagen, dass allein die Tatsache, dass er mit Parker sprach, ein unangemessenes Entgegenkommen von seiner Seite sei. Das musste bezahlt werden, und das würde es.

«Bist dir wohl zu fein, zu uns rauszukommen, was? Dich mit uns zu unterhalten, was? Dich mit uns zu verbrüdern?»

«Das ist gut, Rudi, das ist gut», kommentierte das Wiesel.

Rudi trat auf Parker zu, bis sich ihre Nasenspitzen fast berührten. Parker rührte sich nicht. Sie kreisten ihn ein. Der Kleinere hangelte sich auf Parkers Bett und nahm sich seine Aufzeichnungen vor.

«Was haben wir denn da?»

Der Mann mit dem Haargel, das stark nach Seife roch, fasste Parker in den Schritt und zwang ihn, sich hinzuknien. Parker schrie nicht, wurde aber von Rudi am Kopf gepackt und zur Kloschüssel geschleift.

«Weißt du, wer ich bin?»

Parker versuchte, den Kopf zu schütteln, aber Rudis Hand hielt ihn wie eine Eisenkralle fest, sodass Parker fürchtete, dass sich jeden Moment Risse in seinem Schädel bilden könnten. Ein rohes Ei in der Hand eines Monstrums, daneben der Gelgigolo und das Wiesel. Parker fühlte sich verletzlich.

«Ich bin der Boss, ist das klar?», bekräftigte Rudi seinen Druck.

«Er ist der Boss, nicht wahr, Chef?» Der Kleine beugte sich erst über Parker und schaute dann dem Riesen ins Gesicht.

«Der hat das Latinum, Chef, das ganz große Latinum.» Rudi kicherte, als er Parker mit seiner Riesenhand zwischen die Beine fuhr.

«Wir hassen Klugscheißer. Wally, lies uns doch mal vor, was so ein Klugscheißer so Kluges aus seinem Kopf scheißt, ja?», sagte Rudi.

«Aber gerne, Chef.»

Wally raschelte mit den Papieren, fand dann eine Stelle, die er entziffern konnte, räusperte sich und las:

… die Verschiedenheit der Charaktere in den Zellen lässt sich bereits nach kurzer Zeit am Essverhalten entschlüsseln. Messer links, Gabel rechts. Messer wie zum Zustechen in der Faust, ein quietschendes Schaben, Drauflossäbeln, als müsste das billige Schnitzel hingerichtet werden, die Erbsen und Möhren werden in blinder Wut aufgestochen. Das sind die

Handlanger, die Killer, Einbrecher, Schläger, die körperlichen Verbrecher …

«Du Chef, ich glaub, der meint uns.»
Parker hörte ein Knurren, bevor ihn die Hand des kahlen Rudi in die silberne Kloschüssel stieß. Panisch schlug er um sich. Aber Rudi drückte seinen Kopf nach unten, und jemand, wahrscheinlich der mit der Gelfrisur, hielt ihm die Arme auf dem Rücken fest.
«Guck ma, der verzieht keine Miene, ich glaub, der hält sich für was Besseres.»
«Der Mann mit der eisernen Maske!»
Sie lachten.
Als Rudi ihn wieder hochkommen ließ, schnappte Parker nach Luft.
«Hier, iss das auf.»
Rudi hielt ihm das zusammengeknüllte Papier seiner Aufzeichnungen vom Morgen hin. Parker fragte sich, was sie wohl getan hätten, wenn sie seine Beschreibung der Duschrituale und der sentimentalen Kindheits- und Familiengeschichten gelesen hätten, mit denen sich die Inhaftierten während der Aufschlusszeiten gegenseitig betäubten, dann verdrehte ihm der Gegelte den Arm, sodass er aufstöhnte. Rudi stopfte ihm das Papier in den Mund und befahl Parker zu kauen.
«Ey, pass auf, ich bin Deutscher, klar? Ich mag es ehrlich. Wenn du nicht tust, was ich sage, dann können wir nächstes Mal auch gern Fotze mit dir spielen.»
«Der ist jetzt halbtrocken wie das Wetter», sagte der mit der Frisur. Er klang wie ein Kind.
«Nee, wie 'n Sekt», sagte der Kleine und kicherte über den eigenen Witz.
Als sie die Zelle verließen, drehte sich das Wiesel noch einmal um: «Der Chef ist kein Kinderficker, Parker, weißt du? Es gibt nicht zu jung, nur zu eng.» Dann fasste er sich in den Schritt

und fuhr fort: «Aber das können wir ändern, was, Chef?» Das Lachen verfolgte Parker bis zum Einschluss.

«Besorgen Sie sich Zigaretten, Parker, jede Menge, das kann Sie hier retten. Ich zeig Ihnen, wie man zahlt. Süßigkeiten sind auch gut. Oder Kaffeebomben. Lassen Sie sich was schicken.» Das war Schröders Rat nach der Geschichte gewesen, aber Parkers Anwalt hielt sich bei den Besuchen mit jeweils einer Packung Marlboro zurück – und sonst kam niemand. Seine Mutter hätte er auch nicht ertragen, dabei wusste sie sicher längst aus der Zeitung oder aus dem Fernsehen von seiner Festnahme, wo sein Fall gewiss zerpflückt worden war. Jeden Tag wünschte er sich aufs Neue ein offenes Wort mit Eberhard oder mit Mahler. Er konnte verstehen, dass dem zukünftigen Hoffnungsträger die Sache unangenehm war – die Sache mit Anneli und ihm, die Partei wollte keine Diskussionen über seltsame sexuelle Vorlieben. Aber Mahler hatte ihn gerettet, Parker würde entsprechend aussagen und Anneli ebenso! Die Sache war doch glasklar! Gewaltanwendung zum Schutz von Leib und Leben eines anderen, ein nobleres Motiv konnte es doch gar nicht geben! Das konnte man sogar als Geschichte in den Medien verwerten! Es zeigte, was für ein Mensch der Kandidat war. Das, was draußen ablief, soweit Parker es mitgeteilt bekam, Mahlers Aussage, er bedaure es sehr, dass es in seiner Parteizentrale bei einer privaten Feier zu so einer Auseinandersetzung gekommen sei, aber vom Tathergang oder den Motiven habe er keine Kenntnis, deutete jedoch auf eine Intrige hin – gegen ihn; eine Entscheidung der Presseabteilung der Partei – wie hieß die Dame doch gleich? –, um ihn, Mahler, da rauszuhalten, und ihn, Parker, das allein ausbaden zu lassen … wie konnten sie das machen? Dem kranken Eberhard ließ er über Metzner wieder und wieder Grüße ausrichten, was dieser, ohne die Miene zu verziehen, beim Schließen seiner Aktentasche auch jedes Mal versprach, aber eine Antwort oder ein Gruß von Eberhard kamen nie zurück, genauso wenig wie positive Nachrichten von der anderen Zeugin, Frau Schneider. Er begriff es nicht. Sie waren sich doch so nah gekommen, er und Anneli. Nachts lag er oft wach, während Schröder schnarchte. Er dachte an ihre Haut, ihren Duft, spürte ihr Haar, mit dem sie ihn in ihrer Nacht in seinem Hotel immer wieder neckisch gekitzelt hatte. Er vermisste es, wie sie ihn angefasst hatte, was sie ihm zugeflüstert hatte in der Nacht, nachdem sie gekommen war. Parker fragte sich allmählich, ob Metzner seine Grüße überhaupt weitergab. Und ob sie alles auf ihn schoben. Als Bauernopfer. Zum ersten Mal seit Jahren wusste er nicht mehr weiter. Das Schlimmste war nicht das Eingeschlossensein, der Schlüssel, der sich im Schloss drehte, und die Tür, die erst morgens nach der ‹Lebendkontrolle› wieder aufging, das Essen, achthundert Gramm Fleisch in der Woche, wo jedes Körnchen Hackfleisch zählte, nicht seine enge Kluft oder das winzige Stück Himmel vorm Fenster, das kalte Wasser, das Rülpsen, Stöhnen, Grölen – das alles hätte er ausgehalten. Woran er sich nicht gewöhnen konnte, war die Ohnmacht. Nicht mehr Herr des Handelns zu sein. Und das Gefühl, verraten zu werden.

Was er in der Haft allmählich lernte, waren die feinen Wege, Geschenke zu dosieren, Allianzen zu schmieden, ohne sich festzulegen, und die Sprache des Gefängnisses. Die netten Einsitzer aus der Kirchengruppe erklärten ihm den Unterschied zwischen einer Aktiven, also einer fertigen Zigarette mit Filter, und einer Drehung. Ein Koffer war eine Packung. Eine Bombe eine Dose mit Kaffee oder Tabak. Und er lernte auch, dass es besser war, sich zusammenschlagen zu lassen, als zu den Wärtern zu gehen.
«Zinken ist nicht gut», hatte ihm das Wiesel bald nach der nächsten Abreibung zugeflüstert. Und als Zinker wäre er auch bei den anderen nur wenig mehr wert gewesen als Uwe, der

Kinderschänder. Letztlich hatte man in dieser kleinen Welt ohne Ansehen, ohne Respekt keine Chance. Auf ‹Respekt› standen hier alle, wussten aber selber nicht genau, was sie damit meinten. Sich aus dem Weg zu gehen war schwierig.

«Der Rudi ist einer, mit dem müssen Sie sich gut stellen, Parker», sagte Schröder. «Der hat zweimal lebenslang. Keine Aussicht mehr rauszukommen, hat Frau und Kinder umgebracht, einfach so, weil sie ihm im Weg waren. Man munkelt, er habe als Auftragshauer für die Albaner auf dem Kiez gearbeitet. Brandsätze, Messer, Wummen, alles. Rausgekommen ist nichts davon, juristisch belangbar, der hat seinen Frieden mit der Welt draußen gemacht. Und hier spielt der jetzt Krieg.» Schröder hielt den Zeigefinger erhoben. Mit seinem fahlen, dünnen Haar machte der Mittfünfziger in seinem inzwischen zu großen Nadelstreifenanzug, den er Tag für Tag anhatte, und den Wildlederslippern, die er ohne Socken zu tragen pflegte, als befände er sich in seinem Winterferienhaus in Marbella, eigentlich eine lächerliche Figur. Aber sein Händlernaturell half ihm. Ganz beglückt, so schien es Parker, sich dem Gesetz des Gefängnisses anpassen zu können, gute Beziehungen zu pflegen, Informationen zu sammeln, zu tauschen, quasi die Bank für den Handel mit Gefälligkeiten, Schokolade, Briefen, Tabak zu machen, hatte Schröder seine Immobilien-Unternehmer-Sprache mit der der Gefängniswelt gekreuzt, sprach ebenso leger mit den Rudis und den Wieseln der verschiedenen Zellenblocks von «Wummen», «Kreuzen», «Muschis», lachte zu den bösen Spielen der «Musikbox», wenn einer der Neuen in das Putzschränkchen in der Gemeinschaftsdusche gesperrt und gezwungen wurde, in der Enge da drinnen für die versammelte Mannschaft zu singen, buckelte vor den Schließern, die er «Herr Vollzugsinspektor» nannte, diskutierte mit ihnen über die Vollzugspläne der einzelnen Häftlinge, über Fußball, die schmierigen Lappen in der Küche oder die besten Geldanlagen für Kleinsparer, bis er ihre Schwachstelle gefun-

den, ihr Vertrauen gewonnen, seinen kleinen Draht zu ihnen für seine Manipulationen aufgebaut hatte. Er gehörte allmählich hierher.
«Wenn du im Gefängnis überleben willst, ist das wie Messerkampf.»
«Es gibt keine Regeln?»
«Genau, oder besser gesagt: Es gibt so viele, dass du dich entscheiden musst, an welche du dich halten willst und an welche nicht. Nur: Mit den Wächtern sprechen, wenn welche von den Knastis dich alle machen wollen, das ist nicht. Das geht nicht. Dann bist du die Fotze. Dann schlitzen sie dich.»
Das hatte Parker gemerkt.

Parkers Tage wurden schlimmer. Immer wieder ließen ihn Rudi und seine Männer spüren, dass sie ihn schon einmal gekriegt hatten, ihn dauerhaft auf die Knie zwingen, ihn zu ihrem ‹Neger› machen würden, ihrem ‹Süßen›, wie der Kleine es nannte. Und das bekamen die anderen Gangs mit, genau wie die Wärter. Parker, der sich nicht die Mühe machte, Freundschaften zu schließen, der sich immer zurückhielt und dem das als Arroganz ausgelegt wurde, hatte zu büßen. Er war dauernd für den Müll zuständig, er putzte auffallend häufig die Duschen, für jeden war er eine potenzielle Boxeinlage, er wurde angerempelt, herumgestoßen. Nicht allein, wohlgemerkt, das hatte sich noch keiner getraut bei Parkers Körpergröße. Er machte seine Pantherübungen in der Zelle – Sit-ups, Pushups, Sonnengruß –, wenn Schröder gerade nicht schiss, oder er schaute sich im Hof von den Fitnessfreaks etwas ab. Training mit Eisen oder schlichtes Muskelspannen als Spiel mit dem Körpergewicht. Er pumpte, rannte und sprang, von Fuß zu Fuß wechselnd, über ein imaginäres Seil auf der Stelle. Ein Gutes hatte das. Konfektionsgröße 102 würde ihm bald wieder passen.

«Ich gebe Ihnen einen guten Rat, Mister Parker», sagte Schröder, «alle hier im Gefängnis warten. Auf den nächsten Haftprüfungstermin, auf Freigang, auf Familienbesuch. Sonst haben die nichts zu tun. Und du tust so, als hättest du was zu tun. Als wärst du was anderes, Besseres. Ich hab dir gesagt, du sollst dich mit ein paar von den Leuten gut stellen, ein paar Anekdötchen erzählen, lachen, wenn die lachen. Aber du redest ja nicht mal mit mir. Macht nichts. Ich hab Zeit. Ich komm hier raus. Aber Rudi wartet nicht. Der ist der King, der kommt nicht mehr raus, dem ist das egal, wenn er dich aufschlitzt und fertigmacht und dafür noch einmal lebenslang draufkriegt. Zweimal, dreimal, was macht ihm das schon? Der hat keine Mindestverbüßzeit. Du musst dich mit ihm arrangieren, sonst nibbelst du ab. Und darauf warten jetzt alle hier. Deshalb lassen sie dich auch trainieren. Die wetten bei mir, verstehst du? Wie lange es dauert, bis Rudi dich kaltmacht. Und weißt du, was?» Er machte eine Pause. «Ein paar von den Wärtern wetten schon mit.»
Rhetorisch fand Parker Schröders Vortrag in Ordnung, besonders den Wechsel vom Sie zum Du, der mehr Vertrauen schaffte. Aber der, der plötzlich Ratschläge gibt, stellt sich über den, dem sie gelten. Und nachdem ein paarmal sein Geheimversteck mit den Aufzeichnungen durchwühlt worden und eine der Ausgaben mit den Apokryphen verschwunden war, traute Parker Schröder nicht mehr über den Weg.

«Weißt du, was der Unterschied zwischen einer Geschichte und der Wirklichkeit ist, Parker?», fragte Wally, das Wiesel, ihn am nächsten Morgen. Parker hatte sich bemüht, sich spät in die Essensschlange zu stellen, weil er Rudi und seinen Leuten nicht hatte begegnen wollen, aber Wally hatte auf ihn gewartet und ihm sein Resopaltablett in die Nieren gestoßen. Parker schüttelte den Kopf.
«Nein, weiß ich wohl nicht.»

«Eine Geschichte hat immer einen Sinn, ganz egal, wie abstrus sie sich anhört, verstehst du?»
«Und die Wirklichkeit?» Parker drehte sich halb zu Wally um.
«Die Wirklichkeit, mein Junge», der Kleine schnellte vor und leckte Parker über die Nase, «die Wirklichkeit geht einfach immer nur weiter.»

Aus Parkers Archiven:
Der Zorn des Universums folgt einem überallhin.

Kapitel 3

Resopal

Dr. Metzner zündete sich eine Zigarette an. Parker lehnte die ihm angebotene Dunhill aus der blaugoldenen Packung ab. Metzner zuckte mit den Achseln.

«Der Richter hat Ihrem Antrag auf Haftverschonung nicht entsprochen. Es ist keine Kaution festgesetzt worden.»

«Unserem Antrag.»

«Was?»

«Sagen Sie ‹unserem›, sonst fühle ich mich wie eine Pappfigur. Gottverdammt, warum hilft mir denn keiner hier raus?»

Metzner öffnete seinen Aktenkoffer und holte ein Dokument in Klarsichtfolie heraus, das er Parker vorzulesen begann.

«Die Beschwerde wird aus den zutreffenden Gründen der angefochtenen Entscheidung zurückgewiesen. Bei dieser Sachlage muss es der Hauptverhandlung überlassen bleiben, den Sachverhalt zu klären. Und so weiter und so fort.»

Parker stöhnte. Metzner sah ihn an, nahm einen tiefen Zug und drückte die Dunhill halb aufgeraucht im Pappaschenbecher aus. «Nun beruhigen Sie sich mal. Ich tue alles, was ich kann. Die Kollegen sind Ihnen nach dem, was passiert ist, verständlicherweise nicht gerade gut gesinnt.»

«Verständlicherweise? Ich habe nichts getan!»

«Nicht? Unsere Hauptzeugin redet nicht über die Sache. Mein Gott, die Frau steht noch immer unter Schock. War ja ihr Freund.» Metzner beobachtete Parker, als komme es ihm auf die Reaktion an. Parker schüttelte resigniert den Kopf.

«Ich habe Ihnen schon hundertmal gesagt …»
Metzner wiegelte ab.
«Im Krankenhaus hat man sie untersucht und, schlecht für Sie, Herr Parker, Sperma und ziemlich heftige Blutergüsse an ihr gefunden, im Gesicht, auf den Schenkeln und am Oberarm.»
«Ich sagte doch, ihr Ex-Freund …»
«Der Staatsanwalt plädiert auf Vergewaltigung, die Sie an Frau Schneider ausgeführt haben, und anschließender Tötung des, seiner Ansicht nach, in diese Handlung eingreifenden Freundes seiner Kollegin. Sie werden einen DNA-Test machen müssen. Blut, Sperma, Speichelprobe.» Metzner machte eine Pause und legte das Schriftstück zurück in die Aktentasche.
«Verzeihen Sie, ich … das Gefängnis, Gott, das macht mich alles ganz kirre. Helfen Sie mir, Herr Dr. Metzner. Bitte. Ich war es nicht, es war …»
Metzner unterbrach ihn wieder mit einer Geste.
«Also schön. Ich kann leider nicht sagen, dass mich die Ablehnung unseres Antrages überrascht hat. Das ist fast so eine Art Formularzwang, das kennt jeder Strafverteidiger aus leidvoller Erfahrung. Es fällt denen viel leichter, einen Antrag abzulehnen, als ihm zu entsprechen. Und in Ihrem Fall fällt es allen wohl doppelt so leicht.»
«Ja, einen, der einen der Ihren anfasst, da kann sich keiner vorstellen, dass Steenbock es gewesen ist, der auf mich losgegangen ist, aus Eifersucht, aus Verzweiflung, was weiß ich, der Einserkollege, der Herr mit dem Freischussexamen.»
«Herr Parker, ich kann hier nichts tun, die Indizien …»
«Was? Indizien? Verdammt, besorgen Sie mir eine Telefongenehmigung, lassen Sie mich mit Frau Schneider reden, sie muss die Wahrheit sagen. Die Wahrheit! Es war Mahler! Und auch nur zu meinem und ihrem Schutz. Herr Steenbock war völlig betrunken und ist einfach durchgedreht und auf uns los! Das war ein Unglück, kein …»
Parker wandte seinen Blick von Metzner ab und starrte ins

Leere. Wahrheit hatte mit Recht nichts zu tun, Recht nichts mit richtig. Das hatten sie ihm in seinem Seminar wieder und wieder lachend auseinandergesetzt, die Juristen, nachdem er ihnen erklärt hatte, dass gute Argumente wichtig seien, aber nichts hülfen, wenn sie beim Publikum einfach nicht ankämen. Nicht das, was gesagt wird, zählt, sondern das, was die Leute hören. Er war selbst in diese Falle getappt. Was hätte er Metzner sonst noch erzählen sollen? Außer der Wahrheit? Dass Wilfried ausgeflippt sei, dass er ihm nichts habe tun wollen und Anneli erst recht nicht? Dass er von Wilfrieds und Annelis früherer Beziehung bis zu diesem Abend nichts gewusst habe, dass er mit Anneli bereits den Abend zuvor etwas heftiger geschlafen habe? Und hatte sie da nicht auch schon blaue Flecken gehabt? Hatte Wilfried nicht auch gesagt, sie sei Mahlers Freundin?
Metzner stand auf und nickte dem Wachmann zu, der vor der Tür stehen geblieben war und nur ab und zu durch das Drahtgitter starrte. Er sagte nichts mehr. Auf dem Tisch vor Parker lag die frisch angebrochene, blaugoldene Schachtel Dunhill.

Aus Parkers Archiven: Halbweltadapter
Du kannst noch so viel Puligny-Montrachet zu Blinis und Kaviar bestellen, Opern hören, Dostojewski zum Einschlafen lesen, die Materialästhetik alter japanischer Steingärten aus der Muromachi-Zeit mit Verwitterungsvorgängen auf Betonplazas in New York und die Rostspuren in zeitgenössischer Kunst fachgerecht als Wabi-Sabi-Ästhetik beschreiben – es hilft nichts.
Stallgeruch: Es ist, als könnten sie dich mit einem Blick, einem kurzen Schnüffeln, an der Betonung einer einzigen Silbe erkennen und sezieren – und sie sehen: Du bist nichts, du kommst aus dem Nichts, und aus dir wird auch niemals etwas anderes werden, jedenfalls nicht genug, um mehr zu sein als ein kleiner Lakai …

Kapitel 4

Zelle

In der Zelle verging ein Tag wie der andere. Parker schrieb Passagen aus den Apokryphen heraus, Schröder saß auf dem Klo und versuchte, sich in seinen Thriller zu vertiefen, sah Parker aber immer wieder über das Buch hinweg an. Parker spürte den Blick seines Zellengenossen auf sich ruhen. Seufzend legte er die Bibel weg und setzte sich auf seiner Pritsche auf. Schröder schnäuzte sich.
«Wieso Thomas?» Schröder knüllte das Klopapier zusammen, warf es aber nicht unter sich in die Schüssel, sondern in einem eleganten Bogen in den offenen Mülleimer neben der Tür.
«Bitte?»
«Wieso schreibst du was aus dem Evangelium nach Thomas

ab – und nicht aus dem nach Markus, Matthäus oder sonst irgendjemandem, der darüber geschrieben hat?»
Parker stand auf, legte Stift und Papier auf die Pritsche und zuckte mit den Achseln. «Es gibt die offizielle Version der Geschichte, und dann gibt es die Dinge, die ein Mann namens Jesu wirklich getan und wirklich gesagt haben soll.»
«Und du meinst, das steht bei Thomas?»
«Das kann man nicht wissen. Daran muss man glauben.»
Parker erzählte Schröder nicht, dass es sich bei den apokryphen Schriften, dem sogenannten Thomasevangelium, um einen Text handelte, in dem hundertvierzehn Sprüche von Jesus verzeichnet worden waren, keine Passions-, keine Auferstehungsgeschichte, ca. zweihundert Jahre nach seinem Tod aufgeschrieben, sicher nicht vom Apostel selbst, aber die Sprüche enthielten faszinierende, einen zum Denken bringende Gleichnisse. Jesus sprach zu seinen Jüngern: «Mit wem bin ich zu vergleichen?» Und Simon Petrus sagte: «Du bist wie ein gerechter Engel.» Und Matthäus sagte: «Du bist ein Mensch, voll Einsicht wie ein Philosoph.» Thomas aber erwiderte: «Meister, mein Mund kann unmöglich sagen, wem du gleichst!» Da sprach Jesus: «Ich bin nicht dein Meister; denn du hast getrunken und dich berauscht an der sprudelnden Quelle!» Und Jesus nahm ihn beiseite und sprach drei Worte zu ihm. Als Thomas zu seinen Gefährten zurückkam, fragten diese ihn: «Was sprach Jesus mit dir?» Und Thomas sagte darauf: «Wenn ich euch eins der Worte mitteile, die er mit mir sprach, dann werft ihr mit Steinen nach mir …» Logion dreizehn, darauf würde er, Parker, morgen beim Gottesdienst eingehen, da ging es um das, was wirklich zählt.
«Thomas. War das nicht der, der zuerst gar nicht glauben wollte, dass Jesus tot war, und ihm dann die Finger in die Wunde steckte?», fragte Schröder und spülte.
«Thomas hat nicht geglaubt, dass es der auferstandene Jesus war, dem er wieder begegnete, als der unter die Jünger trat,

und er wurde dann von Jesus aufgefordert, ihm den Finger in die Wunden zu legen.»

«Muss wehgetan haben», murmelte Schröder und ächzte beim Aufstehen.

«Bitte?»

«Ach nichts. Ich mein, du bist doch kein religiöser Typ oder so, Mister Parker. Warum also Thomas? Oder macht das die Angst?»

Schröder grinste. Er fühlte sich offenbar sicher in seiner neuen Rolle als Bank, als Wettbüro, als Spion.

Parker war der Ansicht, dass diese täglichen Glaubensrationen, die er vorbereitete und vorlas, wenn der Pastor sie gebilligt hatte, und die dieser manchmal, wenn Parkers Auslegung ihm doch zu unchristlich, zu wenig lutherisch erschien, kurz kommentierte, seinem Aufenthalt wenn schon nicht Sinn, dann doch Struktur gaben. Und die Geschichte vom ungläubigen Thomas, der das Osterwunder nicht akzeptiert, als Jesus wiederauferstanden unter die Jünger tritt; Thomas, der mit eigenen Fingern die Wunden berühren will, wissen will, fühlen will, das hatte ihm, Parker, immer gefallen. Auch wenn er fand, dass die Gottesdienste letztlich verzweifelte Einheiten waren. Aus dem sinnlosen Leben hier im Gefängnis würden nur die wenigsten herauskommen. Und selbst wenn, würde nicht alles so weitergehen wie bisher? Als er das dem Pastor einmal so gesagt hatte, hatte der genickt. «Niemand ist mehr gefangen als der, der sich in seinem eigenen Körper wie ein Gefangener fühlt, in seiner Seele, in seinem Leben eingesperrt, in seinem Unglauben verloren.»

Der Prozessbeginn war noch immer nicht angesetzt worden. Parker hatte sich, soweit es ging, mit seiner Lage arrangiert. Er hatte als Grundlage für Metzners Plädoyer einen Bericht verfasst, so kühl und ernsthaft wie möglich, hatte die Abläufe, die er dem Anwalt gegenüber beschrieben hatte, in einen klaren

Bezugsrahmen gesetzt, wieder und wieder das Geschehen in dieser Nacht in seinem Kopf rekapituliert. Wer würde ihm beim Formulieren der Wahrheit helfen, wer würde Zeuge sein? Mahler? Wohl nicht. Doch Anneli?

Als er am späten Vormittag seines achtunddreißigsten Tags in der Untersuchungshaft vom Schließer zum Gefängnisleiter bestellt wurde, dachte er daran, dass jetzt entweder eine Standpauke käme, dass er sich hier nicht wie so ein pseudogewitzter Tim Robbins in diesem Gefängnisfilm nach der Stephen-King-Novelle aufführen solle und dass man seine Predigtversuche durchschaut habe, diese Heucheleien, nur um an Papier und Stift und andere Privilegien zu kommen, Pfui!, oder, dachte er auf der Treppe, und das ließ eine verzweifelte Hoffnung in Parker aufblitzen, dass es doch noch Haftverschonung und Hausarrest mit elektronischer Fußfessel für ihn gebe. Er hatte Metzner schließlich gebeten, Kontakt zu seiner Mutter aufzunehmen, sie musste es ja mitbekommen haben, dass er festgenommen worden war, so lang und breit, wie die Sache inzwischen in den Medien behandelt worden war, so, wie Mahler sich da wand, denn nachdem sie Wind davon bekommen hatten, dass er, Parker, Reden für den Aufsteigerstar geschrieben hatte, waren die Journalisten auf die Jagd gegangen; hatten den Makler gefunden, das High-End-Loft, die Schmiede beleuchtet, die Hintergründe des ehemaligen Sexklubs, das war dann für die ganze Partei sehr unangenehm geworden, freizügiger Sex und Politik? Besser ging's ja nicht. Da blieb nichts mehr übrig von der Revolution eines deutschen Macron aus dem Norden und der parteiübergreifenden neuen Sprache, um die es Mahler gegangen war, da ging es nicht mehr um Integration, Wachstumsförderung, Bildung und Gerechtigkeit, da wandten sich sogar die drei Dänen vom Südschleswigschen Wählerverband pikiert ab. Pläne schmieden, das ging nicht mehr, Mahler galt bereits jetzt intern als erpressbar und der klassischen Klientel der SPD nicht mehr vermittelbar.

Das hatten ihm die zwei politisch interessierten Mithäftlinge erzählt, die mehr Tauschmaterial und mehr Internetprivilegien besaßen. Das war nicht aus Sympathie gegen ihn geschehen, die waren nur neugierig und er, nachrichtentechnisch, gerade wieder erste Wahl. Vermutlich hielt sich auch Rudi deshalb noch zurück. Man wartete auf das Ende der Seifenoper. Die Zuträger berichteten auch, dass Anneli immer noch keine Aussagen mache, sich komplett vor der Presse abschotte. Vielleicht hatte sich der Fokus jetzt so verlagert, dass Metzner mit einem neuen Antrag durchkäme, oder vielleicht hatte es doch noch eine Eingabe von Jansen oder einen Bittbrief seiner Mutter gegeben? Schließlich war niemand völlig herzlos. Aber als er den Raum betrat, die kahlen Tische mit den braunen Akten und dem verstaubten, antiken Computer auf dem kleinen, abseitigen Arbeitstisch sah, ein Indiz dafür, dass die Sekretärin hier wohl nicht oft ‹zum Diktat› hineingerufen wurde, als er, wieder wachgerüttelt, endlich dem Direktor, Besoldungsgruppe A 14, fest in die Augen sah, wusste er, es war etwas anderes.
«Sie haben Ausgang, Herr Parker. Ihre Mutter ist tot. Tut mir leid. Ziehen Sie sich um, Sie können die Toilette neben meinem Büro benutzen. Ihr Anzug hängt drinnen. Wir haben es gerade erst erfahren. Zwei Beamte fahren Sie hin.»

Aus Parkers Archiven:
Die Liebe ist ein Handel, der auf Gegenseitigkeit beruht. (Montaigne)

Kapitel 5

Talkshow

«Matthew, Sie haben vor einigen Jahren mit Ihrem Buch über moderne Nomaden für einiges Aufsehen gesorgt. Vorher hatten Sie im Wahlkampfteam von Barack Obama gearbeitet und an verschiedenen Colleges und Universitäten gelehrt. Noch mehr allerdings sind Sie durch Ihre Verstrickung in einen tragischen Todesfall während eines Ihrer Seminare bekannt geworden. Sie sind dafür sogar ins Gefängnis gekommen.»
Die Fernsehfrau beugte sich zu Parker vor und legte ihm sanft ihre Hand auf den Arm. Er ließ sie ruhig weiterreden, sah sie aufmerksam an, blickte dann wieder knapp an der Kamera vorbei.
«Nun haben Sie ein Buch geschrieben, ein äußerst spannendes Buch über Politik, über Manipulation, aber auch über diesen Fall und Ihre Erfahrungen während der Haft – und noch vieles mehr. Es ist ein sehr persönliches Buch geworden, eines, das in unsere Zeit passt, aber auch ein, ja, sagen wir es ruhig, ein fast offenbarendes Buch, Matthew, oder?»
«Rose, ja, Sie haben recht, ein sehr persönliches Buch, Sie haben sicher nicht alle von meinem Fall gehört ...»
Er erzählte in einem ersten Durchgang kurz und präzise, wie er, Parker, eigentlich eine Politkampagne in Deutschland hatte ankurbeln sollen und in einen tragischen Todesfall verstrickt worden war, wie er über Monate in Untersuchungshaft gesessen hatte, von allem fern und ohne Möglichkeit, seine Un-

schuld zu beweisen; er beschrieb ein paar der Demütigungen, die damit verbunden gewesen waren, den Verlust seiner Privatsphäre, den Tod seiner Mutter und wie er sich, auch durch seine Lektüre der Bibel und die Beschäftigung mit dem Glauben, aus diesem Abgrund hatte befreien können und danach befreiter, klarer, glücklicher auf die Welt und auf die Dinge sah.

«War das Gefängnis für Sie die Hölle auf Erden?»

«Wissen Sie, Rose, das sagt sich so leicht – die Hölle auf Erden. Wer weiß denn schon, wie die wirkliche Hölle aussieht? Sprache ist das ultimative Gefängnis, es gelingt uns fast nie, mit ihr zu sagen, was wir meinen.»

Die ersten Tage in Freiheit waren wundervoll gewesen. Wenn sie ihn nach dem Himmel gefragt hätte, dann hätte er so geantwortet: wieder frei zu sein, einfach hinzugehen, wohin man wollte, sich zu bewegen, zu essen, zu schlafen, zu reden, zu tanzen, wann man wollte, die Arme auszubreiten, Musik zu hören, zu schweigen, sich dem Wetter hinzugeben, sich mit aufgerissenem Mund in den Regen zu stellen, ganz einfache Dinge, die man in seinem alltäglichen Leben oft gar nicht wahrnahm, die so schlicht waren, so körperlich, so zugänglich, so schön. Aus dem Gefängnis zu kommen war, wie nach einer langen Krankheit wieder gesund zu sein. Man vergaß es nur zu schnell wieder. Aber die Hölle?

«Ich bin mit einem Alkoholikervater aufgewachsen – und wissen Sie, was das Schlimmste war?»

Rose schüttelte pflichtbewusst den Kopf. Channel 4 war nicht der aufregendste Sender gewesen, aber für Oprah war er eine Nummer zu klein. Er war kein O. J. und Deutschland nicht L. A. Das müsse man akzeptieren, hatte seine Agentin gesagt. Und er hatte gedacht, das ist auch gut so, er hatte von allzu viel Aufmerksamkeit genug.

«Dass wir, meine Mutter und ich, nie gewusst haben, wie mein Vater gelaunt sein würde, wenn er heimkam, ob er getrunken hatte, wie viel, ob er zusätzlich zu seinen Schnäpsen und dem

Bier noch etwas eingeworfen hatte, ob er uns schlagen oder meine Mutter nur beschimpfen oder einfach schreiend durch die Wohnung rennen und in eine Glastür fallen würde. Die Angst und die Sorgen, die man sich macht, weil man diesen Menschen ja trotz allem liebt. Diese Angst habe ich im Gefängnis nicht gehabt. Da drinnen ist es anders. Etwas Wilderes, Widerlicheres geschieht mit uns. Wir werden auf den Körper reduziert. Sind nur noch reine Körper. Das Essen, die Fäkalien, der Schweiß. Da gibt es nichts Schönes mehr, und wer sich der Hackordnung nicht entziehen kann, ist nur um sein nacktes Überleben bemüht, der zählt nicht mal die Tage. Er zählt die Stunden. Denkt irgendwann nicht mehr daran, wie es den Leuten draußen geht, den Leuten, die dich doch lieben. Aber irgendwann lieben sie dich nicht mehr. Du bist ihnen egal. Ihr Alltag geht weiter, dein Alltag geht weiter. Und deiner ist grau. Das zu akzeptieren, dass du für die anderen nichts als diese kleine Schweißbiene in der Zelle bist, dass sich niemand für dich interessiert, dass du selbst etwas machen musst, damit du nicht dumpf oder brutal oder wahnsinnig wirst, das ist die Kunst. Es ist schwer. Und erst dann kann man wieder anfangen, klar mit sich zu sein, ganz allein. Ganz mit sich.»
Rose wirkte berührt. Parker sah sie an, er wusste, dass die Kamera in seinen Augen nach einem Tränenschleier suchen würde. Sie waren beide Profis.
«Hat Rimbaud das nicht gesagt? ‹Die Hölle sind immer die anderen?›»
«Nun, das war Sartre, aber er hat nicht recht gehabt, finde ich. Die Hölle sind immer wir selbst. Wir. Sie ist in uns.»
Er deutete ins Studiopublikum und hoffte, die Regie würde auf ein ungläubig starrendes Gesicht im Publikum schalten, Schuss und Gegenschuss. Er zeigte mit dem Finger auf sich und fuhr fort: «Es brennt in uns, diese Unfähigkeit, zu leben und zu vergeben. Wir wollen etwas anderes, kriegen es aber nicht hin. Dieser innere Abgrund tut sich immer wieder auf,

wir versuchen, ihn zu vergessen, aber wir können uns nicht damit abfinden, dass wir sind, was wir sind. Dieses Ungenügen an uns selbst, es ist schwer, damit zurechtzukommen, aber es ist auch unsere einzige Chance. Die schwierigste Aufgabe im Leben.»

Und in seinem Fall hieße das wohl, dass er zu lange der Mann gewesen war, über den es in einem Witz in seiner Selbsthilfegruppe geheißen hatte: Wenn ein Abhängiger stirbt, dann rauscht in seinem Kopf in den letzten Sekunden noch mal sein ganzes Leben vorbei. Wenn ein Co-Abhängiger stirbt, dann rauscht in seinem Kopf in den letzten Sekunden noch mal das Leben des anderen vorbei. So war das mit der Hölle. Sie gehört jedem. Ganz individuell. Seltsam, dass diese Gefühle stärker waren als alles andere.

«Und auch darüber haben Sie dieses Buch geschrieben.»

Rose hielt noch mal das Cover in die Kamera.

Parker verstand, dass sein langer Monolog bereits viel von der restlichen Sendezeit verbraucht hatte und dass es jetzt Zeit für eine Werbepause war.

«Es ist ein sehr ehrliches Buch geworden. Aber … ich weiß nicht, ob es wirklich so vielen Leuten helfen wird …»

«Oh doch, oh doch! Es wird! Erschienen ist es bei …»

Rose moderierte die Werbeunterbrechung an und winkte dann der Maske.

«Hier, pudern.» Sie zeigte auf Parkers Schläfe, wo sich Schweißperlen gebildet hatten. Die Hitze auf der Studiobühne war extrem, aber Parker fühlte sich wohl in seiner Haut, er hatte etwas riskiert, schließlich auch seine eigene Geschichte erzählt, so ehrlich es ging, die Wahrheit über seine Kindheit, von den Attacken seines Vaters mit Messern und Pfannen auf seine Mutter im Zustand alkoholisierter Wut und Umnachtung, die Gewalt, die er, Matthew, immer wieder hatte mitansehen müssen, wie seine Mutter, nicht weniger aufgelöst, sich ihm

angeboten hatte, als Opfer, als Beschwichtigungsgabe, seine, Parker juniors, Versuche, damit zurechtzukommen – mit diesen Bildern gelebt zu haben wie in einem Affengehege. Wie hieß es bei Oscar Wilde? Bei jeder Sache geht es um Sex – außer beim Sex, da geht es um Macht.
Er hatte sich nicht geschont, von den Selbstmordversuchen seiner Mutter erzählt, seiner lastenden Verantwortung für sie, als er für sich selbst völlig verloren zu gehen glaubte. Seinem Schuldgefühl, als er nach Amerika aufgebrochen war. Ja, die Leute liebten Läuterungsstorys – er hatte nie geglaubt, dass es möglich wäre, sich etwas von der Seele zu schreiben. Aber er hatte es gebraucht. Und das war ja auch nur das erste Kapitel gewesen. Der Weg zu sich selbst, jemand zu sein, der tief unten aufschlägt und erst dann begreift, wie sehr er sich in allem verstrickt hat. War das nicht typisch deutsch? Dieser Zweifel, dieses Nagende, Fragende, diese dauernde Suche nach dem Besseren und der Kampf gegen den inneren Abgrund? Und auch das Schöne, das darin lag, diese Sehnsucht ins Offene, der kosmopolitische Bezug? Sein Vater, der Engländer, hätte ihn ausgelacht.

Jon Favreau hatte sich gemeldet, der Redenschreiber Obamas, ihm Glück gewünscht. Er habe es sehr erhellend gefunden, was Parker über das Verhältnis von Amerika und Deutschland schrieb, dass das eine Beziehung im Aufruhr sei, in dem beide Partner nach neuen Rollen suchten oder sich gut voneinander trennen müssten. Und wie viel Deutschland doch in Amerika stecke, habe ihm das Kapitel über Heinrich Börnstein gezeigt, den amerikanisch-österreichisch-deutschen Militärarzt und Autor. Hätte man das vermutet? Ein in Hamburg geborener Achtzehnachtundvierziger, der als Kind nach Galizien zieht, Arzt wird, Schauspieler, Impresario und dann in Paris den revolutionären *Vorwärts* aus der Taufe hebt, in dem Karl Marx veröffentlicht, der gegen Kirche und Adel wettert, sich mit

Heine anfreundet, dem Komponisten Meyerbeer Geld aus der Nase zieht und nebenbei wie am Fließband Opernlibretti übersetzt? 1849 war Börnstein aus Angst vor Repressalien nach Amerika ausgewandert, hatte zuerst kurz in Illinois, schließlich in Missouri eine Praxis aufgemacht, in St. Louis, der damals am schnellsten wachsenden Stadt der Welt. Da schrieb er dann wieder. Antikatholische Tiraden. Und einen reißerischen Fortsetzungsroman, *Die Geheimnisse von St. Louis*, da gab es Weltverschwörungsszenarien auf einer kleinen Insel im Mississippi, auf Bloody Island, Brudersuche, despotische Landbesitzer, laszive Mätressen, zerteilte Körper. Die Jesuiten standen, Börnstein zufolge, hinter der Sklaverei und waren verantwortlich für die Spannungen zwischen Nord und Süd, planten den Bürgerkrieg, weil sie Republiken und Freiheit hassten wie die Pest. Das brachte die Leser zu Tausenden dazu, die deutsche Tageszeitung *Anzeiger des Westens* zu abonnieren, für die Börnstein als Chefredakteur arbeitete, die er bald ganz übernahm und deren Leser er gegen Sklaverei und Unterdrückung einschwor. Börnstein spaltete mit seiner Rhetorik die damals stark deutsch geprägte Stadt, die sich, wie der ganze Staat Missouri, nicht entscheiden konnte, ob sie zum Norden oder Süden gehören, für oder gegen die Sklaverei votieren sollte. In einer Nacht-und-Nebel-Aktion hatte er in Hausschuhen, aber mit militärischem Sachverstand, eine deutsch-amerikanische Truppe versammelt, das Arsenal und weitere strategische Punkte der Stadt besetzt und mit dafür gesorgt, dass Missouri in der Union verblieb und sich nicht den Konföderierten in Charleston anschloss. Börnstein war ‹ein mittleres Genie› – wie Parker es nannte –, nicht ohne Abgründe, lebte er doch in einer Ménage à trois mit seiner Ehefrau, einer Schauspielerin und ihrer gemeinsamen Ziehtochter zusammen, die auch mit seinem engsten Mitarbeiter und Freund von Karl Marx, Bernays – ebenfalls verheiratet –, eine offene Beziehung führte. In den Augen Parkers stand Börnstein exemplarisch für all das Gute, das in dem Satz: ‹Am deutschen Wesen mag die Welt genesen› aus dem Gedicht *Deutschlands Beruf* des Dichters Emanuel Geibel von 1861 steckte, das eigentlich zu Mäßigung, zu nationalstaatlichem Selbstbewusstsein und einer Rolle Deutschlands innerhalb einer europäischen Friedensordnung aufrief. Aber wie immer war es leicht gewesen, mit Worten die Welt zu manipulieren. Aus dem ‹mag genesen› wurde ein ‹soll genesen›, das ‹Wesen des Deutschen› wurde als nationalgeschichtlicher Auftrag umgedeutet, zur unheiligen Allianz von Superiorität und Mission, die sich instrumentalisieren ließ, bei Karl May noch dargestellt als guter deutscher Held in Börnstein'scher Tradition, mit aufgeklärtem Verstand und Repetiergewehr, später führte es zu Allmachtsstreben und Völkermord.

«I liked how you quoted your former West-German President, Theodor Heuss», schloss Favreau seinen Brief. «‹Es ist kein Volk besser als das andere, es gibt in jedem solche und solche.›»

Aber gesund werden und sich von all dem Unglück erholen, das hatte Parker auch erst gelingen müssen. Seltsam, dass man immer erst das Unglück erleben musste, um sich dann wieder in etwas Größerem aufgehoben fühlen zu können, weil man erst dann sieht, dass es nicht nur um einen selbst und das eigene kleine, verzweifelte Leben geht.

Als er Ende März mit zwei Wachtmeistern im Schlepptau am Friedhof in Ohlsdorf angekommen war, gerade noch rechtzeitig zur Einsegnung in der kleinen Kapelle, zu spät, um noch ein paar Worte zu sagen, woran ihn der Pastor, wie er nachher gesagt hatte, aber auch unbedingt gehindert hätte – die Trauer ist nur echt, wenn man in sich hineinhört, nur dann kann man als Angehöriger Abschied nehmen, alles Reden ist nur eine Ablenkung vom Schmerz –, da war alles, was er sich auf der Fahrt im Gefängnistransporter, einem alten VW-Bus mit Gitter zwischen Gastraum und Fahrerkabine, zurechtgelegt hatte, in eine Leere übergegangen, die Parker überwältigt hatte. Der Schmerz war zu groß gewesen. Schlimmer als die Trennungen von Neela und Lin. Schlimmer auch als nach dem Weggang des Vaters. Er, Parker, war zu spät gekommen. Viel zu spät, um Jahre zu spät. Wieso hatte er all die Jahre nichts gesagt, nicht mehr mit seiner Mutter geredet? Innerlich hatte er sich auf diesem Friedhof aufgelöst, war hinter dem Sarg hergegangen, die Beamten hatten sich dezent im Hintergrund gehalten und ihm auch seine Handschellen abgenommen, stattdessen hatte er eine Fußfessel mit GPS getragen. Die beiden Polizisten schienen öfter mit Gefangenen auf Beerdigungen zu sein. Sie hatten während der Fahrt geschwiegen, auch kein Radio gehört, waren rücksichtsvoll gewesen, hatten ihn mit seinen Gedanken an die Mutter allein gelassen. Schmerz und Trauer gehörten immer nur einer Person, hatte der ältere Beamte beim Aussteigen aus dem Bus gesagt. Er hatte sich später bei beiden bedankt. Er würde ihnen über die Gefängnisadresse sein Buch schicken lassen. Er hatte in der Kapelle gesessen und sich hilflos gefragt, warum er nicht früher informiert worden war. Warum sie, seine Mutter, ihm nichts von der Speiseröhrenkrebserkrankung erzählt hatte. Das waren Rätsel, die er nicht lösen konnte. Auf dem Friedhof waren so viele aus der alten Schule vor ihrer Frühpensionierung gewesen, Parker hatte auch einige der Ärzte und Mitglieder des Pflegepersonals erkannt, die sie bei ihren psychotischen Anfällen im Rausch behandelt hatten. Sie hatten ihm zugenickt. Seine Mutter, die er nicht mehr gekannt hatte – aber früher besser als jeder sonst. Besser, als man seine Mutter eigentlich kennen durfte. Nackt und hilflos, so nackt und schreiend, wie man selber durch sie auf die Welt gekommen war. Vielleicht war es gut gewesen, an diesem Tag, als sie vom Angesicht der Erde verschwunden war, nichts über sie zu sagen. Vielleicht sollte man nie über Menschen sprechen, die man nicht mehr kennt, sondern nur noch als Bild vor Augen hat. Parker hatte gespürt, wie ihm Tränen in die Augen gestiegen waren, war aber nicht zum Weinen gekommen. Die Menschen, die ihm die Hand gedrückt hatten, die Nachbarn, die den Leichenschmaus in der kleinen Gaststätte an der U-Bahn-Station Ohlsdorf organisiert hatten, sie waren ihm fremd. Er hatte immer nur ihr Gesicht vor sich gesehen. Ihr Gesicht in Verzückung durch Drogen und Alkohol, ihr Gesicht in der Auflösung danach. Ihr abfälliges Gesicht, wenn er nicht das getan hatte, worum sie ihn betrunken gebeten hatte. Mach das Fenster zu, bring mir mehr Wodka. Fick mich endlich wie dein Vater. Wie passte das zusammen: diese abstoßenden Bilder – und dieser Stich ins Herz?

Es waren viele Leute gewesen, die sich von seiner Mutter verabschiedet hatten – und es waren drei Menschen dabei gewesen, die dafür gesorgt hatten, dass Parker für die Beerdigung überhaupt aus dem Gefängnis gekommen war. Die beiden Jansens – und Anneli. Eberhard war nach seinem Schlaganfall in nur zwei Monaten stark gealtert; er war dünn geworden, seine linke Gesichtshälfte war steif und verzogen. «Gelähmt», flüsterte Jansens Frau, an deren Arm er mehr zitterte als ging. Kein jovialer Männerspruch mehr, keine väterliche Umarmung. Nur eine langsame Hinwendung zu ihm und ein krächzendes Wiedererkennen. Parker hatte sich schuldig gefühlt. Er war der Grund gewesen, warum es den alten Haudegen erwischt hatte. Anneli hatte sich ihm erst in der Gaststätte genähert. Sie hatte zugenommen, in Schwarz aber schön ausgesehen.
«Es tut mir sehr leid.»
«Was? Dass meine Mutter gestorben ist oder dass ich im Gefängnis sitze, weil niemand die Wahrheit sagt?» Parker sah, wie Anneli zusammenzuckte.
«Ist schon okay. Ich … ich habe mich nicht richtig verhalten.»

Er hatte sie in den Arm nehmen oder wütend schütteln wollen, aber Anneli war ihm ausgewichen.
«Ich wollte nicht …»
Sie hatte gewürgt und ausgesehen, als ob sie sich gleich übergeben müsste. Dann war sie am Tresen vorbei nach hinten gestürzt, zu den Toiletten.
Die Jansens waren aufgestanden und an ihm vorbeigegangen. Heidrun hatte sich vor Parker aufgebaut und ihn wütend angesehen. «Du bist so dumm. Warum, denkst du, ist sie hier? Sie ist schwanger.»

Was macht die Wahrheit mit dem Menschen? Klärt sie irgendetwas? Oder macht sie nur alles kaputt? Parker wünschte sich, er hätte schon früher die Kraft gefunden, manchen Dingen einfach ihren Lauf zu lassen, sich selbst und seiner Ohnmacht ins Gesicht zu sehen.
Er gab seiner Talkshow-Gastgeberin Gelegenheit, den kleinen Film einzuspielen, in dem seine «Verstrickung», wie sie es taktvoll nannte, in den Todesfall eines jungen, hoffnungsvollen Anwalts, was einen veritablen Politskandal ausgelöst hatte in der kleinen nordeuropäischen Hafen- und Landeshauptstadt, wie es netterweise über Kiel darin hieß, aufbereitet worden war. Für das amerikanische Publikum im TV fast ein Novum, dieser Blick nach Europa.

Parker redete noch eine Weile mit Rose, deutete an, wie sehr die Kampagne des jungen Politikers, Hans-Christian Mahler, wie die jedes öffentlichen Menschen an Bildern gehangen hatte, die man über Jahre hinweg aufgebaut und von denen das Publikum, die Wähler, erwartet hatten, dass man sie auch erfüllte. Da hatte weder die Sexparty zu dritt hineingepasst noch der Totschlag oder die ‹Selbstverteidigung mit Todesfolge›, wie es schließlich im Urteil über die Ereignisse geheißen hatte, nachdem Anneli endlich ihre Aussage gemacht hatte. Sie habe unter Schock gestanden, unter fürchterlichem Schock, mehr hatte sie auch Parker und den Anwälten nicht sagen können. Und dann, als klar wurde, dass sie schwanger war, hatte sie erst nicht gewusst, von wem. Als Parker endlich wieder auf freien Fuß gekommen war, war Mahlers Karriere bereits zerstört gewesen – und Parkers Kiel-Zwischenspiel schon wieder Vergangenheit. Wie Schanghai und all die anderen Orte. Doch diesmal war etwas anders gewesen. Er war geblieben. Er hatte auch bleiben müssen, denn Geld hatte er nicht mehr. Und eine Wohnung – die Verwaltung in den Silver Towers hatte sein Apartment, nachdem er drei rigorosen Aufforderungen zum Ausziehen nicht nachgekommen war, einfach geräumt, Parkers Anzüge und seine wenigen Habseligkeiten waren in die Thrift Shops der Lower East Side gewandert – auch nicht mehr.

«In Ihrem Buch, und das hat mich sehr bewegt, geben Sie sich die Schuld am Tod dieses Mannes, obwohl Sie ja eindeutig und ohne jeden Zweifel von allen Anschuldigungen und jedem Verdacht freigesprochen worden sind.»

«Und es war kein Verfahrensfehler wie bei O. J. Simpson!» Parker unterbrach Rose und bekam seine Lacher, merkte aber zugleich, wie das Dauerlächeln seiner Talkmasterin gefror. Er hatte das falsche Register gezogen. Sie wurde nicht gern unterbrochen. Und Humor war hier auch nicht angebracht. Jetzt würde er wieder konzentriert und charmant und vor allem sehr ernsthaft antworten müssen, damit sie ihn nicht als Konkurrenz in ihrer eigenen Show empfand. Sie reagierte, indem sie mit beiden Händen auf ihn zeigte, ihn vom zurückweichenden Scheitelansatz bis zur Schuhsohle für die Fernsehkamera vermaß und kurz in seine Tonlage einstimmte.

«Ja, wie O. J. sieht er wirklich nicht aus.» Sie nickte beifällig, als nun sie die Lacher aus dem Publikum, verstärkt durch eine eingespielte Konserve, bekam. Noch mal Glück gehabt, dachte Parker.

«Aber zurück zu Ihrem Buch. Wie haben Sie es nur geschafft, zu solch einer Haltung zu kommen, nach all dem Schrecklichen, das Ihnen da widerfahren ist?»

Parker machte eine kurze Pause, straffte sich dann, wandte sich der Talkmasterin zu und sagte:

«‹The art of losing isn't hard to master.› ‹Verlust ist eine Kunst, die jeder kann.›»

«Bitte?» Rose sah ihn einen Moment lang irritiert an.

«Elisabeth Bishop. Das Gefängnis war eine Erfahrung, die mein Leben verändert hat. Es war der Ort, an dem ich nicht mehr fliehen konnte, nicht mehr weglaufen konnte vor mir selbst.»

Bei dem Nebensatz drehte er sich leicht in die Kamera. Vor der Erinnerung konnte man nicht fliehen, vor dem eigenen Gefühl. Diesem tobenden, unendlich sich zu einem Mahlstrom verwirbelnden Gemisch aus Verletzung und Versagen. Das alles blieb unfassbar, unsagbar, aber er hatte vielleicht eine Möglichkeit gefunden, wenigstens etwas davon zu zeigen, und das hatten die Leute gespürt. Bücher sind freigesetzte Energie. Dann fing er an, Bishops Gedicht in voller Länge zu rezitieren.

Das Gespräch mit Rose Bowlton in ihrer Sendung *Own Your Truth* bei Channel 4 hatte sehr viel länger gedauert als die üblichen fünfundzwanzig Minuten mit drei Werbepausen, es wurde erst an der Westküste und dann, zeitversetzt, am nächsten Tag noch mal landesweit über Kabel ausgestrahlt. Seine Agentin rief an, gratulierte ihm. Er würde noch in zwei weiteren Nachtshows auftreten, bevor die Woche vorüber war. Sie bestätigte ihm, dass er es gut gemacht habe: Er wisse ja gar nicht, wie viel es den Leuten bedeute, von so einer Wende zu erfahren, fantastisch! So ein Schicksal erzählt zu bekommen, das man gewissermaßen miterleben könnte; authentisch! Auch das, was er über den Tod gesagt habe, über Verlust und Vergebung, seine Geständnisse, seine Ehrlichkeit, einfach ganz fabelhaft, fabelhaft! Er unterbrach sie mit dem Hinweis, dass er in die Garderobe zum Abschminken müsse und dass sie sich ja bald sehen würden, zum Essen im *Ocean Room*? Er wollte sie gern einladen, zum Dank für ihre hervorragende Arbeit, das habe er schon längst vorgehabt, ob ihr der nächste Donnerstag recht sei?

Auf dem Flug nach New York lief es ihm kalt über den Rücken. Der Himmel war wolkenlos. Die Lichter unter ihm glitzerten, L. A. war von oben eine schöne Stadt. Die Klimaanlage kühlte den Gastraum aus; er erbat sich von der Stewardess eine Decke. Sie brachte sie ihm, zusammen mit einem Drink, einem Single Malt, kein schlechter Service.

In dem für den Monat der Buchtour gemieteten möblierten Apartment in der Bowery fiel Parker in einen tiefen Erschöpfungsschlaf, nachdem er die sechzehn neuen Nachrichten auf dem Anrufbeantworter abgehört und die Packung Orangensaft aus dem Kühlschrank im Stehen leer getrunken hatte. Mäuse fand er diesmal nicht.

Aus Parkers Archiven:
Menschen, die sich ihrem Schicksal stellen, lassen ihr Schicksal verschwinden und werden zu den Menschen, die sie wirklich sind.

Kapitel 6

Sättigungsgrad

Es war schwül. Die Luftfeuchtigkeit näherte sich den hundert Prozent. ‹Saturiert› nannte man das. Wie ein Haushalt, eine Firma, ein Lebensstil. Parker überprüfte den Sitz seiner Krawatte im Spiegel, er hatte die blaugrün changierende genommen, eine der drei, die er nicht aussortiert und zum Thrift Shop an St. Lukes gebracht hatte, im Souterrain neben seinem geliebten Garten; seine Krawatten und ein Anzug hatten noch in dem temporären Büro in der NYU gehangen, das er sich mit zwei anderen *visiting professors* geteilt hatte. Auch seinen zweiten Laptop, den Klappdrucker und ein paar Andenken hatte er unauffällig aus dem Büro abgeholt, den Schlüssel stecken lassen; er zog die Manschetten unter dem Jackett hervor und drehte sich vor dem Ganzkörperspiegel noch einmal nach beiden Seiten um. Er hatte abgenommen. Der Anzug, Canali, den er vor zwei Tagen neu, aber um siebzig Prozent reduziert bei Century 21 gekauft hatte, war tailliert und passte wie angegossen, keine Röllchen mehr am Bauch. In der Hinsicht hatte ihm das Gefängnis gutgetan. Als er dann nach der Entlassung das Buch in dem kleinen Zimmer in Annelis Kieler Wohnung in sechs Wochen heruntergeschrieben hatte, war er regelmäßig joggen oder schwimmen gegangen, das hatte ihn beruhigt und ihm Energie gegeben. Er hatte das Jackett ohne Seitenschlitze genommen, um sich zu disziplinieren, ‹die La-

gerfeld-Methode›, hatte er dem Verkäufer gesagt, der daraufhin verständnislos, aber freundlich, gelächelt hatte.
«Eine Nummer zu klein und dann abnehmen.»
Er trank nicht mehr, lief jeden zweiten Morgen eine Dreiviertelstunde und aß mittags nur Salat. Das war der neue Rhythmus seines Lebens.
New York brachte seine Dauergeräusche hervor, das Heulen der Diebstahlsicherungen in den am Straßenrand dicht geparkten Autos, das Piepen der Warnsignale der Müllwagen, die Sirenen der Streifenwagen, das Seufzen von Hydrauliktüren und Fußbremsen, erste helle Klänge von Aluminium-Baseballschlägern aus den Batting Cages im Park. Parker klappte den Laptop zu. Ein Blog, so kurz, bevor er losmusste – dafür war ihm der Text gut von der Hand gegangen. Der Blick aus dem Fenster, eine schöne Verlängerung seines Zimmers in den Himmel hinein, der in Manhattan das einzige Außen war. Das Meer und die Flüsse nahm man erst wahr, wenn man direkt vor ihnen stand oder mit der Fähre fuhr, und selbst dann wirkte beides enttäuschend, wie künstliche Begrenzungen dieser tröstlichen Insel. Er atmete in die Hand, wollte feststellen, ob von dem reichlichen Genuss von Knoblauch gestern beim Bulgogi in seinem koreanischen Lieblingsrestaurant an der 32nd Street noch ein kalter, die Leute verschreckender Hauch übrig war. Ihre kleine Partygesellschaft hatte ein Separee bezogen, den traditionellen *Goji*-Raum mit flachem Tisch und eleganter Wandverkleidung, die Stripperinnen hatte Eliott ihm erspart, aber das Trinken von Soju, Whiskey und Bier, manchmal als ‹Bomba› gemischt, ein Bier mit einem darin versenkten Glas Reisschnaps, die Zoten, die frivole Feierstimmung bis in die ersten Stunden des Morgengrauens, hatte er mit seinen Gästen, Vernon, dem drahtigen Werbechef des Verlags, Deidra, seiner Lektorin, deren herber Charme allerhöchstens ein Lippenzucken, aber nie ein Lächeln zuließ, Sanjib und Vanessa, zwei seiner ehemaligen Kollegen am Bard und

der sich wohl deplatziert vorgekommenen Kolumnistin von der *Post* durchhalten müssen. Klatsch ist das Opium für die Unterdrückten ... das Prädikatsnomen, mit dem dieser Satz eigentlich zu Ende gehen müsste, war, laut Eliott, nicht jugendfrei.

Parker schloss das Fenster und seufzte. Es würde sich in nächster Zeit vieles ändern. Bis auf Laptop, Drucker, Toilettenartikel, den Frühstücksteller und den Darth Vader Super-Coffee Mug in Helmform, Limited Edition, den ihm die Starbucks-Crew letztes Frühjahr zum Abschied nach einem Seminar in Seattle geschenkt hatte, standen nun keine Sachen von ihm mehr frei herum, nur noch die zwei Koffer. Den Becher wollte er Horst, dem Hausmeister in Kiel, schicken. Anneli und er hatten lange miteinander gestritten, wo sie leben wollten – und dann ein Haus am Plöner See gekauft. Sie war als eine der jüngsten Richterinnen überhaupt ans Oberlandesgericht bestellt worden. Er würde – mit Kind – demnächst als Hausmann schreiben. Eliott hatte ihm ein Foto von einem Hund geschenkt, der im Cabrio seine Ohren im Wind flattern ließ.
«I can't help you – but I can always give advice», so hatte er sich auf seine knurrige Art kurz vor fünf Uhr morgens verabschiedet und sein Gesicht mit der Knollnase zu einem schrägen Lächeln verzogen. Parkers Tage in New York waren schon lange vorbei. Er hatte sich – gleich nach dem Entschluss, das Kind als Vater zu begleiten, so hatte Anneli das ausgedrückt – eigentlich auf eine Stelle an der Columbia bewerben wollen. Und auch die NYU hatte nun doch noch einmal ein Angebot gemacht, um ihn zu halten. Aber Anneli wollte erst einmal in Deutschland bleiben, und er würde das auch tun. Der Doorman klingelte ihn von unten an, das Taxi war vorgefahren. Anneli würde sich wundern, dass er keine weiteren Freunde eingeladen hatte außer seiner kleinen Bachelorparty von ges-

tern, deren Teilnehmer sicher von den ‹Bombas› noch Kopfschmerzen hatten. Er war zum Schluss bei Tee geblieben. Mens sana …
So richtig einig waren sie sich nicht geworden, Anneli und er, wie genau ihre Beziehung denn funktionieren sollte. Einen normalen Beruf wollte er nicht, Annelis Eltern hatten ihnen großzügig achtzigtausend Euro geschenkt, das reichte, mit dem Vorschuss für das Buch und Annelis Richtergehalt, gerade so eben für die Finanzierung des Hauses.

Er bat den Taxifahrer, Mr Rafsandschani, wie auf dem nicht besonders aktuellen Foto seiner Lizenz am Armaturenbrett zu lesen war, das Fenster zu schließen. Zu viel Rauch, Ruß, Staub und Gestank. Ob das nicht ein problematischer Name gewesen sei zu Zeiten, als sein Namensvetter noch iranischer Präsident gewesen war, wollte Parker wissen. Der Mann sah ihn böse und schweigend im Rückspiegel an.

Das Taxi hielt. An der pseudogriechischen Parthenonfassade des Manhattan Municipal Building hatten sich Annelis und seine kleine Gesellschaft versammelt. Die leuchtenden, einladenden Ziselierungen, die merkwürdige Majestät der Türme und Bögen, diese gigantische, geometrische Anlage direkt gegenüber der alten City Hall, die hatte abgerissen werden sollen für diesen Schlussstein der Bewegung für architektonische Schönheit, mit denen die Stadtväter moralisch auf ihre Bürger auf der Wunderinsel Manhattan hatten einwirken wollen und deren Baukosten sie so unterschätzt hatten, dass noch Jahre danach jedes offizielle Bauvorhaben in der Antragsphase gescheitert war, wirkten auf Parker wie Grüße aus einer anderen Zeit. Einer Zeit, in der die Stadtväter noch die Hoffnung gehabt hatten, dass mit den Gebäuden auch der Geist einer Stadt zu errichten wäre. Einer Zeit, die Gebäude hervorgebracht hatte, mit deren Hilfe die Stadtväter New York zu einem großen menschlichen Experiment hatten machen wollen. Das hatte auch geklappt, irgendwie, nur dass es nicht die Rockefeller Centers, die Chrysler, Woolworth und Empire State Buildings gewesen waren, die diesen Geist verkörperten, sondern das bunte und wie in einem surrealistischen Puzzle sich ständig verändernde Gewimmel in den kleinen Shops auf den billigen Stadttheatern der Straßen.

Das Manhattan Municipal Building hatte der Höhepunkt sein sollen, direkt am Fuß, an der Rampe der Brooklyn Bridge gelegen, von da an hatte es nichts Besseres mehr gegeben; nichts, was so sehr den Stadtrand hätte anzeigen können, dieses stolze: ‹Halt ein, sieh dich um›, bevor man über die Brücke in den weiten Himmel ging.

Eigentlich hätte es niemanden verwundern dürfen, dass Stalin in den Dreißigerjahren Agenten nach New York geschickt hatte, Architekten und Bauingenieure von den renommiertesten Instituten aus Leningrad und Moskau, um sich gerade dieses Gebäude und seine Konstruktionsprinzipien anzusehen. Diese Kopie der Kopien, das Griechische, das die New Yorker in die Höhe und in größere Breite versetzt, in dem sie ein Schutzschild für die Demokratie und die Vielfalt Amerikas gesehen hatten, *pluribus in unum*. In Moskau waren dann im Lauf der Dreißigerjahren die Nadeln der Zuckerbäckerarchitektur daraus geworden, der Stalinbarock in den Regierungs- und Nobelvierteln für die Parteiveteranen und vor allem die sieben Schwestern, angefangen mit der Lomonossow-Universität hoch auf den Sperlingsbergen. Dann waren das Außenministerium, das Hotel Ukraina, das Wohnhaus an der Kotelnitscheskaja, das am Roten Tor, das Hotel an der Leningradskaja und das Wohnhaus am Kodrinskaja-Platz entstanden. Bei seinem ersten Besuch in Russland, er hatte ein Seminar für mittlere Manager des Gazprom-Konzerns gegeben, hatten Parker diese Gebäude gefallen: Sie hatten ihn an New York erinnert.

Parker unterbrach sich in seinen Gedanken. Er entdeckte Annelis Schwester auf den Stufen des Municipal Building, die Eltern, zwei ihrer Freunde aus ihrer UN-Zeit in Afrika, die er alle nur von Fotos kannte. Sie hatte ihre Familie ‹notgedrungen› wieder in ihr Leben gelassen, wie sie es ausgedrückt hatte. Quasi ‹Last Minute› mit der Bitte um Unterstützung bei der Finanzierung ihres Hauses. War das Mutterinstinkt? Versammelt die Horde. Sie hatten darüber gescherzt, aber eine gehörige Portion Zweifel war geblieben. Nun gut, er würde zuvorkommend, er würde nett sein, ja, gewinnend. Fast hätte er ‹gewinnbringend› gedacht, *do ut des*, wir alten Lateiner, so stellte er sich den Schwiegervater in spe vor, den er ja nur aus Erzählungen als erzkonservativen Spießer kannte.
Seine Braut sah schön, aber nicht glücklich aus in dem gelben Kleid, ihr Kopf über dem tiefen Dekolleté und der Smaragdkette, die er ihr geschenkt hatte, ruckte, als sie über die kleine Ansammlung von Leuten blickte, als suche sie bereits nach ihm. Den Bauch hielt sie vorgereckt wie ein strahlendes Osterei, neunter Monat – nur nichts zu Traditionelles, hatten sie sich versichert. Eine weltliche Trauung, ein kleines Essen und dann zurück nach Deutschland, ab ins Krankenhaus.

Plön wäre ja auch nicht für immer. Ihre Mutter reichte ihr den Brautstrauß, Annelis Vater kratzte sich unbeholfen am Rücken. Jeder trägt sein Päckchen mit sich herum. Als Parker sein Portemonnaie aus der Jacketttasche kramte und sich noch einmal in die durchgesessenen Kunstlederpolster des Crown Victoria zurücklehnte, grunzte Mr Rafsandschani ungehalten hinter dem Steuer.

Gerade als er aussteigen wollte, teilte ihm das dezente Piepen seines Handys den Eingang einer Sofortnachricht mit. Seine Agentin. Seoul, Kombination drei Blockseminare für die Hanyong Corporation, zwei Talkshows, Vortragsreihe an der National University. Übersetzung deines Buchs kommt raus. Ca. drei Monate Aufenthalt, First-Class-Apartment/Flug. 75 000 USD. Okay?

Auf der Treppe kam die kleine Schar in Bewegung. Die zwei Fotografen und das Kamerateam eines Lokalsenders hatten sich am Aufgang versammelt, ein Tonarm und eine Kamera mit kleinem Scheinwerfer schwenkten in Parkers Richtung.

Parker zwang sich, die Tür noch nicht zu öffnen. Er überlegte, ob er gleich auf die SMS antworten sollte, entschied sich dagegen, zahlte mit einem Zwanziger, setzte ein Lächeln auf, stieg aus und stellte sich den wartenden Fotografen. Das «good luck» des Fahrers schnitt das dumpfe Zuschlagen der Tür ab. Fragen prasselten auf ihn ein. Die Reporterin von der *Post*, wohl noch etwas blau von gestern, stolperte und krachte gegen den Wagen. Parker half ihr auf. Er sah Anneli über die Köpfe der Wartenden hinweg an. Sie strahlte. Parker nickte ihr zu. Dann zog er sein Handy aus der Tasche und verschickte die Antwort an seine Agentin. Es war nur ein Wort. *Seoul*.

Aus dem aktuellen Verlagsprogramm